苏州大学文学院学术文库

江苏高校优势学科建设工程项目资助

历史还原与文学构想
明清文学研究论集

罗时进　王　宁　杨旭辉 / 主编

苏州大学出版社
Soochow University Press

图书在版编目(CIP)数据

历史还原与文学构想:明清文学研究论集／罗时进,
王宁,杨旭辉主编 . —苏州：苏州大学出版社,2020.9
(苏州大学文学院学术文库)
ISBN 978-7-5672-3209-9

Ⅰ.①历… Ⅱ.①罗… ②王… ③杨… Ⅲ.①中国文学-古典文学研究-明清时代-文集 Ⅳ.①I206.4-53

中国版本图书馆 CIP 数据核字(2020)第 136148 号

书　　名	历史还原与文学构想:明清文学研究论集
	LISHI HUANYUAN YU WENXUE GOUXIANG:
	MINGQING WENXUE YANJIU LUNJI
主　　编	罗时进　王　宁　杨旭辉
责任编辑	周凯婷
装帧设计	刘　俊
出版发行	苏州大学出版社(Soochow University Press)
社　　址	苏州市十梓街1号　邮编：215006
网　　址	www.sudapress.com
邮　　箱	sdcbs@suda.edu.cn
印　　装	苏州工业园区美柯乐制版印务有限责任公司
邮购热线：0512-67480030	销售热线：0512-67481020
网店地址：https://szdxcbs.tmall.com/(天猫旗舰店)
开　　本	700 mm×1 000 mm　1/16　印张：16.75　字数：301 千
版　　次	2020年9月第1版
印　　次	2020年9月第1次印刷
书　　号	ISBN 978-7-5672-3209-9
定　　价	68.00元

凡购本社图书发现印装错误,请与本社联系调换。服务热线：0512-67481020

"苏州大学文学院学术文库"系列丛书
学术委员会

主 任

王 尧　曹 炜

委 员

(按姓氏笔画排序)

马亚中　刘祥安　汤哲声　李 勇
季 进　周生杰　徐国源

总　序

苏州，江左名都，吴中腹地，自古便是"书田勤种播"之地。文人雅士为官教谕之暇，总爱闭户于书斋，以留下自己若干卷丹铅示于时贤后人自娱。这种风雅传统至今依然延续在苏州大学文科院系，自其他大学文学院调至苏州大学文学院执教的前辈学者不免感叹"此地著书立说之风甚浓"了。

苏州大学文学院"中国语言文学"为省优势学科，建设的内容之一是高水平学术著作的出版，"苏州大学文学院学术文库"（以下简称"文库"）便是学科建设的成果。出版文库的宗旨是：通过对有限科研资助经费的合理调配使用，进一步全面地展示与总结文学院教师的学术研究成果，以推进和强化学科建设，特别是促进学院新生学术力量的成长——这些目前尚属于"雏鹰"的新生学术力量便是文学院的未来。

文库的组织运行工作自2019年9月启动，第一批文库书籍在三个月内已先后同苏州大学出版社签订了出版协议。由于经费有限，在张罗文库之初，文库学术委员会明确：学术委员会成员的学术成果暂不列入文库出版阵容；首批出版的学术文库向副教授、青年讲师以及刚入职的青年教师倾斜，教授的学术研究成果往后安排。文库的组织出版应该是一项常态工作，每年视经费情况，均会推出一批著作。为贯彻本丛书出版宗旨，扩大我院学术影响，学院将对本丛书中已出版的各种成果加强宣传，推荐评奖，并对获得重大奖项者予以奖励。

为加强对文库出版工作的组织和领导工作，文库学术委员会设立了初审和复审小组，遴选学术著作。孙宁华、杨旭辉、王建军、吴雨平、王耘和张蕾等参加初审工作，王尧、曹炜、马亚中、汤哲声、刘祥安、季进、徐国源、李勇和周生杰等参加复审工作，袁丽云、陈实、周品等参与了部分具体事务。现在，经学院上下一起努力，文库第一批书籍付梓在即，这无疑是所有参与者心血的结晶。我们希望，借助这个平台，进一步激发文学院教师的科研热情，并为所有研究人员学术成果的及时面世创造条件。

为了文库出版工作的持续顺利运行，为了文学院学术影响力的不断提升，让我们全体同人携起手来！

王尧　曹炜

2020 年 4 月 28 日

古典文学研究的"还原"与"构想"
——《历史还原与文学构想：明清文学研究论集》代序

罗时进

古典文学研究是对一个多世纪以前文学遗产的考察探究，在广义"文学研究"中具有一定的特殊性。这笔遗产产生于较远或很远的时空中，出现在另一种社会制度与文化环境的背景下，它既表征着文学艺术的发展与繁荣，显示着人文情怀的深厚与博大；也以不同方式、不同面貌呈现出历史前进之艰难曲折，世道人心之复杂多变。

古典文学研究者何为？我们面对的是作为遗产的文本（或口传艺术及文物），而文本之后是人，人之后是社会历史——从某种意义上说，古典文学研究具有历史研究的属性，有历史还原之责任。历史往往总是轮廓可辨而内质难明，一朝一代都像匆匆过客，遮着面纱甚至掩着幕布，很难看得清楚；那些以各种文体进行书写、创作者，即使留下足够充分的自撰日记或他者记载，总还有一些行止在显晦之间，更遑论心迹。所以历史还原总是相对的，学者的每一分努力，都是尽可能地接近本相，绝对抵达原真是一种理想主义。

但文学本身就具有理想主义属性，真正的文学研究者天然地有着某种理想主义基因；只不过文学、文艺创作较多采用的是想象，而研究则偏重于构想。所谓构想，即通过思维活动力图建构古代文人的生活图景、审美空间，勾勒出古代文人具有生命体验的文学步履，展现其内在的精神内涵与艺术价值。这里用"构想"来理解古典文学研究，也试图表明一种"怀想"的意味——每研究一个文人群体、一种文学现象，或一位作家、一个文本，其实都寄寓着不同程度的想望；哪怕是省思、批评，都是对一段远逝历史的祭祷。

现象学家往往愿意区分证明（Beweis）与指明（Hinweis），借用过来说，还原历史正是力图证明什么，而文学构想则是希望指明什么。其中实证与阐释的思路不同、方法不同，但合于一手，便能体现古典文学研究的基本目的了。我们苏州大学文学院古代文学学科同仁，都在相当程度上以之为追求，尽管离设想的目标有很大的差距，但我们愿意不断努力。

本学科的历史可以追溯到无锡国专和东吴大学时期，以唐文治先生和黄人先生为代表的国学研究与中国文学史研究传统是我们极为珍贵的财富，而吴梅先生及许多魁儒硕师皆为典范，其道德文章、神理风采至今令人向慕。在江苏师范学院和苏州大学相沿发展的历史上，钱仲联先生始终是一面旗帜，他在整个古典文学方面的成就为海内外学界所尊敬、宗仰，对我们后学进行直接指导，惠泽无量。他于明清文学方面尤其建功至伟，所倾力开拓的明清诗文研究方向已成为学界研究的重点、热点；严迪昌先生研究清代诗史与词史，双璧生辉，同样为本学科赢得了荣光。而无论是在先秦两汉文学、唐宋文学，还是在元明清戏曲小说方面，40多年来一批资深学者深入研究，著述弘富，享誉海内外。他们为推进本学科走向学术前沿做出的杰出贡献，是我们引为骄傲并铭记不忘的。

对钱仲联先生等学者，我们将有专著进行研究；也力争出版部分前辈和资深专家的选集。鉴于此，本书在征集论文汇辑出版时考虑以学科在职教师为范围。正如学界所知，本学科在古典文学研究诸多方向均积聚力量，在传统领域研究或跨学科研究方面皆有建树，而近年来以明清文学成果最为集中。明清诗文和昆曲（及其他戏曲文学）研究，是本学科长期以来的优势方向，明清小说研究延续传统，保持着相当影响。故本书以"明清文学研究"标名，大家在已经发表的相关成果中自我遴选，人各一篇；注意鼓励中青年尤其是青年学者显示研究成果——他们是学界的未来，也是本学科的未来。

所征得的16篇论文根据内容分为"明清文化与文学研究""明清戏曲小说研究"和"明清作家作品研究"三个部分。主持者尽征集与编辑之责，对内容不做删易。希望本书出版有益于学科建设，亦有益于交流学术见解。

我承乏与王宁教授、杨旭辉教授一起主编此书，主要工作都蒙二位操劳，在此致谢；更感谢本学科同仁的大力支持，也期待各位专家和读者朋友们对我们的"还原"之阙与"构想"之失加以批评指正。

2019年10月写于石湖之畔

目 录

古典文学研究的"还原"与"构想"
　　——《历史还原与文学构想：明清文学研究论集》代序
　　罗时进 / 001

明清文化与文学研究

论明清藏书诗的人文价值　　周生杰 / 003
日本藏《近思录标题释义》真伪辨　　程水龙 / 024
清人焚稿现象的历史还原　　罗时进 / 034
清代散文研究的构想　　杨旭辉 / 057
"重光后身"说与清初词学演进　　陈昌强 / 075
光宣诗人的理想境界与政治追求　　马卫中 / 095

明清戏曲小说研究

"因词生乐"与"依谱填词"：昆剧词乐关系简论　　王　宁 / 111
引文入曲：晚明清初散曲与散文的结合　　艾立中 / 132
冯梦龙《新列国志》的史料取舍及其历史演义的创作　　张　珊 / 145
冯梦龙笔记小说编纂略论　　周瑾锋 / 156

《红楼圆梦》作者考述
——兼及乾嘉道时期浙江海宁地区的"读红"文化　李　晨/165

明清诗文作家作品研究

论明代"陈庄体"及其诗坛地位　孙启华/177

清代文学与"诗三百"略论　陈国安/197

论浙派诗人厉鹗　赵杏根/207

论姚鼐的诗　马亚中/220

吴梅与清季民初词坛宗尚关系发微　薛玉坤/248

编后记　杨旭辉/258

明清文化与文学研究

论明清藏书诗的人文价值

周生杰

古诗咏藏书可以追溯到魏晋南北朝，陈江总《诒孔中丞奂诗》称："借问藏书处，唯君故人在。"[1] 这是"藏书"一词最早现身于古诗中。随后古诗咏藏书不断涌现，隋朝李巨仁《登名山篇》："藏书凡几代，看博已经年。"[2] 唐韩愈《送诸葛觉往随州读书》："邺侯家多书，插架三万轴。一一悬牙签，新若手未触。"[3] 受时代风习和诗人审美趣味所限，隋唐时期的藏书诗还没有蔚然形成风气，藏书诗普及而颇具影响力的创作是在宋代以后，这是因为雕版印刷书流行，印本书籍渐多，为藏书之家提供了更多的文献来源，私家藏书更为普遍。而到了明清，各种藏书文化极为发达，藏书诗创作远迈前代，进一步丰富了古代诗歌内容和藏书内涵，是藏书文学发展繁荣的标志。由于明清诗歌数量庞大，难以全睹，因此，本文仅以叶昌炽《藏书纪事诗》、吴则虞《续藏书纪事诗》、王謇《续补藏书纪事诗》等为中心，兼及其他文献，钩稽相关资料，略论明清藏书诗的人文价值。

一、创作主体

中国是诗歌的国度，自古以来，从事诗歌创作的群体堪称全面而普及，贵族和平民在诗坛上平分秋色，明清时期的藏书诗创作主体分布亦广，遍及各阶层。

---

[1] 逯钦立辑校：《先秦汉魏晋南北朝诗》《陈诗》卷八，北京：中华书局，1983年，第2580页。
[2] 逯钦立辑校：《先秦汉魏晋南北朝诗》《隋诗》卷七，北京：中华书局，1983年，第2726页。按，关于此诗，明人杨慎《升庵诗话》卷一以为庾信所作。
[3] 王全，等点校：《全唐诗》（第10册）卷三百四十二，北京：中华书局，1960年，第3838页。

(一) 官员

明清朝廷官员绝大多数是文人出身，他们协助帝王治理天下之余，与一班饱读诗书的幕僚品茶斗棋、鉴赏藏书、唱和往还，过着优游的生活。他们大多家藏万卷，在藏书活动中不经意间创作了大量藏书诗作。笔者检索叶昌炽《藏书纪事诗》，得七人，列表如下：

序号	时代	作者	官职	藏书诗作
1	明	都穆	礼部郎中	《口占绝句》
2	明	邵宝	户部员外郎、江西提学副使	《偶闻书香》
3	清	吴伟业	国子监祭酒	《汲古阁歌》
4	清	徐乾学	刑部尚书	《寄曹秋岳先生》
5	清	谢启昆	布政使、广西巡抚	《咏东丹王倍》
6	清	查慎行	翰林院编修	《抄书三首》
7	清	朱彝尊	入直南书房	《题秀野草堂诗》

从上表可以看出，朝廷官员所作藏书诗内容较广，而以记载藏书家间交游为主，从中也透露出大量的藏书信息。如清代江苏昆山著名藏书楼——"传是楼"主人徐乾学（1631—1694），康熙九年（1670）探花，授编修，先后担任日讲起居注官、《明史》总裁官、侍讲学士、内阁学士等，康熙二十六年（1687），升左都御史、刑部尚书。徐乾学《寄曹秋岳先生》写道：

> 嗟余才绾发，屈首事诵习。博赡服茂先，弇陋愧难及。发愤购遗书，搜罗探秘籍。从人借抄写，瓿瓿日不给。[1]

诗题中的"曹秋岳"为明末清初浙江秀水（今嘉兴）著名藏书家曹溶（1613—1685），"秋岳"是其字。"发愤购遗书，搜罗探秘籍"句追忆藏书之事，可想见网罗典籍之勤。史载"昆山藏书家，自叶文庄后，为顾侍御潜园、周孝廉士淹兄弟，能蓄能读，周于舜多购法书名画、樽罍彝鼎，建凝香、云谷、梦芝、六如诸馆以储之。何上舍道光独喜藏书，焚香煮茗，哦咏万卷中。上舍死，其子琪枝取其爱玩者以殉。至清初则惟徐尚书乾学

---

[1] [清] 徐乾学：《憺园集》卷七，顾廷龙主编，《续修四库全书》编纂委员会编《续修四库全书》（第1412册），上海：上海古籍出版社，2002年，第409页。

传是楼所藏益富，宋钞本以百计"[1]，诗与史相互印证。

(二) 藏书家

明清藏书诗的创作主体自然还是以藏书家为多，他们不慕名利，不乐仕途，终生与书为伴，抄、校、编、刻、读、藏……在长期的藏书活动中，藏书家的文化水平逐渐提高，或治学，或创作。藏书家的藏书诗或许不是有意为之，但寄托的感情更真、更纯，如明长洲（今江苏苏州）藏书家俞弁（1488—1547），字子客，号守约道人。所藏钞本、稿本尤多，藏书处名"紫芝堂""逸老堂"，经史百家、法帖名画充牣其中。他日居其中，铅椠编帙，未尝去手，自称"余性疏懒，平居自粝食粗衣外，无他嗜好，寓情图史，翻阅披校，竟日忘倦"[2]。其藏书诗描述藏书、读书生活说：

> 心爱奇编雨汗流，山妻笑我不封侯。偷闲八月闲中写，一笔看来直到头。[3]

诗作诙谐、幽默，但透露出乐观豁达的情趣。又如晚近藏书家方尔谦（1871—1936）雅好集藏文物，尤以古泉为多。他曾在袁世凯家做过教师，受其影响，二公子袁克文长大成人后，亦走上了购书、藏书之途，藏书史上小有名气。方尔谦一生创作了大量的藏书诗，《有有诗》曰：

> 十年生聚五车书，有有须知必有无。鬻及借人真细事，存亡敢说与身俱。昇予犹有此区区，何日相逢还旧居。空锁扬州十间屋，渡江能得几连舻。[4]

诗序说："无隅有书百余箧，七八年，国中不靖，迭罹干戈水火苦，移居，屋渐小，转病书多。忆易安《金石录后序》云：拉杂为书困，吾叔韬好古，同病相怜，喜其助余太息也。"[5] 方地山为人疏狂，而又诙谐风趣，

---

[1] 王揖唐著，张金耀校点：《今传是楼诗话》，沈阳：辽宁教育出版社，2003年，第239-240页。

[2] [明] 俞弁：《逸老堂诗话》卷首《序》，丁福保辑《历代诗话续编》（下册），北京：中华书局，2001年，第1298页。

[3] [清] 叶昌炽：《藏书纪事诗》卷二《柳金大中 俞弁子容》引《随隐漫录》，上海：上海古籍出版社，1989年，第163页。

[4] 吴则虞：《续藏书纪事诗》，北京：国家图书馆出版社，2016年，第28页。

[5] 吴则虞：《续藏书纪事诗》，北京：国家图书馆出版社，2016年，第28页。

他不求仕进，不治生业，有钱便花，家无余帑，更兼恃才傲物、放荡不羁，虽酷爱藏书，但能够辩证地看待藏书的得失，故言"有有须知必有无"，较有远见。

（三）商人

藏书既需要智力投入，更需要财力的渗透，因而明清之际那些饶有余财且喜爱艺文的商人，不自觉地加入进来，给藏书家群体带来新鲜血液。当然，商人作为四民之末，他们不满足于现有的身份，多鼓励子侄弃商从文。从事文化活动的商人在藏书上十分精专，如清代商人程晋芳、扬州二马、汪启淑、鲍廷博、吴骞、汪中等，在藏书事业上做出了突出成就。以扬州二马兄弟为例，他们筑有"丛书楼"和"小玲珑山馆"，藏书、读书其中，并创作了多首藏书诗。马曰琯《丛书楼》说：

> 下规百弓地，上蓄千载文。他年亲散帙，惆怅岂无人。[1]

可知马家的丛书楼规模很大，占地"百弓"，也就是五百尺。丛书楼的藏书很有特色，"千载文"，寓示藏书多古本、善本。清廷在编纂《四库全书》时，征求海内秘本，马曰璐之子马裕进献而被采用的书籍达七八百种之多。

徽商鲍廷博（1728—1814）为乾嘉时期著名藏书家，其《挽汪鱼亭比部》写道：

> 整整牙签万轴陈，林间早乞著书身。种松渐喜龙鳞老。埋玉俄惊马鬣新。清白家声钦有素，丹黄手泽借还频。西风谁送山阳笛，偏感春明僦宅人。[2]

"汪鱼亭"即汪宪（1721—1771），字千陂，号鱼亭，浙江钱塘（一作仁和）人。乾隆十年（1745）进士，官刑部陕西司员外郎，以亲老乞养归。汪氏为清代杭州著名的藏书世家，有藏书楼"振绮堂"，"整整牙签万轴陈"之句形象描绘"振绮堂"内藏书丰富，四方学者争来借阅，鲍廷博就是

---

[1]［清］叶昌炽：《藏书纪事诗》卷五《马曰琯秋玉 弟曰璐佩兮》，上海：上海古籍出版社，1989年，第476页。

[2]［清］叶昌炽：《藏书纪事诗》卷五《汪宪千陂》，上海：上海古籍出版社，1989年，第496页。

"振绮堂"的常客,这首诗下有自注说:"先生既捐馆,余尚向邺架借书。"说的就是这种情况。

(四)贫士

藏书文化的魅力,不在于藏者财力厚,亦不求藏者文化水平高,只要喜爱藏书,即可成为其中一员。如清代杭州城北沈敬履,生卒年不详,屋无片瓦,无力娶妻,却爱好读书、藏书,无力购买,则以抄书为能事,一生抄纂近万卷,全是异本善本,受到诸多藏书大家的关注。沈氏虽一贫士,但仍将居所改为藏书斋,名之曰"看天斋",并撰两句诗书于壁:"饱看贵人面,不若饥看天。"[1]

(五)侍妾

从事诗歌创作的群体中,那些名不见经传的贩夫走卒类小人物也常常名列其中。而论及藏书诗,则这类人的创作就鲜少了,原因在于他们难于接触藏书,基本上无缘藏书活动。但是,藏书家的婢女侍妾由于长期整理藏书,因此,受此熏陶,无意间亦有藏书诗之作。《逊志堂杂钞》记载这样一则故事:

> 嘉靖中,朱吉士大韶,性好藏书,尤爱宋时镂板。访得吴门故家有宋椠袁宏《后汉纪》,系陆放翁、刘须溪、谢叠山三先生手评,饰以古锦玉签,遂以一美婢易之,盖非此不能得也。婢临行题诗于壁曰:"无端割爱出深闺,犹胜前人换马时。他日相逢莫惆怅,春风吹尽道旁枝。"[2]

朱大韶(1517—1577),字象元,一作象玄,号文石。华亭(今上海松江)人。朱大韶自幼好读书,嘉靖二十六年(1547)丁未科中进士,选庶常,授检讨之职。然不久却解官归田,修筑园舍,贮藏典籍。朱大韶尤好宋版书,常常不惜家财,竭力购求,然这次遇到的宋版《后汉书》要价太高,资金不足,居然以爱妾交换。爱妾临行前的这首诗作,陡然唤醒了朱氏爱怜之情,他后悔了,不久竟因之而抑郁捐馆。

---

[1] [清]鲍廷博:《跋湛渊遗稿》附录何春渚《菇町小传》,《知不足斋丛书》第二十三集《湛渊遗稿》卷尾,上海古书流通处民国十年(1921)影印清乾隆嘉庆间刻本。
[2] [清]叶昌炽:《藏书纪事诗》卷三《朱大韶象元》,上海:上海古籍出版社,1989年,第228页。

二、题写形式

藏书诗是一种随性的文学创作,没有严格的书写体式和题写方式,明清时期,其题写方式主要有如下几种。

一是题于书橱。明清藏书家十分重视典籍保护,书收在帙中,成帙的典籍摆放于橱内,书橱成为藏书重要的设施,故诸多藏书诗题写于此。明代江苏昆山藏书家叶盛(1420—1474)曾在书橱上题曰:"读必谨,锁必牢;收必审,阁必高。子孙子,唯学教,借非其人亦不孝。"[1] 谆谆告诫子孙精心爱护,不许出借。清代浙江嘉兴藏书家朱彝尊撰写一段《书椟铭》说:"予入史馆,以楷书手王纶自随,录四方经进书。纶善小词,宜兴陈其年见而击节,寻供事翰苑。忌者潜请学士牛钮形之白简,遂罢予官。归田之后,家无恒产,聚书三十椟,老矣,不能遍读也。铭曰:'夺侬七品官,写我万卷书。或默或语,孰智孰愚。'"[2] 朱氏的意思是说在官位和藏书面前,他会毫不犹豫地选择后者。当然,从诗歌艺术来说,明代吴县(今苏州)藏书家杨循吉(1456—1544)的一首《题书橱上》应该是严格意义上题在书橱上的藏书诗:

> 吾家本市人,南濠居百年。自我始为士,家无一简编。辛勤一十载,购求心颇专。小者虽未备,大者亦略全。经史及子集,无非前古传。一一红纸装,辛苦手自穿。当怒读则喜,当病读则痊。恃此用为命,纵横堆满前。当时作书者,非圣必大贤。岂待开卷看,抚弄亦欣然。奈何家人愚,心惟货财先。坠地不肯拾,坏烂无与怜。尽吾一生已,死不留一篇。朋友有读者,悉当相奉捐。胜遇不肖子,持去将粥钱。[3]

诗作阐发作者致力于藏书的人生意义,"辛勤一十载",这是购求;"一

---

[1] [清]叶昌炽:《藏书纪事诗》卷二《叶文庄盛》引《东斋脞语》,上海:上海古籍出版社,1989年,第117页。

[2] [清]叶昌炽:《藏书纪事诗》卷四《朱彝尊锡鬯》,上海:上海古籍出版社,1989年,第402-403页。

[3] [清]叶昌炽:《藏书纪事诗》卷二《杨循吉君谦》引《静志居诗话》,上海:上海古籍出版社,1989年,第135页。

一红纸装",这是典藏;"当病读则痊",这是阅读;"死不留一篇",这是注重流传……短短的一首诗,道出了杨循吉为藏书而做出的种种努力,他的确是一个将精神生活与藏书维系在一起的学者。

二是题在壁上。《晋书》载:"至(汉)灵帝好书,时多能者,而师宜官为最,大则一字径丈,小则方寸千言,甚矜其能。或时不持钱,诣酒家饮,因书其壁,顾观者以酬酒,讨钱足而灭之。"[1] 此为有记载的题壁诗之起源,唐宋时期,题壁之风大兴,崔颢、李白、杜甫、白居易、寒山、苏轼,等等,皆有著名诗作题在壁上而风闻天下,将诗歌题写于壁上成为古代诗歌文化的重要特征之一。明清藏书诗也有题于壁上的,上文所述朱大韶婢女的藏书诗即一例,不赘述。

三是镌刻于藏书印上。藏书有印,是藏书文化中一个普遍的现象,藏书印内容五花八门,异彩纷呈,而其中,把藏书诗作为藏书印内容是古代藏书家喜欢的做法。如明代吴县藏书家钱谷(1508?—1572),家无典籍,游文徵明门下,日取架上书读之。看到文徵明收藏典籍如此丰富,顿生羡慕之心,遂有志于藏书。闻有异书,虽病必强起借观,手自抄写,校雠至子夜不辍,皆为当时佳本秘籍。手录古文金石书几万卷。所抄之书,一丝不苟,历来为藏家所重。钱谷建藏书楼"悬罄室",由文徵明为其命名并题写匾额,取空无所有之意,既是钱谷一生清贫的实录,又是他刻苦用功的写照。面对主要靠手抄得来的藏书,钱谷万分珍惜,唯恐不守,于是在一方藏书印上刻文说:

百计寻书志亦迂,爱护不异随侯珠。有假不返遭神诛,子孙不宝真其愚。[2]

钱谷的这枚藏书印文,表达出对藏书的深厚情感,令人动容。另一位明代苏州藏书家柳佥也刻有一枚藏书印,印中说:

钞书与读书,日日爱楼居。窗下满池水,萍间却饵鱼。时名

---

[1] [唐]方玄龄,等撰:《晋书》卷三十六,北京:中华书局,1974年,第1064页。
[2] [清]叶昌炽:《藏书纪事诗》卷三《钱谷叔宝》引《爱日精庐藏书志》,上海:上海古籍出版社,1989年,第200页。

随巧拙,天道已盈虚。莫信村居好,山居乐有余。"[1]

柳佥(1508—1555?),字大中,号安愚。隐居不仕,为吴之隐君子,专以藏书、校书、抄书为事。藏书处名"清远楼"。柳氏藏书印文以标榜抄书、读书相炫,十分自豪,且满足于这种与世无争的生活。无独有偶,叶昌炽曾亲在业师潘祖荫滂喜斋见明刻《刘屏山集》,前有朱文大方印,刻藏书铭曰:"名山草堂,萧然独居。门无车马,坐有图书。沈酣枕藉,不知其余。俯仰今昔,乐且宴如。萧蓼亭铭。"[2]

三、咏歌内涵

"典籍之藏,其关系学术文化者甚巨。欲察一时代学术文化之盛衰,辄可于其典籍收藏之丰盛与否窥见消息。"[3] 刻本流行之后,大量典籍走下神坛,走进寻常百姓家,古代文化迎来了发展高峰,反映古代藏书文化有多种管道和方式,而藏书诗最具艺术性,其在凝练的语言中,既形象地展示了藏书活动的丰富内涵,又给诗歌创作注入了新颖的素材。约而言之,明清藏书诗咏歌内涵有如下几端。

(一) 藏书家

藏书活动的对象是典籍,而活动的中心是藏书家,因而藏书诗首先把藏书家作为吟咏内涵,藏书家的人生志趣及各种与书有关的活动在藏书诗中得到反映。

第一,反映明清藏书家本人对于自己藏书生活的关照。清代仁和(今杭州)藏书家童铨,生卒年不详,贫无余资,但雅爱藏书,常去市集搜访,所得亦富,临终前赋诗曰:"亡魂愿化庄周蝶,只恋书香不恋花。"[4] 在行将离世时,祈盼来世依然与书为伴。明代吴县藏书家邵宝(1460—1527),曾官至户部侍郎兼左金都御史,藏书室曰"容春精舍",藏书万卷,著有

---

[1] [清] 叶昌炽:《藏书纪事诗》卷二《柳佥大中 俞弁子容》引《士礼居藏书题跋记》,上海:上海古籍出版社,1989年,第163页。

[2] [清] 叶昌炽:《藏书纪事诗》卷四《萧梦松静君》昌炽案,上海:上海古籍出版社,1989年,第427页。

[3] 潘美月:《宋代藏书家考》,台北:学海出版社,1980年,第1页。

[4] [清] 叶昌炽:《藏书纪事诗》卷六《童铨佛庵》引《杭郡诗辑》,上海:上海古籍出版社,1989年,第635页。

《容春堂集》。其《偶闻书香》诗说：

> 少爱新书楮墨香，不辞书价借钱偿。坐来精舍还怀旧，海鹤诗中万卷堂。[1]

邵宝的日常生活离不开藏书，他把典籍视同精神伴侣，曾镌刻一印曰："性命可轻至宝是重。"在生命和书籍的天平上，他倾向于书籍。

前文提到的苏州藏书家柳佥，也创作了一首感人的藏书诗：

> 偶病不粒食，钞书二十番。娱生无此癖，守死亦为冤。把笔头欹帽，衣绵洒罢樽。时名付流水，此外复何言。[2]

柳佥是在正德十年乙亥（1515）七月二十二日抄录《乐府古题要解》二卷之后创作这首诗的，诗后署称"布衣柳佥"。此诗是柳佥一生的绝好写照，他不慕名利，谢绝繁华，了无他好，唯书为伴。清代这类藏书家更多，后人可以从他们的藏书诗作中体会很深，如广东番禺藏书家汪瑔（1828—1891）曾有诗自述藏书生活道："坐拥图书未是贫，忘饥聊学葛天民。"[3]浙江海宁著名学者、藏书家查慎行（1650—1727），晚年退居里中，贮书万卷，家有"得树楼"，藏书甚富，查氏坐卧其中，其《钞书三首》诗说：

> 人言冬是岁之余，自分生涯伴蠹鱼。比似王筠犹有愧，白头方解手钞书。无数空花乱眼生，摩挲细字欠分明。西洋镜比传神手，八廓重开为点睛。乌鸡已疗病风手，秋兔犹存见猎心。炳烛余光君若此，儿曹那不惜分阴。[4]

藏书家自作的藏书诗真切、自然，所记藏书活动细腻、真实，为后人研究他们的藏书生活提供了绝好史料。

---

[1]［清］叶昌炽：《藏书纪事诗》卷二《邵文庄宝》，上海：上海古籍出版社，1989年，第138页。

[2]［清］叶昌炽：《藏书纪事诗》卷二《柳佥大中》引《皕宋楼藏书志》，上海：上海古籍出版社，1989年，第163页。

[3] 沈云龙主编：《广东藏书纪事诗》，台北：文海出版社，1975年，第76页。

[4]［清］叶昌炽：《藏书纪事诗》卷四《查慎行悔余》，引《敬业堂集》，上海：上海古籍出版社，1989年，第422页。

第二，歌颂藏书家之间的纯真友情。藏书家的友谊大多建立在藏书这一共同爱好的基础上，不染尘俗，因而更加纯净，清澈如水。清初大学者黄宗羲（1610—1695）与多位藏书家交往很深，其《感旧诗》说：

> 钞书结社自刘城，余与金阊许孟宏。好事于今仍旧否？烟云过眼亦伤情。[1]

黄宗羲曾与诗中提及的"刘城"和"许孟宏"（名元溥）等人约为钞书社，罕见之书，多赖以传。钞书社各成员在黄宗羲带领下，不自觉地担当起系统收集明代数据的大任，他们提倡藏书致用，反对藏而不用的鉴赏家。如黄宗羲还谆谆告诫学者说："当以书明心，无玩物丧志也。"[2] 他们收集史料的方法，也影响了同时代的学者如全祖望、厉鹗等人，对清代文化、学术的发展有重要影响。

第三，反映丰富多彩的藏书轶事。古代藏书家并非困守书楼、老死蠹鱼一类的形象，他们的藏书生活丰富多彩，是藏书文化的一抹亮色。明末清初常熟（今江苏常熟）人冯舒（1593—1645），字己苍。其父冯复京已有藏书万卷，后保管不当，流散不少，冯舒又重整故书，多方采求，藏书益富，多异本，仅次于毛晋、钱曾之藏，与叶树廉、陆贻典相仿，并与他们相互搜访，互通有无。黄廷鉴《读知不足斋赐书图记》记载冯舒一件逸事说："吾乡冯己苍昆仲，闻寒山赵氏藏有宋椠本《玉台新咏》，未肯假人。尝于冬月挈其友舣舟支硎山下，于朔风飞雪中，挟纸笔，袖炊饼数枚入山，径造其庐，乃许出书传录。堕指呵冻，穷四昼夜之力，钞副本以归。"[3]黄廷鉴的记载少了一人，当时同去的还有常熟何大成（？—1643），何大成为此事创作《同冯己苍昆季入寒山钞〈玉台新咏〉毕，遂游天平》：

> 吾侪真书淫，余事了游癖。既理支硎棹，旋放天平屐。自惟老脚硬，尚堪年少敌。登登及山椒，千步始一息。凭高一以眺，

---

[1]［清］叶昌炽：《藏书纪事诗》卷三《许元溥孟宏》，引黄宗羲《南雷集》，上海：上海古籍出版社，1989年，第300页。

[2] 原文载全祖望：《鲒埼亭集》卷十一《梨洲先生神道碑文》，引《黄宗羲全集》（第12册），杭州：浙江古籍出版社，2012年，第13页。

[3]［清］黄廷鉴：《第六弦溪文集》卷二《丛书集成初编》（第2461册），北京：中华书局，1991年，第36页。

万木静如拭。湖光浩渺平，山容逶迤出。忆昨小宛堂，抄书忘日昃。手如蚕食桑，心似蜂营蜜。今朝始毕功，探奇何孔棘。蝇营满天地，此乐无人得。游山拟以樵，搜书甘做贼。幸兹江南安，二事乃吾职。[1]

古代藏书家以其淡泊心情、求知境界，不但在知识界受人尊重，即便是蟊贼流盗，叛军匪寇，也对他们刮目相看，推尊至极。清代吴县学者叶廷琯（1791—1868）《浦西寓舍杂咏》吟咏一件奇事：

真读书人贼亦钦，纤尘不使讲帷侵。黄巾知避康成里，汉季儒风又见今。

诗后叶氏自注："仁和劳季言，家塘栖，累代富藏书，季言尤以博洽名。贼酋至其门，戒其徒谓：'此读书人家，毋惊之。'入室取架上卷帙观之，曰：'闻此家多藏秘籍，何此皆非善本，殆移匿他处邪？'徘徊良久，不动一物而去。贼亦知书，异哉！季言人素笃实，贻札自述，当非虚语。"[2] 原来诗中的"真读书人"乃清代仁和（今杭州）藏书家劳权（1817—？）和劳格（1819—1864）兄弟二人。劳家世代藏书，有藏书楼"丹铅精舍""学林堂"等，储书富于一时。咸丰十年（1860），洪杨太平军攻克浙江，劳氏兄弟出城避乱，然而太平军进入劳家后，不但没有破坏，反而对书楼加以保护。这是首次记载太平军保护民间藏书楼的文化善举，难能可贵。

（二）藏书活动

明清社会经济文化逐渐步入繁荣阶段，藏书活动出现了许多新内容，诗人们及时捕捉到这些信息，行诸歌咏，既充实了诗歌内涵，又为后人留下了丰富的藏书史料。

第一，藏书之富。明清以后，藏书家动辄藏万卷已经不足为奇，藏至十万卷、二十万卷、五十万卷者，比比皆是。面对如此众多的藏书大家，诗人当然会及时反映，多首藏书诗中突出"万卷"的藏书量。前文提到的

---

[1]［清］叶昌炽：《藏书纪事诗》卷三《何大成君立》，上海：上海古籍出版社，1989年，第240页。

[2]［清］叶昌炽：《藏书纪事诗》卷六《劳权平甫　弟格季言》，上海：上海古籍出版社，1989年，第674页。

邵宝，晚年致仕回乡后，在"容春精舍"中读书、写诗，其中一首《偶闻书香》诗道：

少爱新书楮墨香，不辞书价借钱偿。坐来精舍还怀旧，海鹤诗中万卷堂。

诗后邵宝自注云："予二十岁时，海鹤寓于家。尝题先世画，有'万卷一堂邀我共'之句。"[1] 可知邵宝藏书量在万卷之上。清代藏书家的藏量更为惊人，但藏书诗对于藏量反映不多，仅有几首，如清吴之騄咏曹寅藏书称"书卷拥百城"[2]，孙淇咏常熟藏书家曹炎（字彬侯）藏书称"羡尔家藏万卷余"[3]，张叔未咏朱彝尊藏书诗句有"管领奇书八万卷"[4] 等。

第二，抄书之勤。明清雕版印刷十分普及，但并非所有典籍尽皆付梓，藏书家为求孤本、善本还需亲自抄纂。前述徐乾学《寄曹秋岳先生》就是咏自己抄书之勤的。诗中的曹秋岳即曹溶，藏书楼名"静惕堂"，藏书极富，尤好收集宋、元文集，藏书中宋元古本丰富，有近千种。他编撰有《静惕堂书目》（一名《静惕堂藏宋元人集目》），按四部分类编排。曹溶于藏书理论卓有贡献，所著《流通古书约》首次提出古书流通法，向藏书家们指出其藏书职责在于流通，不仅是保藏，还要务必使作者的思想和劳动不至于因珍藏秘藏而与世隔绝。徐乾学平生对曹溶拳拳服膺，诗作论及二人藏书事，称自己藏书难以与曹氏相比，故发愿"购遗书""借抄写"，以追踪前贤。

第三，购书之形。购书是藏书活动的又一重要内容，明清藏书诗于此自然多有反映，如清钱塘（今杭州）吴城，生卒年不详，字敦复，号鸥亭，藏书家吴焯之子。其有诗云：

手泽犹存小劫中，金台重购自城东。去来空自悲雷剑，得失

---

[1] [清] 叶昌炽：《藏书纪事诗》卷二《邵文庄宝》，上海：上海古籍出版社，1989年，第138页。

[2] [清] 叶昌炽：《藏书纪事诗》卷四《曹寅子清》，上海：上海古籍出版社，1989年，第401页。

[3] [清] 叶昌炽：《藏书纪事诗》卷四《曹炎彬侯》，引孙淇《市肆蓄书歌为曹彬侯作》，上海：上海古籍出版社，1989年，第438页。

[4] [清] 叶昌炽：《藏书纪事诗》卷四《朱彝尊锡鬯》，引张叔未《桂馨堂集·咏梅会里朱氏潜在堂藏书象牙印》，上海：上海古籍出版社，1989年，第403页。

何须问楚弓。风景年年人代换,殡宫寂寂梦魂通。九原不共残编作,洒泪摩挲读未终。浪漫天涯剧可怜,放怀随处领山川。凄凉过眼云烟录,停泊浮沈书画船。灯火青荧如昨梦,风帘点勘记当年。纵横私印犹完好,故物归来信宿缘。汗简芸箱破寂寥,古香依旧伴清宵。拜经莫笑同痂嗜,啜墨何能慰腹枵。检校归装惟笔研,思量生计只鱼樵。江山风月虽堪主,岂忍重经丁卯桥。[1]

诗题下有一段序文说:"先君子旧藏许浑《丁卯集》,失去二十余年。余于京师重得之,先子图章,宛然简端。抚今追昔,因得长律三首。"此事一时传为书林佳话,丁申《武林藏书录》于此也有记载:"其旧藏宋刻许浑《丁卯集》,失去廿余年,瓯亭忽于京师重得之,赋诗纪事。属同人和之(和诗略)。"[2]"楚人失之,楚人得之",从吴焯到吴城,围绕《丁卯集》演绎出来的这出悲喜剧,折射的正是藏书家对于典籍的赤诚之心。

清初江苏常熟有一位名叫曹炎的藏书家,生卒年不详,一作曹琰,字彬侯。曹炎精书法,嗜藏书,藏书至万卷。关于其购书情形,好友孙淇《市肆蓄书歌为曹彬侯作》:

> 我怪曹生市廛里,逼仄喧嚣拥文史。一厨连屋当屏风,一匮庋门充阁庪。丛残断缺勤购买,犹秃千兔写万纸。吁嗟市隐类古人,令我长怀颡流泚。世人有书不肯读,问之不答我能揣。温饱嬉闲事游荡,饥寒龌龊忧妻子。昏昏索索年复年,牛马襟裾略无耻。[3]

曹炎生平史料留给后世不多,这首诗则弥足珍贵。诗中介绍其藏书来源有二:一抄,二购。"丛残断缺勤购买"一句,形象地道出曹炎购书之勤、之广,他广购"丛残断缺"不是矜于夸示,而是在抢救文献。

第四,借书之趣。明清藏书家之间互通有无,相互借抄、借阅,促进典籍的流通,藏书诗于此多有记载。清人王芑孙有《题吴枚庵明经借书图》

---

[1] [清] 叶昌炽:《藏书纪事诗》卷五《吴焯尺凫 子城敦复》,上海:上海古籍出版社,1989年,第468页。
[2] [清] 丁申:《武林藏书录》卷下《秀谷瓶花斋》,《澹生堂藏书约》(外八种),上海:上海古籍出版社,2005年,第68页。
[3] [清] 叶昌炽:《藏书纪事诗》卷四《曹炎彬侯》,上海:上海古籍出版社,1989年,第438页。

诗说：

> 君昔富搜罗，藏家所争诧。偶食武昌鱼，倐然皆羽化。晚归空四壁，往梦付嚘唔。虽无千金市，幸可一瓻藉。久亡忆之类，骤得喜如乍。昏灯摩老眼，积渐仍满架。图成应自哂，兹身亦传舍。[1]

吴枚庵即吴翌凤（1742—1819），字伊仲，号枚庵，一作眉庵，别号古欢堂主人，初名凤鸣。祖籍安徽休宁，侨居吴郡槐树街（今苏州）。藏书家吴铨后裔。家贫而笃好典籍，无力购置，往往借书阅览。吴翌凤借书之后，往往抄录一部，并为之认真校勘。如乾隆四十一年（1776）夏，吴翌凤借江藩本钞录宋僧文莹《玉壶清话》，此书讹脱严重，脱句误字十之五六，所有传本都如此，久无善本。乾隆四十四年（1779）春二月，吴翌凤又借钞朱奂藏本，凡用朱笔涂改校补1600余字，"虽未详尽，亦颇精允。若其底本，则与此无一不同也"[2]。

黄宗羲有一首《谢胡令修借孝辕先生藏书》诗说：

> 闻说匡床扬子居，何期得见昔人书。尘封蠹走精神在，墨艳朱明岁月除。寰海被兵方贱士，传家有集胜垂鱼。一瓻还借我无有，惭愧此来幸不虚。[3]

诗题中的"孝辕"指的是明人胡震亨（1569—1645），"孝辕"为其字，号遁叟，又号赤城山人。浙江海盐人。胡震亨家原有"好古堂"藏书楼，是父亲胡彭述留下的，经过他继续收藏，藏书达万卷以上，而且多秘册异书。好友姚士粦和舅父刘世教也是藏书家，姚士粦搜罗秦汉以来遗文甚多，曾助冯梦祯校刊南北诸史。"胡令修"即胡震亨之子，黄宗羲是通过他借阅到乃父藏书的，黄宗羲说："丙辰（1676）至海盐，胡孝辕考索精详，意其

---

[1] [清] 叶昌炽：《藏书纪事诗》卷五《吴翊凤伊仲》，上海：上海古籍出版社，1989年，第540页。

[2] [清] 吴翌凤：《跋玉壶清话》，《知不足斋丛书》第六集《玉壶清话》卷尾，上海古书流通处民国十年（1921）影印清乾隆嘉庆间刻本。

[3] [清] 叶昌炽：《藏书纪事诗》卷三《胡震亨孝辕》引《南雷诗历》，上海：上海古籍出版社，1989年，第275页。

家必有藏书。访其子令修，慨然发其故箧。亦有宋元集十余种，然皆余所见者。孝辕笔记称引《姚牧庵集》，令修亦言有其书，一时索之，不能即得，余书则多残本矣。"[1]"传家有集胜垂鱼"，是说家有藏书胜过佩戴金银鱼袋的五品官；而"一瓻还借我无有，惭愧此来幸不虚"，黄宗羲的意思是即便这次借到的书不是自己想要的，但是对于胡家还是万分感激的。

第五，校书之乐。为了提高文献的可信度，古代藏书家往往对所藏典籍精心校勘，如清代苏州藏书家金俊明（1602—1675），少随父官宁夏，往来燕赵间，以任侠自喜。归里后，折节读书，藏书甚多，收经籍秘本、名人手稿数百种，装成巨帙，藏书楼曰"春草闲房"。时人姜垓有诗咏金氏曰：

> 春水蛟龙卧，芳洲薜荔衣。经纶人半老，兵甲客仍稀。济世名山大，编年信史非。行藏所郑重，不是恋鱼矶。[2]

史载金俊明对宋、元人秘本细加校勘后，自刻行世。他终日端坐春草闲房，读、抄、校、刻……从不知疲倦，又好录异书，工诗古文兼善书画，为人称道。晚近藏书家傅增湘终生忙于图书收藏、校勘和出版等，所校之书数量极大，如1913年往京师图书馆读书，从夏历秋，在馆106天，先后校勘《后汉书》104卷、《宋书》73卷、《梁书》40卷、《陈书》9卷、《北齐书》16卷、《容斋随笔》5卷、《四笔》5卷、《赵清献集》10卷、《苏文忠集》4卷、《和陶诗》4卷、《苏文定集》44卷、《嵇中散集》10卷、《温飞卿集》7卷、《别集》1卷、《长江集》1卷等，共342卷，为此，陈宝琛深为感佩，作《题傅沅叔藏园校书图》称：

> 投老书城袚世尘，廿年绨椠未离身。寻山独惜分阴暇，隔海亲搜秘藏珍。取次校刊媿黄顾，会看著录过晁陈。一楼双鉴松声里，已傲同光几辈人。[3]

---

[1] [清]黄宗羲：《天一阁藏书记》，李希泌、张椒华《中国古代藏书与近代图书馆史料（春秋至五四前后）》，北京：中华书局，1982年，第36页。

[2] [清]叶昌炽：《藏书纪事诗》卷三《金俊明孝章》引《乾隆苏州府志》，上海：上海古籍出版社，1989年，第320页。

[3] 吴则虞：《续藏书纪事诗》卷七《傅增湘沅叔》，北京：国家图书馆出版社，2016年，第289页。

当然，上述各种藏书活动并不是独立的，藏书家们往往借书、读书、抄书、校书等综合进行，藏书诗于此也有综合歌咏。

（三）藏书楼

"在长期的封建时代，私家藏书楼相对地说开放性最大，对中国学术的发展推动作用也最大。"[1] 咏藏书楼是明清藏书诗非常重要的主题。

第一，描绘藏书楼的建筑格局。明清私家藏书楼选址多在山清水秀、环境幽雅的地方，离开热闹的城市中心地带，环境幽雅，了无干扰，适于学子专心读书。明嘉靖间常熟藏书家孟守约，生卒年不详，建藏书楼曰"玉辉楼"，关于该楼的建筑格局，好友孙楼《守约孟君藏书于楼扁曰玉辉诗以赠之》其中两句说："君家富缃素，庋之重檐楼。"[2] 可知孟氏修建藏书楼时十分重视建筑的结构和外观，他采用重檐的形式，增添屋顶的高度和层次，增强屋顶的雄伟感和庄严感，使玉辉楼成为那时当地的有名建筑。

在济南七十二名泉中有一处名林汲泉，位于龙洞风景区佛峪钓鱼台东侧，泉水甘洌，风景秀丽。清乾隆间著名藏书家周永年（1730—1791）曾在此畔筑建藏书楼"林汲山房"。关于此楼的建筑结构，翁方纲有《林汲山房图》说：

> 因山并寺托幽居，对画看山十载余。清梵云中出钟磬，浩歌风外答樵渔。芳菲百本仍开圃，怅望千秋更偕书。欹枕春明劳梦寐，故乡如此好林庐。钞从馆阁逮瞿昙，中麓储藏比未堪。万卷波澜泻瓶水，千峰结构到茅庵。载书莫漫推池北，名士从来属济南。春雨欲催农事起，暮云如画点烟岚。[3]

在入《四库全书》馆之前，周永年家贫，百无嗜好，独爱书，曾于此地读书，因爱此处佳山水，故自号"林汲山人"，他建林汲山房藏书楼，广储典籍，提倡借阅，并于此撰写著名的《儒藏说》。晚年，周永年回济南旧居，读书、藏书、交友、创作，至乐至美，他还绘有一幅《林汲山房图》，翁方纲诗就是咏这幅图的，形象地描绘出林汲山房的构造和功用。

---

[1] 范凤书：《私家藏书风景》，石家庄：河北教育出版社，2007年，第183页。

[2] [清] 叶昌炽：《藏书纪事诗》卷三《孟守约》，上海：上海古籍出版社，1989年，第219页。

[3] [清] 叶昌炽：《藏书纪事诗》卷五《周永年书昌》，上海：上海古籍出版社，1989年，第517页。

第二，记载藏书楼的多种用途。受生活条件限制，明清多数私家藏书楼还有除藏书之外的多种用途，藏书家们往往在藏书楼中从事多种活动。如清代藏书家兼数学家泽州阳城（今山西阳城）人张敦仁（1754—1834），字古余，号古愚。多地为官，任职扬州知府时，专建"六一楼"用于藏书，时人彭兆荪《扬州郡斋杂诗》对此有专咏：

> 维阳剧郡雄财赋，太守清寒似我曹。绝学九章都探遍，只输能吏算钱刀。牙签压架万琳琅，官阁新开六一堂。我有贪心同脉望，神仙三字要分尝。

诗后彭兆荪自注说："古余太守藏书最富，于郡廨东偏葺六一堂，奉欧阳公像，而储图籍其中，设小史掌之。"[1] 在藏书楼中奉祠欧阳修像，从某种意义上说，藏书楼具有了祠堂的作用，同时也解释楼名的来历。

第三，描绘藏书楼内读书情形。藏书兼读书是明清私家藏书楼普遍的用途，藏书家的全部精神生活寄寓于此，藏书楼不再是冷冰冰的场所，而是充满人文气息，文化氛围浓郁，藏书诗多咏藏书楼内读书生活。如清代扬州二马有"丛书楼""街南书屋""小玲珑山馆"等多处藏书楼，兄弟二人常在楼中阅读，"所与游皆当世名家，四方之士过之，适馆授餐，终身无倦色"[2]。其藏书楼免费对外开放，来此读书者络绎不绝，何琪《小玲珑山馆观汪雪礓所藏宋刻〈江湖小集〉》诗说：

> 我来广陵三月半，帘幕家家飞紫燕。城东有园春尚赊，芳树初飘花一片。主人嗜古兼耽吟，欧赵风流今再见。朝来示我诗一编，睦亲坊刻此为冠。绿萝阴里乍开函，醃馤古香纷扑面。[3]

诗歌叙述在二马的小玲珑山馆读书之事。"主人嗜古兼耽吟"，描写二马兄弟嗜好读书、吟诗情形；"朝来示我诗一编，睦亲坊刻此为冠"，交代二马兄弟向何琪出示小玲珑山馆中的宋刻善本《江湖小集》，他们毫不吝

---

[1] [清]叶昌炽：《藏书纪事诗》卷五《张敦仁古余　张徵斋》，上海：上海古籍出版社，1989年，第553页。
[2] [清]李斗：《扬州画舫录》卷四，北京：中华书局，2007年，第54页。
[3] [清]叶昌炽：《藏书纪事诗》卷五《马曰琯秋玉　弟曰璐佩兮》，上海：上海古籍出版社，1989年，第476页。

惜,愿意与众人分享奇书。而事实上,正是由于二马兄弟这种乐于人供的藏书情怀,《江湖小集》才能够得以广为流传下来。[1]

明清藏书诗对藏书楼的吟咏,包含了对读书生涯的热爱,对文人雅事的沉迷,以及对人文对象的独特审美倾向,塑造出了一个与其他生活场所有别的士人生活空间,从而大力凸显了藏书楼所独具的文学审美意蕴。

四、藏、读结合的文化旨趣

"长久以来书籍以识字者和文盲都便于理解的方式,在人类文明的发展中占据着中心地位。它们包含甚至构成了世界最流行宗教的典籍基础,包含了今天多数政府所声称的权威合法性的文本基础。作为一种受人青睐的书写载体,它们被用来传递大量的信息,这些信息为大多数文化和社会所珍视。"[2] 藏书与读书是一对孪生姐妹,藏书提供更多的可读之书,而读书多了,见识大长,更有眼光访求、甄选和鉴别藏书。

明清藏书家多好学,他们博览群书,对藏书和读书的关系有清醒的认识,如清代藏书家何绍基(1799—1873)《阅宁乡刘春禧康红豆山房藏书目,喜而有赠》说:

> 藏书不解读,如儿嬉戏得珠玉;读书不能藏,如千里行无糇粮。刘侯生自湖湘秀,要与俗儒饰寒陋。善本莹莹金璧光,古人堂堂天地寿。深山楼屋可百楹,新篇蠹册皆有情。山中日月圣贤字,山外风烟蝉蚓鸣。贱子藏书无最目,读书贪多不贪熟。正流歧港各有会,要与鍪源同一族。示君此语然未然,何时铅椠相周旋。期君来蹑蓬山路,共校金绳册府篇。[3]

开篇四句"藏书不解读,如儿嬉戏得珠玉;读书不能藏,如千里行无糇粮",两个比喻形象而生动地阐释藏书与读书之间的辩证关系。其实早在

---

[1] 参阅费君清:《〈南宋群贤小集〉汇集流传经过揭秘》,《绍兴文理学院学报(哲学社会科学版)》,1999年第4期。

[2] [美]周绍明:《书史与士人书籍的非士人背景》,周绍明《书籍的社会史:中华帝国晚期的书籍与士人文化》,何朝晖译,北京:北京大学出版社,2009年,第1页。

[3] [清]叶昌炽:《藏书纪事诗》卷六《刘康春禧 袁芳瑛漱六》,引何绍基《东洲草堂集》,上海:上海古籍出版社,1989年,第684—685页。

明代，大学者胡应麟就对藏书和读书的关系做过类似的阐述："夫书好而弗力，犹亡好也……夫书聚而弗读，犹亡聚也……夫书好而聚，聚而必散，势也。曲士讳之，达人齐之，益愈见聚者之弗可亡读也。"[1] 胡应麟主张做学问与多读书本非二途，而是相辅相成的。他认为图书只能通过使用才能发挥它的价值，才有收藏的必要。

而在藏、读关系的阐述中，晚清民国时期徐世昌《藏书诗》全面而深刻，诗曰：

> 藏书十万帙，所读能几何？黄农上古世，存古已无多。唐虞开治化，经籍始访罗。大文炳日星，奇绩莫山河。传世既已遥，至道平不颇。删订待尼山，邹鲁闻弦歌。祖龙开烈焰，焚书政烦苛。汉兴重儒术，故老苦编摩。卷轴目已繁，四部复殊科。充栋不有容，藏弆入山阿。宛委在何处，古本不可得。东观化烟云，柱下亦失职。秘典气如虹，舶载入异域。海内有心人，储藏恐不及。高楼上切云，牙签美锦袭。四壁散古香，观者簪履集。我堂名退耕，我楼名书髓。校书蓬莱归，插架分图史。宋刊与元椠，古墨殊可喜。巍然汲古阁，至今存毛氏。校雠聚群彦，陈列勤十指。可以教孙曾，可以惠乡里。耄年不废学，僻居独乐此。敢云拥百城，日隐乌皮几。白云护我书，饭蔬而饮水。相将毕百年，如是而已矣。[2]

徐世昌从一介武夫升至民国大总统，取决于多方面的因素，然其好读治学一面不可废弃。他嗜古好文，人称"文治"总统，嗜好收藏古籍，家里藏书达 8 万卷，其中宋元珍本极多，藏书楼为"晚晴簃""书髓楼"等，意即古籍中的精品之书。他从总统位退下来后，致力于藏书、编书和刻书，编纂《书髓楼藏书目》8 卷附 1 卷，是家藏古籍普通书目，著录图书 7000 余种。辑《晚晴簃所藏清人别集目录》4 册，抄本，录清人别集图书 2700 余种。设"徐东海编书处"，刊刻著述数十种，所刻之书的品质和书品为上乘。《藏书诗》站在图书史的高度，总结藏书历史经验和深远文化意义，不

---

[1] 胡应麟：《少室山房笔丛》卷四《经籍会通》，上海：上海古籍出版社，2001 年，第 52 页。

[2] 吴则虞：《续藏书纪事诗》卷六《徐世昌菊人》，引徐世昌《海西草堂诗·藏书诗》，北京：国家图书馆出版社，2016 年，第 255 页。

可否认，诗歌隐显"帝王"之气。

从诗歌艺术性上来说，明清藏书诗尚未形成专门诗风，甚至各种诗话中也没有提及这种创作现象，因此，诗学艺术并不明显。不过，由于明清藏书诗是基于明清时代的藏书情形而创作的，因此，诗歌咏藏书这一主题相较于宋元得到了深化和加强。但就其艺术手法方面而言，还有两点需要说明。

一是明清藏书诗多提倡"节短韵长"的诗法风尚。"片言可以明百意，坐驰可以役万景，工于诗者能之；风雅体变而兴同，古今调殊而理一，达于诗者能之。工生于才，达生于明，二者还相为用，而后诗道备矣。"[1] 古人为文作诗，提倡在简单的话语中阐明丰富的内涵，诗文创作要做到言简意赅。用这一标准来衡量明清藏书诗创作是再恰当不过了，从叶昌炽始，咏藏书之诗多以短小精悍为主，大量的藏书诗作多为28字的七言绝句，紧扣传主的生活经历和藏书活动，从而揭示藏书特色、藏书渊源、藏书聚散和藏书家为藏书所付出的艰辛，具有高度的浓缩与概括水平。如伦明为《邓邦述》作诗道：

半生仕宦为书穷，可奈书随债俱空。群碧徒知尊古本，一篇释骨语憒憒。

传云，"君自序称：'昔借债以买书，今鬻书以偿债。'嗜书者有同慨焉。君于近代本，殊多茫昧，如沈果堂《释骨》一篇，有单行写刻本，果堂集中亦有此篇。乃收一传抄本，且疑未曾付刻，如此之类，难免弇陋之讥矣。"[2] 诗与传相得益彰，对照阅读引人遐思，许多感喟都在诗中。

二是明清藏书诗诗意混融，不加雕饰。"古人为诗，有语语琢磨者，有一气浑成者。语语琢磨者称工，一气浑成者为圣。"[3] 明清藏书诗作大多不重字句之精雕，而重诗意之浑成。如嘉应吴兰修虽有多篇诗作问世，但其人长于考证，不愿称诗人，故徐信符为之诗曰：

---

[1] [唐]刘禹锡著，《刘禹锡集》整理组点校，卞孝萱校订：《刘禹锡集》卷十九《董氏武陵集纪》，北京：中华书局，1990年，第237页。

[2] 伦明著，雷梦水校补：《辛亥以来藏书纪事诗》，上海：上海古籍出版社，1990年，第29页。

[3] 许学夷：《诗源辩体》，北京：人民文学出版社，1987年，第165页。

呼作诗人难瞑目，每从考订见心灵。桐花词馆饶清韵，家法依然独守经。[1]

吴氏建书楼于粤秀书院，藏书3万余卷，名曰"守经堂"，其中有宋元本及旧抄手校本，纸墨奇古，藏书之名与曾钊并称。因此之故，他十分在意自己的"头衔"，乐于以藏书家自居，而不是徒有虚名的诗人，"呼作诗人难瞑目"一句，可为吴兰修盖棺论定矣。

（本文原载《徐州工程学院学报》2019年第2期）

---

[1] 徐信符：《广东藏书纪事诗稿》，《广大学报》，1949年第1期。

日本藏《近思录标题释义》真伪辨

程水龙

笔者在日本访求汉文典籍时，偶见日本国立公文书馆藏有一种标记为"《近思录标题释义》"（以下简称《释义》）的刻本，该馆书目著录："《近思录集解》选者：叶采（宋），校订者：汪道昆（明）"，"明万历刊本"。此藏本共6册，书皮左上均题"近思录集解标题"。笔者由于多年进行《近思录》文献调研，在国内和日本、韩国常会见到一种名为"分类经进近思录集解"的注解本，是元代周公恕[1]类次南宋叶采集解《近思录》十四卷而成，有较多重刻本存世。然而在不经意比较中，却发现题为汪道昆的这部《释义》与周公恕类次本非常接近，不论是体例还是内容，二者在很大程度上都相同，似乎是同一种文本。可是，为何日本此藏本只字不提周公恕、刘仕贤、吴勉学等人的名字呢？既然此书与明代文学家汪道昆有关联，那么汪氏是否真有此作呢？早年陈荣捷先生对于题汪道昆撰的此书，以为"是冒名后加"[2]，然其言不够详尽，故有必要将该藏本与相关的明代刊本做一比较，探明它们之间的关系，进而揭示、阐明《近思录标题释义》的真正面目。

一、汪道昆其人

汪道昆（1525—1593），初字玉卿，后改字伯玉，号南明，歙县（今属

---

[1] 周公恕，生卒年无考，或为元末明初人。[清]黄虞稷《千顷堂书目》著录云"元代周公恕《大学总会》五卷"，其"补元"部分著录为"周公恕《近思录分类集解》十四卷"，其下又注云"吉安人"；（上海古籍出版社，1990年，第320页）《四库全书总目提要》则称作"明代有周公恕"。现存《分类经进近思录集解》卷端署名多题作"鹭洲后学周公恕类次"。

[2] 陈荣捷说："《近思录标题释义》十四卷，题汪道昆撰。日本内阁文库藏，想是孤本。书实本周公恕之书而略有加减，卷头标以简单句语。有汪道昆序，无年月日。其文与刘仕贤序，大同小异，而书法与用纸与全书不同，显是冒名后加。汪文名颇盛，决不至剽窃如此也。"（陈荣捷：《朱学论集》，台北：台湾学生书局，1982年，第165页）。

安徽歙县）人。明代嘉靖万历年间的文学家。嘉靖二十六年（1547）进士，除义乌知县外，历任襄阳知府，福建按察使，福建、湖广巡抚等，官至兵部左侍郎。汪道昆治政颇有功绩，诗文与李攀龙、王世贞齐名，文简而有法，在文学界有盛名。《明史·艺文志》著录其著述有：《春秋左传节文》十五卷，《楞严纂注》十卷，《太函集》一百二十卷，《南溟副墨》二十四卷。

汪道昆生活的时代，王阳明心学"良知"论颇具活力，程朱理学则显得活力不足。汪氏出身商贾之家，自身以儒为业，不满意当时俗儒的言行，认为"雅道不作，徒籍濂、洛、关、闽为口实，以传同声，则俗儒也"[1]。在当时徽商实力逐渐增强的背景下，人们的思想观念也在渐变，而生在、长在"程朱阙里"的汪氏，其学术思想也受徽州传统理学观念的影响。他自著诗文，编修族谱、《列女传》等，以加强程朱理学思想的传播。

从现存文献考察，汪氏生活的年代，理学经典文本《近思录》及其整理本仍不断被刊刻面世，汪氏有无可能在《近思录》文献注释整理方面有所作为呢？据龙膺《汪伯玉先生传》，汪无竞著、汪瑶光编次的《汪左司马年谱》，却未见汪道昆做过《释义》；寻查《明史》和现存公私藏书目录，也未见汪氏著述中有此《释义》，尤其是与他有道义之交的焦竑，修撰《国史经籍志》时著录的《近思录》文献有4种，若汪氏有此《释义》，则不会不被著录。如今尚未发现国内藏书中有与汪道昆相关的《近思录》文本存世。那么，日本所藏明万历刻本《释义》与汪道昆的关联，就值得怀疑了。

二、《近思录标题释义》与《分类经进近思录集解》比较

1. 版式、相关序文比较

日本国立公文书馆所藏《近思录标题释义》十四卷，是明代万历年间刊本。卷一卷端题"近思录集解"。版式为：半叶九行十八字，注文小字双行同。左右双栏，有界行，白口，单（黑）鱼尾。框高20.50厘米，宽13.70厘米。版心刻有书名卷次（如"近思录卷一"）、卷名（如"道体"）、页码（如"一"）、刻板字数（如"子五百六十七"）。该馆藏本，钤有朱文印"浅草文库""日本政府图书""文化辛未"，墨色阳文印"昌

---

[1][明]汪道昆撰，胡益民、余国庆点校：《太函集》卷三二，合肥：黄山书社，2004年，第699页。

平坂学问所"。刻本卷前刻有南宋淳祐八年（1248）叶采《近思录集解序》、淳祐十二年（1252）《近思录表》，朱熹《近思录前引》，汪道昆《近思录标题释义》（序文）、《近思录总例》、《近思录书目》、《近思录标题释义目录》、《诸贤姓氏并行略》、《集解三贤行略》。卷十四末刻有吕祖谦《近思录后引》。但是，卷端页未见署名"周公恕类次"或"汪道昆校阅"的字样。

元代周公恕《分类经进近思录集解》十四卷，原本不存，今有明嘉靖十七年（1538）刘仕贤重刻本存世，国内多家图书馆有藏。卷一卷端题"分类经进近思录集解"。此刻本每半叶九行二十字，注文小字双行二十字，四周单栏，细黑口，对（线）鱼尾。框高20.50厘米，宽13.80厘米。版心刻书名首字、卷次（如"近一"）、篇名（如"道体"）、页码（如"一"）。卷端题署"建安叶采集进，鹭洲后学周公恕类次"。卷首有明嘉靖十七年（1538）刘仕贤《重刊近思录序》、《近思录》（十四种书目、朱熹《近思录序》、吕祖谦《近思录跋》）、《集解目录》、《分类经进近思录集解纲目》、《近思录集解》各卷内容提要。

上述两种刻本虽是明代刊本，然刊刻时间有先后，版式特征有明显差异，相互间似乎不存在覆刻或翻刻的关系，但其文本内容与序跋文关系紧密，那么，它们之间到底是什么关系呢？

两种刻本的卷前序跋文中，最令人困惑的是刘仕贤序文与汪道昆序文。署名为"新安汪道昆"的《近思录标题释义》序文为：

"道一而已。熟为近？熟为远？以言乎远则不御，以言乎迩则静而正，一以贯之尔矣。一者何，心也。心之官谓之思，无思而无不通谓之圣。夫学所以希圣也，学而不思，何以作睿？思而不近，何以基远？故思者圣功之本也，近者推行之则也。《书》曰：'若陟遐必自迩'，其此之由乎？世之学者，驰神于外，役志于物，而反之身心性情间，每扞格焉。吾不知其可与入圣也。晦庵朱子暨东莱吕氏，讨论圣学，纂修名言，而为《近思录》以范后世。予尝读而思之：学莫先于知方，故首之以求端；方不可以徒知，故次之以用力；力必为乎已，故次之以处己；成乎己即成乎物，故次之以治人；是数者皆所以黜邪而居正也，故次之以辨异端、观圣贤终焉。夫学而达乎圣贤，亦既远且大矣，而其实不越乎心，其思不出乎位。何远非近？何近非远？斯道也，其一致矣乎。予嘉先儒之垂教，而病学者之遗近也，因类而聚之，复标而出之，相与发明先儒之阃奥，以加惠后学云。新安汪道昆撰。"[1]

比较该序文与明代嘉靖刘仕贤《重刊近思录序》[2]后发现，汪道昆序文"道一而已"后缺"矣"，"熟为近""熟为远"后均缺"焉"，"一者何"后缺"也"，"心也"后缺"心之理谓之道"。嘉靖刻本"因重梓以示焉"，此刻本改作"因类而聚之，复标而出之，相与发明先儒之阃奥，以加惠后学云"；"嘉靖戊戌春三月之吉，赐进士出身钦差巡按浙江等处监察御史南昌仰峰刘仕贤书"，又改为"新安汪道昆撰"。看似二者差异很小，汪氏此序文基本上是拷贝刘仕贤重刻周公恕类次本时的序文。若从形式上比较，此《释义》序文的字体为手写行楷上版，与刻本其他部分均为宋体字不一样，且此序文后未署名作序的年月日。因而令人疑惑的是，在正常情形下，在当时文坛上已负文名的汪道昆应不会窃用刘仕贤序文，也不会在序文后不题年款吧？

看来，若要解决这两种刻本的关系问题，还得从周公恕类次本的传刻历程去考察。周公恕类次本在明代后期流布较广，特别是明代万历年间，汪道昆的同乡，歙县人吴勉学[3]校阅的周公恕《分类经进近思录集解》成为当时周氏类次本的代表。笔者以前曾探究过吴勉学校阅本与刘仕贤刻本的关系，吴勉学校阅刊印的《分类经进近思录集解》十四卷，与刘氏刻本卷端书名相同，即"分类经进近思录集解"；卷首载录的序文、目录等内容相近；卷端署名除"建安叶采集进，鹭洲后学周公恕类次"外，增有"新安吴勉学校阅"。既然刘氏刻本来自周公恕类次本，那么吴勉学应是据周公恕分类改编本或刘仕贤刻本进行校阅。[4] 存世的吴氏校阅本代表是万历年刻本，版式为：半叶九行十八字，注文小字双行同。左右双栏，有界行，白口，单（黑）鱼尾。

于是，笔者将同为明万历年间刻本的吴氏校阅本与这部载有汪道昆序文的《近思录标题释义》进行比较，发现二者版式相同，此《近思录标题

---

[1] 此序文，刊于[宋]叶采：《近思录集解》卷首，明代万历年间刻本。日本国立公文书馆藏。

[2] 收录在[宋]叶采集进，[明]周公恕类次：《分类经进近思录集解》，明嘉靖十七年（1538）刘仕贤刻本。浙江省图书馆藏。

[3] 吴勉学，字肖愚，号师古，官光禄署丞，明后期刻书家，徽州府歙县丰南人。博学多识，家富藏书。家有师古斋。明万历年间曾校刻经史子集及医书数百种，如《性理大全书》等。参见《（道光）徽州府志》卷十一之四《人物志·文苑》。

[4] 程水龙：《明代中后期〈分类经进近思录集解〉考述》，《图书馆杂志》，2008年第4期，第63-67页。

释义》与周公恕类次本、刘仕贤刻本、吴勉学校阅本关系密切。由此推想，难道题作"近思录标题释义"的此书是重刻吴勉学校阅本？或者它们就是同一版本？因不敢妄加猜测，便又从以下几方面进一步比较。

2. 编排体例、卷目比较

（1）编排体例

汪道昆《近思录标题释义》（以下简称"汪本"）正文体例的编次，每卷卷端依次题书名卷次（如"近思录集解卷之一"）、各卷内容提要（即叶采对各卷所作的解题，对各卷内容的概述）、每卷的第一个小类目（按，刻本卷三至卷十四的第一个小类目置于本卷提要之后，而卷一、卷二的第一个小类目却置于本卷内容提要之前）、正文。

《近思录标题释义》正文的编次体例与周公恕《分类经进近思录集解》（以现存最早、最完整的明嘉靖十七年刘仕贤刻本为比较对象，以下简称"周本"）的体例基本相同，与吴勉学校阅本《分类经进近思录集解》（以下简称"吴本"）的体例，除吴本卷端书名下增刻"建安叶采集进，鹭洲后学周公恕类次，新安吴勉学校阅"外，皆相同。至于《近思录标题释义》卷一、卷二的第一个小类目刻印位置的变化，或主持刊刻者有意为之，或刻工误倒。

（2）各卷类目比较

① 卷首所编纲目。汪本、周本、吴本的卷首，均刻有《近思录集解》各卷内容提要、《分类经进近思录集解纲目》，只有汪本在内容提要前未署名"叶采集解""周公恕类次"等文字，而将各卷内容提要统辖于标题"近思录总例"下，并将《分类经进近思录集解纲目》改换为《近思录标题释义目录》。

周本、吴本、汪本卷首刻印的各卷小类目标题大部分相同，仅《近思录标题释义目录》省减了一些类目，如卷一无吴本《分类经进近思录集解纲目》下辖的"对待生意""气"，而正文中实际存在此类目。可见《释义目录》类目的改删，很可能是刻印时有意显示与他本的不同。

② 正文类目比较。将汪道昆《近思录标题释义》与《分类经进近思录集解》（按，因吴勉学校阅本是重刻周本，类目与之相同，故与周本比较即可）正文中的小类目进行比较（以第一卷为例），概述如下：

从卷端题识看，汪本与周本有同有异。汪本书名为"近思录集解"，周本为"分类经进近思录集解";汪本未署名编注者[1],周本署名"建安叶采集进,鹭洲后学周公恕类次"(吴本增"新安吴勉学校阅");汪本与周本在书名卷次下均有内容提要:"此卷论性之本原,道之体统,盖学问之纲领也。"

从小类目编次看,周公恕打乱了叶采《近思录集解》本(以元刻明修本叶采《近思录集解》十四卷为比较对象,以下简称《集解》)原有的语录编排体例,将原十四卷分为188个小类目(按,笔者以正文自然分节的实际类目为计数单位)。如卷一分18小类,每类语录前冠以小类目标题:太极,天道,阴阳,天地物理、对待生意,鬼神,道,四德五常,仁,义,性,性命,心,中和,中,诚(立诚存诚见二卷),感应屈伸之理(感应之化见后),神,本末。各类目下辖若干条语录。经比较,汪本与周本同。

具体而言,卷一的各条语录及注文,汪本"太极"目下是南宋叶采《近思录集解》卷一的第1条;"天道"目下是第5条;"阴阳"目下是第9、10、16、43、44条,卷四第2条,截录卷四第53条中的一句话;"天地物理、对待生意"目下是第18、22、23、25条;"鬼神"目下是第8、46、47条;"道"目下是第13、19条,卷二第105条,卷三第29条,截录卷十三第3条前一句;"四德五常"目下是第6、37、41条,截录第2条中一句;"仁"目下是第11、17、20、24、35、36、45条及37条中一部分,卷二第47、52、63、64条等,卷四第59、70条,截录卷四第30条前两句;"义"目下是第15条,卷七第39条,卷十第44条,截录卷二第60条后一句;"性"目下是第14、21、38、40、48、51条,卷二第30、80条;"性命"目下是第7条,卷二第81条;"心"目下是第4、39、42、50条,卷二第24、76、83、97、101、103条,卷三第1条,卷四第8、12、17、21、32、33、35、43、55、61、62、67条,卷五第2、7条,卷十二第22条,截录卷二第92条第一、二两句,卷四第25条后两句、第65条的前一句;"中和"目下是第3条,截录卷四第53条前一部分;"中"目下是第26、29、30条;"诚"目下是第31条及第2条前一句;"感应屈伸之理"目下是第12、32、33、34条;"神"目下是第2条末句及第49条,卷三第59条;"本末"目下是第28条。

汪本与周本卷一所收语录编次相同,即将叶采《近思录集解》卷一的

---

[1] 与明万历年间刻本汪道昆《太函集》卷端署名明显不一,《太函集》卷端署名为"新都汪道昆伯玉著"。

50条语录（仅卷一第 27 条未收入本卷）重新分类编排，并从《近思录集解》其他卷中（如卷二、三、四、五、七、十、十二、十三）选取或裁剪部分语录及其注文编入《近思录标题释义》卷一各类目下。

至于汪本其他各卷语录的编次，与周本基本相同。如有些卷目所辖语录不像卷一有较多明显取自他卷处，而是多保留叶采《近思录集解》原卷的语录，较少从其他卷目中选取或截录语录。

3. 内容比较

汪本与周本（包括吴勉学校阅本）正文内容基本相同。分而言之：汪本、周本中《近思录》原文均与叶采集解《近思录》同，叶采注文的核心内容也都被收录。虽然就某一卷收录的语录来说，汪本、周本与叶采《近思录集解》略有差异，即汪本、周本收录的语录条数与叶采《集解》原卷内容相比有增有减，然而就整本书的内容看，差异不大，如卷一，除收录了叶采《集解》卷一的 50 条语录外，还从其他卷中选取或截录部分语录归并至卷一各类目下，而在它们原本所在的卷目中多不再重出。

最具特色的是，汪本与周本对叶采《集解》各卷的语录正文、注文进行了取舍调整，有时并非只在本卷内做语录次序的调整和内容的增删，且从其他卷中选录与小类目相关的语录插入其中，如卷一"阴阳"目下，所收语录的编次是《集解》卷一的第 9、10、43、44 条，卷四第 2 条，卷四第 53 条中的一句话，卷一第 16 条。卷一增加的正文、注文取自《集解》第二、四卷的较多，多为伊川、横渠的语录。汪本、周本有时也肢解《集解》某条语录归于不同的小类目下，如将《集解》卷一第 2 条肢解成三段，分别编入"诚""四德五常""神"等小类中。

汪本、周本其他各卷语录的内容、编次，大体与卷一类似，即保持《集解》各卷内容的主体不变，然后稍做调整与增减。例如卷十三，汪本、周本同样选取了《集解》卷十三的 14 条语录，并从卷十四第 17 条中截录一段归于"异端"类目下；并将《集解》原语录条次重新编排，如此卷"异端"类目下是《集解》卷十三的第 1、2 条、卷十四的第 17 条中一段语录，"释氏"类目下是卷十三的第 3、4、5、6、8、9、11、12、14 条，"仙术"类目下是卷十三的第 10、7 条，"诸子言有无"类目下是卷十三的第 13 条。

若就周本、汪本与叶采《集解》分别比较，则会发现：

① 周本对《集解》原有语录文字（包括注文）有少量增删或改动，如周本卷一"天道"类目下编录的《集解》卷一第 5 条原文，在语录前增

"伊川先生曰"五字，并改"以性情谓之乾"为"以情性谓之乾"；又如周本卷一"阴阳"类目下录入《集解》卷一第43条原文，在句首删去了"横渠先生曰"五字。其他各卷多有此类情形，而《近思录》原文的主体并无大的差异。

周本的注文，常在注文前增添一二句，说明注语出处，如卷一第1条首句"濂溪先生曰：无极而太极"下注："朱子《图解》已载《性理》《四书》"，删除《集解》原有注文"朱子曰：上天之载……复有无极也"。如周本卷一"阴阳"类目下收录的卷四第2条语录的注文下，较《集解》无"《易传》下同"句，增加"伊川元本系四卷论存养"句。如周本卷一"鬼神"类目下收录的《集解》卷一第8条，增加注文"伊川"二字。如周本卷一"仁"类目下收录的《集解》卷一第45条末的注文，删除《集解》原有注文前的"王往通"，改注文"《诗·大雅》'板'篇"为"横渠《大雅》'板'篇"。各卷多有此类情形。

周本的内容与叶采《集解》，虽然在文字上存在少数脱、衍现象，但周本仍是以叶采《近思录集解》内容为主体，故该类次本卷端仍旧首题"建安叶采集进"。

② 汪本对《集解》原有语录文字（包括注文）也有少量增删或改动，如汪本卷一"天道"类目下编录的《集解》卷一第5条原文，在语录前增"伊川先生曰"五字，并改"以性情谓之乾"为"以情性谓之乾"；又如汪本卷一"阴阳"类目下录入《集解》卷一第43条原文，在句首删去了"横渠先生曰"五字。其他各卷多有此类情形。可以说汪本与周本一样，与《集解》原文的主体并无大的差异。

但是，汪本的注文，不像周本在注文前增添一二句说明注语出处，而是对《集解》的少数注文进行校改，这却与同时期的吴勉学校阅本相同，如卷一第1条首句"濂溪先生曰：无极而太极"下，删除《集解》原有注文"朱子曰：上天之载……复有无极也"。其注文为："养节斋曰：朱子曰……太极而已。"（按，汪本"养"当作"蔡"，或刻工致误）无周本所增"朱子《图解》已载《性理》《四书》"句。如汪本卷一"阴阳"类目下收录的卷四第2条语录的注文与《集解》同，而无《集解》"《易传》下同"句，汪本又无周本所增加的"伊川元本系四卷论存养"句。如汪本卷一"鬼神"类目下收录的《集解》卷一第8条，增加注文"伊川"二字，与周本相同。如汪本卷一"仁"类目下收录的《集解》卷一第45条末的注文，又删除《集解》原注文前的"王往通。《诗·大雅》'板'篇"，其余注文与《集解》同，只是不同于周本在此处所做的改动。

总体而言，汪本各卷注文都有此类情形，与吴本基本相同。这些文字上的校改，或汪氏，或本就是吴氏校阅所致。因此，汪本与吴本一样，与周本存在少许差异，仍是以叶采《集解》内容为主体。

③ 汪本与吴本一样，总体上沿袭了周本的类次体例，内容上除极少数文字或因刊校造成差异外，大多基本相同。从全书的内容考察发现，周公恕类次本（包括吴本）、汪道昆校阅本皆打乱了叶采《集解》的语录原有编次，从结构形式上对叶采《集解》进行了整理改动，而正文，包括注文的内容并无大的改动。尽管叶采《集解》经过他们分类改编，"容颜"大变，清代学者多持批评意见[1]，说它是"谬误几不可读"，然而它在明成化、嘉靖、万历年间影响很大，因其内容仍是以叶采《集解》为基础，所以我们仍将它们归于叶采集解《近思录》系列版本。

对周公恕的分类编次，明嘉靖年间刘仕贤有重刻推广之举，尚无确凿史料能够证明同时期的汪道昆对《分类经进近思录集解》做过校阅。从现存所谓汪道昆校阅的《释义》与万历年间吴勉学校阅本的比较可见，二者都是源自周公恕类次本，说《释义》与吴本是同一种版本，也不为过。

三、结论

从《释义》与《分类经进近思录集解》体例、内容、各卷小类目编次及所辖内容等的比较可见，两种版本的内容、各卷的分类编次基本相同。因而，如果说汪道昆真的撰有《近思录标题释义》，那么也是在周公恕《分类经进近思录集解》本的基础上损益而成。但作为当时名家望族的汪道昆，

---

[1] 黄虞稷认为，周公恕《近思录分类集解》十四卷是"就叶采《集解》参错杂折之，非叶氏本书也"。[清]张习孔《近思录传序》云："鹭洲周公恕者，取叶氏本参错离析之，先后倒乱，且有删逸，仍冒叶氏名曰'分类集解'，创为二百余类，全失朱子之意。流传既久，几乱本真。"载于清康熙十七年（1678）饮醇阁刻本《近思录传》，藏上海图书馆。[清]江永《近思录集注序》曾批评周公恕"以己意别立条目，移置篇章，破析句段。细校原文，或增或复，且复脱漏讹舛，大非寒泉纂集之旧。后来刻本相仍，几不可读"。载于清嘉庆十二年（1807）刻本《近思录》，[清]江永集注，藏上海图书馆。而且四库馆臣亦云："叶采纂为《集解》，尚无所窜乱于其间。明代有周公恕者，始妄加分析，各立细目，移置篇章，或漏落正文，或淆混注语，谬误几不可读。"见[清]永瑢，等编《四库全书总目》，中华书局，1965年，第781页。王鼎《朱子原订近思录序》云："周公恕分标细目，移动本文，破碎纠纷，不免漏落妄增之讥。"载于清嘉庆十九年（1814）王鼎校次本《朱子原订近思录》，[清]江永集注，藏复旦大学图书馆。[清]耿文光《万卷精华楼藏书记》云："坊本多从周公恕分类，割裂舛错，尽失其初。"中华书局，1993年，第634页。

其著述之举在方志、家史中应有载，而今不见有此类记载。

从《释义》与吴勉学校阅本《分类经进近思录集解》的版式、内容、类目、体例、刻本字体的比较可知，二者非常接近，同源，甚至可谓同一。二者之间仅有极少数文字差异，或书贾作伪所致。

从书名题款看，按古籍著录的惯例，当以第一卷第一行确定书名，那么此《释义》书名应叫"近思录集解"，这与周公恕类次本、吴勉学校阅本的卷一所题书名稍有差异。卷前刊刻者改"分类经进近思录集解纲目"为"近思录标题释义"，或许意在增加新颖感。

日本所藏《释义》载有的序文，虽无常见版本序跋后所刻印的年月字样，但它大体是汪氏14岁时刘仕贤重刻所作序文的改版。据现有文献资料记载可知，汪道昆不曾撰写过《近思录标题释义》，那么题作"新安汪道昆撰"的序文，极有可能是书贾盗用汪氏之名的伪作。

为何此刻本在卷前改序文名、目录名，新创《近思录总例》，假托汪道昆校订《近思录标题释义》？笔者认为有三个方面的原因：一则汪道昆在万历时期在文坛已有盛名，书贾有意借名人噱头，创造一种名人注本效应；二则改变卷前的标目名称、序文作者，题"汪道昆撰"，极有可能是书贾为了给人新颖感，避免雷同，便于流通销售；三则与"分类"本的名声不佳有关。从现存文献资料看，周公恕分类改编的《分类经进近思录集解》，在明清公私藏目中很少著录。一是因为明代人作书目一向不重视注记版本，二是因为明末清初周公恕类次本声名渐衰，且大多为坊刻俗本，难入收藏家法眼，即使如邵懿辰《增订四库简明目录标注》有所记录，也只是不屑一顾地说"近刻窜乱，谓周公恕本，及新安朱氏本"[1]。故此，周公恕《分类经进近思录集解》及其传刻系统的版本，不仅历史记录的少，而且流传至今的也少。现存类次本则多为明后期重刻，其代表主要是万历年间吴勉学校阅本。至于日本所藏此刻本，是书商采用当时很容易得到的吴勉学校阅本《分类经进近思录集解》，删除"周公恕类次""吴勉学校阅"之类的文字，故有了托名汪道昆撰序、卷端却不题撰校者的"新书"——《近思录集解》。所谓汪氏"类而聚之，复标而出之，相与发明先儒之阃奥"，只是书贾代汪氏发言罢了。

---

[1]［清］邵懿辰：《增订四库简明目录标注》，上海：上海古籍出版社，1959年，第390-391页。

清人焚稿现象的历史还原

罗时进

康熙十年（1671）二月初五[1]，在清代历史上本是一个平凡的日子，但周亮工将大量著作"尽付咸阳一炬"的惊世之举使这一天载入了清代的文学史和文化史。由于周氏在明末清初具有的地位，以及此事的特殊背景，因此，其焚书事件一时间影响巨大，许多文人对此发表评论，其中吕留良所言带有对焚稿作为一种"文化行为"的总结意义："古之人自焚其书者多矣。有学高屡变，自薄其少作者；有临殁始悔不及为，谓此不足以成名而去者；有刺促恐遗祸而灭者；有惑于二氏之说，以文字为障业者；有论古过苛不敢自留败阙者；甚则有侮叛圣贤，狂悖无忌，自知不容于名教，故奇其迹以骇俗而自文陋者。其焚同，而所以焚不同也。"[2] 这里对焚稿原因的分析虽然基于迄至周氏焚书前的现象，但对清人焚稿问题的研究无疑具有借鉴作用。不过清人焚稿行为之烈、规模之大、所涉之广都远远超过了以往任何一代，一部分焚稿原因也超出了吕留良当时观察的范围。大致说来，可归于"社会意念"与"文学行动"两个方面。当然，这两个方面难以判然区分，也难以完全涵括，如"悔其少作"现象，颇多沿承自古以来的文人传统，往往是以对"青春文字"的否定显示"老成境界"，既非出于某种社会背景，也难说出于文学自觉。焚稿的因素相当复杂，本文仅择其要、示其概，试图通过初步的现象分析，还原历史现场，寻绎某些特殊历史事件的脉络。

---

[1] 周亮工焚书时间，一说为康熙九年（1670），陈圣宇《周亮工晚年焚书日期确考》考为康熙十年（1671）二月初五，参见南京大学古典文献研究所编：《古典文献研究》（第11辑），南京：凤凰出版社，2008年，第541-544页。

[2] [清]吕留良：《吕晚村文集》卷五《栎园焚余序》，台北：台湾商务印书馆股份有限公司，1977年，第339-340页。

一、"焚诗谢是非"：走出"紧张"的社会关系

人非自然存在物，具有社会属性。由于社会分化，每个人都处于不同位序的社会阶层，而各阶层之间因固有利益和文化价值的不同而存在一定的结构性紧张关系。对清代这一中国历史上最后一个封建王朝而言，文人极致化的紧张关系体现在与最高统治者和统治集团之间。一般而言，离最高统治者和统治集团越远，心理越松弛；反之，离最高统治者和统治集团越近，或介入其中，则紧张度越高。问题恰恰在于，或因原有的家族地位，或因科举带来的社会流动等诸多原因，清代大多数文人都参与了广义的统治阶层的活动，因而紧张感是一种普遍的存在。

明清易代之际，是努尔哈赤集团争取统治权和巩固统治秩序的时期，其时整个社会处于纷拏惶骇之中，随之而来的江南"三大案"形成的巨大压迫感传导为各阶层文人内心的高度紧张，人们必然采用某种方式加以释放。焚稿，无论出于内在抗拒心理，还是被胁从，无疑成为减轻压迫感和走出紧张社会关系的选择，因此，明清易鼎之际直至康熙初年，成为清代文人焚稿的高峰期。

此际焚稿这种特定的个人隐私行为成为跨代文人的群体意念，然而各自的心理并不相同。吕留良当"甲申北都陷，庄烈崩，光轮号泣呼天，尽焚其平日所为文，散家财结客，思复大仇。往来湖山间，栉风沐雨，艰苦备尝"[1]。陈溉在国变后内心愤然见于辞色，"尽焚其诗、古文，避深林中"[2]。刘若宜于京师陷后投缳自尽，为家人所救，"遂僧服遁居甑山，三十余年未尝入城市，所作诗文尽焚其稿"[3]。施显谟乃前明内阁中书，入清后不仕，"临殁时尽焚其所作"[4]。以上，吕留良的焚稿行为是复仇心志的激烈表达，陈溉、刘若宜是隐居前的精神告别，施显谟则是政治幻灭后身与心同归圆寂。此际更多的焚稿是为了避祸，正所谓"焚诗谢是非"[5]。吴

---

[1] [清] 陈鼎：《留溪外传》卷四《吕晚村传》，清康熙三十七年（1698）自刻本，第22页。
[2] [清] 屈大均：《明四朝成仁录》卷一二，民国影印《广东丛书》本，第448页。
[3] [清] 何绍基：《（光绪）重修安徽通志》卷二六，清光绪四年（1878）刻本，第3页。
[4] [清] 阮元：《两浙輶轩录补遗》卷一，清嘉庆年间刻本，第14页。
[5] [清] 侯方域著，何法周主编，王树林校笺：《侯方域集校笺》卷二《曼翁诗序》，郑州：中州古籍出版社，1992年，上册，第63页。

伟业记彭宾语曰"吾之诗以散佚不及存,以避忌不敢存"[1],傅山录《鬼谷子要语》曰"寡言则途坦,焚砚则心安"[2],都反映出一代人的真实心态。另外,顺治年间有一批文人出于各种原因北上入阁,亦往往将过去所作文字付诸回禄,如王铎"清顺治三年(1646)赴京前,焚其诗文稿千余卷"[3]。在转变身份前所做的这种自我清理,显然是为了与统治体制相容无碍。

从顺治朝到乾隆朝,清廷一直存在巩固统治地位的焦虑与警觉,其背后隐藏着对文人阶层相当程度的警戒心理。各种笼络手段的采用,只是试图扩大其精神一统的版图,但深层的防范意识未尝松懈过,对文字之防尤为重视,禁毁之厉堪称空前。康熙五十年(1711)南山案发,都御史赵申乔参奏:

> 翰林院编修戴名世,妄窃文名,恃才放荡。前为诸生时,私刻文集,肆口游谈,倒置是非,语多狂悖。今膺恩遇,叨列魏科,犹不追悔前非,焚削书板。似此狂诞之徒,其容滥厕清华?[4]

既为臣属,"今膺恩遇,叨列魏科",就必须"追悔前非,焚削书板",否则便属于大逆不道。正因为如此,乾隆年间因修《四库全书》而展开大规模焚销行动,"焚毁之繁多,诛戮之惨酷,铲毁凿仆之殆遍,摧残文献,皆振古所绝无"[5]。这使得士林群体骤然震骇,深感"今日儒运,恐遭焚坑,清流之祸不远矣"[6]。金堡因所作"语多悖逆",遍行堂板片"委员解赴军机处,查销在案",且令"诗集之外,尚有碑记、墨迹等类留存寺中,亟应毁除净尽"[7]。徐崧等人合辑《诗风》,而所刻"选本《怀音集》

---

[1] [明]吴伟业:《梅村家藏稿》卷二八《彭燕又偶存草序》,《四部丛刊初编》(集部第352册),上海:上海书店,1989年,第131页。按,吴伟业本人居京师时曾"岁抄日记,有成帙矣""藏在箧衍,不以示人",后"恐招忌而速祸,则尽取而焚之"(《吴梅村全集》,上海古籍出版社,1999年,第718页)。

[2] [清]傅山:《霜红龛集》卷三七《杂记二》,《清代诗文集汇编》编纂委员会编《清代诗文集汇编》(第25册),上海:上海古籍出版社,2010年,第497页。

[3] 张升:《王铎年谱》,上海:上海书画出版社,2007年,第188页。

[4] [清]蒋良骐:《东华录》卷二一,清乾隆年间刻本,第22-22页。

[5] 任松如:《四库全书答问》,上海:上海书店出版社,1992年,第2页。

[6] [清]颜元:《存人编》卷二《唤迷途·第五唤》,《颜元集》,北京:中华书局,1987年,上册,第146页。

[7] 上海书店出版社编:《清代文字狱档》,上海:上海书店出版社,2007年,第165页。

《缟纻集》《南字倡和》《九日倡和》诸集，不啻数千页，俱以讹传禁诗，悉付祖龙"[1]。清人学术著作与文学创作之多，是历代无法比拟的；而清人焚文毁板数量之巨，烟燎灰飞，同样是古往今来无与伦比，对此，后人痛惜浩叹不绝于耳。

　　清代文人的紧张心理，并不止于与努尔哈赤最高集团之间，也体现于官僚体制内各阶层之间。官僚集团内部的冲突施加于个人，受压力者在危机感、失败感和绝望感下往往产生焚稿这种自虐性意念。周亮工康熙年间因卷入"漕运案"，闭门待罪十个月，又逢丧弟的打击，如在汤镬，心绪如乱丝，百苦相煎，觉得人生已毫无生趣。不幸的是"庚戌再被论"，故而"忽夜起彷徨，取火尽烧其生平所纂述百余卷，曰：'使吾终身颠踬而不偶者，此物也。'"[2] 吕留良《赖古堂集序》对这一事件的解析最为精辟：

> （亮工）豪士壮年，抱奇抗俗，其气方极盛，视天下事无不可为。千里始骤，不受勒于跬步；隐忍迁就，思有所建立。比之腐儒钝汉，以布衿终敛村庸，固夷然不屑也。及日暮途歧，出狂涛险穴之余，精销实落，回顾壮心，泛无一展，有不如腐钝村庸之俯仰自得者。吐之难为声，茹之难为情，极情与声，放之乎无生。彼方思早焚其身之为快，而况于诗文乎哉？[3]

文字乃人生之记录与表现，当人生已至绝境，愿以焚身为快，文字又何足爱惜？如此，烬燃诗文便是一曲"人琴俱亡"的生命绝唱了。这里不妨再看梁鼎芬焚稿事件。梁鼎芬，字星海，号节庵，番禺人。光绪六年（1880）进士，历任知府、按察使、布政使，性为骨鲠之臣，屡劾权贵，未尝畏惧。在中法战争中，权力核心层的李鸿章一味主和，梁氏因弹劾其六大可杀之罪而触怒慈禧。徐世昌《晚晴簃诗汇》云：

> 节庵早岁登第，以论劾合肥罢官，年甫二十七，士论称其伉

---

[1] 徐崧：《凡例》，徐崧、汪文柏、汪森辑《诗风初集》卷首，四库禁毁书丛刊编纂委员会《四库禁毁书丛刊补编》（第56册），北京：北京出版社，2005年，第632页。

[2] ［清］钱陆灿：《赖古堂集附录·墓志铭》，［清］周亮工《赖古堂集》（下册），上海：上海古籍出版社，1979年，第946页。

[3] ［清］吕留良：《赖古堂集序》，［清］周亮工《赖古堂集》（下册），上海：上海古籍出版社，1979年，第553页。

直。晚以南皮疏荐复起，壬癸以后，征侍讲幄，琼楼重到，金粟回瞻。悱恻芬芳，溢于篇什，尝自言"我心凄凉，文字不能传出"，遂焚其诗。[1]

其焚稿时有言："一切皆不刻。今年烧了许多，有烧不尽者，见了再烧，勿留一字在世上。"[2] 梁氏焚诗与历史大变局或无直接关系，主要是与官僚阶层内部形成重大矛盾。当他深感"我心凄凉，文字不能传出"时，焚稿则是迫不得已了。清人每有进谏陈奏"疏上辄焚稿，故人无知者"[3] 的情况，也多见友朋被祸后"全焚诗笔留心血"[4] 之举，都深含着对官僚关系网络的高度警惕。

"花因刺眼偏多种，诗为伤心欲尽焚"[5]，是清代士林阶层相当普遍的现象。李骐《许君平先生小传》记载："许君平先生者，兴化诸生许坦也。少负意气，务上人，视天下事无一可当意者，然竟不偶于时，所遇辄穷，屡试屡蹶，遂尽焚弃其所为文，放浪歌曲以抒其愤懑不平。"[6] 显然，无论人们怎样用"避人焚旧草，非有不平鸣"[7] 向社会表白，总无法遮掩焚稿乃缘于伤心的事实。男性文人所经历的社会冲突与人际紧张各有不同，而对女性来说，则有一种殊途同归的人生宿命。

应该承认，较之以往历代，清代女性的文学境遇无疑是最好的，女性文学社团活动时有所见，"雨后怜香花共摘，风前射覆酒同斟"[8] 的情景表明其精神空间有所扩展，甚至有女诗人"急于求名，唯恐人不及知。而

---

[1] 徐世昌：《晚晴簃诗汇》（第4册）卷一七三，北京：中国书店，1988年，第355页。

[2] 余绍宋：《梁节庵先生诗集序》，王翼飞、余平整理《余绍宋集》，杭州：浙江人民美术出版社，2015年，第231页。

[3] [清] 钱维城：《钱文敏公全集·茶山文钞》卷一二《朝议大夫分巡南汝光道布政使司参议永济崔公墓志铭》，《续修四库全书》编纂委员会编《续修四库全书》（第1443册），上海：上海古籍出版社，2002年，第90页。

[4] [清] 张问陶：《船山诗草》卷一五《闻稚存赦归先寄》（下册），北京：中华书局，1986年，第430页。

[5] [明] 李天植：《李介节先生全集·蟸园诗后集》卷三《次答叶香上》，《四库未收书辑刊》编纂委员会《四库未收书辑刊》（第7辑第19册），北京：北京出版社，2000年，第505页。

[6] [清] 李骐：《虬峰文集》卷一六《许君平先生小传》，清康熙三十九年（1700）刻本，第34页。

[7] [清] 张问陶：《船山诗草》卷一七《闲中得句》（下册），北京：中华书局，1986年，第509页。

[8] [清] 吴宗爱：《徐烈妇诗钞》卷一《招素闻以诗代柬》，胡晓明、彭国忠主编《江南女性别集二编》（上册），合肥：黄山书社，2010年，第27页。

未定之稿，出以示人，求片言于大佬名公以为荣"[1]。故所存作品数量也很可观，胡文楷先生《历代妇女著作考》自序说，"清代妇人之集，超轶前代，数逾三千"[2]，这虽然是一个很不完全的统计，也已远远超出清代以前女性作家作品存量的总和了。需要注意的是，这只是清代女性创作较为有限的一部分，其所焚、所弃作品之多是惊人的。她们的作品为什么难以流传和存世？袁枚、王文治的诗弟子骆绮兰在《听秋轩闺中同人集序》中道出的部分缘由多为人们引证，然而她所谈及的闺秀"幸而配风雅之士"，自必爱惜其作品，故"不至泯灭"；而"所遇非人"则必"将以诗稿覆酰瓿"[3]等，涉及的只是家庭内部问题，虽不无根据，但未触及女性进行文学活动与社会之间的紧张关系，多少有些流于皮相。其实对清代女性文学创作造成困扰和限制的最大力量，仍然是传统礼教范畴的"妇德"。杭州夏伊兰作《偶成》云："不见《三百篇》，妇作传匪鲜。《葛覃》念父母，旋归忘路远。《柏舟》矢靡他，之死心不转。自来篇什中，何非节孝选。妇言与妇功，德亦藉此阐。"[4]在女性自身的视野中，自古文学经典关涉女性者皆教化之选，妇言、妇功、妇德作为道德约束，直至清代仍然是女性无法根本走出的精神樊篱，所以作品随写随毁或临终付诸一炬，成为本然的自觉意念[5]。

较早的女性焚稿事迹见于唐代，《北梦琐言》卷六载进士孟昌期妻孙氏善为诗，而一旦焚之，"以为才思非妇人之事"[6]。至明代，其特定的崇尚程朱理学的人文生态使得女性焚诗成为寻常之事[7]，而有关清代女性碍于礼教闺范而焚稿的记载几乎随处可见。丁丙《国朝杭郡诗三辑》记载杭州才女包韫珍：

---

[1] [五代]孙光宪：《北梦琐言》卷六，北京：中华书局，1960年，第55页。
[2] 胡文楷：《历代妇女著作考》自序，上海：上海古籍出版社，1985年，第5页。
[3] [清]骆绮兰：《听秋轩闺中同人集序》，胡晓明、彭国忠主编《江南女性别集二编》（上册），合肥：黄山书社，2010年，第695页。
[4] [清]夏伊兰：《吟红阁诗钞·偶成》，蔡殿齐编《国朝闺阁诗钞》（第9册）卷三，清道光二十四年（1844）娜嬛别馆刻本，第3a页。
[5] 这里说"主要归宿"，是指清代女性希望刊刻诗作，流传作品的现象有所存在，这方面的事例参见严程《清代女性诗人的联吟唱和与存稿情况例说》[《清华大学学报（哲学社会科学版）》，2013年第增1期]。
[6] [宋]李昉，等编：《太平广记》（第6册）卷二七一，北京：中华书局，1961年，第2137页。
[7] 参见拙文：《焚稿烟燎中的明代文学影像》，《苏州大学学报（哲学社会科学版）》，2016年第1期。

> 年十四即能诗，其父戒之曰："女子无才便是德，古之福慧兼修者几人哉？"韫珍尊父言而从此深自韬晦，然结习总未能忘。后承外叔祖朱秋垞先生之教，诗词亦工……嫁庄氏之后，亦郁郁不欢，仍依母食贫……其于自序《净绿轩诗存》中亦云："焚弃笔砚，顶礼空王，发生生世世永不识字之愿。"……其生趣可想而知。[1]

何绍基《汤母杨太淑人吟钗图记》云：

> 汤公楚珍之配杨太淑人，幼学工诗，有才女之名。年三十五，楚珍公杀贼殉父于凤山县，太淑人以抚孤不得死，尽焚其前所为诗，后不复作，得节妇之义。[2]

女性焚稿在自卑与伤感之外，也表现出某种伦理洁癖，隐含着对文学史家向来将其边缘化，甚至将其作品与方外、青楼女子合编做法的抗拒。顾贞立《焚旧稿》诗云："临风把泪奠霞觞，几载闲愁一炬偿。何事忍教成蝶去，肯容流落俗人囊。"[3] 这几乎可以看作一篇清代女性焚稿的"宣言"了。

正是出于对壸范的坚守与对流俗的拒绝，众多女性诗人在易箦时往往将所有作品尽付祝融。这类事迹触目可见，如沈德潜《清诗别裁集》记载长洲女子韩韫玉"工词翰，年三十时，著述已富。病殁前，尽取焚之，不欲以文采见也"[4]。郭善邻《张母刘夫人行实》："夫人故工诗……病革忽执册语侍人曰：'妇人之分专司中馈，此余闺房哀怨之句，留之将何为乎？'命投烈焰中。"[5] 徐起泰《继室倪孺人行略》记叙倪氏"（乾隆）辛亥七

---

[1] 沈立东、朱亚伟、祁兆珂：《中国历代女作家传》，北京：中国妇女出版社，1995年，第306—307页。

[2] [清] 何绍基：《东洲草堂文钞》卷四《汤母杨太淑人吟钗图记》，《续修四库全书》编纂委员会《续修四库全书》（第1529册），上海：上海古籍出版社，2002年，第165页。

[3] [清] 顾贞立：《焚旧稿》，[清] 恽珠《国朝闺秀正始续集》卷二，清道光十三年（1833）红香馆刻本，第14页。

[4] [清] 沈德潜选编：《清诗别裁集》卷三一，石家庄：河北人民出版社，1997年，第664页。

[5] [清] 郭善邻：《春山先生文集》卷三《张母刘夫人行实》，《四库未收书辑刊》编纂委员会编《四库未收书辑刊》（第9辑第26册），北京：北京出版社，2000年，第353页。

月,忽遘疾,廿一日疾剧。予出延医。孺人自知不起,与公姑泣诀,随命婢尽焚所作时艺约二百首,古文约百五六十首,诗约千首。予归咎之,呜咽叹曰:'妾一生谨慎,计犯天地所忌者此耳,曷用留之以重予罪!'言讫而逝"[1]。让平生文思浴火成灰,抹去一切与闺范不符的色彩,不留任何人世口实,是摆脱与社会紧张关系的最彻底的方法,也成为清代女性文人最习见的人生告别仪式。

人是一切社会关系的总和,无论男性作者还是女性作者,都无法彻底摆脱社会尘网。文学作品一方面用作表达思想和抒发情感,具有纾解心怀的功能;另一方面也造就压力,成为非自在之物。因此,在特定条件下,必将产生焚稿这种非常态的意念。清代男性入仕文人之焚稿,除顺治时的"贰臣"外,多在被祸、罢官或临殁时[2];女性文人则往往在出嫁、寡居、皈佛或病革时,都具有人生情境发生重大转变的特点。他们有关爨稿的解说,皆可看作对人生抱持哀绝心理的悲壮证词,其笔锋所向并非文学世界,而是沉重的社会和历史的大幕。

二、"诗多焚稿兴逾深":重新审视文学创作

大约从中唐开始,文人便逐渐形成了"日课一诗"的习惯。宋人推广此法,将诗歌创作视作"士"的精神追求,后人更将其视作"士"的日常生活方式[3],并将其扩展到其他文学门类。时至清代,文字也达到了前所未有的普及程度,文学的崇高感和文人的优越感已较为淡化。极为日常化的文字也难免产生一定程度的写作疲倦,从而引发对文学价值的思考。清代大量焚稿现象的存在有其复杂的原因,从某种意义上说也与人们重新思考文学概念,审视文学价值具有内在联系。

在这个问题上,八股文这片长期笼罩清人的阴霾,是一个绕不过去的话题。对于许多清代文人来说,摩挲文字的初始方向在于举业,最易被否定的也是八股文字,而无论热衷于此还是厌弃此道,都往往以焚稿作为行

---

[1] [清]黄秩模编,付琼校补:《国朝闺秀诗柳絮集校补》,北京:人民文学出版社,2011年,第392页。

[2] 关于清人罢官之际的焚稿,每见记载。如[清]潘衍桐:《两浙𬨎轩续录》卷六:"陈顾●,字又声,亦作㶁声,号藕田,仁和人,乾隆乙丑进士,官户科给事中……所著有《南楼文稿》《续稿》《诗稿》若干卷,罢官日悉自焚弃,所存《北梁吟稿》皆在塞垣时作也。"[《续修四库全书》编纂委员会编:《续修四库全书》(第1685册),上海:上海古籍出版社,2002年,第170页]

[3] 参见胡传志:《日课一诗论》,《文学遗产》,2015年第1期。

动的标志。

先看热衷者。到清代八股文已经流行了两百多年，其弊人多知之，但其利更诱惑人去追求。八股文与传统文学所形成的价值分裂是显而易见的[1]，清人深知："文无所谓今古也，盖自制义兴而风会趋之。学者习乎此则纡乎彼，于是遂视如两途。"[2] 与古文相比，韵语与制义之间的畛域更加分明，所以毛奇龄劝诫："习举义者，戒勿为诗，而为诗者，谓为举义家，必不工。"[3] 为了防止"旁及者必两失"[4]，也只有辛苦数年先拼个通籍再说。清初曹贞吉即如此，长期困顿科场后"益自奋厉，博极群书，篝灯雒诵，深夜不休"[5]。为专志于科举，不仅不赋诗章，更焚烧了旧稿。其《岁暮感旧抒怀二十八韵》云："丙申游帝都，归来遂决计。读书唯小园，矢怀一何锐。不谓两放逐，失我凌云势。痛哭焚旧编，誓欲绝鲍系。淹屈负须眉，举止惭仆隶。"[6] 在挣脱鲍系牵绊的努力中，首先用烈炬摧毁了通向文学大殿的路标。

再看厌弃者。科举中的失败者总是多数，当通籍无望时，举业程文便如敝屣，当归回禄之神了。温斐忱《董若雨先生传》载录董说焚烧科目文章之事："时流寇方躏中原，而中朝各争门户，先生独怀隐忧。未几罹闱祸，慨然曰：'吾家累叶受国恩，今遭数阳九，纵不能死，忍腼颜声利之场乎？'遂弃诸生，焚其十年来应举之文，著《甲申野语》。"[7] 康熙时张坚博学多才，"原是江南一秀才"，文章词赋脍炙人口，但"少攻时艺，乡举屡荐不售。焚稿出游，转徙齐、鲁、燕、豫间……交游日益广，而穷困如故也"[8]。作为专为举业而模铸的敲门砖，制艺重复性写作的数量极多，

---

[1] 参见蒋寅：《科举阴影中的明清文学生态》，《文学遗产》，2004年第1期。

[2] [清]刘绎：《笃志堂古文存稿序》，上官涛、胡迎建注《近代江西文存》，北京：社会科学文献出版社，2015年，第63页。

[3] [清]毛奇龄：《西河文集·序》卷一《吴应辰诗序》，《清代诗文集汇编》编纂委员会编《清代诗文集汇编》（第87册），上海：上海古籍出版社，2010年，第267页。

[4] [清]汪懋麟：《雄雉斋选集序》，《清代诗文集汇编》编纂委员会编《清代诗文集汇编》（第184册），上海：上海古籍出版社，2010年，第345页。

[5] [清]张贞：《渠亭山人半部稿·潜州集》《诰授奉政大夫礼部仪制清吏司郎中曹公贞吉墓志并铭康熙》，清间安丘张氏家刻雍正印本，第66页。

[6] [清]曹贞吉：《珂雪初集》卷一《岁暮感旧抒怀二十八韵》，《清代诗文集汇编》编纂委员会编《清代诗文集汇编》（第133册），上海：上海古籍出版社，2010年，第240页。

[7] [清]范锴：《浔溪纪事诗》卷上，《清代诗文集汇编》编纂委员会编《清代诗文集汇编》，上海：上海古籍出版社（第480册），2010年，第297页。

[8] [清]张龙辅：《玉狮坠·自叙》，蔡毅编著《中国古典戏曲序跋汇编》（第3册），济南：齐鲁书社，1989年，第1681-1682页。

内容偏枯，性情寡淡，即使那些成功者也深以为耻，嘉庆间进士谢兰生"博通多能，精时艺，暮年悉焚其稿，曰'此仅足弋利禄，不可传'"[1]。

文人立言，在当世是立足文坛或进入公共领域的资本，对未来则可能成为扬名立万的凭依。八股名家虽不乏文学成就非凡者，但那终究是禄利之筌蹄，其功利性取向和应用化功能决定了这一文体不可能在具有审美属性的文学殿堂中长期占据显要位置，大量的八股文最终被掷付祖龙，确乎符合艺术逻辑和历史逻辑。但客观而言，清人焚稿，时文只是一个部分，而真正成为文化事件的焚稿还在诗文和学术著作方面。

康熙时汪淇曾说："五十年之前，见一作诗者，以为奇事；三十年之前，见一作诗者，以为常事；沿至今日，见一不作诗者，以为奇事矣。"[2] 由此清代诗人之多、作品之繁可以想见。近三百年中，诗歌这一文学河汉中最为明亮的星斗，文化老树上永远不落的神果，时时被揣摩、欣赏、应用着，虽然在真正的诗人那里崖岸自高，仍是带有精神特性的艺术构造，但在泛文人群体中，则几乎变为一种文字构件，可以批量化生产了。诗歌如此，其他文体同样存在创作专业性降低和内在精神消解的现象，文学知识的普及化和创作行为的大众化是有清一代的总体倾向。在这一环境中，精致与粗糙、高雅与通俗、专精与庸常并陈杂现。面对数量极大的作品，不少文人深感"夸多斗靡，非性所好"[3]，因此，除庸去冗成为清代文学生产过程的一个环节，"诗多焚稿兴逾深"[4]的现象引人瞩目。

清人焚诗承继了前人"悔少作"的审视方式。宋人在倡导"日课一诗"时，对日常写作稠叠沓至，作品水平参差不齐，也颇知其弊，形成了内省俟善的自觉。宋祁《笔记》云："'余于为文似蘧瑗，年五十，知四十九年非；余年六十，始知五十九年非，其庶几至于道乎！'每见旧所作文章，憎之必欲烧弃。梅尧臣喜曰：'公之文进矣。'"[5] 对过去创作的审视，往往聚焦在初始阶段，从"悔少作"变为"焚少作"。贺铸《庆湖遗老诗集序》

---

[1] 史澄：《(光绪)广州府志》卷一二八，清光绪五年（1879）刻本，第19页。
[2] [清]汪淇：《与关蕉鹿》，[清]黄容、王维翰辑《尺牍兰言》卷四，《四库禁毁书丛刊》编纂委员会《四库禁毁书丛刊》（集部第35册），北京：北京出版社，1997年，第213页。
[3] [清]邵晋涵：《南江诗文钞》文钞卷八《与吴白药侍读书》，清道光十二年（1832）胡敬刻本，第2页。
[4] [清]王瑛稙：《茗韵轩遗诗·雨后书事》，胡晓明、彭国忠主编《江南女性别集四编》（下册），合肥：黄山书社，2014年，第1005页。
[5] [宋]陈振孙著，徐小蛮、顾美华点校：《直斋书录解题》卷十七，上海：上海古籍出版社，1987年，第495-496页。

云:"始七龄,蒙先子专授五七言声律,日以章句自课,迄元祐戊辰,中间盖半甲子,凡著之稿者,何啻五六千篇。前此率三数年一阅故稿,为妄作也,即投诸炀灶,灰灭后已者屡矣。"[1] 陈师道、杨万里、徐府等一批作家都有焚毁"少作"之举。清人对"少壮诗篇总未工"有更为深切的体会,"焚却从前快意诗"[2] 的现象屡见不鲜,这里聊举几例。

李伍汉《郑慎子诗叙》云:

> 忆十年前,从宪武斋中得《余全人诗刻》读之,喜其风流掩映,郁勃生姿。问其年,少余二岁,余因取少时诗草尽焚之。[3]

章藻功为汪无己《焚余诗》作序云:

> 无己学问纳新,文章吐故。理卞和之璞,何曾稍掩其瑕;禀西子之容,窃恐偶蒙不洁。鬓已齐而犹略,尚叹飞蓬;腰欲细而为纤,渐同辟谷。因自削其少作,俾共信夫老成。[4]

方东树《半字集序录》云:

> 余年十一,尝效范云作《慎火树诗》,为乡先辈所赏,由是人咸以能诗目余,余亦时时喜为之。丙子遭忧,灰心文字,兼悔少作,遂尽取而焚焉。[5]

---

[1] [宋] 贺铸:《庆湖遗老诗集》自序,[清] 永瑢,等编纂《四库全书》,上海:上海古籍出版社(第1123册),1987年,第197页。

[2] [清] 先著:《之溪老生集》卷二《严许集下·焚诗》,《四库未收书辑刊》编纂委员会编《四库未收书辑刊》(第8辑第28),北京:北京出版社,2000年,第483页。

[3] [清] 李伍汉:《壑云篇文集》卷二《郑慎子诗叙》,《清代诗文集汇编》编纂委员会编《清代诗文集汇编》(第141册),上海:上海古籍出版社,2010年,第526页。《壑云篇文集》卷二《史评小引》又云:"某二十许时,无所知识,妄为史论,裒讥千古,震撼河岳,不顾膑绝而压覆以死也,一旦感杨诚斋《柳》诗而悔之,尽焚所为史论二百余篇,三十年阁笔不敢臧否人物。"[《清代诗文集汇编》编纂委员会编:《清代诗文集汇编》(第141册),上海:上海古籍出版社,2010年,第529页]

[4] [清] 章藻功:《思绮堂文集》卷三《汪无己焚余诗序》,《清代诗文集汇编》编纂委员会编《清代诗文集汇编》(第198册),上海:上海古籍出版社,2010年,第495页。

[5] [清] 方东树:《半字集》《半字集序录》,《清代诗文集汇编》编纂委员会编《清代诗文集汇编》(第507册),上海:上海古籍出版社,2010年,第1页。

虽然文学史上不乏天才出少年的佳话，但初辨音声时，难免以齵唇历齿之形，作巧笑微颦之态，故而"庾信文章老更成"大体可以看作一般规律。李伍汉、汪无己、方东树在稍近老成时，从比较审视中发现年少时依口学舌实在稚嫩难掩，骈俪绮靡之思也不宜示人，故严格拣择，以今日视昨日之非的姿态，将"少作"尽付烈炬，挥手告别青春写作。

  清人与青春写作决绝的告别态度，既是传统习惯的复制，也是成长心理的反映，但在相当程度上体现的是对文学价值和文学理念的守护。长期浸润在文学生活中，难免对作品的质量产生某种钝感。钝感是一种审美疲惫，文学品质、价值的敏感性为写作娱乐或日课程式所消磨，既无意于自我谛审，也无法清晰辨认作品质量高下。然而经过长期学养积累，在特殊的境遇抑或他者视角的照察下，会重新唤醒文学审美意识，通过自觉的检视，发现过去作品的庸劣。对照清人的稿本与刊本，可以看出一些作家修改完善的痕迹，但比较普遍的现象是自羞于"诗剩累千篇，幸少惊人句"[1]，而进行选择性、筛汰性的焚稿，过激者则倾囊而出，付诸一炬。这种行为，清人戏称为"火攻"。张煌言对"火攻"曾做分析，其《陈文生未焚草序》云：

> 祖龙一炬，六籍烟飞，然博士掌故，犹未焚也。迨咸阳三月火，而经史无余烬矣，乃后世不罪羽而罪政，何哉？殊不知枢不蠹流不腐。文章一道，倘陈陈相因，毋宁付之祝融氏之为快也。究之秦皇焚书而书存，汉儒穷经而经亡。呜呼！是岂焚之罪也哉？况乎风雅之林，日趋于新；而动辄刻画开宝，步趋庆历，譬之寒灰，其能复燃乎？夫焦尾之桐，出爨而宫徵始发；火浣之布，经焰而色泽弥新。物固有待焚而成其贵者矣，胡陈子文生则又以《未焚》草名篇乎？嘻！吾知之矣。年来烽举燧燔，吴音秦楚之际，几疑此日乾坤，劫火洞烧，而文生夷犹其间。每遇名胜，辄欲焚鱼；凡经唱和，都令焚砚。一吟一咏，簇簇能新。若钻燧槐榆，递相迁代，非未焚也，盖有不可焚者在焉。余因谓文生：法言有之，火灭修容，戒之哉！火攻固出下策矣。[2]

---

[1]〔清〕周篆：《草亭先生集·诗集》卷二《戏题焚剩诗稿》，《续修四库全书》编纂委员会编《续修四库全书》（第1416册），上海：上海古籍出版社，2002年，第501页。

[2]〔明〕张煌言：《张苍水集》第一编《陈文生未焚草序》，上海：上海古籍出版社，1985年，第45-46页。

张煌言认为，劫火洞烧时焚鱼（弃官）与焚砚都是不得已之举，一味"火攻"，乃属"下策"，可以赞赏的是："文章一道，倘陈陈相因，毋宁付之祝融氏之为快也。"

毋庸讳言，清人写作最突出的问题是易开平庸之花，有骨架无骨力，有文采无精神，有记叙无理致，有技巧无境界，这些皆属平庸。而在前代文学典范面前沿袭模拟，生硬地唐临晋帖，"学汉魏则拾汉魏之唾余，学唐宋则啜唐宋之残膏"[1]，乃最不可不戒之平庸。康熙时李嵋瑞曾模拟诸家，"某篇求似某篇，某句求似某句，亦殊沾沾自喜，而不知其为已陈之刍狗"，后乃自羞于"易吾之面为古人之笑貌……翻阅笥中，取所为诗，悉焚弃之"[2]。叶燮弟子薛雪更以笔意出新为追求，凡"作诗稿成，读之，觉似古人，即焚去"[3]。相比较而言，道光朝林仰东（子莱）的学古态度较为平允，林昌彝《林子莱诗集小传》云：

> 子莱幼颖异绝人，年十一，辑唐人诗为古近体，传观遍冶南。余识子莱于刘炯甫席间，随与之定交。子莱甫冠，负不世才，所至魁其侪偶。诗初学随园及十砚翁，余力劝其取法乎上，子莱遂焚其稿，肆力于汉、魏、三唐、宋、元、明诸大家。年三十，诗境日益进，上自汉、魏，下至唐人高、岑、王、李诸家，莫不登其堂而哜其胾。[4]

明人在文学观念上表现出强烈的复古意识和宗派倾向，并以之左右创作路径，甚至以焚毁某种作品作为文学观念的宣示和流派皈依的标志。清人为文自有与明人相同的不苟态度，但文学观念的排他化、不同取向的敌意感、汉魏唐宋的偏好性都较淡薄，表达得较多的是对"正法""工致"的祈求，具有显著的内省性特征。如乾嘉诗人钱申甫得王次回《疑雨集》，"大赏之，

---

[1] [清] 薛雪：《一瓢诗话》，[清] 叶燮、薛雪、沈德潜《原诗·一瓢诗话·说诗晬语》，北京：人民文学出版社，1979 年，第 113 页。

[2] [清] 李嵋瑞：《后圃编年稿》卷首《焚余稿自序》，清康熙年间刻本，第 5a-5b 页。

[3] [清] 薛雪：《一瓢诗话》，[清] 叶燮、薛雪、沈德潜《原诗·一瓢诗话·说诗晬语》，北京：人民文学出版社，1979 年，第 113 页。

[4] [清] 林昌彝著，王镇远、林虞生标点：《林昌彝诗文集》卷一四《林子莱诗集小传》，上海：上海古籍出版社，1989 年，第 328 页。

旦夕吟讽，多拟为闺房赠答、怀人咏物、缠绵旖旎之作"[1]。陆继辂见其未循正法，乃"力规之"，钱氏"遂尽焚其稿，而放笔为歌行，横空盘硬，抑塞磊落"[2]。王培荀《听雨楼随笔》记录乾隆举人周立恭"好云性，好为诗，而成篇即焚弃，自嫌不工"[3]。单学傅《海虞诗话》称道光朝姚柳堂"诗承家学，刊有《支川竹枝》百首，并七律二卷，余尚千首，中年疾亟，自谓未工，命家人悉焚之"[4]。冯志沂《送余小颇先生出守雅州序》云："志沂幼失学，自应试文外无所措意，通籍后始为诗，又好随俗为纤靡之音。戊戌春，于友人所见小颇先生文，求介以见，因呈所为诗，先生涂乙过半。心初不能平，徐取古人诗读之，乃始怃然愧汗，悉取旧作焚弃之。"[5] 这类事迹载籍遍书，不胜枚举。

显然，此种焚稿主要出于文学范围内的一体之念，乃通过对文学生产的直观和体验，照察境界不高的作品，针对自我和他者眼中的失败之作，进行矫正与净化。正是从这一意义上，可以将清人对庸烂之作的摧纸扬灰行为看作一种学风分叉。在其内省自觉和向善启真的思想倾向中闪烁着一代文人构造真正文学空间的理想之光。

三、"至人之迹神其灭"：决绝之焚与惜护之辩

清人文集中多见"焚余"之名[6]，相同意义的名称有"烬余""爨余""燔余""焦尾""焦桐""爨桐""焚桐""拾烬""萎兰"[7] 等，都有烈火余生的意义。既投诸火炬而又未灭，这是一个隐含矛盾又符合一定逻辑的现象。如果还原历史现场，可以寻绎某些特殊事件的脉络，其中所

---

[1] 张惟骧：《清代昆陵名人小传稿》（上），常州：常州旅壹同乡会，民国三十三年（1944），第16页。
[2] [清] 陆继辂：《崇百药斋文集》卷一九《候补觉罗官学教习钱君行状》，《清代诗文集汇编》编纂委员会编《清代诗文集汇编》（第506册），上海：上海古籍出版社，2010年，第226页。
[3] [清] 王培荀：《听雨楼随笔》卷一，《续修四库全书》编纂委员会《续修四库全书》，上海：上海古籍出版社（第1180册），2002年，第174页。
[4] [清] 单学傅：《海虞诗话》卷九，《续修四库全书》编纂委员会《续修四库全书》，上海：上海古籍出版社（第1706册），2002年，第65页。
[5] [清] 冯志沂：《适适斋文集》卷一《送余小颇先生出守雅州序》，《清代诗文集汇编》编纂委员会编《清代诗文集汇编》（第639册），上海：上海古籍出版社，2010年，第642页。
[6] 遭劫火而幸存的别集，一般以"劫灰""然灰"为名，与"焚余"的意义有所不同。
[7] 胡文楷编著：《历代妇女著作考》："（王如沚妻）年二十五，夫殁，尽焚所作诗，守节二十年卒，子侄等捡箧得残稿一卷，题曰《萎兰集》。"上海：上海古籍出版社，1985年，第535页。

隐含的"应焚"与"不当焚"之辩，也在一定程度上透露出清人的文学标准，以及对既有作品存弃的态度。

为了说明这个问题，不妨先回顾一个清代发生的对大批诗稿本欲"焚毁"而最终"瘗弃"的事件。金匮（今属无锡市）人顾光旭，乾隆十七年（1752）进士，为官颇有政声。乾隆四十一年（1776）冬自蜀归乡任东林讲习，在从兄谔斋《梁溪诗钞》和南塘黄可亭《梁溪诗汇》未成稿基础上，复广收故家旧族庋藏遗稿，加以选录编成《梁溪诗钞》。刊刻后对诸稿欲焚欲弃心意未决，最后听从同乡诗人贾崧（字景岳，号素斋）的建议，将"横堆三十尺"的剩稿俱厝土中，立碑其上，名之为"诗冢"。顾光旭特为此事广征诗赋以咏之，随即激起不同反应。

对此举赞同者有之，如赵翼《顾晴沙选梁溪诗成，瘗其旧稿于惠山之麓，立碑亭其上，名曰诗冢，为赋七古一首》云："晴沙妙选梁溪诗，二千余年尽罗致。一将功成万骨枯，所余残稿将焉置？既非青史蕉园焚，敢托黄册后湖闭……或笑秦儒将被坑，或疑李集欲投厕。岂知琢石比椁坚，兼复立亭仿塔瘗。遂使此邑千才人，诗魂上天魄归地。虽悲一丘貉不分，且喜千腋狐已萃。"[1] 袁枚作《诗冢歌》引"视本朝顾侠君，选刻元诗三百人"作为审慎甄取的先例，表示赞同，且云："君今此举古来寡，文冢笔冢难方驾。泥封更比纱笼尊，火烧亦不秦皇怕。我欲高刊华表十丈碑，大书'过路诗人齐下马'。"[2]

反对的声音也非常强烈，如潘世恩《诗冢歌》云："文字精灵一点埋不得，熊熊奕奕万丈腾光芒……晴沙先生选诗一千一百有十人，残编断简堆积高于身。何来贾生出奇计，瘗之石穴千载留其真。君不见，伯鸾不作长康死，名士风流长已矣。""我思英雄事业才人诗，一例皆欲流传之。选家意见各区别，沧海岂必无珠遗。倘使構梠㭒楎供博采，安在单词只句不与风雅相扶持？"[3] 洪亮吉对早年齐名的一些梁溪诗人的作品被埋弃颇有微词："九原珠玉终难瘗，合置中郎与发丘。""潘张陆左谁能识？有锸须埋刘

---

[1] [清] 赵翼著，华夫主编：《赵翼诗编年全集》（第3册）卷三九《顾晴沙选梁溪诗成，瘗其旧稿于惠山之麓，立碑亭其上，名曰诗冢，为赋七古一首》，天津：天津古籍出版社，1996年，第1224页。

[2] [清] 袁枚著，周本淳标校：《小仓山房诗文集·诗集》（第2册）卷三六《诗冢歌》，上海：上海古籍出版社，1988年，第1044页。

[3] 徐世昌：《晚晴簃诗汇》（第3册）卷一〇九，北京：中国书店，1988年，第140页。

伯伦。"[1] 同邑秦瀛听闻此事，即作《与顾丈响泉书》直陈其失："诸家之诗之原本，或锓刻，或钞写，或专集流传，或错见别本，或藏之于其子孙之家，或不必子孙而他人藏之。"他认为："（《梁溪诗钞》）多者不过一人钞数十首至百首，少且一二首至十数首耳，岂能尽其人之诗而钞之？"[2] 张云璈则对贾崧的建议深表不满："今请一言陈贾公，昔人有诗集曾藏佛寺中。何不将此置之龙光塔，呵护仗彼诸添功？"[3]

梁溪"诗冢"事件反映出清人对文学作品价值的认知，存在一种带有文化贵族气质的俯视视角，以及一种带有文学劳动者精神的平视视角。前者将最高的文学标准贯穿于选政，却割裂了文学创造的整体脉络；后者则持尊重写作者和文学遗产的态度，认为："其人一生心血所在，亦应听其自存自亡于天地之间，不应举而弃之土壤也。"[4] 综合这两种视角，可以用以解释清人诸多孱弃和焚余现象。

清代"带有文化贵族气质"的焚稿事件，较为典型的是石永宁焚诗。据方苞《二山人传》，永宁，号东村，"世饶于财，祖都图为圣祖亲臣，每议公事，不挠于权贵。山人少豪举，年三十始折节读书……乾隆元年（1736），举孝廉方正，诣有司力言弱足，难为仪众，莫能夺也"。其作诗"即事抒情，倏然有真意。或刻其《山居》五言律二十首，遂不复为诗，尽焚旧稿。曰：'吾幼学难补，虽殚心力所造，适至是而止耳。吾幸以悲忧穷蹙，悔曩者之冥行，今老矣，可更以詹詹者扰吾心曲乎？'"[5] 此次焚稿，其数量极大，友人闻知后颇赞赏其豪举。李锴《焚诗歌为石东村作》云："古诗旧说三千篇，未必皆是宣尼删。河清菅蒯颇可诵，春秋交聘犹能宣。逸而不逸谁则主，少者为贵翻争传。石君一旦过我门，道腴义胜来骄人。生平为诗不知数，告我草稿今通焚。丈夫猛捷贵有断，龙蜕不惜黄金鳞。

---

[1] [清] 洪亮吉：《卷施阁集·诗集》卷一八《诗冢诗》，《续修四库全书》编纂委员会编《续修四库全书》（第1467册），上海：上海古籍出版社，2002年，第632页。

[2] [清] 秦瀛：《小岘山人诗文集·文集》卷二《与顾丈响泉书》，《清代诗文集汇编》编纂委员会编《清代诗文集汇编》（第407册），上海：上海古籍出版社，2010年，第469页。

[3] 徐世昌：《晚晴簃诗汇》卷九四，北京：中国书店，1988年，第2册，第667页。

[4] [清] 秦瀛：《小岘山人诗文集·文集》卷二《与顾丈响泉书》，《清代诗文集汇编》编纂委员会编《清代诗文集汇编》（第407册），上海：上海古籍出版社，2010年，第469页。

[5] [清] 方苞：《望溪先生文集》卷八《二山人传》，《续修四库全书》编纂委员会编《续修四库全书》（第1420册），上海：上海古籍出版社，2002年，第394-395页。

君看笙诗无一字，束氏补之成赘文。我闻此论骇卓绝，至人之迹神其灭。"[1] 郑燮《寄题东邨焚诗二十八字》更称："闻说东邨万首诗，一时烧去更无遗。板桥居士重饶舌，诗到烦君并火之。"[2] 郑氏非但不以其焚诗为非，更戏谑东村收到自己的诗也可即付诸焚燎。其笔下透出豁达潇洒，给予焚诗者充分的理解：诗乃即兴抒情，无须负载沉重的生命意识，更不必借之传名后世。

文人及其文字业，对一些特定的作者来说，并不能代表身份属性，非生命之追求。梁绍壬《两般秋雨庵随笔》卷一记载："金陵水月庵僧镜澄，能诗，然每成辄焚其稿。檇李吴澹川文溥录其数首，呈随园先生，先生激赏之。吴谓镜澄宜往谒先生。镜澄曰：'和尚自作诗，不求先生知也。先生自爱和尚诗，非爱和尚也。'"[3] 可以看出，镜澄不求袁枚知诗，乃因为诗作出于和尚，而和尚并非以诗荣焉。一旦臻于摆脱世俗尘累的道境，"每成辄焚其稿"则是自然随性的。

东村之猛捷高傲与镜澄之道性自然，有特殊的家族影响和佛门背景，故纵任所作"神其灭"而不及其余，但从普遍性来看，清人还是将文字业看作精神成果与心血存养，焚稿者自身和相关的他者大多以文学劳动者的视角审度和关注，故"焚而有所余"是最为常见的现象。让我们先从"自身"角度试读顺康年间李骥的《楚吟自序》：

> 李子性嗜吟咏，三日不读古人诗，辄忽忽不自得。九岁即学作诗，然不敢以示人。从父壶庵先生一日于几上见之，李子大惭，先生曰："子无惭，子可与有成者也。"……戊戌秋，辑前后所作诗刻之，四方作者或以其有合于古人，李子颇自负。久之又自疑，一日读李沧溟集，怃然自失，取所刻诗欲焚之，或止焉，李子曰："予闻往者七子燕集，于鳞诗必晚出，见他人有工者辄匿己作，自矜其名如此，而集中可删之篇犹且什之六七，吾辈率尔成章辄付剞劂，可谓不自好矣。焚，予犹悔其晚也。"于是遍搜筐笥所存暨所已刻，共得诗一千一百余篇，昼篝一灯座右，稍不自惬辄焚之，

---

[1] [清]铁保辑，赵志辉校点补：《熙朝雅颂集》，沈阳：辽宁大学出版社，1992年，第1062页。

[2] [清]郑燮：《板桥集》二编《寄题东邨焚诗二十八字》，《清代诗文集汇编》编纂委员会编《清代诗文集汇编》（第273册），上海：上海古籍出版社，2010年，第635页。

[3] [清]梁绍壬：《两般秋雨庵随笔》卷一，清道光十七年（1837）振绮堂刻本，第7页。

仅存篇三百有奇，汇成一集，名曰《楚吟》……兹所谓"楚吟"，大约皆坎坷困厄之中不得通其意，故发为歌咏，以自抒其愤懑不平之气者。[1]

文章笔意回转，道出千余首诗歌焚毁与甄存的经过和心曲。可见"不自惬"而焚弃之，乃理所当然；将"自抒愤懑不平之气者"留存之，为情之所驱；而"焚余"正是理与情权衡的结果。乾隆时毛振翧自序其《半野居士焚余集》亦称其文乃"自叙其出处，述其言行，备道其所历之境、所值之人、所用之情耳"，故当焚其作品时，不忍心一概弃之，"语从心出，思本性生，其有关于心术人品、气节名义，托物以寄志、藉事以明心者，未始不姑存一二，以对天下后世。不然，此生之所遭逢概湮没而不彰，负身实甚"[2]。嘉庆时刘嗣绾曾叙述陈懋本诗集编集过程曰："暇日复集其旧时散佚诸作，拨劫后之残灰，拾囊中之碎锦，别为一卷，名曰《爨余》。且以余同游最久，属叙述其梗概。嗟乎！途穷日暮，哀长笛之无多；海碧天青，识断琴之尚在。其能无爨桐之泣、焚砚之思也哉！"[3] 不无巧合的是，刘嗣绾《尚絅堂集》卷一所收本人之诗，也以《爨余集》题名。他在卷首叙道："余年十二三，学为诗，稿脱辄焚弃。岁丁酉，稍稍存录，因就故纸中，并向所记忆者，搜辑一二，名为《爨余》，如曰可入中郎之赏，则吾岂敢。"[4] 这样的典型事件表明：清代文人虽宁缺毋滥，平庸辄焚，具有对品质和价值的坚持，但对曾经的精神劳动和心血付出，亦颇自珍。

焚稿虽然是在一定环境和心态下的个人行为，但其现场抑或有亲近者在。站在"他者"的立场，往往当焚稿尚未发生时或爨毁之时力求做挽救性处置，使既成文字精光不灭。陈璞《是汝师斋诗序》记载：

南海朱子襄先生，少负隽才，长励学行，处为纯儒，出作循吏，晚归乡里，设帐授徒，足迹不入城市，平生著述不欲示人，临殁复举其稿尽焚之。此诗一卷，乃其徒窃录出者。沉炼深警，

---

[1] [清] 李骥：《虬峰文集》卷一五《楚吟自序》，清康熙刻本，第15—16页。
[2] [清] 毛振翧：《半野居士焚余集》自序，《清代诗文集汇编》编纂委员会编《清代诗文集汇编》（第259册），上海：上海古籍出版社，2010年，第578页。
[3] [清] 刘嗣绾：《尚絅堂文集》卷二《陈季驯诗集序》，《清代诗文集汇编》编纂委员会编《清代诗文集汇编》（第469册），上海：上海古籍出版社，2010年，第417页。
[4] [清] 刘嗣绾：《尚絅堂诗集》卷一《爨余集序》，《清代诗文集汇编》编纂委员会编《清代诗文集汇编》（第469册），上海：上海古籍出版社，2010年，第122页。

韵高而意厚，何先生犹以为未足传而辄焚之耶？抑其志远且大，以是为小技，而不以贻于后也？[1]

朱次琦，字稚圭，号子襄，世称九江先生。天才卓异，平生史学、理学、文学著述甚富，辞世前尽付一炬，世人痛惜。对于他因何决绝焚稿，门人简朝亮、康有为及梁启超等皆有评议，大体有愤世嫉俗、不图学者之名、防误读之弊、旧学无益诸说，俱难定论。然而其燔余文字得以传世，毕竟为人间留下散珠碎锦，在文化史上镌刻上一个不朽的名字。其实不但对于清代名人作品，即使对女性或社会底层者的作品，亦有不少救于焚燎的佳话。如郭善邻《张孝子暨妻陈氏行实》记载：“张孝子钊，字宏度，鹿邑人……先是孝子之将终也，检平生所存诗文一箧，属陈氏曰：'谨藏，此子长，以相付。'又手一稿草，具涂乙，欲就灯火焚之。陈氏意其或有用也，为代焚，因易以他纸，而贮稿箧中，且二十年矣。一日，呼其子汉至，启箧，以父命命之，则向所欲焚稿者固在。语之故，汉受而读之，乃吁天文也。"[2] 陈氏的行为未必出于文化自觉，但在朴素的直接经验驱使下，家族文学之光得以鉴照后人。

与从火炬中挽救残篇相比，乾隆朝周广业对所作《宋六陵考》"欲焚稿者数矣。顾念搜讨之劳，颇费时日。又窃喜扣盘之见，间有与先哲隐合者，遂未忍割弃"[3]；道光间贝青乔"屡欲焚弃"往日书文，终因"朋好中有劝其存稿"[4] 而从之；晚清罗振玉"间作小文，不欲再存稿，儿孙辈顾以为可惜，编成一卷"，振玉便"署其端曰《未焚稿》"[5]。这种事前终止焚稿的行为不乏记载，其中有自我心灵的对话，也有与他者的对话，从中能够感受到人们对将文字归于回禄之神所持的慎重态度。

---

[1] [清] 陈璞：《尺冈草堂遗集》卷一《是汝师斋诗序》，《清代诗文集汇编》编纂委员会编《清代诗文集汇编》（第676册），上海：上海古籍出版社，2010年，第649页。

[2] [清] 郭善邻：《春山先生文集》卷三《张孝子暨妻陈氏行实》，《四库未收书辑刊》编纂委员会编《四库未收书辑刊》（第9辑第26册），北京：北京出版社，2000年，第351页。

[3] [清] 周广业著，祝鸿熹、王国珍点校：《周广业笔记四种》，杭州：浙江古籍出版社，2013年，第98页。

[4] 齐思和、林树惠，等编，中国史学会主编：《中国近代史资料丛刊·鸦片战争》（第3册），上海：神州国光社，1954年，第233页。

[5] 罗振玉著，文明国编：《罗振玉自述》，合肥：安徽文艺出版社，2013年，第177页。

四、清人焚稿的几个新特点

焚稿，是一种阻断作品传播的手段，从社会意识角度看，具有抗拒社会的意向和控制个人损害的作用；从文学的角度看，则是一种特殊的、严格的自我批评方式。这种批评方式受到唐代以前删诗、焚书、烧砚、焚谏草等文化事件的影响，唐宋文人层出不穷的焚稿行为赋予其典型意义，至明代已经发展为一种文化风尚了。清人焚稿不但集历代之大成，而且出现了一些值得注意的趋向和特点。

首先，焚稿作为士林风俗更加普遍流行。至迟到唐代，文人中已经出现了"祭诗"行为，乾隆年间鲍倚云有《祭诗行》云："我闻祭诗之例贾岛开，时当除夕陈樽罍。命意还应自劳苦，抑或艰辛历历如有神助灵之来……玉堂老人（东皋伯父）顾之浩然叹。问我试啼英物如何英，而不思吹龙笛与凤笙。快剑入海屠长鲸，为我掷地作石声。何为效此蚓泣苍蝇鸣，积数百篇悉焚弃。"[1] 实际上唐代"除夕陈樽罍"而祭诗只是滥觞，至宋代方逐渐演变为一种风俗。弘治《八闽通志》记载："闽俗相传，谓腊月二十四日，灶君上天，奏人间事，必祭而送之。（郑）性之贫时，尝于是日贷肉于巷口屠者之妻。屠者归，闻之大怒，径入其舍，索其肉以归。性之乃画一马，题诗其上，焚以祀灶云：'一匹乌骓一只鞭，送君骑去上青天。玉皇若问人间事，为道文章不值钱。'"[2] 至清代，祭诗已发展为士林和民间普遍流行的习俗了，"酹酒焚诗以哭之"[3]，"醵饮陪三爵，焚诗代纸钱"[4] 成为寄哀仪典的程序，而送腊及除夕焚诗更每见于诗人笔下。

张问陶《甲寅京师送灶》：

> 司命居然醉，焚诗与送行。报功惟饮食，举火即神明。小象

---

[1] 徐世昌：《晚晴簃诗汇》（第2册）卷九七，北京：中国书店，1988年，第729页。

[2] [明]陈道、黄仲昭：《八闽通志》卷一三，明弘治年间刻本，第23b页。

[3] [清]詹应甲：《赐绮堂集》卷六《宿吕堰驿吊王巡检二首有序》，《清代诗文集汇编》编纂委员会编《清代诗文集汇编》（第465册），上海：上海古籍出版社，2010年，第297页。

[4] [清]李继圣：《寻古斋诗文集·诗集》卷一《冀署诸友邀往郊外设筵迎喜神口号》，《四库禁毁书丛刊》编纂委员会编《四库禁毁书丛刊》（集部第168册），北京：北京出版社，1998年，第353页。

厨人媚，余饧稚子争。素餐归未得，风雪故乡情。[1]

法若真《七十一自寿二十首》（其六）：

柴门落落问谁关，一任牛羊自往还。绕屋长悬双涧水，当轩不去两珠山。经年检药余铛在，送腊焚诗信笔删。多病于今将四载，犹消花径老闲闲。[2]

宗智《除夕同盛子嘉限除字》：

风雨催残腊，高眠任岁除。寻梅双屐静，留客一樽虚。检箧焚诗草，挑灯阅道书。飘蓬同十载，赢得鬓毛疏。[3]

显然，焚稿至清代已经高度仪式化、信念化了。岁末是焚稿仪式最隆重的时刻，人们在检箧删诗中谛视创作过程，升华审美意识；这也是举行拜祭的时刻，在燎烟中将对文学的信念熏染于日用常道，人们期待"祭诗尚可搜残帙""鹊噪晴檐报好音"[4]，从而展开新生活的一页。

其次，焚诗成为文学旨趣转移和文体变更改辙的突出标志。清人在文体间弃故开新，如果要建立一个界标，通常以焚稿作为宣告。朱彝尊为倪我端所作墓志铭记载："同里倪君，识之四十年，君时授徒城东竹亭桥。即其人，恂恂有君子之容；观其文，悉本经义。君早见知于有司，九试场屋不利，年四十八以岁贡入国子监。诸城李侍读澄中读其廷试卷，亟荐之。榜发，以儒学训导待铨。是秋赴顺天乡试，复不遇。君乃焚所作诗文，就予宣南坊邸舍讲经义，学为古文辞。"[5] 金武祥《蒋君鹿潭传》载有蒋春霖焚弃诗稿专意为词的事迹：

---

[1] [清] 张问陶：《船山诗草》（上册）卷十一《甲寅京师送灶》，北京：中华书局，1986年，第304页。

[2] [清] 法若真：《黄山诗留》卷九《七十一自寿二十首》（其六），《清代诗文集汇编》编纂委员会编《清代诗文集汇编》（第44册），上海：上海古籍出版社，2010年，第282页。

[3] 徐世昌：《晚晴簃诗汇》（第4册）卷一九七，北京：中国书店，1988年，第859页。

[4] [清] 方孝：《山子诗钞》卷七《除夕感怀四首》（其四），《丛书集成续编》（第176册），台北：台湾新文丰出版公司，1989年，第357页。

[5] [清] 朱彝尊：《曝书亭集》卷七八《儒学训导倪君墓志铭》，《清代诗文集汇编》编纂委员会编《清代诗文集汇编》（第116册），上海：上海古籍出版社，2010年，第580页。

> 君故力于诗，追源究流，靡不洞贯，积稿累数寸，中岁乃悉摧烧之，语所知曰："吾能诗非难，特穷老尽气，无以蕲胜于古人之外，作者众矣，吾宁别取径焉！"用是一意于词，以终其身，然亦卒成大名，晚年删存诗，仅数十篇。[1]

蒋氏业诗"积稿累数寸"，可见用功之深、创作之富，然而"好为诗"未必能成名传世，若置于庞大的作者阵容中不能木秀于林，还须另取他径。清代词学中兴的原因较为复杂，部分文人弃诗入词，虽有一定的特殊性，但文人群体性情之变的某种动向亦值得注意。

再次，焚稿进入写作题材，出现了抒情色彩浓厚的文学作品。焚稿作为与创作具有紧密关系的文人活动，很早就成为叙事、描写、抒情的内容，大量的燔余序可以看作较为专门的焚稿文，但清代以前这类写作往往重事轻情，以交代文本之所以"焚"与"余"为主。而清代如鲍倚云《祭诗行》等大量篇章，叙事成分弱化，抒情色彩有所增强。更值得注意的是，乾隆朝出现了汪绂《焚稿文》这样的专题性作品。

该文叙述，"新安汪绂于丙申、丁酉二年之间，因道路流离，心无俚藉，每寓言托物，以舒离忧，多所著作，而未轨于道。有时文数百篇、杂诗百余首、杂文数十百首，中有圈者、点者、、者、读者、句者、抹者、涂者、乙者、真者、草者、前后不相接续者，卷帙散乱，堆塞满笈"，故欲付之爨毁，虽受到劝阻，仍"发笈陈稿，焚之于西阶之上"[2]。虽以作者之名发端，但其后只有"先生"与"门人"的简短对话，作为焚稿情节发展的脉络，而"为文而祭"的内容在全文占有主要篇幅，文字典雅，抒情色彩浓郁，爨燎心绪层层道来，动人心魄。

这表明，焚稿事件在清代文人谱系中占有了一定位置，不仅具有客观记录的必要，而且作为生活众相的一个侧面，具有了成为文学作品题材的典型意义。这类作品不但可以填补清代文人履迹，而且对古代文献史料学、古代文人生活与创作心态研究有参考价值，其文本作为抒情作品亦不乏审美功能。

---

[1]［清］蒋春霖著，刘勇刚笺注：《水云楼诗词笺注》，上海：上海古籍出版社，2011年，第330页。

[2]［清］汪绂：《双池文集》卷七《焚稿文》，《清代诗文集汇编》编纂委员会编《清代诗文集汇编》（第271册），上海：上海古籍出版社，2010年，第662—663页。

五、余论

胡塞尔认为凭借"直观"对我们所意识到的"意向对象"加以描述，即"现象学还原"，这种还原不仅要"回到事情本身"，还应当追问直接的体验和直观之中的"本质结构"[1]。大量文献记载及黛玉焚诗葬花的凄美故事，使清代焚稿问题早就进入了学术界视野，但相关研究，特别是对焚稿现象"本质结构"的分析尚远远不够。由于焚稿具有一定的隐私性，许多事件的缘由和真相还被遮蔽着，因此，有待考索发覆。在此基础上，才能进行对焚稿这种受社会意识支配和受文学价值观影响的行为的"本质结构"深入的揭示。

当然与之关联的问题还有很多，比如：前人焚稿所形成的文化惯习，包括史学等学术著述的焚燎对清人的范例作用到底如何；不同时期的政治力量导致的焚书毁板对清人焚稿心理产生的影响如何；清代文学创作重心下移及其日用性、通俗性、娱乐性的写作方式与焚稿行为的内在联系如何；对于不同文体，清人的焚弃态度和表现强度有无差别；作为一种特殊的批评方法，其焚与弃的选择尺度是否体现出清人独特的文学观念；焚余锦灰对文人个体和清代文学、文化史的特殊价值是什么；焚稿仪式在社会学和文学视野中具有何种不同的行为艺术作用；焚稿过程是否包含欲扬先抑的动机和潜寓传名的意图；各社会阶层的女性作家焚稿有何心理差异；纳入跨文化比较题材来看，中外作家焚稿意识和行为异同之处在哪里？这些都是可以专门探讨的话题。更为重要的是，焚稿对作家个人是否具有纯化心智、救赎精神、提高文品的效用，在某种意义上是否可以看作有益的淘汰机制？置于清代学术史和文学史，又应该如何辩证分析这一行为带来的作品大幅减少的事实？

这些问题比较复杂，有待进一步深入探讨。如果将清人一系列焚稿事件结合起来的话，已不失为一种特殊的文学叙事，能够唤起研究者发现其与历史的联系——不仅寻求某些具体史实的存在，而且探求史实背后的意义。如此，对文学现象的还原，能够体现出对历史还原的努力。

---

[1] 参见邓晓芒：《论中国传统文化的现象学还原》，《哲学研究》，2016年第9期。

清代散文研究的构想

杨旭辉

在诗学、词学及小说、戏曲研究隆盛的比衬下,中国古代文学传统中曾经最为核心的文类——古代文章的研究,则显得相当萧索冷寂。在传统文化复兴的背景下,若要对中国古代文学遗产做出较为全面的总结和评判,古代文章缺席自是断然不行。然而,数以万计的古代文家,其作品更是汗牛充栋,余生也有涯,恐难竭泽研读而得其精髓。眼下较为现实的做法,便是选取历史发展长河中的某一片段,做麻雀式的样本解剖与研究。

晚清学者张之洞在主张"宜多读古书"的同时,更强调系统阅读清人文集,在他看来,"读国朝人文集有实用,胜于古集"[1]。这一主张更随着他的《书目答问》而更为世人所接受,张氏书目之后所附《国朝著述诸家姓名略》,对此做了更进一步的阐述:"读书欲知门径,必须有师,师不易得,莫如即以国朝著述诸名家为师。大抵征实之学,今胜于古,即前代经、史、子、集,苟其书流传自古,确有实用者,国朝必为表章疏释,精校重刻。凡诸先正未言及者,百年来无校刊精本者,皆其书有可议者也。知国朝人学术之流别,便知历代学术之流别,胸有绳尺,自不为野言谬说所误,其为良师,不已多乎!"[2] 张文襄公所论诚是,清代文章自具中国古代文章的总结特征。基于中国古代学术史和文学史的观照,以清代散文作为观照,研究中国古代文章的着力点和结穴点,可以上溯中国文章渊源传承之迹,可以下探古今之流变与演进,甚或可为今日文章之资鉴。笔者长年浸淫于清人别集,所谓愚人千虑,偶有心得,遂不揣浅陋,希望通过对清代散文史的系统梳理,并以古代文章学理论传承、后继、发展的脉络为基石,初步构建起清代散文研究的基本理路和学术体系,抛砖引玉,或有裨益于

---

[1] [清] 张之洞:《輶轩语》,清光绪二十一年(1895)陕西学署刻本,叶4A。
[2] [清] 张之洞著,范希增编:《书目答问补正》后附录,南京:江苏古籍出版社,2000年,第302页。

中国古代散文的研究。

一、古代文章学传统与清人之继承

论中国文章者，对"盖文章经国之大业，不朽之盛事"[1]这句名言，自不陌生，此一语道出了千古文章的价值和意义，也成为后世文章理论走向之圭臬。盛唐诗人杜甫在其《偶题》诗中，更以千古识力和笔墨，写下了"文章千古事，得失寸心知"[2]这样的名言。但是，除了这些脍炙人口的著名言辞之外，历史文献中还留下了貌似与此完全相悖的论说："文章一小技，于道未为尊。"[3]

老杜的这两段论说，初看上去是完全背离的，深究之，实则牵涉到"文章"内涵在不同层面的界定。在明清时期的诸多注家中，似乎明代的王嗣奭已有察觉，他在《杜臆》卷八中评骘杜甫《偶题》诗有曰：

> "文章千古事"，便须有千古识力为之骨；而"得失寸心知"，则寸心具有千古。此乃文章家秘密藏，而千古立言之标准。从此悟入，而后其言立，可与立德、立功称三不朽，初无轩轾者也。然何以云："文章小技于道未为尊"耶？此正须识其道之所尊者安在。得所尊，则文章千古；失所尊，则文章小技。必视文章为小技，而后能以文章成千古之业。[4]

王嗣奭氏把其中的道理讲得非常透彻，也完全符合老杜的文学思想。杜甫对"文章"之理解，是完全建立在儒家"三不朽"的基础之上的，若"文章"能与"道之所尊者"合，"于道为尊"，则自足称"文章千古"；若不能施展其道德、经济、功业之理想，一味讲求雕章琢句，铺采摛藻，与"道之所尊者"何干？如此做派，则只能视之为"文章小技"。

近代以还，随着西方文学理论的东渐，文学的语言艺术形式美感逐渐

---

[1] [南朝]萧统：《文选》卷五十二《典论·论文》，上海：上海古籍出版社，1986年，第2271页。

[2] [唐]杜甫著，仇兆鳌注：《杜诗详注》卷十八《偶题》，北京：中华书局，1979年，第1541页。

[3] [唐]杜甫著，仇兆鳌注：《杜诗详注》卷十五《贻华阳柳少府诗》，北京：中华书局，1979年，第1315页。

[4] [明]王嗣奭：《杜臆》卷八，上海：上海古籍出版社，1983年，第262页。

受到国人的重视和追捧。在这一大潮下,中国传统的文章学理论逐渐式微,传统文章学关注的诸多范畴和许多文体受到严重的挤压,以致最终完全退出文学研究的视阈。尤其是五四以后,在西方"文学学"研究理路的引领下,学界已然形成这样的共识,东汉末年以迄隋初的三百余年间,"文学"从广义的学术中分化独立而出,在文学创作主体意识和独立价值得到追捧的同时,诸如文学情采、声律、用典、对偶等修辞、技巧、审美方面特性的自觉追求,则日益突显,这在文学史上产生了巨大的影响,被径称为中国"文学的自觉"。这一观念在当下古代文学的研究中,依然影响至巨,一直以来,学界热衷于古典文学作品中形式结构、修辞技巧的所谓"纯文学"的研究。但是,文学史的史实并非如现代人所论的那么乐观,在初唐文坛、诗坛上,就有许多诗人、作家对我们今天津津乐道的"文学自觉"进程中隐藏着的深重的危机,做出了深刻的反思和严肃的警示。陈子昂在《修竹篇序》中就认为,五百年来"彩丽竞繁"之风盛行不衰,造成的严重后果便是"兴寄都绝""汉魏风骨,晋宋莫传"之类的弊症,并在文学发展中逐渐被放大,这就是陈子昂大呼"文章道弊五百年"[1]的理论依据。一直力挺陈子昂、初唐四杰的杜甫,对此自然也会有着清醒的认识,故而他要不断地警醒世人,文学写作要真正兼具"事出于沉思,义归乎翰藻"[2],绝不能满足于"辞章之学"的"小技""小道"层面。

老杜所提出的命题,到中唐时期,被古文运动的领袖韩愈、柳宗元再一次揭橥出来。柳宗元在自述其文章写作的经历和体会时,有过这样一段经典的论说:

> 始吾幼且少,为文章以辞为工。及长,乃知文者以明道,是固不苟为炳炳烺烺,务采色、夸声音而以为能也。凡吾所陈,皆自谓近道,而不知道之果近乎,远乎?吾子好道而可吾文,或者其于道不远矣。故吾每为文章,未尝敢以轻心掉之,惧其剽而不留也;未尝敢以怠心易之,惧其弛而不严也;未尝敢以昏气出之,惧其昧没而杂也;未尝敢以矜气作之,惧其偃蹇而骄也。疏之欲其奥,扬之欲其明,疏之欲其通,廉之欲其节,激而发之欲其清,

---

[1] [唐]陈子昂:《陈子昂集》卷一《修竹篇序》,北京:中华书局,1960年,第15页。
[2] [南朝]萧统:《文选序》,《文选》,上海:上海古籍出版社,1986年,卷首第3页。

固而存之欲其重，此吾所以羽翼夫道也。[1]

在深刻的自我反思中，柳子对少时做文章追求"炳炳烺烺""以辞为工""务采色、夸声音"这些小技"以为能"的错误，进行了彻底的清算，最终提出"近道""羽翼夫道"的主张，这才是文章之大道和"千古事"。作为柳宗元的同盟，韩愈面对古文之凋敝，把批判的矛头直接指向了那些思想贫乏空洞、徒以藻丽称扬的风气，提出以道济文、文道合一的主张，并身体力行，写作了许多极富思想深度和哲学高度的古文作品。对此，文学史上早就有苏轼做出了"道济天下之溺，文起八代之衰"的总结，可以略而不论。既然韩愈古文与其学术思想（"道"）有着如此重要的关联，是则，那些关乎韩愈文章思想内核的篇章，诸如以"五原"（《原道》《原性》《原毁》《原人》《原鬼》）为代表的各类杂体文章，自应该在古代散文研究，特别是韩愈散文研究中给予足够的关注，但当下学界除了文论研究时偶有关涉外，文学研究者几乎都会从"文学学"的理论立场出发，以其缺少"文学性"而弃置不论。殊不知，这样的做法，于中国古代文章传统和文章理论是存在隔阂的，完全偏离了唐代古文运动以来所奠定的中国古文"文统"。

韩愈、柳宗元，以至欧阳修等北宋古文诸大家所苦心经营的"文统"，正是力图在"文"和"道"二者的绾合点上，寻找到艺术和思想的结合和默契。明清以来，几乎所有的散文作家都会高举"文统"的大纛，在这方面进行积极的探索和尝试，这已然是中国文学史的常识，可以不赘。明清时期的文章家，始终是沿循着这一文章学传统而展开文学史的发展历程的。晚明东林党领袖邹元标就在对"文统"的研修和参悟中，借杜甫的话头来阐述自己的心得，其中有谓：

> 文章千古事，壮夫比雕虫。雕虫虽小技，斯文岂易工？今人竞词藻，古人性灵通。性灵既以通，源泉滋不穷。六经文章伯，无语不鸿蒙。笔可参造化，谁与领春风？[2]

---

[1]［唐］柳宗元：《柳宗元集》卷三十四《答韦中立书》，北京：中华书局，1979年，第873页。

[2]［明］邹元标：《愿学集》卷一《杂兴简同志》其九，文渊阁《四库全书》本。

在文坛风气的审辨中，邹元标对"今人竞词藻"的流行风给予了直言无讳的批判。"言文章者以修饰辞语为能事"[1]，甚或"惟词藻是务"的追求，正是扬雄以来中国文学传统中一直被鄙弃，"壮夫不为"的"雕虫小技"。单一讲究文饰之华丽和技法之精致，充其量不过是"雾縠之组丽""女工之蠹矣"[2]。明代著名的文体学者徐师曾就曾以尖锐直截之语批评道："世之人徒见其组织缋绣、怪奇瑰丽，以为无异于古文，而不知其背畔剽窃，古意渐以尽矣。"并明确地指出这一史实："古今以文章名家者，其学术才能高出于世，世亦共推让焉。"[3] 这样的话锋在中国文学史上一直没有断绝过，更有甚者若曹植，他在《与杨德祖书》中，由此申述人生"岂徒以翰墨为勋绩，辞赋为君子哉"[4]。曹子建这一番言论，启迪引导着几多古代士大夫立志生后入《儒林》而不屑进《文苑》的执念，实在是难以计数。

邹元标始终因承、坚守这一文学思想的传统，坚持认为文章在辞章翰藻之外，更应有深厚的学术涵养和蕴蓄，他所谓"六经文章伯，无语不鸿蒙""性灵既以通，源泉滋不穷"，岂非韩愈"养其根而俟其实，加其膏而希其光，根之茂者其实遂，膏之沃者其光晔"[5] 这一论说的通俗化表达？这一认识，也在一定程度上代表了晚明以来文章家的普遍观点。明末清初的方以智在说及韩愈的文学史贡献时，有言曰："韩修武振起八代之衰，为其单行古文法也。"具体说来，韩愈在古文上的核心成就不在"曲折作态，尽乎技矣""不在钩章棘句以为工，不在鄙倍芜累，乃为笃论，为学道之亚也"[6]。这是传统士大夫对"文统"观念的坚持与执着。

文章写作是古代士大夫的一项基本技能，借文章"立言"是他们实现人生理想、抱负的重要方式之一。对封建王朝来说，文章还是取士的重要

---

[1] [明] 王祎：《送胡先生序》，[清] 黄宗羲《明文海》卷二百八十六，中华书局影印国家图书馆藏钞本，1987年，第2967页。

[2] [西汉] 扬雄著，汪荣宝撰：《法言义疏》卷三《吾子篇》，北京：中华书局，1987年，第45页。

[3] [明] 徐师曾：《临川王氏文粹序》，[清] 黄宗羲《明文海》卷二百四十，北京：中华书局，1987年，第2483页。

[4] [南朝] 萧统：《文选》卷四十二，[三国] 曹植《与杨德祖书》，上海：上海古籍出版社，1986年，第1904页。

[5] [唐] 韩愈：《韩昌黎文集校注》卷三《答李翊书》，上海：上海古籍出版社，1986年，第169页。

[6] [明] 方以智：《文章薪火》，见《方以智全书》第一册《通雅》卷首三，上海：上海古籍出版社，1988年，第86页。

途径。那么，明清时期又是以何等标准来进行文学人才的选拔的呢？清初学者徐乾学，官贵文名，也曾多次担任过各级考试的考官，于此自然深有体会，他在《翰林院题名碑记》中开宗明义曰："夫翰林为朝廷文学侍从之臣，居禁近，掌制诰，公辅之望由此，其选非可以雕虫篆刻之才当之也。""其选非可以雕虫篆刻之才当之"，这与古代文章家坚持的"文统"何其吻合！在接下来的文字中，徐乾学更是现身说法，反复申论文章之大义："予自庚戌释褐，先后官翰林垂二十年，自信朴僿无他长，惟是一言一议，亦欲溯其原，究其用，本经术，以经世务，期不愧于自古在昔立言不朽之义，方力焉而未有逮也，其敢以虚名哗世乎？"在徐乾学看来，文章之能成就"立言不朽之义"，必在于"体用"之契合，即文章要源乎经术，明于世用。文章之于国事、世用，绝非小事。在之后的论述中，徐乾学就把明代国运之隆昌衰敝与文章之流风联系起来，认为隆庆、万历以后，"才隽辈出，竞以浮华相矜诩，枝叶愈繇，流趋愈下。言文章者，至以词林相訾謷，则政事可知已"[1]。徐乾学之所以形成这样的文章观念，既有儒家知识分子个人长期沉浸元典而习得者，也有自己科考成功之经验总结，更有朝廷重臣对家国、天下大计的考量。因而，这篇被收入《皇清文颖》中的碑记，既是对中国古代散文传统的承继，也在一定程度上反映了清王朝"皇谟载道""帝治同文"[2]的官方文学思想。

通过以上简单的梳理，中国古代文章理论在历时性的纵向变迁中，无论在朝、在野，还是官学、私学的表述，辞章都被视为文章精义的载体或外壳，文章的核心始终围绕辞章之内所蓄积的深厚学术渊源、内蕴及经世致用的社会化功能。但是，自 20 世纪某个时期起，"文学自觉"这一提法得到了非常规的重视，其文学史价值被无限夸大，导致学界出现一种置古代文学发展中的"学""文"密切关系不顾，唯所谓"文学性""文学本体""个性"是举的研究。这样的研究，究其实，不过就是历代文家一直所摒弃的"辞章之学"。即便有一些想从辞章层面突围、拓展的研究，也就是"泛文化"层面的浮光掠影之谈，基本不涉乎文章与传统学术、思想之间的绾合。若按照学界流行的"文学本体"的纯粹辞章审美标准这一学理去研究古代散文，特别是清代散文，唯恐有清近三百年的散文发展史上，符合这种评判标准的文章并不多见，二则古代散文研究领域是极难在学术深度

---

[1]［清］徐乾学：《翰林院题名碑记》，《皇清文颖》卷十九，文渊阁《四库全书》本。
[2]［清］张廷玉，等：《上〈皇清文颖〉表》，《皇清文颖》卷首，文渊阁《四库全书》本。

上得以展开和推进的。但问题在于，清代散文一直被认为是传统文化发展结穴期散文的集大成者，这在学界早已成为定论。是则，在清代散文的研究中，就有必要在研究思路和方法上有所突破，放弃学界流行已久的"纯文学"辞章标准，回归到中国古代的"文章学"传统，在"学"与"文"，"体"与"用"之间的结合点上，积极建构起符合古代"文统"承继和文学史实相的散文研究学术体系。

二、清代学术、文章之盛与学术史视野中《儒林》《文苑》之争

在清代散文研究思路和体系的建构上，前辈学者曾有过积极有效的探索和努力，其中最为杰出者当数张舜徽先生。在对千余种清人文集梳理后，张先生认为，读清人文章不仅可以感受到近三百年文风之丕变，也可以通过各家"书中要旨"，"究其论证之得失，核其学识之浅深"，进而"推见一代学术之兴替"，正所谓"三百年间《儒林》《文苑》之选，多在其中矣"[1]。一代文章的发展，足以反映一代学术、思想之演进历程，亦可从中见出时代风会之"消息"。早在清初，理学家、古文家魏裔介就曾有过"文章者，随天地气运为消息者"[2]这一说法，只是比较含混而已。张舜徽先生的论说，便是对清人文章认识明晰而系统的理解，它不仅完全把握住了清代散文发展的基本规律，也指明了清代散文研究的基本方向。

无论是基于古代文章理论传统的考量，还是基于清代散文发展的实际情况，若要对清代散文做出较为全面深刻的审视和研判，势必就要突破学界惯常使用的单一"文学本体"视角。将古代散文单纯地视为"语言的艺术"，不仅很难涵盖传统散文中诸如论、难、辨、考、说、原、解等在内的庞杂文体，而且更不能真正体现古代散文中丰富多彩的哲学睿智、思想锋芒和深厚的人文传统，也就是传统文论中广义的"道"。

在清代文学的发展史程中，纯粹以章法、辞藻等语言、修辞技巧为务的"华采散文"（或亦可称为"艺术散文"），虽然在清代散文总量中的占比极低，但我们也绝没有理由对其置若罔闻，作为文学史的研究，自然需

---

[1] 张舜徽：《清人文集别录》，北京：中华书局，1963年，卷首第1页。
[2] ［清］魏裔介：《兼济堂文集》卷八《庚戌科会试录前序》，北京：中华书局，2007年，第195页。

要花费一定的精力去深入探讨。但是，除此以外占比更大的"学术散文"和"经世散文"，在写作技法和辞章之外，更纽结并熔铸了清代学术、政治、文化在内的宏阔社会历史内涵，对此，则需要耗费我们更多的精力，需要以更为宏阔的学术视野，突破一直以来"纯文学"研究的单一视阈及由此带来的浮薄之气。若能坚持这样的思路，持之以恒，必然会对中国传统文化发展的最后一个时代的文学及学术文化思想，有更为深透的认识。

清代学术繁荣，广涉经、史、子、集各部类，创获颇丰，这是公认的事实，勿用赘言述之。清代文章家，多兼具学人之身份，这些双重身份的作家占据了清代散文史的半壁江山，因而他们在高举"文统"的道路上，具有先天的便利，将学术与文章的结合、道德与文章的结合体现得更为紧密。这样的文坛格局，自然对清代学术的传布及清代散文的发展极为有利，但它却给清代学术史研究带来了极大的困惑，在传统史学的分类归属中，这些多重身份的作家到底归于《儒林》，还是《文苑》，便成为一个棘手而重大的难题。

顾亭林作为有清一代学术、文章之开山祖，其一生论学、论文，不外乎二端——"博学于文""行己有耻"，这正是他在《与友人论学书》中所谓："自一身以至于天下家国，皆学之事也；自子臣弟友以至出入、往来、辞受、取与之间，皆有耻之事也。耻之于人大矣！……士而不先言耻，则为无本之人；非好古而多闻，则为空虚之学。以无本之人而讲空虚之学，吾见其日从事于圣人而去之弥远也。"[1] 其文章为道德、学术张目之意图确矣。

在清初，顾炎武这样的学术、文章观念带有时代的普遍意义，绝非个别现象，与其并称的黄宗羲、王夫之莫不如是。黄宗羲的《留别海昌同学序》一文对正史传统中《儒林》与《文苑》分列二传的讨论，在有清一代极具普遍性，对这一问题的关注热度，一直维持到清季民初。其间，无数的文人学士纷纷表达出入《儒林传》的个人理想，而《文苑》则非其首选意愿，这几乎是压倒性的优势。在黄宗羲看来，"三代以上，只有儒之名而已，司马子长因之而传《儒林》。汉之衰也，始有雕虫壮夫不为之技，于是分《文苑》于外，不以乱儒"。此后学术、文章的分离与析辙更是名目繁多，然而，这在黄宗羲看来，"学问之事，析之者愈精，而逃之者愈巧"，

---

[1]［清］顾炎武：《顾亭林诗文集》之《亭林文集》卷三《与友人论学书》，北京：中华书局，1983年，第41页。

境界亦随之以降，若再有一味"封己守残"之念，终难修成学术、文章之大道正途。在黄宗羲看来，"举实为秋，摘藻为春，将以抵夫文苑也"，他眼中真正的学术、文章之理想绝不仅限于此，而应该是在"钻研服、郑，函雅故，通古今，将以造夫儒林"的基础上，"由是而敛于身心之际，不塞其自然流行之体，则发之为文章，皆载道也，垂之为传注，皆经术也"。其合文与学为一之用心昭然可见。[1] 此后，经过戴震、姚鼐、阮元等大有力者之扬抱，此种观念几乎深植人心。戴震曾指出：

古今学问之途，其大致有三：或事于理义，或事于制数，或事于文章。事于文章者，等而末者也。然自子长、孟坚、退之、子厚诸君子之为之，曰："是道也，非艺也。"以云道，道固有存焉者矣，如诸君子之文，亦恶睹其非艺欤？夫以艺为末，以道为本。诸君子不愿据其末，毕力以求据其本，本既得矣，然后曰："是道也，非艺也。"[2]

一方面，戴震也承认《史》、《汉》、韩柳一路的文章之中自有"艺"之成分，所谓"恶睹其非艺欤"是也。但在他的学术观念中，始终将"道"视为文章之本，坚持"以艺为末，以道为本"，故而会发出如此振聋发聩的声音："是道也，非艺也。"

戴震的这一观念，得到了桐城派古文领袖姚鼐的呼应，姚鼐谓："天下学问之事，有义理、文章、考证三者之分，异趋而同为不可废。"[3] 三者之间的关系应该是"相济""兼长"，文章并非只是文法技巧而已，其旨归在乎"明道"以"昭示"天下也。这就是他所谓："夫古人之文，岂第文焉而已？明道义、维风俗以昭世者。君子之志，而辞足以尽其志者，君子之文也。达其辞则道以明，昧于文则志以晦。"[4] 这既是对戴震等学者的呼应，更是对方以智、钱澄之以来的桐城古文传统之继承和阐发。追溯历史，作为桐城先贤的钱澄之，早就明确提出了这样的主张："理者，气之源也，

---

[1]〔清〕黄宗羲：《南雷文定前集》卷一《留别海昌同学序》，《续修四库全书》编纂委员会编《续修四库全书》（第1397册），上海：上海古籍出版社，1996—2002年，第270-271页。

[2]〔清〕戴震：《东原文集》卷九《与方希原书》，张岱年主编《戴震全书》（第6册），合肥：黄山书社，1995年，第375页。

[3]〔清〕姚鼐：《惜抱轩文集》卷六《复秦小岘书》，《续修四库全书》编纂委员会编《续修四库全书》（第1453册），上海：上海古籍出版社，1996—2002年，第45页。

[4]〔清〕姚鼐：《惜抱轩文集》卷六《复汪进士辉祖书》，《续修四库全书》编纂委员会编《续修四库全书》（第1453册），上海：上海古籍出版社，1996—2002年，第45页。

有真理而后有真气，而因之以有真词。舍理以为气，虚气也；舍理以为词，浮词也。"因而，他激烈地批评那些所谓"今之能文者"，"其读书徒以为词而已，以副墨雏诵为勤学，以掇拾饾饤为博雅"，那些完全失去自我思想的文字，只能"依经傍传"，"规模大家，取法先辈，一步一趋，尺寸不遗"，而绝"不能自出一语"，"其为论也"，"犹被木偶以衣冠"[1]。是故，今人研究桐城派古文，几乎聚集所有精力专注于雅洁的"义法"与写作技巧，而置桐城作家之学术修养与造诣于不顾，岂能得其文章之鹄耶？

嘉庆四年己未（1799），阮元任会试总裁朱珪副手，拟定《己未会试策问》，其中就有"问正史二十有四，儒林、文苑、道学应分应合欤？"[2] 将这一命题抛给所有的应试举子，这在士林引起的反响绝不在小也。综观阮氏一生的诸多文字，诸如《拟国史儒林传序》[3] 等，其崇《儒林》之意甚明。

嘉庆十五年（1810），阮元任国史馆总纂，着手撰写了国史《儒林》《文苑》二部，把顾炎武、黄宗羲、戴震等人悉数载入《儒林传》中，这些自无太多争议。但阮元将阳湖文派开创者张惠言归入《儒林传》就曾引起了一场不大不小的风波。阮元离开国史馆后，"某尚书以私憾"将张惠言从《儒林传》中"去之"，但"某尚书"的做法立即招致很多人的非议，出现"士多有不平者，或至其门诟焉"[4] 的情形。这一学术事件背后其实深蕴着一层重要的学术机理。

阮元欣赏张惠言的古文，以为其文"效韩愈、欧阳修"，行之有法度，但他更注目的是张惠言在《易》学上"孤经绝学"之成就[5]，又复能将学与文紧密结合，"以经术为古文"，使得文章"不溺于华藻"，早已超越辞章的层面而上升到"发挥天人之际"这一"道"的至高境界。他在《茗柯文编序》中这样高度评价道："武进张皋文编修，以经术为古文，于是求天地阴阳消息于《易》虞氏，求古先圣王礼乐制度于《礼》郑氏，岂托于古

---

[1] [清] 钱澄之：《田间文集》卷十三《问山堂文集序》，合肥：黄山书社，1998年，第249-250页。

[2] [清] 阮元：《揅经室二集》卷八《己未会试策问》，北京：中华书局，1993年，第575页。

[3] [清] 阮元：《揅经室一集》卷二《拟国史儒林传序》，北京：中华书局，1993年，第37页。

[4] 张惠言弟弟张琦：《宛邻集》卷三《上汤侍郎书》，《宛邻书屋丛书》本。阳湖文派作家陆继辂曾在《合肥学舍札记》卷一《宛邻语》条中亦有详述曰："有某尚书者以皋文所著书叏倍朱注去之。一时士论大为不平，争欲偕皋文弟宛邻遍诣诸史李之。宛邻不肯曰：'先兄宜入《儒林传》与否，将来自有定论，若如此求入，即与奔竞何异？非先兄意也。'呜呼！此可谓能知其兄矣。"

[5] [清] 阮元：《揅经室续二集》卷二《集传录》，北京：中华书局，1993年，第1042页。

以自尊其文欤?……盖义之附于经者,内也;义之征于文者,外也。由内及外,而发挥天人之际,推阐制数之精,其所蕴更宏,其所就更大。……若其文之不遁于虚无,不溺于华藻,不伤于支离,则又知言者所共喻也。"[1] 这段序言,也清楚地解释了阮元将张惠言列入《儒林传》的真正原因。事实也确如阮元所说,虽然张惠言在清代散文史上足以成为一代名家,但他的文章主要不是想要显示其藻耀高翔的一面,张惠言曾对好友恽敬说:"文章,末也。为人非表里纯白,岂足为第一流哉?"[2] 因而,在他诸多论学谈《易》的序跋、题记,以及史论、政论之文中熔铸了其独立的学术思考,亦时时闪现出其思想的光辉和道德的魅力,入《儒林》也许才是他的真正意愿。

包括钱澄之、毛奇龄、桂馥、朱鹤龄、臧庸、金榜、王鸣盛、刘台拱、孔广森、孔继涵、颜光猷在内的二十四人都受到张惠言的同样待遇,汪中则由《儒林传》被移至《文苑传》。阮元之子阮常生为其父编纂《揅经室续集》时存录了这些被国史删除的"儒林"人物的传记,并通过按语的形式,让后人清晰地了解到曾经的学术公案[3]。而就在这场公案之后,伴随着诸如钱澄之、张惠言、汪中等这样的学术研究大师及其学术文章逐渐被视为清人文章之大宗,在清代中叶的文坛上几乎很难见到高举"第文""第艺",或是"规模"某朝、某家的文章理论,纯粹的"文学性"或是修辞艺术性的文章,在朴学大潮中大量的学术文章的冲击下,日渐显现出衰苶的态势。

在"文字狱"迭兴之后,以考据为主要特色的乾嘉朴学大盛期,很多文人学者"相率不复治近史,且不敢论涉政治以干时忌,然后举世之心思才力,乃一窜于穷经考礼,而乾嘉朴学以兴"[4],其学术史地位已经受到了世人的瞩目。虽然在清代学术汉、宋对立的情形下,方东树将朴学家单纯地视为眷恋骸骨者,把他们所做的校勘、辑佚、辨伪、文字、音韵、训诂之类的研究称为"掇拾破碎"[5],在门户之争中,这些看法自然有失偏

---

[1] [清] 阮元:《茗柯文编序》,[清] 张惠言《茗柯文编》卷末附,上海:上海古籍出版社,1984年,第262页。
[2] [清] 恽敬:《大云山房文稿初集》卷四《张皋文墓志铭》,《四部丛刊初编》本。
[3] [清] 阮元:《揅经室续二集》卷二《集传录》,北京:中华书局,1993年,第1025-1048页。
[4] 张舜徽:《清人文集别录自序》,张舜徽《清人文集别录》北京:中华书局,1963年,卷首第3页。
[5] [清] 方东树:《考槃集文录》卷六《复罗月川太守书》,《续修四库全书》编纂委员会编《续修四库全书》(第1497册),上海:上海古籍出版社,1996—2003年,第349页。

颇，自可不必纠缠于此。

然而有一问题始终未被学界关注，那就是，朴学家们围绕考据展开诸项工作而写成的各类题跋、序论之类的"学术散文"，单从文辞藻饰衡量，似乎与"文学性"基本无涉，故而通行的做法是将其排除在文学史视野之外的，但作为清代散文的重要组成部分，无论文体学中的文体构成与特征，还是写作学视阈中包括谋篇布局、思维逻辑在内的诸多技法，在中国散文传统中都具有不可轻忽的意义。这些传统，经由晚清以还直至民国时期许多旧时文人的承继，尤其是"实事求是，无征不信"的为学态度与方法，还有冠之以"原始""古微""本义""正谊""正解"这样追本溯源的探索精神及文章中严密的逻辑推论和朴实谨严的文风，无不成为清儒最为重要的学术遗产被吸纳到现代学术话语体系中，最终成为中国现代学术著述的重要渊源和精神内核。

细读深究乾嘉朴学家的经史考证文章，并非如常人所看到的表象那样，只满足于古董与故实的稽考，诚如朱维铮先生所说："尽管十八世纪中国的政治环境不容思想自由，那时代的汉学家们仍不否定思辨，并坚持对历史与文献的实证研究，来抵制弥漫于意识形态领域的空疏独断的学风。倘说重视从历史本身说明历史的实证研究，应该替现代性的启蒙运动屡遭颠扑负责，那岂止是于史无知而已。"[1] 朱维铮先生的这段论述，完全可以从清代经学史的史实中得到充分的印证，因为其间不乏戴震、钱大昕、汪中、张惠言这样的"特立之士"，他们的学术散文，往往以文字、音韵、训诂和考据为"渡江河"之"舟楫"、"登高"之"阶梯"，最终"灼然知古今治乱之源"[2]。难怪戴震会在给段玉裁的信中自信满满地说道，《孟子字义疏证》乃其"生平论述最大者"，就因为他早已将此书视为"正人心之要也"[3]，一如汪中因《墨子》"其救世，亦多术矣"，遂将《墨子》的考定与研究视为"救衰世之弊"的要津。[4] 诸如此类，不一而足。这些学术文章写作者对真理探索的勇气，以及在高明而巧妙写作策略的掩盖下深隐于逻辑思辨和推论中，在字里行间迸发出的真知灼见，无不足以作为后世学

---

[1] 朱维铮：《〈壶里春秋〉小引》，《文汇读书周报》，2001年3月3日第4版。
[2] [清] 戴震：《与段茂堂第九札》，张岱年主编《戴震全书》（第6册），合肥：黄山书社，1995年，第541页。
[3] [清] 戴震：《与段茂堂第十札》，张岱年主编《戴震全书》（第6册），合肥：黄山书社，1995年，第543页。
[4] [清] 汪中：《墨子序》，田汉云点校《新编汪中集》，扬州：广陵书社，2005年，第409、410页。

人的楷范。观其文字，则时现"议论峻快，足以兴起人"，从中完全可以推明有清中叶学术"风气穷变之机"[1]。这又将是一个非常宏大的论题，笔者将另撰文专门论说。对此，笔者曾在拙著《清代经学与文学》中有过粗略的论说，认为这样的"学术散文"，实际上起到了思想解放、思想启蒙"别动队"的作用，可以参看，兹引其中一段文字曰：

> 由清初顾、黄、王的"进"而至乾嘉之"退"，毋宁说是思想者在惨烈的社会生态中，由致用转向求是，由事功转向学理，由志士转向学者，由行动转向静观，由高亢激越转向平实，在暂时的沉默中继续探求真理的良知，此法也是这一生态下最好的选择。因为当历史的尘埃落定时，我们今天就完全可以体会到它们在"草色遥看近却无"的非主流文化演进过程中，蕴蓄着无声的生命力量，最终起到了学术别动队的作用。[2]

有清一代"学术散文"在古代散文研究中的缺位，理应引起学界之关注，此不仅关乎文章学研究之推进，更关乎独立尚实的朴学学风和科学精神及学术经世传统之倡导，则事莫大焉。

三、"学""文"、"体""用"绾合的清代经世散文

清代的"学术散文"，与清代学术一样，其内容包罗万象，它们在对经、史、子、集各部类的学术义理的发明和论述中，通过严密的考据、推理、归纳、总结，推阐着自己的真知灼见，无不彰显出清人学术和文章中的逻辑思辨力量和科学精神。在清代学术史上，从顾炎武、黄宗羲、王夫之，到龚自珍、魏源、林则徐，以迄晚清的康有为、梁启超、章太炎，各个时代的精英，都不乏思想火花的迸射。他们的思想光辉和振聋发聩的言论，无不是借由大量并不完全以藻饰见胜的"学术散文"或"经世散文"而承载，并得以广泛传播而深入人心的。要知道，清代的这些大师先哲，无不力主文章有为而发，为学术、为社会及世道人心，振衰起废，以实现

---

[1] 张舜徽：《清人文集别录》，北京：中华书局，1963年，卷首第3页。
[2] 杨旭辉：《清代经学与文学——以常州文人群体为典范的研究》，南京：凤凰出版社，2006年，第67-68页。

引领时代潮流、转移时运风气的理想。

晚明以来渐兴的思想解放运动，学者们一方面针对明人学问空疏之弊进行学理上的反思，追索学术之源，另一方面也通过独立思考、学术著述和文章书写，系统地传达出自己的学术理念和表达路径。这一时期的顾、黄、王"三大家"堪称典范和时代的风向标。

王夫之的学术著述和散文写作，"所作类多扶世翼教之心"[1]。黄宗羲则认为"儒者之学，经纬天地"，所以他极其轻鄙、反对"读书作文""目为玩物丧志"的做法，更将其视为"厕儒者之列，假其名以欺世"[2]。"三大家"中，顾炎武发出的声音最为强烈，也最具批判精神。在与友人的论学中，顾炎武时常提出这样的观点："凡文之不关于六经之指、当世之务者，一切不为。"[3]"君子之为学，以明道也，以救世也。徒以诗文而已，所谓'雕虫篆刻'，亦何益哉？"[4]"无关于经术政理之大，则不作也。"[5] 这正是顾炎武晚年倾力著述《日知录》的学理依据所在。在《日知录》中，顾炎武大张其帜，表明自己的这一学术立场和文章理论，一方面以尖锐的笔触批判"不识经术，不通古今，而自命为文人"[6]，而以"巧言""文辞欺人"[7] 这类现象的泛滥，同时高举"文须有益于天下"之帜："文之不可绝于天地间者，曰明道也，纪政事也，察民隐也，乐道人之善也，若此者有益于天下，有益于将来，多一篇，多一篇之益矣。"[8]

作为有清一代学术开山之祖，顾炎武的学术思想及文章理论影响深远至巨，梁启超在《论中国学术变迁之大势》中，给予顾炎武以很高的学术

---

[1] [清] 郭嵩焘：《答周昌辅》，[明] 王夫之《船山全书》（第16册）附录《杂录之部》，长沙：岳麓书社，1996年，第609页。

[2] [清] 黄宗羲：《赠编修弁玉吴君墓志铭》，[清] 黄宗羲《黄宗羲全集》（第10册），杭州：浙江古籍出版社，1993年，第421页。

[3] [清] 顾炎武：《顾亭林诗文集》之《亭林文集》卷四《与人书》三，北京：中华书局，1983年，第91页。

[4] [清] 顾炎武：《顾亭林诗文集》之《亭林文集》卷四《与人书》二十五，北京：中华书局，1983年，第98页。

[5] [清] 顾炎武：《顾亭林诗文集》之《亭林文集》卷四《与人书》十八，北京：中华书局，1983年，第96页。

[6] [清] 顾炎武著，黄汝成集释：《日知录集释》卷十九"文人之多"条，长沙：岳麓书社，1994年，第681页。

[7] [清] 顾炎武著，黄汝成集释：《日知录集释》卷十九"巧言"条、"文辞欺人"条，长沙：岳麓书社，1994年，第682、683页。

[8] [清] 顾炎武著，黄汝成集释：《日知录集释》卷十九"文须有益于天下"条，长沙：岳麓书社，1994年，第674页。

史地位，其中有曰：

> 亭林之《日知录》，为有清一代学术所从出，尚矣。其《天下郡国利病书》及《肇域志》，虽未成之本，然后世言人文地理者祖焉，至今日其供学者参考之用者益广也。亭林深知生计与政治为切密之关系者也，故言之尤斵斵也。其生计学皆应用的也，彼小试之于垦辟而大效，惜不能尽其用也；不然，亭林一越之范蠡也。声音训诂，为百余年间汉学之中坚，其星宿海则自《音学五书》也；金石学自乾嘉以来，蔚为大国，则亦《金石文字记》为其先河也。故言清学之祖，必推亭林。诸先生之学统，不数十稔而俱绝，惟亭林岿然独存也。惜存者其琐节，而绝者其大纲；存者其形式，而绝者其精神也。[1]

梁启超所论顾炎武之于清学开创之功，乃至于中国学术思想变迁大势中的历史地位，已然为学界所公认。在这段文字的最后，梁启超以高屋建瓴的眼光审视顾炎武学术后继者的得与失，在他看来，顾炎武之后的很多文士及其学问，诸如乾嘉经师之琐碎，他们徒得浩繁的考据等"琐节"与"形式"，并未真正把握其学术之"大纲""精神"，因而也就很难有顾炎武、黄宗羲、王夫之等清初大儒那样体用兼该的博大气象。

至于顾炎武的学术"大纲""精神"，梁启超在《清代学术概论》中概括为两条，一则表现为学术研究中的实证主义科学精神，二则表现为经术而影响于社会、政体的"经世"精神：

> 要之，其标"实用主义"以为鹄，务使学问与社会之关系增加密度，此实对晚明之帖括派、清谈派施一大针砭。清代儒者以朴学自命以示别于文人，实炎武启之。最近数十年以经术而影响于政体，亦远绍炎武之精神也。[2]

顾炎武身体力行，为清代学术思想导夫先路，朴学之风和经世传统成

---

[1] 梁启超：《论中国学术思想变迁之大势》第八章《近世之学术（起明亡以迄今日）》，上海：上海古籍出版社，2001年，第106-107页。
[2] 梁启超：《清代学术概论》四《顾炎武与清学的"黎明运动"》，上海：上海古籍出版社，1998年，第12页。

为贯穿有清一代学术文化的两条主线,这两大风气深深地融摄于清代后来学术、文章的发展潮流之中。在文章领域,就有其弟子吴江人潘耒与之呼应,潘氏极力提倡"疏通而致用"的"条干之文",以及"羽翼经传,综贯百家"的"根柢之文",而将"徒以文字刻画"见胜的文章,称为"花叶之文",认为这只不过"犹是裁花缕叶之能事"而已,直视之为"小道"可也。这些精彩的论说,见于潘耒《毛氏家刻序》一文,其中有曰:

> 文章品格,万有不同。语其大凡,略有三种:有花叶之文,有条干之文,有根柢之文。竞华泽,尚藻采,篆组雕镂,标新领异,是谓花叶之文,辞工矣,而未深乎其义也。考典制,论事理,辨博而不浮,疏通而致用,是谓条干之文,义畅矣,而未几乎道也。若夫穷天人之渊源,阐心性之阃奥,羽翼经传,综贯百家,此则根柢之文,道备而释与义无不该焉。近代号为文人者,苟能为花叶之文,斯已衷然自命作者,其能通达条干者,十不得一;究极根柢者,百不得一也。岂非赋才有限,从入之路既殊,则终身画焉而无所变化欤!且夫载道之文,非可以缘饰而袭取也,必也学问真纯,识见坚定,醖于中而曝于外,乃能左右逢源,苟徒以文字刻画,则虽高谈性命,亦犹是裁花缕叶之能事而已,于道何预焉?[1]

纵观清代散文的发展历程,无论是清初矢志恢复的遗民志士,还是晚清立志革新图强的有识之士,他们在文章中都表现出极强的经世精神,而这些无不是以坚实的学术作为后盾的。故而张舜徽先生在论说清代文章的发展时,就有这样的言论:"若论儒效之弘纤,则清初与清末诸儒,规为浩大,识议明通。"[2] 这是完全合乎历史实相的论述。顾亭林的经世思想,在明清易代之际自然受到了诸多遗民志士的拥趸,诚如张舜徽先生所说:"开国之初,诸儒多明季遗民,操危虑深。艰贞自矢,大抵博学笃行,有志匡济,故其为学,原本经史,不忘经世。"[3] 顾炎武是这一特殊群体的领袖,一时还涌现出黄宗羲、王夫之、傅山、"宁都三魏"(魏禧、魏礼、魏

---

[1] [清] 潘耒:《遂初堂集》卷八《毛氏家刻序》,《续修四库全书》编纂委员会编《续修四库全书》(第1417册),上海:上海古籍出版社,1996—2003年,第501页。

[2] 张舜徽:《清人文集别录》,北京:中华书局,1963年,卷首第3页。

[3] 张舜徽:《清人文集别录》,北京:中华书局,1963年,卷首第3页。

际瑞)、归庄、屈大均、朱鹤龄、徐枋等诸多兼具学者身份的古文作家。

至于"鸦片战后,外侮迭乘,志士扼腕,尤思以致用自见,于是依附公羊今文之学,盛张微言大义之绪,后之鼓吹变法维新者,卒托此以行其说,力辟墨守,广揽新知"[1]。晚清七十年,在外侮入侵的背景下,一批先觉的士人走上了民族救亡图存的自兴之路,在他们的引领下,文章的经世功能得到了前所未有的彰显和张扬。在龚自珍、魏源及林则徐等人的文集中,关涉家国天下的"箸议"宏论,比比皆是。贺长龄与魏源,更是秉着"凡文字足备经济、有关治世者,无不蒐录"[2]的原则,编辑了《皇朝经世文编》,之后的续编、补编竟有二十余种之多,在清末同、光年间,还出现了数十种以《危言》《卮言》命名的经世文章集和著作。在这一历史背景下,无论是新派、旧派,还是政治家、学问家,诸如俞樾、曾国藩、盛康、左宗棠、张之洞,都不约而同地肯定了这一文章风潮,俞樾则在《皇朝经世文续编·例言》中明言:"凡讲求经济者,无不奉此书为矩矱薙,几于家有其书。"[3]张之洞在其论学的《輶轩语》中专列"讲求经济"一条,说道:"本朝书必宜读者甚多,但《皇朝三通》《大清会典》之类,寒士不易得见。若《圣武记》《满汉名臣传》《皇朝经世文编》《国朝先正事略》之类,坊间多有,必须寓目,有志经世者不厌求详。"[4]并以此为切入,指出文章家绝对不应满足于"能作文字",而应以"通晓经术,明于大义""扶持世教"为旨归:

> 扶持世教,利国利民,正是士人分所应为。宋范文正、明孙文正,并皆身为诸生,志在天下。国家养士,岂仅望其能作文字乎?通晓经术,明于大义,博考史传,周悉利病,此为根柢。尤宜讨论本朝掌故,明悉当时事势,方为切实经济。盖不读书者为俗吏,见近不见远;不知时务者为陋儒,可言不可行。即有大言正论,皆蹈《唐史》所讥"高而不切"之病。[5]

---

[1] 张舜徽:《清人文集别录》,北京:中华书局,1963年,卷首第3页。
[2] 贺长龄:《皇朝经世文编》卷首,《近代中国史料丛刊》(第731册),台北:文海出版社,1972年,第1页。
[3] 盛康:《皇朝经世文续编》卷首,《近代中国史料丛刊》(第741册),台北:文海出版社,1972年,第1页。
[4] 张之洞:《輶轩语》,清光绪二十一年(1895)陕西学署刻本,第3B叶。
[5] 张之洞:《輶轩语》,清光绪二十一年(1895)陕西学署刻本,第3B-4A叶。

史料的系统爬梳，可以让后人对历史的研究更近乎历史本来的真实场域，有了这些学术史、文学史的了解，那么，梁启超"新民体"出现之历史必然也就不难理解。

以上所论，是建立在深厚学术底蕴基础之上，以审时度势、扶持世教为指归的"经世散文"层面的纵向梳理。

《清史稿·文苑传序》中有曰："清代学术，超汉越宋。论者至欲特立'清学'之名，而文学并重，亦足于汉、唐、宋、明以外别树一宗，呜呼盛已！"[1] 这样的判断是近乎学术史和文学史事实的。尤为引人注目的是，史官在此特别强调了有清一代文学与学术"并重"这一重要的学术文化传统。学、文互济，体、用结合，产生了大量的学术散文、经世散文，俨然与华采散文鼎足而立，构成了清代散文的整体面貌。因而研究清代散文，绝不可以对此置若罔闻、熟视无睹。这类数量庞大的学术文、经世文，既是中国文章学传统中的应有之义，更是清代实学思潮中结出的硕果。因而，笔者在清代散文的长期研习中，尊重中国文章学的传统，在关注散文修辞、华采的文学性因素之同时，更力倡从哲学思想内蕴、逻辑思辨力量及社会事功的关切等角度，深入剖析并继承清代散文中的"道统"及其学术思想养分，力避文章写作与研究中的一切"虚气"与"浮词"。

---

[1] 赵尔巽，等撰：《清史稿》（第44册）卷四八四，北京：中华书局，1977年，第13314页。

"重光后身"说与清初词学演进

陈昌强

我国上古先民的信仰中，本来便存在较为朴素的人与自然界生物转生转化的观念。[1] 秦汉以后，随着佛教的传入，轮回转世、因果三生等概念逐渐成为世人的常识。"三生石上旧精魂"[2] 式的转生故事构筑起的前世今生恩怨情仇的强大叙事，非常显明地参与了古代小说、传奇等文学体式的篇章构建，极大地推动了叙事文学的发展。[3] 有意味的是，除了叙事文学领域之外，轮回转世观念甚至还以一种奇特的方式影响了文学批评，进而参与了文学观念、流派，甚至是理论的演变进程。例如，苏轼在文学史上被认为是陶渊明或者白居易的后身[4]，这主要是因为苏轼曾遍和陶渊明诗，且对陶诗的审美趣味有独特的体认和摹习；他的诗学主张亦与白居易有非常大的关联，他的号"东坡居士"也来自白居易的诗[5]。因此，后人在探讨他与陶渊明及白居易之间的关系时，便有意无意地将他们的诗学关联之处比附起来，形成了苏轼是"渊明后身""乐天后身"诸种说法。不过，这种比附所依据的关联毕竟微弱，如果在文学史中并不被更多人继续探讨、演绎和阐释，尚不足以形成内涵足够丰富的诗学命题；且因为这种

---

[1]《山海经·北山经》："发鸠之山，其上多柘木，有鸟焉，其状如乌，文首、白喙、赤足，名曰'精卫'，其鸣自詨。是炎帝之少女，名曰女娃。女娃游于东海，溺而不返，故为精卫，常衔西山之木石，以堙于东海。"（袁珂：《山海经校注》，上海：上海古籍出版社，1980年，第92页）。《抱朴子》："周穆王南征，一军尽化。君子为猿为鹤，小人为虫为沙。"（王明：《抱朴子内篇校释》，北京：中华书局，1985年，第164页）。

[2]〔唐〕袁郊：《甘泽谣·圆观》，〔唐〕李德裕，等撰，丁如明，等校点《次柳氏旧闻（外七种）》，上海：上海古籍出版社，2012年，第173页。

[3] 孙逊：《释道"转世""谪世"观念与中国古代小说结构》，《文学遗产》，1997年第4期，第69-77页。

[4]〔宋〕李之仪：《跋东坡诸公追和归去来引后》，《姑溪居士后集》卷十五，《宋集珍本丛刊》，第27册，第185页下；〔清〕谢堃《春草堂诗话》卷四，清道光年间刻本，第10b-11a页。

[5]〔清〕谢堃：《春草堂诗话》卷四，清道光年间刻本，第11a页。

关联大多比较浅显，故而学界对"某某后身"之类命题的探讨，基本无所涉及，即便涉及，也多是局限在对相关作家作品风格、诗学观念的比较，远未达到更深入、全面的程度。当然，也有例外，便是本文要讨论的"重光后身"说。

一、"重光后身"说

首先需要梳理的是，"重光后身"这一命题的形成和演绎。

重光，是五代时期南唐后主李煜的字。李煜（937—978），初名从嘉，字重光，号钟隐、钟峰白莲居士等。徐州人。中主李璟第六子。初封安定郡公、郑王，徙封吴王，以尚书令知政事。宋建隆二年（961）立为太子，留金陵监国，是年嗣位，在位凡十五年。开宝八年（975）宋军破金陵，肉袒出降，被封为右千牛卫上将军、违命侯。宋太宗即位，徙封陇西公，加检校太尉。太平兴国三年（978）七月七日服太宗所赐牵机药，卒。[1]

李煜是五代宋初的著名历史人物，也是中国文学史、艺术史上的杰出人物，虽乏治国之策，但其艺术才能极为出色，特别是在词方面。不过，宋人因为他政治方面的庸懦无能，对其词也颇有微词：

> 后主既为樊若水所卖，举国与人。故当恸哭于九庙之外，谢其民而后行。顾乃挥泪宫娥，听教坊离曲哉?[2]

> 五代干戈，四海瓜分豆剖，斯文道熄，独江南李氏君臣尚文雅，故有"小楼吹彻玉笙寒""吹皱一池春水"之词。语虽奇甚，所谓亡国之音哀以思也。[3]

> 五季之末，若江南李后主、西川孟蜀王，号称雅制，观其忧幽隐恨，触物寓情，亡国之音，哀思极矣。[4]

宋人品评李煜政治功过的兴趣，都大于品评其词：苏轼站在儒者的角度，

---

[1]［宋］欧阳修：《新五代史》卷六二，北京：中华书局，2015 年，第 874-875 页。
[2]［宋］苏轼：《书李主词》，孔凡礼点校《苏轼文集》卷六八，北京：中华书局，1986 年，第 2151-2152 页。
[3]［宋］李清照：《词论》，徐培均笺注《李清照集笺注》，上海：上海古籍出版社，2002 年，第 266 页。
[4]［元］朱晞颜：《跋周氏埙篪乐府引》，《瓢泉吟稿》卷五，《景印文渊阁四库全书》（第 1213 册），台北：商务印书馆，1982—1986 年，第 424 页上。

对李煜亡国之际的行为深致不满；李清照和朱晞颜虽在一定程度上赞扬李煜等人词极有"哀思"的特色，但也更明确地从诗教角度，认定李煜的词是亡国之音，远非堂皇正大的盛世之音。但李煜极高的才华和悲惨的命运仍引起世人的同情，并演化为口耳相传的传说，在宋人中大量传播，这其中，便包括"重光后身"的最初话头：

> 徽宗即江南李主。神祖幸秘书省，阅江南李主像，见其人物俨雅，再三叹讶。而徽宗生时，梦李主来谒，所以文采风流过李主百倍。及北狩，女真用江南李主见艺祖故事。[1]

类似的记载，亦见于南宋人张端义的《贵耳集》。宋人特别遵信转世轮回，现存宋人笔记中，大量载录了宋室诸帝的本生轮回故事。[2] 宋徽宗的人生遭际、个人命运及文艺成就多与李煜有很大的相似处，无怪宋人将他二人联系起来。但宋人眼中，"重光后身"还只是命运的比附，尚未纯化为一种文学批评。

"重光后身"概念的纯化，是伴随着李煜词在后世的接受及其经典化的深入而展开的。

明嘉靖年间以后，随着词坛力量的重新复苏，李煜的词史地位逐渐抬升。胡应麟最早对李煜词做出高度评价："后主一目重瞳子，乐府为宋人一代开山祖。盖温、韦虽藻丽，而气颇伤促，意不胜辞。至此君方是当行作家，清便宛转，词家王孟。"[3] 王世贞则认为，"《花间》犹伤促碎，至南唐李王父子而妙矣"[4]，徐士俊则不无羡慕地对自己最欣赏的两位词人如此评价："后主、易安直是词中之妖，恨二李不相遇。"[5] 清初的沈谦接过徐氏的话头，同时又给予了更高的评价："男中李后主，女中李易安，极是当行本色。"又说："予尝谓李后主拙于治国，在词中犹不失为南面王，觉张郎中、宋尚书，直衙官耳。"[6]

在这样的背景下，清人将李煜当成词史上的一种崇高标杆，并用以评

---

[1] 周勋初：《宋人轶事汇编》，上海：上海古籍出版社，2015年，第124页。
[2] 周勋初：《宋人轶事汇编》，上海：上海古籍出版社，2015年，第69、147、153页。
[3] [明] 胡应麟：《诗薮》杂编卷四，明万历年间刻本，第1b-2a页。
[4] [明] 王世贞：《艺苑卮言》，唐圭璋编《词话丛编》，北京：中华书局，1986年，第387页。
[5] [明] 卓人月：《古今词统》卷四引，明崇祯年间刻本，第42b页。
[6] [清] 沈谦：《填词杂说》，唐圭璋编《词话丛编》，北京：中华书局，1986年，第631-633页。

词,"重光后身"由此逐渐有了丰富的词学指涉[1]。

从现存资料来看,"重光后身"最早指涉的是纳兰性德。与纳兰性德同时的词坛宗主陈维崧说:"《饮水词》哀感顽艳,得南唐二主之遗。"[2]

不过这样的指涉,却在嘉庆以后产生了争议:

> 曩在京师,与友人论词。或言,纳兰容若,南唐李重光后身也。余谓重光天籁也,恐非人力所及。[3]

周之琦否定了纳兰容若为重光后身,谭献则在此基础上,另推陈子龙代之:"周稚圭有言:'成容若,欧、晏之流,未足以当李重光。'然则重光后身,惟卧子足以当之。"并语气截然地为二人分了优劣:"词自南宋之季,几成绝响。元之张仲举,稍存比兴。明则卧子,直接唐人,为天才。""有明以来,词家断推湘真第一,饮水次之。"[4]但没有对这一优劣进行具体论证。

此后的词评家,分别做左右袒。推尊陈子龙的,主要是陈廷焯:

> 陈卧子《山花子》云:"杨柳凄迷晓雾中,杏花零落五更钟。寂寂景阳宫外月,照残红。　蝶化彩衣金缕尽,虫衔画粉玉楼空。唯有无情双燕子,舞东风。"凄丽近南唐二主,词意亦哀以思矣。[5]

而赞成纳兰性德为重光后身,则获得了更多的支持,特别是在民国以后,获得了近乎一致的认同:

---

[1] 清人的"重光后身"争论中,也有仅基于身世比附的例证,如会稽金煜之事,见于吴陈琰《旷园杂志》,《词苑萃编》卷二十四引,唐圭璋编《词话丛编》,北京:中华书局,1986年,第2283页。

[2] [清]江顺诒:《词学集成》卷五,唐圭璋编《词话丛编》,北京:中华书局,1986年,第3270页。与陈维崧此论大略同时,胡应宸评陈子龙《小重山·忆旧》:"先生词凄恻徘徊,可方李后主感旧诸作。然以彼之流泪洗面,视先生之洒血埋魂,犹应颜赧。"([清]顾璟芳、李葵生、胡应宸编选:《兰皋明词汇选》卷三,沈阳:辽宁教育出版社,1998年,第73页)首次将陈子龙词与李煜词联系起来,并对陈做出更高评价。

[3] [清]周之琦:《饮水词识》,[清]纳兰性德《饮水词》,清道光二十六年(1846)金梁外史选刻本,第1a页。

[4] [清]谭献:《复堂词话》,唐圭璋编《词话丛编》,北京:中华书局,1986年,第3997—3998、3996页。

[5] [清]陈廷焯:《白雨斋词话》卷三,唐圭璋编《词话丛编》,北京:中华书局,1986年,第3824页。

《侧帽》《饮水》之篇，……倚声家直耸为李煜后一人，虽《阳春》、小山不能到。[1]

　　寒酸语，不可作，即愁苦之音，亦以华贵书之。饮水词人，所以为重光后身也。[2]

　　（纳兰容若）门第才华，直越北宋之晏小山而上之。其词缠绵婉约，能极其致，南唐坠绪，绝而复续。[3]

　　容若小词，直追李主。[4]

　　容若小令，凄婉不可卒读。……究其所诣，洵足追美南唐二主。……或谓容若是李煜转生，殆专论其词也。[5]

　　纳兰词小令凄婉处，于南唐二主非惟貌近，抑亦神似。[6]

　　成容若雍容华贵，而吐属哀怨欲绝，论者以为重光后身，似不为过。[7]

其实，"重光后身"的具体指涉，在陈子龙和纳兰性德之间发生位移，与一系列因素有关，当然，清代后期纳兰词接受热潮的出现，最终为这个命题做出了确定的回答。不过，从上述探讨中，我们也可以知道，在清人心目中，李煜、陈子龙、纳兰性德三人，虽或有成就高低之分，但其特色是非常相似的，特别在以下两点：一是身份华贵，词语哀婉；二是擅写小令，格韵俱高。

跳出一层来看，其实无论是支持纳兰性德，还是陈子龙，在"重光后身"的议题上，后世的词评家们都只是借题发挥，掺杂了自己对词的体认，反映了他们对明末至康熙中期词坛的独特认知，即陈子龙或纳兰性德，分别在某些方面达到与李煜可以并驾齐驱的高度。这样的探讨，不仅有利于我们更清晰地理解明末清初的词坛状况，也有利于了解陈子龙乃至纳兰性

---

[1] 莫友芝：《跋成容若书昌谷集后》，孙克强，等编《清人词话》，天津：南开大学出版社，2012年，第662页。

[2] [清] 况周颐：《蕙风词话》卷一，唐圭璋编《词话丛编》，北京：中华书局，1986年，第4410页。

[3] 徐珂：《清代词学概论》，上海大东书局排印本，1926年，第2页。

[4] 梁启超：《渌水亭杂识跋》，《饮冰室文集点校》，昆明：云南教育出版社，2001年，第3704页。

[5] 吴梅：《词学通论》，北京：新世界出版社，2012年，第179页。

[6] 徐兴业：《凝寒室词话》，《国专月刊》第一卷第二号，第59页。

[7] 唐圭璋：《词学论丛》，上海：上海古籍出版社，1986年，第662页。

德等人作为经典的生成和演绎，更有利于明晰清初"词学复兴"中自陈子龙至纳兰性德这一脉的脉络。那么，陈子龙和纳兰性德词及词学中的哪些内容，分别与不同时代、不同主张的词家们心目中的李煜词这样的高标有了暗合呢？更需追问的是，作为李煜的两位"后身"，他们之间又究竟有哪些联系？从陈子龙到纳兰性德，他们的词学实绩，在明末清初的词学复兴运动中的位置如何，并带给我们什么样的启示？

二、时代主题：艳情、家国与体格

有关李煜、陈子龙、纳兰性德三者或者两两之间的比较，学界已有了较为充分的探讨。有的学者通过对李煜和纳兰性德人生阅历和性情的比较及探讨，推导其词作相似之处的原因[1]；有的学者着眼于李、陈二人词中所见忧乐、今昔关系的对比，认为他们的词在表达相同内容时，在修辞和风格方面亦有很大的相似之处[2]；有的学者则通过纳兰词对李煜词中语词、典故、表现手法的借鉴，说明三者之间的传承[3]；有的学者通过对三者辞章感兴和欣赏角度及美感特色的比较，探讨三者的异同[4]。这些成果，都从某一方面探讨了三人词的异同，给我们以有益的借鉴，但也都有尚需完善之处。如前所说，本文的目的并不在为"重光后身"说确定具体的指涉，而是通过探讨，发掘此一说法在批评和阐释方面的深层根源。因此，我们对三者的联系与差别的探讨，首先须集中在其创作的内涵和成就方面，具体而言，略有四端：

其一，词史位置。陈子龙、纳兰性德在词学发展过程中的位置与李煜有很大的相似之处。李煜的时代，正当五代末期，此前的词坛，基本被《花间集》作者群体掌控，"则有西园公子，绣幌佳人，递叶叶之花笺，文抽丽锦；举纤纤之玉指，拍案香檀。不无清绝之辞，用助妖娆之态"[5]，

---

[1] 刘大杰：《中国文学发展史》，上海：上海古籍出版社，1982年，第552-560页。

[2] [美]孙康宜：《情与忠：陈子龙、柳如是诗词因缘》，北京：北京大学出版社，2012年，第103-127页。

[3] 陈水云、陈敏：《纳兰性德文学接受述论》，《民族文学研究》，2007年第2期，第138-147页。

[4] 张洪海：《李煜、陈子龙、纳兰性德三家词比较》，《滨州学院学报》，2010年第1期，第85-89页。

[5] [唐]欧阳炯：《花间集序》，唐圭璋编《唐宋人选唐宋词》，上海：上海古籍出版社，2004年，第28页。

词风绮靡艳丽，适合于宴嬉酣乐，很少有表达个人情感的内容。而李煜的词，则在《花间集》的基础上，一方面继承其艳丽词风，但在语言、修辞方面则趋向清丽；另一方面又加强对个人情感的抒发，且通过白描和艺术概括来表达，最终形成了"哀感顽艳"的风格特征，对宋词影响更为巨大，即王时翔所谓"五季之末，李后主以哀艳之辞倡于上，而下皆靡然从之"[1]。陈子龙的时代，正是词学中兴的开端，明代词坛对于《草堂诗余》和《花间集》的尊崇，也带来了绮靡浮艳而破碎空虚的词风，而陈子龙对于明代词坛，正具有类似的廓清作用："明初诸家，尚不失郑重。所可议者，气度之间，终不如两宋。降至升庵辈，句琢字炼，枝枝叶叶为之，益难语于大雅。自马浩澜、施阆仙辈，淫词秽语，无足置喙。词至于此，风雅扫地矣。迨季世陈卧子出，能以秾丽之笔，传凄婉之神，殆可当一代高手。"[2] 如果说，在廓清浮艳词风方面，陈子龙是为清初词坛开了个好头，那么纳兰性德则以自己的努力，为陈子龙开创的局面做出一个阶段的总结：

> 近世词学之盛，颉颃古人。然其卑者，掇拾《花间》《草堂》数卷之书，便以骚坛自命，每叹江河日下。今梁汾、容若两君权衡是选，主于铲削浮艳，抒写性灵，采四方名作，积成卷轴，遂为本朝三十年填词之准的。[3]

选词方面如此，创作方面更是如此，陈维崧评价："《饮水词》哀感顽艳，得南唐二主之遗。"梁佩兰说："（容若）所为诗词，绪幽以远。落叶哀蝉，动人凄怨。"[4] 顾贞观所谓："容若……所为乐府小令，婉丽凄清，使读者哀乐不知所主。"[5] 正是同时代人对纳兰词这种风格特色的定评。

其二，艳词体认。李煜、陈子龙、纳兰性德三人都有大量的艳词创作。李煜的艳词主要集中于其创作生涯的前期，表现其宫廷生活的雍容华贵及

---

[1] 王时翔：《莫荆琰词序》，《小山文稿》卷二，《清代诗文集汇编》（第236册），上海：上海古籍出版社，2010年，第463页。

[2] 吴梅：《词学通论》，北京：新世界出版社，2012年，第156页。

[3] 毛先舒：《今词初集跋》，《续修四库全书》编纂委员会编《续修四库全书》（第1729册），上海：上海古籍出版社，2012年，第548页。

[4] [清] 梁佩兰：《祭纳兰容若文》，[清] 纳兰性德《通志堂集》卷十九附，上海：华东师范大学出版社，2008年，第386页。

[5] [清] 顾贞观：《饮水词序》，[清] 纳兰性德《饮水词笺校》，北京：中华书局，2005年，第502页。

与后妃生活的情真意笃。唐末五代的艳词,流于佐宴清欢,多是代言体,并无实际情事,或者多写类型化的歌楼妓馆中的情事。李煜的艳词,则有实际的描写对象,而且不惮用细节来刻画和书写,例如《菩萨蛮》(花明月暗笼轻雾)写其与小周后的偷情,艳入骨髓,但两人的真挚情感亦洋溢于词中。陈子龙的艳词,主要保存在他前期的作品集《江蓠槛》[1]中,多是写他与柳如是的爱恋与相思。孙康宜认为,陈子龙在诗词中皆曾书写其与柳如是的感情,只不过在诗中,柳如是是不食人间烟火的仙女形象,而在词中,则将其还原成可亲可爱的少女形象。[2] 证明因为文体的不同设定,陈子龙的词反而比诗在表达感情方面更具有真实性,而且这样的真实性也基于陈子龙自己对艳词的独特体认:"吾等方少年,绮罗香泽之态,绸缪婉恋之情,当不能免。若芳心花梦,不于斗词游戏时发露而倾泄之,则短长诸调与近体相混,才人之致不得尽展,必至滥觞于格律之间。……故少年有才,宜大作词。"[3] 纳兰性德也同样是重要的艳词作手,他的艳词不仅包括对婚后旖旎生活的烂漫书写,也包括悼亡后的刻骨追思,同样基于真情来感动人心,谢章铤认为: "竹垞以学胜,迦陵以才胜,容若以情胜。"[4] 正是道着此点。而且,李、陈、纳兰三人艳词的遣词造句,既不涉淫邪,也不雕绘以典故,在艳词的传统中一脉相承,与此后津津于体物写艳、雕绘辞藻典故以成章的浙派《沁园春》系列艳词也迥然有别。

其三,家国认同。易代之际,以词来书写兴亡之感和家国之思,李煜和陈子龙的相似性,要远较纳兰性德为高。陈子龙甲申国变之后的词,主要存于《湘真阁存稿》[5]之中。不过,王英志认为,陈子龙在甲申以前,便已经对词的内蕴存在更深广的理解。陈子龙在《三子诗余序》中认为,"夫并刀吴盐,美成所以被贬;琼楼玉宇,子瞻遂称爱君。端人丽而不淫,荒才刺而实谀,其旨殊也。三子者,托贞心于妍貌,隐挚念于佻言"[6],他提到了周邦彦和苏轼的词学典故,便已表明他对词的内蕴的理解已由单

---

[1] [明] 陈子龙编:《幽兰草》卷中,明崇祯十七年(1644)刻本,第1a—18a页。
[2] [美] 孙康宜:《情与忠:陈子龙、柳如是诗词因缘》,北京:北京大学出版社,2012年,第55—64页。
[3] [明] 彭宾:《二宋倡和春词序》引,《彭燕又先生文集》卷二,《四库全书存目丛书》本(集部第197册),济南:齐鲁书社,1997年,第345页。
[4] [清] 谢章铤:《赌棋山庄词话》卷十二,唐圭璋编《词话丛编》,北京:中华书局,1986年,第3472页。
[5] [清] 吴伟业编:《倡和诗余》,沈阳:辽宁教育出版社,2000年,第36—43页。
[6] [明] 陈子龙:《三子诗余序》,《安雅堂稿》卷三,明末刻本,第28a页。

纯的"情"伸展到君臣大义的层面；而陈子龙的后期词作，其中所蕴含着的对朝代兴亡和民族盛衰的沉痛，深得比兴寄托的神髓。[1] 不过，陈子龙词中以比兴寄托而抒发的家国之感，和李煜词中用铺陈的方式而写出的词有所不同。

此外，也有学者认为，纳兰词中，对家国兴亡之感也有所书写。陈水云以纳兰性德《好事近》（何路向家园）一词为例，认为这种兴亡之感"已褪去了后主词那种浓郁的情感色彩，更多的是一种深沉的历史感慨，确切地说它实际上是一种富有哲理性的兴衰之感"[2]。因为生于清廷入关之后的纳兰性德，本没有对明清易代的深沉记忆，他的兴亡之感，也只能是一种程式化的怀古之辞。

其四，令词体格。李煜词作，现存34首，全部为小令和中调词；陈子龙词，现存79首[3]，除7首长调外，其余皆为小令和中调；纳兰性德词，共存348首，其中小令272首，中调25首，长调51首。[4] 当李煜之世，慢词长调尚未真正形成；陈子龙的慢词，则皆是作于国变之后，风格也"渐近沉着"[5]，与其前后期的小令不同，算是他词作中的变调；纳兰性德词亦以小令为主，根据陈水云等人的分析，是因为"小令体制短小，但须言简意长，含蓄隽永，意在言外，方为上乘。因为体制短小，令词不能包含大容量的内容，多是用来抒发一瞬间的情绪，或描写一个局部的画面和镜头……纳兰性德生长华阀之家，年纪尚幼，没有太多的人生阅历，更多的是自己简单的读书生活和少年的遐思（对爱情的憧憬，对未来前途充满希望，也有青年人天生的伤感和科场失利偶尔的失意等），这些情绪没有太强烈的爆发力，只宜采用小令的方式表现之"[6]。这样的分析具有一定的道理，不过正是这样的巧合，在清初的南北宋之争中，将陈子龙和纳兰性德划归为同一阵营，他们的创作及词学主张，因此与以朱彝尊为首的浙派词人们推尊南宋、重视慢词而完全不同。周之琦认为："填词家自南宋以来，专工慢词，不复措意令曲。其作令曲，仍与慢词音节无异，盖《花间》

---

[1] 王英志：《陈子龙词学观初论》，《齐鲁学刊》，1984年第3期，第113-117页。
[2] 陈水云、陈敏：《纳兰性德文学接受述论》，《民族文学研究》，2007年第2期，第143页。
[3] [明]陈子龙著，施蛰存、马祖熙校：《陈子龙诗集》统计，上海：上海古籍出版社，2006年。
[4] 据《饮水词笺校》（[清]纳兰性德著，赵秀亭、冯统一校，北京：中华书局，2015年）统计。
[5] 赵尊岳：《惜阴堂汇刻明词提要·陈忠裕公词一卷》，《词学季刊》第一卷第三号，第59页。
[6] 陈水云、陈敏：《纳兰性德文学接受述论》，《民族文学研究》，2007年第2期，第139页。

遗响,久成广陵散矣。容若长调多不协律,小调则格高韵远,极缠绵婉约之致,能使南唐坠绪绝而复续。"[1] 正是在体格方面,推崇纳兰专工小令的词史之功。

三、词学渊源:性情、性灵和自然

此外,在词学观念及理论渊源方面,李煜、陈子龙、纳兰性德三人既存在若合符契,又同时存在大相径庭的微妙关系。

三者之词的共同之处,在于真情,前文已有专论,此处不赘。三者之词的差异之处,则在于真情的抒发方式已有所不同。

李煜的词,是其真性情的直接书写。夏承焘说:"千古真情一锤隐,肯抛心力写词经。"[2] 唐圭璋说:"后主晚期,自抒真情,直用赋体白描,不用典,不雕琢,血泪凝成,感人至深。"[3] 李煜那些感人至深的词作,情景交融,情随景而深,景随情而化,已达到浑融无痕的境地,因此,王国维才会以"主观诗人""不失其赤子之心者""以血书者""神秀"等语赞赏之。[4] 陈子龙的词同样具有情景相生的特点,邹祗谟说:"弇州谓清真能作景语不能作情语,至大樽而情景相生,令人有后来之叹。"[5] 不过,陈子龙词中的情景相生,却并非白描和赋体,而是由深厚的诗学、诗教底蕴转化而成的。

陈子龙词学中的深情观念,来自明代后期复古诗学的性情说,而对于如何在辞章之中达到这种性情之美,他有非常复杂的看法:

> 盖以沉至之思,而出之必浅近,使读之者骤遇,如在耳目之表;久诵,而得沉永之趣,则用意难也。以嫚利之词,而制之实工练,使篇无累句,句无累字,圆润明密,言如贯珠,则铸调难也。其为

---

[1] [清]周之琦:《饮水词识》,《饮水词》,清道光二十六年(1846)金梁外史选刻本,第1a页。

[2] 夏承焘:《瞿髯论词绝句》,《夏承焘集》(第2册),杭州:浙江古籍出版社,1997年,第521页。

[3] 唐圭璋:《南唐二主词总评》,《词学论丛》,上海:上海古籍出版社,1986年,第900页。

[4] 王国维:《人间词话》,唐圭璋编《词话丛编》,北京:中华书局,1986年,第4242-4243页。

[5] 邹祗谟评陈子龙《诉衷情·春游》语,《倚声初集》卷四,清顺治十七年(1660)刻本,第16a页。

体也纤弱，所谓明珠翠羽，尚嫌其重，何况龙鸾，必有鲜妍之姿，而不藉粉泽，则设色难也。其为境也婉媚，虽以警露取妍，实贵含蓄，有余不尽，时在低回唱叹之际，则命篇难也。[1]

尽管后人称赞"秦黄佳处，有句可摘，大樽觉无句可摘，总由天才神逸，不许他人掎撼也"[2]陈子龙在辞章谋篇布局、立意炼字、选调设色方面的苦心孤诣，还是可以从他的夫子自道中看出。

与陈子龙相仿佛，纳兰性德的作品也常被认为是自然清丽、不事雕琢，王国维即曾说："纳兰容若以自然之眼观物，以自然之舌言情。此由初入中原，未染汉人风气，故能真切如此。"[3]甚至有些学者还因此而否定纳兰性德的词学成就："容若《饮水词》，在国初亦推作手，……然意境不深厚，措辞亦浅显。"又说："容若《饮水词》，才力不足，合者得五代人凄婉之意。"[4]而事实却是，纳兰性德的雕琢功夫，以及其词中对前代诗人、词人的语词、典故的各种形式的化用，都已经达到炉火纯青的地步。[5]

纳兰词的自然之风，正从追琢中得来；陈子龙词的性情特色，也同样来自苦心孤诣的艺术追求。但两者之间还是有所区别的，这也正是嘉庆以后常州词派抬高陈子龙、贬低纳兰性德的重要原因，即陈子龙词中性情来自对诗教及寄托说的转化，"词至云间，《幽兰》《湘真》诸集，言内意外，已无遗议。所谓华亭肠断，宋玉魂消，称诸妙合，谓欲专诣"[6]"《湘真》

---

[1][明]陈子龙：《王介人诗余序》，《安雅堂稿》卷三，明崇祯刻本，第28b-29a叶。关于陈子龙的"四难"说，学界已有深入探讨，可以参见王英志：《陈子龙词学观初论》，《齐鲁学刊》1984年第3期，第113-117页；李康化《明清之际江南词学思想研究》，成都：巴蜀书社，2001年，第71-86页；李越深《论陈子龙的词学思想》，《内蒙古大学学报（人文社会科学版）》，2007年第1期，第109-111页。

[2]王士禛评陈子龙《阮郎归·题画》语，《倚声初集》卷六，清顺治十七年（1660）刻本，第4a页。

[3]王国维：《人间词话》，唐圭璋编《词话丛编》，北京：中华书局，1986年，第4251页。

[4][清]陈廷焯：《白雨斋词话》卷三、卷六，唐圭璋编《词话丛编》，北京：中华书局，1986年，第3828、3929页。

[5]例如纳兰对王次回诗句的各种化用，参见张宏生：《情感体验与字面经营——纳兰词与王次回诗》（《社会科学》，2012年第2期，第168-178页）；又如纳兰词中对《花间集》、李煜、晏几道等人语词的接受，参见陈水云，陈敏：《纳兰性德文学接受述论》，《民族文学研究》，2007年第2期，第141-147页。

[6][清]邹祗谟：《远志斋词衷》，唐圭璋编《词话丛编》，北京：中华书局，1986年，第651页。

于新警中,仍留蕴藉"[1]。常州词派崇尚寄托说,美人香草之喻,正可以从陈子龙词中获得共鸣,甚至他在甲申之前的一些词作,也被附会为感慨国事兴亡之作[2],而纳兰词拘束于一己情感的清丽哀怨之作,未免就真有"容若词,天分殊胜而学力甚歉"[3]之评了。

不过,虽然褒贬异势,但常州词派的理论家们还是承认纳兰性德与陈子龙之间的内在联系:

> 有明以来,词家断推湘真第一,饮水次之。[4]
> 明乃有陈卧子《湘真词》,上追六一,下开纳兰,实为有明一代生色。[5]

就此而言,常州词人对陈子龙、纳兰性德成就的强调,或许真就揭示了明末清初词坛一个久被忽视的现象。

四、自觉意识:《今词初集》与流派观念

纳兰性德研究中,除了其词之外,学界最为乐道的,还是以纳兰为中心的所谓"饮水词派"。陈铭最早揭橥"饮水词派"之说,认为其特色是宗尚唐五代,倡导言情入微。[6]此后,严迪昌通过对纳兰居处"花间草堂"词唱和的细致梳理,再次提出了若非纳兰过早去世,该派确实有成立的可能性。[7]闵丰则通过对纳兰性德与顾贞观合选的《今词初集》选心的考察,认为围绕在纳兰性德身边的词人群体,实在是"无派之派"[8]。葛恒刚更细致地梳理了纳兰性德词学观念、纳兰身边词人群体的构成及《今词

---

[1] [清]沈雄:《古今词话》,唐圭璋编《词话丛编》,北京:中华书局,1986年,第1037页。
[2] 例如[明]陈子龙《山花子·春恨》(杨柳迷离晓雾中)、[清]宋徵舆《蝶恋花》(宝枕轻风秋梦薄)皆收录在《幽兰草》中,创作于明亡以前,但后世家仍多以"故国之思"论之。
[3] [清]李慈铭:《越缦堂读书记》,北京:中华书局,2006年,第915页。
[4] [清]谭献:《复堂词话》,唐圭璋编《词话丛编》,北京:中华书局,1986年,第3996页。
[5] [清]沈惟贤:《片玉山庄词存词略序》,《白雨斋词话足本校注》引,济南:齐鲁书社,1983年,第237页。
[6] 陈铭:《清词的中兴与衰微》,《浙江学刊》,1992年第2期,第95页。
[7] 严迪昌:《一日心期千劫在——纳兰早逝与一个词派之夭折》,《江苏大学学报(社会科学版)》,2002年第1期,第72—78页。
[8] 闵丰:《清初清词选本考论》,上海:上海古籍出版社,2007年,第38页。

初集》的选词特色，正式确认了该词派的成立。[1] 学界有关"饮水词派"的这些探讨，文献俱在，本文不拟重复这些论述，而是想在此基础上，对清初三十余年的词坛状况及纳兰性德等人当时的努力做出更进一步的推论。

作为其时辐辏京师的辇下词人群体的事实上的核心，纳兰性德既具有领袖词坛、与并世词人争胜的资源与实力，同时也具有这样的意愿和行动。其中一大表现，便是操持选阵。除了选录三十年来"今词"的《今词初集》之外，纳兰性德还曾着手选录古词，徐乾学说他"尤工于词，自唐五代以来诸名家词皆有选本"[2]，这本词选现已不存，好在康熙二十三年（1684）时，纳兰性德曾致信梁佩兰，大致介绍了这本尚在构想中词选的概貌：

> 仆少知操觚，即爱《花间》致语，以其言情入微，且音调铿锵，自然协律……从来苦无善选，惟《花间》与《中兴绝妙词》差能蕴藉。自《草堂》《词统》诸选出，为世脍炙，便陈陈相因，不意铜仙金掌中，竟有尘羹涂饭，而俗人动以当行本色诩之，能不齿冷哉？近得朱锡鬯《词综》一选，可称善本。闻锡鬯所收词集凡百六十余种，网罗之博，鉴别之精，真不易及。然愚意以为，吾人选书，不必务博，专取精诣杰出之彦，尽其所长，使其精神风致涌现于楮墨之间……仆意欲有选，如北宋之周清真、苏子瞻、晏叔原、张子野、柳耆卿、秦少游、贺方回，南宋之姜尧章、辛幼安、史邦卿、高宾王、程钜夫、陆务观、吴君特、王圣与、张叔夏诸人，多取其词，汇为一集。余则取其词之妙者附之，不必人人有见也。不知足下乐与我同事否？[3]

在这封信中，纳兰性德对明词崇奉《草堂诗余》的反思与朱彝尊有一致之处，不过，他也表达了对《词综》的微词，反映了在康熙二十三年后，朱彝尊及浙西词派的词坛地位已有所稳固之后，纳兰性德仍有相当的保留意见，那么，刊刻于康熙十七年（1678）的《今词初集》，又代表了纳兰性德怎样的选心呢？

相较而言，《今词初集》是一本精致而有特色的词选，有学者认为，此

---

[1] 葛恒刚：《〈今词初集〉与饮水词派》，《古籍整理研究学刊》，2011年第3期，第96-102页。

[2] 徐乾学：《纳兰君墓志铭》，《憺园文集》卷二七，康熙刻冠山堂印本，第23b页。

[3] [清] 纳兰性德：《通志堂集》，上海：华东师范大学出版社，2008年，第267-268页。

选"对陈子龙为代表的云间词派在清词复兴中的作用,尤有特别强调。同时,它也对当时京师词坛的状况做了反映,尤其对龚鼎孳给予了突出的位置……目的并不仅仅是要以人存词,而是有审美要求,即对抒发性灵的追求……即使如朱彝尊这样的已经体现出开创风气气度的词人,他们也往往特别突出其独抒性灵的一面。至于陈维崧,他们当然非常欣赏其创作,只是从审美的角度,他们也提出了其流于粗豪的不足之处"[1]。所论正点明了《今词初集》在清初众多今词选本中的独到价值。不过,该选真正的选心,可能还是隐藏在毛际可那句略显简单的话中:

> 今梁汾、容若两君权衡是选,主于铲削浮艳,抒写性灵,采四方名作,积成卷轴,遂为本朝三十年填词之准的。[2]

为何要强调"三十年"及"准的"?其实这已标明了《今词初集》对当下词坛的廓清作用,即它并非一种集成式的,反映词坛现实生态的词选,而是具有独特选心的,代表一种宗尚倾向的词选。对照龙榆生所谓"便歌""传人""开宗""尊体"四种选词标准[3],它明显属于"开宗"一系。问题是,它开了什么宗?范围如何?具体的操作手法又怎样呢?

《今词初集》篇幅相对精严:选词人184家,词作615首(上卷313首、下卷302首)。未分体,且无批语,只大致依照词人年代为序(次序稍有错杂)。因此,我们对它的细致考察,不得不从其选阵开始,并参照《倚声初集》《瑶华集》的选阵,列出三选入选词数前十余位的词人:

序次	《今词初集》		《倚声初集》		《瑶华集》		备注[4]
	词人	词数	词人	词数	词人	词数	
1	陈子龙	29	邹祗谟	196	陈维崧	148	
2	龚鼎孳	27	董以宁	120	朱彝尊	111	
3	顾贞观	24	王士禛	113	蒋景祁	95	

---

[1] 张宏生:《〈今词初集〉与清初词坛建构》,《清词探微》,上海:上海古籍出版社,2008年,第275-276页。

[2] [清] 毛先舒:《今词初集跋》,《续修四库全书》编纂委员会编《续修四库全书》(第1729册),上海:上海古籍出版社,2002年,第548页。

[3] 龙榆生:《选词标准论》,《龙榆生词学论文集》,上海:上海古籍出版社,1997年,第59页。

[4] 据闵丰《清初清词选本考论》(上海:上海古籍出版社,1997年)制表,第66、82页。

续表

序次	《今词初集》		《倚声初集》		《瑶华集》		备注[1]
	词人	词数	词人	词数	词人	词数	
4	吴　绮	23	陈子龙	68	钱芳标	48	
5	朱彝尊	22	宋徵舆	60	史惟圆	45	
6	宋徵舆	21	龚鼎孳	60	曹　溶	43	
7	丁　澎	19	曹尔堪	60	沈　谦	41	
8	李　雯	18	彭孙遹	50	龚鼎孳	41	
9	纳兰性德	17	陈维崧	38	陈　枋	39	
10	严绳孙	17	贺　裳	35	纳兰性德	37	
11	曹　溶	16	计南阳	33	曹贞吉	35	
12	吴伟业	13	俞　彦	33	梁清标	34	
13	王士禛	13	李　雯	32	吴伟业	33	
14	陈维崧	11			吴　绮	32	

从上表对比可见：

其一，在对当世名家的推举方面，《今词初集》的选域相对《倚声初集》《瑶华集》要宽，《倚声初集》基本局限在阳羡和云间，而《瑶华集》兼及浙西和京师，但仍较《今词初集》略窄，未能并举扬州、西泠等词人群体的名家。

其二，云间三子皆位列《今词初集》选词前十强，陈子龙更是一骑绝尘，反映了该选对云间派特别是陈子龙词坛地位的认定和推崇，三人创作，绝大部分是小令，也侧面反映出选者对令体词的重视，特别是印证了陈子龙与纳兰性德这两位"重光后身"之间，后者对前者的无限倾慕。在《倚声初集》中，陈子龙词数虽位列第四，但与前三人已完全不能颉颃，只能退居词选中的第二等次。在《瑶华集》中，甚至在前列根本无法看到陈子龙，这种情况，一方面反映了词坛讯息的消长变化，另一方面，也显现了后两种词选的选心、选阵并不像《今词初集》，有明确的云间派统序。

其三，《今词初集》选阵重视对各地词人群体及流派的兼收并蓄，例如吴绮、王士禛属于广陵词坛，丁澎属于西泠词坛，曹溶属于梅里词坛，吴

---

[1] 据闵丰《清初清词选本考论》（上海：上海古籍出版社，1997年）制表，第66、82页。

伟业属于太仓词坛，龚鼎孳属于合肥词坛。这些地方性词坛多受到云间派的影响，也多擅长创作饶有丰神的小令，因此，也可以被看作从云间派到纳兰词人群体的中间过渡力量。

其四，《今词初集》对朱彝尊和陈维崧的处理颇令人玩味，《今词初集》刊成时，陈维崧与朱彝尊是并世词名最重、词作最多的两大词人，且陈正是即将过气的阳羡词派的魁首，而朱正是行将兴起的浙西词派的宗师，但该选中对二人的选录明显与其创作成就不相匹配；如果再考察朱、陈二人入选的具体词作，基本可知二人的小令、中调、长调在其入选词中三分天下，也与二人在实际创作中重视长调、忽视小令异辙，因此，有理由推定，二人存在于《今词初集》中，只是自别的流派而来的"客卿"，他们的部分词作，符合纳兰性德的选词标准，因此便被"楚才晋用"地挪移过来，被不动声色地收编为该选的两位羽翼；而就朱、陈二人在该选中的命运，也正可以看出纳兰性德在廓清词坛、高张己帜方面的努力。

其五，《今词初集》中入选前列的词家，其创作主张多与纳兰性德有相似之处，例如，崇尚唐五代北宋，注重性灵书写，具体地反映了康熙初期，南北宋之争中北宋一派的一次集体群像。

基于上述的分析，我们基本可以得出这样的结论：《今词初集》是纳兰性德等人的苦心孤诣之选，其目的是在自己的选词标准和好恶的基础上，对清兴以来三十余年的词坛进行甄选和形成总集，并正式确立了一套自陈子龙到纳兰性德的令词统序，与当时词坛阳羡、浙西两大主流派别所推崇的南宋词风隐隐相抗。

就这一点而言，若是参照前贤对"饮水词派"的阐述，则纳兰性德对这个词派，可能便有了更高的期许，这一派的成员，不仅包括他身边的饮水词人群体，甚至囊括了明末清初词学复兴的各种力量。只是确实很可惜，这一流派的主张尽有未若浙派的"合时宜"之处，再加上纳兰的早逝及同人的星散，这一个尚在孕育之中的词派旋即消亡，只在词史上留下了诸如"重光后身"之类的痕迹，以供后人评述。至于纳兰性德对词坛力量的整合，究竟是个人行为，还是为迎合康熙帝"文治"意旨而进行的官方或半官方行动，则又是另一个话题了。

五、词史定位：令词统序与南北宋之争

康熙十七年（1678）前后，词坛面临一个重要的转捩点。此前研究者

通常认为,这是阳羡消沉、浙西兴起的一个关键点。通过上述的分析,我们发现,事实尚不只如此,如上节所述,当时的"第三条道路"的词人们在纳兰性德的引领之下,也在积蓄力量,以待契机。那么,为什么这第三种力量最终没有风云际会,与浙西平分秋色呢?可能除了偶然的因素之外,还有必然的因素,如时势和朝局对词学的选择和影响及词坛审美风会的变化等。除了这种无法抗拒的外在力量外,词体自身和其时的词人们,也在酝酿着选择。

朱彝尊曾说:"世人言词,必称北宋。然词至南宋,始极其工,至宋季始极其变。"[1]《词综》刊成于康熙十七年,对后世影响极为巨大。《发凡》中的这句话,也成了康熙年间南北宋之争的直接导火索。不过,在朱彝尊提出词学南宋之前,云间派早已将词学北宋,并最终祖述唐五代当成职志。因此,清初三十年的词坛,在宗尚方面,大致分成三种倾向:一是学习唐五代北宋,以云间派及其羽翼为代表;二是宗尚南宋辛弃疾式词风,以遗民词人群体和阳羡词派等为代表;三是宗尚南宋典雅词风,以朱彝尊等浙西六家为代表。这三种倾向中,后两种重在创作慢词,前者则以小令擅场。因此,从明末云间派提起,至顺治十七年(1660)前后朱彝尊重提的南北宋之争,其实还包含小令和长调的体式之争。

有关小令和长调的体式之争,朱彝尊事后曾作调和之论:"曩予与同里李十九武曾论词于京师之南泉僧舍,谓小令宜师北宋,慢词宜师南宋。武曾深然予言。是时,僧舍所作颇多。钱唐龚蘅圃,遂以吾两人所著,刻入《浙西六家词》。夫浙之词,岂得以六家限哉?十年以来,其年、容若、翼园相继奄逝,同调日寡,偶一间作,亦不能如向者之专且勤矣。"[2]

朱彝尊写下这段话时,已是康熙二十九年(1690)以后,其时陈维崧、纳兰性德、高层云等人已先后辞世。[3] 但是,他回忆中与李良年(字武曾)京师谈词,却发生在康熙十七年夏,其时他和李良年因为应博学鸿儒试,正寓居京师南泉寺。[4] 这里朱彝尊的态度颇值得玩味,一方面他已经是成名已久的词坛大家,随他入京的,还有他一直秉承的宗尚南宋的词学

---

[1] [清]朱彝尊:《词综》,上海:上海古籍出版社,2005年,第10页。

[2] [清]朱彝尊:《鱼计庄词序》,《曝书亭全集》,长春:吉林文史出版社,2009年,第455页。

[3] 高层云(号翼园)卒于康熙二十九年(1690)年四月[张云章:《太常寺少卿高公神道碑》,《朴村文集》卷十五,《四库禁毁书丛刊》编纂委员会编《四库禁毁书丛刊》(集部第168册),北京:北京出版社,1997年,第55页]。

[4] 张宗友:《朱彝尊年谱》,南京:凤凰出版社,2014年,第223页。

主张;另一方面,当时在京师词坛树帜的词家,基本都尊崇北宋,除了纳兰性德外,还有顾贞观。顾、朱二人之间在康熙十七年前后,还曾因宗尚,发生过一次有名的争执:"予尝持论,谓小令当法汴京以前,慢词则取诸南渡,锡山顾典籍不以为然也。"[1] 关于顾贞观的词学思想,其弟子杜诏的总结,虽有溢美,但大体符合事实:"若《弹指》则极情之至,出入南北两宋,而奄有众长,词之集大成者也。"[2] 不过,就宗尚而言,顾贞观是公认的宗北宋的代表,况周颐这样赞叹顾贞观:"七百余年矣。溯词源,北宋谁嗣。……清才断推弹指。……指绝塞、笺传《金缕》,算第一、文章情至。"[3] 因此,朱彝尊挑起的南北宋之争,虽似是对云间词派的清算,而实际针对的对象,却更该是纳兰词人群体,或者说,是明季清初词坛自陈子龙至纳兰性德一系的以北宋宗尚为核心的令词统序,这与我们此前对自云间至纳兰的词学脉络的梳理是一致的。朱彝尊所采取的策略颇足称道,一方面容其所长,对纳兰词人群体小令宗尚北宋竟见优容;另一方面,则攻其未备,大力主张学习南宋慢词,而慢词创作,正是云间派、纳兰性德词人群体的短处。

虽然朱彝尊颇有优容,但是康熙至乾隆的词坛上,令词却很难再有发展和精进。那么,清初的令词统序,自云间派发展至纳兰性德,此后,便很少有专精于此的名家,这又是为什么呢?具体探讨起来,其因素大致包括:其一,随着康熙中后期文网逐渐细密起来的,令词比兴寄托的抒情方式不再适合词坛;其二,深情婉转的表达方式需要与作者的个人品性结合,相对较难,而浙西词派填词时以学问来补才、性之不足,则相对较易;其三,言愁寄慨的小令,在"盛世"宏音之下,显得啁啾卑弱,远不足与浙西词派提倡的酣嬉逸乐、吟咏太平的词学意旨相抗衡;其四,与慢词相较,令词的书写内容较为偏仄,随着学人之词的兴起和士人词学审美观念的变化,令词逐渐沦落到从属的位置。[4]

尽管如此,清代令体词仍在继续发展,并在合适的条件下另结硕果。需要说明的是,嘉庆以后,张惠言创立常州词派,特别推崇温庭筠词的

---

[1] [清]朱彝尊:《水村琴趣序》,《曝书亭全集》,长春:吉林文史出版社,2009年,第455页。

[2] 杜诏:《弹指词序》,《弹指词笺注》,北京:北京出版社,2000年,第545页。

[3] [清]况周颐:《穆护砂·薇垣夜直书顾梁汾先生〈弹指词〉后》,《况周颐词集校注》,上海:上海古籍出版社,2013年,第117页。

[4] 康熙中后期令词衰落是清代词史上的一个重要现象,其成因非常复杂,本文不拟展开,将另文探讨。

"深美闳约"[1]，正是在比兴寄托说的基础上，向令词统序致敬。而清末的王国维，则一变令词的寄托和深情，而以哲理为词，为小令别开生面，后人在评价他的成就时，所对比参照的对象，仍然是自李煜至纳兰性德的令词传统：

> 词自南宋以还，蹶而不振也久矣。元明诸老，气困于雕琢；嘉道而还，意竭于模拟。其异军突出，独标一帜者，窃惟纳兰侍卫耳。侍卫之词，遥情逸韵，一唱三叹，论者以"重光后身"称之。二百年来，无人与之颉颃，有之，其王静安先生乎？静安以文学革命巨子，揭橥"词以境界为主"之说，格高韵远，极缠绵婉约之致。能使宋人坠绪，绝而复续。[2]

在旧学商量与新知培养相结合的时代，"重光后身"所代表的令词统序又一次在文学批评中产生了饶有意味的回响。

六、余论

"重光后身"是个内涵逐步丰富的词学命题，从最初基于轮回转世观念的比附，到具有明确指涉，经过了较长时间。词学史上，对"重光后身"的探讨，基本集中在陈子龙与纳兰性德二人，尤以纳兰性德认同者为多，反映了词学界对令词统序的认识。基于这种认识，我们重新回顾词学史时，根据纳兰性德等人的词选及其词学观念主张，发现他们对清初三十余年词学传统重新规划的努力，并发现其主张对当时词坛的廓清作用，从而对清初词学演进及南北宋之争问题有了更明确的认识。此外，透过这一命题，我们对清初词学演进的具体情况，还会有以下三点更待深入的认识。

其一，清代词学演进，一直伴随着对前代典范的借鉴和师承。"重光后身"命题在清初的提出和探讨，其实也意味着李煜这一传统词学资源，已被加入清人词学师法序列之中。而晚清王国维在《人间词话》中，对李煜做出的至高无上的评价和推崇，正是对清人词学师法序列中李煜一系的最

---

[1][清]张惠言：《词选序》，《词选》，清道光年间刻本，第2a页。
[2]陈乃文：《静安词序》，《陈乃文诗文集》，上海：上海社会科学出版社，2013年，第128页。

终回应。

其二,"重光后身"说,既意味着李煜在后世的经典化,也意味着清人词学的自我经典化。清人推出两位词人作为"重光后身"并加以探讨,实际就是推出了两位词学典范并将之经典化。尽管这种经典化所借鉴的资源和过程略有不同,但从清代中后期的词学,仍可看出陈子龙和纳兰性德作为典范的强大影响力。

其三,对"重光后身"的探讨,也有助于揭示清初词学中一些被忽略的现象。除了上述的令词统序,清初令体词的创作实绩和成就也可借以重新估量和评价。在此基础上,我们对清词中兴局面及其内涵,会有更清晰、准确的理解。

光宣诗人的理想境界与政治追求

马卫中

中国最早涉及诗歌理论的文字《尚书·尧典》，提出了"诗言志"的主张，朱自清先生认为这是中国历代诗论的"开山的纲领"[1]。所谓"志"，既是指诗人的思想情感，又包含着诗人对现实和未来所抱有的政治理想。光宣时期，黑暗的社会和腐败的政治充满了矛盾和危机。生活在这一时期的诗人，在目睹惨绝人寰的人间悲剧甚至闹剧一幕幕不停搬演的时候，他们的思想情感激荡而痛苦，而在他们的内心深处又不断交织着希望和幻想，升腾着强国之梦。他们的诗歌，是言志的产物。也就是说，既反映了他们复杂的思想情感，又寄托了他们的理想和幻想。而他们为实现其抱负所做的一切努力，也在他们的诗歌里有详尽的实录。

一

光宣前期，洋务派在中国政坛占据重要位置。作为回应，当时的诗歌也表现了洋务派的政治理想。这一时期，吟咏西方新事物、新思想的诗歌作品连篇累牍，层出不穷。然而，值得注意的是，洋务派的领袖人物，如左宗棠、李鸿章和张之洞等，并没有在诗歌中对西方事物表现出热情。甚至除了少数送别出国使臣和题赠外国友人的诗歌以外，很少有与外国相关的作品。其实，洋务派倡导"中学为体，西学为用"，将诗歌作为中学的一部分，维护着其传统的观念和形态，不希望受到西方的影响和被其异化。因此，也就剥离了其与西学的联系。当然，他们的诗歌，就表达他们参与洋务运动复杂的心境，即不但要引进西方先进的技术，而且要不损害中国传统的统治基础和统治思想，其重重困难可想而知。以张之洞为例，黄濬

---

[1] 朱自清：《诗言志辨·序》，北京：古籍出版社，1956年，第4页。

谓"南皮之事功,不如文章。意存建树,而力希忠宠,故有创而鲜获。然其真性情,可从诗文字句里钩稽得之"[1],"有创而鲜获",是"中学为体,西学为用"的必然结果,而"真性情,可从诗文字句里钩稽得之",则为我们从其诗歌作品中考察其推行洋务政策的思想基础,以及洋务运动失败后明知国是之不可为又不得不为之的痛苦感伤的情绪,提供了便利条件。相似的议论,还见诸南社著名诗人林庚白的《丽白楼诗话》:"同光诗人什九无真感,惟二张为能自道其艰苦与怀抱。二张者,之洞与謇也。之洞负盛名,领重镇,出将入相,而不作一矜夸语,处新旧变革之际,危疑绝续之交,其身世之感,一见于诗,视謇尤真挚。"[2] 强调"中学为体",表明张之洞以传统儒学思想来维系清皇朝的根本利益,他的这种思想,反映在他早年所作的《学署五箴》及晚年所作的《学术》诗中:"理乱寻源学术乖,父仇子劫有由来。刘郎不叹多葵麦,只恨荆榛满路栽。"[3] 他对充斥学界的新异思想多持反对态度,"盖深恫乎学术之乖张,致召不虞之祸患,不觉形诸笔墨"[4]。张之洞说"会通中西,权衡新旧"[5],又说"旧学为体,新学为用,不使偏废"[6],而当为体的中学和为用的西学发生矛盾时,张之洞又希望能够加以调和:"璇宫忧国动沾巾,朝士翻争旧与新。门户都忘薪胆事,调停头白范纯仁。"[7] 其实,强调中学还是强调西学,是保守和革新的标志,是将历史的车轮带向前进,抑或拉向倒退的重大问题,在此没有调和的余地。当新与旧的矛盾无法消止而日趋激化的时候,清王朝实际上就面临着覆亡的境地。是时,张之洞在诗中流露出一种"无可奈何花落去"的情绪:"一夜狂风国艳残,东皇应是护持难。不堪重读元舆赋,如咽如悲独自看。"[8] 张之洞感叹的花残,其实是洋务派救国梦想的破灭。

当时在诗歌中吟咏新事物和新思想的,主要是一批从事洋务中实际事务的外交家和实业家,如郭嵩焘、曾纪泽和郑观应等。他们是中国近代踏

---

[1] 黄濬:《花随人圣庵摭忆》,上海:上海古籍出版社,1983年,第258页。
[2] 林庚白:《丽白楼诗话》,《丽白楼自选诗》,上海:开明书店,1946年,第107页。
[3] 张之洞:《学术》,《张文襄公诗集》卷四,民国十七年(1928)刻《张文襄公全集》本,第12页。
[4] 胡先骕:《读张文襄〈广雅堂诗〉》,《学衡》,1923年第14期,第9页。
[5] [清]张之洞:《抱冰堂弟子记》,民国十七年(1928)刻《张文襄公全集》本,第14页。
[6] [清]张之洞:《劝学篇》,民国十七年(1928)刻《张文襄公全集》本,第9页。
[7] [清]张之洞:《新旧》,《张文襄公诗集》卷四,民国十七年(1928)刻《张文襄公全集》本,第8页。
[8] [清]张之洞:《四月下旬过崇效寺访牡丹花已残损》,《张文襄公诗集》卷四,民国十七年(1928)刻《张文襄公全集》本,第11页。

出国门、走向世界的先驱,闻所未闻的西方的新异思想和见所未见的异国风情,令他们大开眼界,他们似乎找到了能够炫人耳目的绝妙诗材,因此,在诗中大加吟诵。郭嵩焘题曾纪泽诗集,谓"十洲天外一帆驰,踪迹同君两崛奇。万国梯航成创局,数篇云海发新诗"[1],表达了对曾纪泽在外国所写的"新诗",即以国外见闻为题材的诗歌的高度赞赏,同时也引以为同路和知己。曾纪泽"新诗"的代表是《异俗》:

> 讨论寒冰一夏虫,渐从文轨辨殊风。夜光夙寐民称便,女倨男恭礼所崇。偶有朔朝逢月满,或瞻南极认天中。惟余一物终难贬,囊有黄金处处通。[2]

是诗乃其在俄国所作,写了新鲜事物,诗歌也显得新鲜。曾纪泽类似的作品还有《十一日晦日泊红海尽处,登舵楼乘凉,见舟人所蓄白鸥,口占一律》《戊寅腊月至法兰西国,谒其君长,授受国书,慰劳良厚,颂及先人,退为此诗》《谢智卿以西洋留影法照余蓄须髯小像,自题一律》《清臣约登南山俯瞰木司姑城,应之而不果行,为此诗》等数十首。其中写景和抒情结合较好,可称上乘之作的,是《八月十五日夜森比德堡对月》:

> 祆庙园楼百仞高,梵钟清夜叫蒲牢。见闻是处驼生背,官职无名马有曹。明镜喜人增白发,奚囊搜句到红毛。冰轮何事摇沧海,去作长天万顷涛。[3]

诗前有小序,文字也非常优美:"森比德堡为鄂罗思国所都,地濒北海。良天佳节,月明云散。是日国人顶礼祆神,钟声四起。耳目所触,感慨丛生。酒后成章,质诸寮友。西人谓海潮为月力吸引,结句采用其说,或者为后来诗人增一故实耶?"[4] 同时满族诗人斌春亦尝奉使欧洲,林昌彝谓其

---

[1] [清]郭嵩焘:《题曾劼刚〈归朴斋诗钞〉,并以为别,即效其体》,郭嵩焘著,杨坚点校《郭嵩焘诗文集》,长沙:岳麓书社,1984年,第693页。

[2] [清]曾纪泽:《异俗》,[清]曾纪泽著,喻岳衡点校《曾纪泽遗集》,长沙:岳麓书社,1983年,第294页。

[3] [清]曾纪泽:《八月十五日夜森比德堡对月》,[清]曾纪泽著,喻岳衡点校《曾纪泽遗集》,长沙:岳麓书社,1983年,第278页。

[4] [清]曾纪泽:《八月十五日夜森比德堡对月》,[清]曾纪泽著,喻岳衡点校《曾纪泽遗集》,长沙:岳麓书社,1983年,第278页。

"往返九万余里，诸国土俗民情，悉寄之于诗"[1]，他的《海国胜游草》《天外归帆草》，是中国最早专咏西方风情的诗集。如《俄罗斯有半年为昼之地》诗云：

> 才看夕照挂楼尖，倏见晨霞映画檐。绣幄不须烧绛蜡，长空何处觅银蟾。（夏间月行南陆，北地不见。）抱衾谁咏宵征肃，击柝无劳夜禁严。惟有冬来愁昼晦，可能天日总曦炎。[2]

北极白夜的旖旎景色及诗人新奇的感觉，使作品染上了一层在中国古典诗歌中从未有过的异国情调。当然，由于对新事物缺乏科学的认识，因此，以讹传讹，在他们的诗歌中也时有发生。只消读斌春这样的一个诗题：《赤道之南天气极热，昼夜各六时，无冬夏之分，每夜必见月》，就可知道其内容的荒诞不经。

如果我们将洋务派的先驱们在诗歌中对西方的新思想和新事物的态度的理解，停留在描述和羡慕之上，那么，我们就低估了洋务派鼓吹西方的真正目的。他们宣扬西方的新思想和新事物，是为了实现他们救国和强国的梦想。他们希望借鉴西方先进的科学技术，改变中国贫穷愚昧、落后挨打的被动局面，使中华民族也能自立于世界强国之林。所以，他们竭力歌颂的，是这些新事物、新思想在中国的出现和扎根。曾纪泽在出使欧洲以前，就有《火轮船》诗句云："湿雾浓烟障碧空，奔鲸破浪不乘风。万钧金铁双轮里，千里江山一瞬中。"[3] 这首被曾国藩批为"有轩昂跌宕之致"的诗歌，对中国海疆出现的轮船，表现出了前所未有的豪情，似乎起航的是把中国载向富强彼岸的巨轮。即使是如缝纫机之类先进的生产工具，他们也表现出了极大兴趣。王韬《瀛壖杂志》载，王韬所居之南邻有一"美国妇秦娘者，国色也。家有西国缝衣奇器一具，运针之妙，巧捷罕伦。上有铜盘一，衔双翅，针下置铁轮，以足蹴木板，轮自转旋。手持绢盈丈，

---

[1] ［清］林昌彝著，王镇远、林虞生标点：《海天琴思续录》，上海：上海古籍出版社，1988年，第444页。

[2] 斌春：《俄罗斯有半年为昼之地》，《海国胜游草》，清同治七年（1868）刻本，第21—22页。

[3] ［清］曾纪泽：《火轮船》，［清］曾纪泽著，喻岳衡点校《曾纪泽遗集》，长沙：岳麓书社，1983年，第250页。

细针密缕，顷刻而成"[1]。王韬与孙漵往观，孙漵当场赋诗一首赠美国妇人：

> 鹊口衔缕双翅开，铜盘乍展铁轮回。掺掺容易缝裳好，亲见针神手制来。[2]

由于郑观应是实业家，他对应用西方的先进生产技术，比之他人更有兴趣。他向往西方先进的通信和交通手段，"德律风传百里音，电杆线捷飞轮驶"[3]，是咏电话；"飞邮挟雷电，织轨走星虹"[4]，是咏电报和火车；"激轮飞电收权利，织雾开山救困贫"[5]，又是咏郑观应亲自经办的轮船招商局、电报局、织布局和开平采矿局四项实业。郑观应还有《劝农歌》谓"天时与地利，化学深研究。硗瘠变膏腴，肥料美称首。机器制新巧，便捷胜人手"[6]，俨然是科学种田的教科书。

二

由于李鸿章和张之洞对戊戌变法持反对态度，因此我们过去经常把洋务派和维新派当作两个对立的政治势力。其实，维新派中许多人最早都是赞成洋务运动甚至参与洋务运动的，只是洋务运动长期没有收到实效，而中国在甲午战争中又惨败于日本，因此，洋务派中一部分人在引进西方科学和生产技术的要求的基础上，又有了改革政治体制的愿望，他们加入了维新派的行列。其代表人物是黄遵宪和郑观应。在戊戌前后，他们创作了大量颂扬西方政治体制、希望变法图强的诗歌作品，如郑观应《罗浮待鹤

---

[1] [清]王韬著，沈恒春、杨其民标点：《瀛壖杂志》，上海：上海古籍出版社，1989年，第100页。

[2] [清]王韬著，沈恒春、杨其民标点：《瀛壖杂志》，上海：上海古籍出版社，1989年，第100页。

[3] 郑观应：《五十自述》，夏东元编《郑观应集》，上海：上海人民出版社，1988年，第1289页。

[4] 郑观应：《上礼部尚书孙燮臣师四十韵》，夏东元编《郑观应集》，上海：上海人民出版社，1988年，第1294页。

[5] 郑观应：《上合肥傅相七排四十二韵》，夏东元编《郑观应集》，上海：上海人民出版社，1988年，第1331页。

[6] 郑观应：《劝农歌》，夏东元编《郑观应集》，上海：上海人民出版社，1988年，第1397页。

山人诗钞》中的《阅万国史记感作》《读盛太常请变法自强疏》《列国兴革大势歌》《与潘兰史典籍论泰西专制共和立宪三政治演而为诗》《驻俄法日各公使奏立宪法不成有感》《读泰西新史感言》等诗作，都抒发了维新派的政治理想。其《读〈俄彼得变政记·日明治变法考〉有感》诗云：

> 证今考古事推评，英主何曾泥守成。天以艰难资振奋，世将中外合升平。卧薪尝胆师勾践，涮旧维新企汉京。此际朝廷求变法，可如俄日力经营。[1]

这与康有为劝光绪皇帝"择法俄、日以定国是"的主张是相符合的。

真正在诗歌中竭力讴歌维新理想，并记录了他们变法历程的重要诗人，还是康有为、梁启超、谭嗣同等维新派的领袖人物和得力干将。康有为《万木草堂诗集》卷首第一篇即为《大同书成题词》："千界皆烦恼，吾来偶现身。""万年无进化，大地合沉沦。""先除诸苦法，渐见太平春。""大同犹有道，吾欲度生民。"[2] 除了宣扬维新主张以外，还隐然以维新变法之救世新主自诩。应该说，在投身戊戌变法的志士仁人中，康有为是较早形成维新思想者。光绪十五年（1889），康有为有《出都留别诸公》诗，自序云："吾以诸生上书请变法，开国未有，群疑交集，乃行。"[3] 这与郭则沄所说的"康长素……抗言新政，固不自戊戌始。光绪己丑方为诸生，即累草万言书诣都察院上之"[4]，是一致的。其诗云：

> 沧海惊波百怪横，唐衢痛哭万人惊。高峰突出诸山妒，上帝无言百鬼狞。岂有汉廷思贾谊，拼教江夏杀祢衡。陆沉预为中原叹，他日应思鲁二生。[5]

---

[1] 郑观应：《读〈俄彼得变政记·日明治变法考〉有感》，夏东元编《郑观应集》，上海：上海人民出版社，1988年，第1311-1312页。

[2] 康有为：《大同书成题词》，上海市文物保管委员会文献研究部编《万木草堂诗集》，上海：上海人民出版社，1996年，第4页。

[3] 康有为：《出都留别诸公序》，上海市文物保管委员会文献研究部编《万木草堂诗集》，上海：上海人民出版社，1996年，第50页。

[4] 郭则沄：《十朝诗乘》卷二十二，民国二十四年（1935）刻本，第40页。

[5] 康有为：《出都留别诸公》，上海市文物保管委员会文献研究部编《万木草堂诗集》，上海：上海人民出版社，1996年，第51页。

因康有为"所言多主变法,老成斥为狂瞽"[1]。他在诗中抒发了自己愤郁不满的情绪。当是时,梁启超在《自厉》诗中也表达了他除旧布新的理想及为之奋斗的决心:"献身甘作万矢的,著论求为百世师。誓起民权移旧俗,更研哲理牖新知。十年以后当思我,举国犹狂欲语谁?世界无穷愿无尽,海天廖廓立多时。"[2] 袁祖光说康、梁此二诗,"沉瀣一气,同一用意,康则激烈于梁矣。'他日应思鲁二生'、'十年以后当思我'云云,予智自雄,宛然屈灵均天下非我莫能为之意"[3]。

在戊戌百日维新拉开帷幕前夕,维新党人将湖南作为变法的实验基地。是时,黄遵宪、梁启超、谭嗣同、陈三立等都聚集在湘中,试验他们的新政举措。曾广钧以后有《天运篇》七古一首,对此做了回忆:"一别湘州事势新,其间岁月颇嶙峋。前辈将才余几个,义宁孤立古君臣。我时谒告游巡署,日接黄(遵宪)梁(启超)一辈人。健者谭(嗣同)唐(才常)时抵掌,论斤麻菌煮银鳞。廖(树蘅)梁(焕奎)诗伯兼攻矿,一洗骚人万古贫。沅水黄(忠浩)熊(希龄)来应梦,双珠(朱萼生、鞠生兄弟)盐铁佐经纶。"[4] 所谓"岁月嶙峋",是指湖南反对维新的保守势力也非常强大。王先谦曾有《纪事》诗痛诋谭嗣同:

> 适足以杀盆成括,此复欲为新垣平。辟睨两宫幸有变,沉瀣一气还相生。风元不竞海氛恶,澜岂容狂湘水清。圣学依然揭日月,春秋始信非纵横。[5]

而他在《赠叶德辉奂彬》诗自序中则云:"戊戌秋八月,康有为谋逆事觉,其党康广仁等皆伏诛。先一岁,湖南创设时务学堂,大吏延康弟子梁启超为教习。学使徐仁铸相与主张其说,一时风靡。独奂彬辞而辟之。……尝论康一生险诐,专以学术佐其逆谋。托经学似樊并,能文章似崔浩;议改制度似新垣平,广招党与似王叔文;借兵外臣,倚重邻敌,以危宗社,又

---

[1] 郭则沄:《十朝诗乘》卷二十二,民国二十四年(1935)刻本,第40页。
[2] 梁启超:《自厉》,《饮冰室文集》卷四十五下,台北:台湾中华书局,1989年,第16页。
[3] [清]袁祖光:《绿天香雪簃诗话》卷八,张寅彭主编,吴忱、杨焄点校《清诗话三编》,上海:上海古籍出版社,2014年,第7425页。
[4] 曾广钧:《天运篇》,《环天室诗支集》,民国初年环天室铅印本,第36页。
[5] 王先谦:《纪事》,《虚受堂诗存》卷十五,清光绪二十八年(1902)平江苏氏刻本,第14页。

兼崔胤、张邦昌而有之，诚乱臣贼子之尤也。湘人不幸被害者多矣，微奂彬谁与摧陷而廓清之者？"[1] 王先谦的赠叶氏的这四首绝句，可算是湘中保守派的宣言：

> 曲士思偷造化权，戏书容易发争端。此曹但可供谈笑，早作妖妖乱领看。
>
> 自古当仁不让师，放淫拒诐复奚疑？奸言已息佗嚣子，后学争呼韩退之。
>
> 荒唐我亦怕新书，一任摧烧不愿余。鲁国闻人真再世，孔门今见四盈虚。
>
> 江河当日塞涓涓，闻道秦安御史贤。近事输君探讨熟，觚棱回首十三年。[2]

新旧两党斗争之激烈，可见一斑。郭则沄《十朝诗乘》叙述湘中当时情况也说："戊戌新政，基于湘省之南学会。时陈右铭抚湘，江建霞、徐研甫先后为学政，创行《湘报》，延梁卓如主之，风气一变。然湘绅守旧者隐不相容。王祭酒（先谦）、孔观察（宪教）为之砥柱。"[3] 并引章士钊《题徐善伯见视戊戌湘报全册四十韵》诗，谓"言其事历历"。有关章士钊是诗，王赓《今传是楼诗话》亦引及，说"纪述綦详，足徵信史，实为近数十年极有关系之作"[4]。

如果说戊戌政变以前维新党人的诗歌主要是以变法的理想相号召、相砥砺，那么，政变以后的诗作，主要是记载了他们英勇斗争的光辉历史。其中最不朽的诗作当是谭嗣同的《狱中题壁》："望门投止思张俭，忍死须臾待杜根。我自横刀向天笑，去留肝胆两昆仑。"[5] 麦若鹏先生论道："这首诗是政变后被系狱时写的，充分表现了一个爱国志士坚贞不拔的人格与矢死不渝的信念。像这样高傲地蔑视死亡威胁，从内心深处迸发出来的音

---

[1] 王先谦：《赠叶德辉奂彬序》，《虚受堂诗存》卷十五，清光绪二十八年（1902）平江苏氏刻本，第14-15页。

[2] 王先谦：《赠叶德辉奂彬序》，《虚受堂诗存》卷十五，清光绪二十八年（1902）平江苏氏刻本，第15-16页。

[3] 郭则沄：《十朝诗乘》卷二十三，民国二十四年（1935）刻本，第6页。

[4] 王逸塘：《今传是楼诗话》，沈云龙主编《近代中国史料丛刊续编》（第68辑），台北：文海出版社，1977年，第410页。

[5] [清] 谭嗣同：《狱中题壁》，《谭嗣同全集》，北京：中华书局，1981年，第287页。

响，本身就是一首完美的诗，用不着多余的修饰，也用不着烦琐的音节韵律的固定法则来衡量。这是当时旧诗所能达到的最高成就。"[1] 由于戊戌变法失败，对于当时许多知识分子来说是一个理想的破灭，因此，他们的诗歌，在躲避杀身之祸中表达了对保守势力的强烈反抗及对前途的渺茫和灰心的情绪。这种诗歌在当时诗人的集子里连篇累牍，比比皆是。经常被人引用的有严复《戊戌八月感事》、康有为《戊戌八月国变纪事》、丁叔雅《将归岭南留别》等。而黄遵宪是时刚被任命为驻日公使，"养疴上海，淹留未行。而党祸卒起，缇骑绕先生室者两日，几受罗织。事虽得白，使事亦解"[2]。因此，其《纪事》诗，以隐含的笔触，写了愤懑的感情：

> 贯索星连熠熠光，穹庐天盖暮苍苍。秋风鼓吹妃呼豨，夜雨铃声劬秃当。十七史从何处说，百年债看后来偿。森森画戟重围栎，坐觉今宵漏较长。[3]

记政变前后过程较为详尽者，是唐烜的《戊戌纪事八十韵》，郭则沄谓其"时官刑部，目睹戊戌政变，痛六君子骈僇，作纪事诗云。……'二杨'皆照青同年，裴村同官，久尤契，故其诗有激而发"[4]。徐世昌也说"其《戊戌纪事》一首，得自亲见，故摹写逼真"[5]。

戊戌政变以后，诗歌创作还有一个重要的题材，便是对牺牲的"六君子"的悼念。康有为《戊戌八月纪变八首》缅怀康广仁云："夺门白日闭幽州，东市朝衣血倒流。百年夜雨神伤处，最是青山骨未收。"[6] 哀婉至深。另如程甘园《次梁节庵哭亡友杨三》、严复《哭林晚翠》、夏曾佑《吊谭复生》、曾远夫《舟泊汉口，过武昌访傅肖岩丈。座间闻刘杨事，为五言哭之》，作者都是朋友的身份，感情之真挚，是他人无法企及的。其中曾氏是诗作于从北京参加会试后返蜀途中，他从此绝意仕进，在家课徒以终。悲

---

[1] 麦若鹏：《戊戌维新时期的文学》，《光明日报》，1951年7月21日。
[2] 梁启超：《嘉应黄先生墓志铭》，《饮冰室文集》（上）卷四十四，台北：台湾中华书局，1989年，第5页。
[3] ［清］黄遵宪：《纪事》，钱仲联笺注《人境庐诗草笺注》，上海：古典文学出版社，1957年，第277页。
[4] 郭则沄：《十朝诗乘》卷二十二，民国二十四年（1935）刻本，第52-53页。
[5] 徐世昌：《晚晴簃诗汇》卷一百七十七，民国十八年（1929）退耕堂刻本，第1页。
[6] 康有为：《戊戌八月纪变八首》，《康南海先生诗集》卷之四《明夷阁诗集》，台北：文海出版社，1974年，第7页。

观消极的心情，在诗中表露无遗：

> ……古无终沉冤，是非理自彰。死后望昭雪，言之断人肠！平居感时艰，相见每慨慷。义气凛照人，历历宛在旁。都门别几日，一日一沧桑。噩耗武昌来，惊魂四飞扬。白日忽无色，天地为之荒。钩党及清流，群阴疑汉唐。霄人取快意，国是非所量。天下累卵形，所忧在萧墙！鲰生欲何为？一粟渺太仓。只有无穷泪，洒之江汉阳。[1]

只有蒋智由的《挽古今之敢死者》，意境高旷，笔力豪迈，气韵充沛，以前赴后继、视死如归的态度，表现了与旧制度和旧制度的卫道者抗争到底的决心。这在所有的悼念之作中别具一格，是境界最高者。诗凡五章，今录其二：

> 男儿抱热血，百年待一洒。一洒夫何处，青山与青史。青山生光彩，煌煌前朝事。青史生光彩，飞扬令人起。后日馨香人，当日屠醢子。屠醢时一笑，一笑宁计此。
>
> 病死最不幸，吾昔为此语。瞀儒列五福，考终世所与。儒者重明哲，后人若昼鼠。君子养浩然，明神依大宇。强释生死名，生死去来尔。[2]

戊戌变法的失败，让中国的许多知识分子认识到，不从根本上改变中国的封建统治制度而实现救国强国之梦，无异于天方夜谭。这就促进了以推翻清皇朝为目的的中国资产阶级民主主义革命的蓬勃兴起。其中，一部分维新派人士跟上了时代进步的步伐，他们在诗歌中开始否定过去的保皇观点。黄遵宪《病中纪梦述寄梁任父》有云：

> ……乌知当是时，东海波腾沸。攘夷复尊王，佥议以法治。立宪定公名，君民同一体，果遵此道行，日几太平世。我随使槎

---

[1] 曾远夫：《舟泊汉口，过武昌访傅肖岩丈。座间闻刘杨事，为五言哭之》，刘光第著，《刘光第集》编辑组编《刘光第集》，北京：中华书局，1986年，第446页。

[2] 蒋智由：《挽古今之敢死者》，《新民丛报》，1903年第30期，第100-101页。

来，见此发深喟。呜呼专制国，今既四千岁。岂谓及余身，竟能见国会。以此名我名，苍苍果何意。人言廿世纪，无复容帝制。举世趋大同，度势有必至。怀刺久磨灭，惜哉吾老矣。日去不可追，河清究难俟。倘见德化成，愿缓须臾死……[1]

此诗是《人境庐诗草》中的最后一首，没有多久，黄遵宪就离开了人世。我们从诗的内容看，如果天假其年，他也不是没有可能投身于资产阶级民主革命的。

三

光宣诗坛，对政治理想执着追求，并最终得以实现的，是以南社为代表的属于资产阶级民主革命派的诗人。他们的救国强国梦，是与粉碎旧的政治制度和建立新的政治体系紧密联系在一起的。柳亚子17岁时所为《放歌》，无疑是其当时政治理想的宣言。在诗中，诗人泣诉了中国政治之黑暗："听我前致辞，血气同感伤。上言专制酷，罗网重重强。人权既蹂躏，《天演》终沦亡。众生尚酣睡，民气苦不扬。豺狼方当道，燕雀犹处堂。天骄闯然入，踞我卧榻旁。瓜分与豆剖，横议声洋洋。世界大风潮，鬼泣神亦瞠。盘涡日以急，欲渡河无梁。沉沉四百州，尸冢遥相望。他人殖民地，何处为故乡？"[2] 而改变现状的唯一办法，是从西方引进自由的思想和民主的政治：

> 我思欧人种，贤哲用斗量。私心窃景仰，二圣难颉颃。庐梭第一人，铜像巍天阊。《民约》创鸿著，大义君民昌。胚胎革命军，一扫秕与糠。百年来欧陆，幸福日恢张。继者斯宾塞，女界赖一匡。平权富想象，公理方翔翔。谬种辟前人，妄诩解剖详。智慧用益出，大哉言煌煌。独笑"支那"士，论理魔为障。乡愿倡誉言，毒人纲与常。横流今泛滥，洪祸谁能当？安得有豪杰，

---

[1] [清]黄遵宪：《病中纪梦述寄梁任父》，钱仲联笺注《人境庐诗草笺注》，上海：古典文学出版社，1981年，第385-386页。
[2] 柳亚子：《放歌》，中国革命博物馆编《磨剑室诗词集》（上），上海：上海人民出版社，1985年，第17页。

重使此理彰！[1]

尽管诗中所言理想，并非柳亚子毕生奋斗的目标，但是，诗中所表现的向往光明、追求真理的精神，却是贯穿其一生的可贵品质。并且，为了实现其政治理想，他们甘愿赴汤蹈火，不惜一切代价。他们在许多诗歌里，表现了这样的决心。高旭《读谭壮飞先生传感赋》云：

> 砍头便砍头，男儿保国休。无魂人尽死，有血我须流。[2]

请再看周实《拟决绝词》：

> 卷葹拔心鹃叫血，听我当筵歌决绝。信有人间决绝难，一曲歌成鬓飞雪。鬓飞雪，拼决绝，我不怨尔颜色劣，尔无怨我肠如铁。请决绝，如雷之奋如电掣，如机之断如帛裂。千古万古，惩此覆辙。惩覆辙，长决绝，海枯石烂乾坤灭，无为瓦全宁玉折。[3]

在南社成立之前，倡导革命的邹容和章太炎在狱中的《绝命词》联句，也表现了他们视死如归的大无畏气概：

> 击石何须博浪椎（邹），群儿甘自作湘累（章）。要离祠墓今何在（章），愿借先生土一坯（邹）。
> 平生御寇御风志（邹），近死之心不复阳（章）。愿力能生千猛士（邹），补牢未必恨亡羊（章）。[4]

同时，南社诗人的救国强国梦，还与改造人的社会观念和道德风尚密切相关。歌颂人权，是他们诗歌的一个重要主题。高旭在《愿无尽庐诗话》中明确表示诗歌应该"鼓吹人权，排斥专制，唤起人民独立思想，增进人

---

[1] 柳亚子：《放歌》，中国革命博物馆编《磨剑室诗词集》（上），上海：上海人民出版社，1985年，第17—18页。
[2] 高旭：《读谭壮飞先生传感赋》，《清议报》，1901年第85期。
[3] 周实：《拟决绝词》，《无尽庵遗集》，西安：陕西人民出版社，2008年，第111页。
[4] 邹容、章炳麟：《绝命词》，周永林编《邹容文集》，重庆：重庆出版社，1983年，第84页。

民种族观念"[1]。他在著名的《海上大风潮起放歌》中激昂慷慨地说："做人牛马不如死，淋漓血灌自由苗。……独立檄文民约论，谁敢造此无乃妖。少所见应多作怪，喑喑跖犬纷吠尧。"[2] 而在《爱祖国歌》中则向往祖国美好的未来，"汝苟无至平等之乐园兮，斯皆尧兄而舜弟；汝之前途当腾一异采兮，汝之福命仿如饮甘醴"[3]，也是以人的平等作为首要的理想。当时人权的一个重要问题，便是维护在封建礼教残害之下的妇女权益。上引柳亚子《放歌》中，就谈到了女权问题。而柳亚子《磨剑室诗词集》中，以男女平等为主题的诗作还有不少。如《〈神州女报〉题词》云："腐儒偏喜谈家政，贤母良妻论可嗤。是好儿女能独立，何须雌伏让须眉。"[4] 追求妇女解放，在南社一些女诗人如徐自华、吕碧城等笔下，尤为渴望。吕碧城《书怀》云：

> 眼看沧海竟成尘，寂锁荒陬百感频。流俗待看除旧弊，深闺有愿作新民。江湖以外留余兴，脂粉丛中惜此身。谁起平权倡独立，普天尺蠖待同伸。[5]

读是诗可以看出，诗人心中升腾着做与男子平等的新女性的强烈愿望。

与维新派主张循序渐进不同，革命党人倡导用暴力的手段达到激进的政治变革的目的。因此，其与清皇朝的冲突尤为激烈，而其牺牲较维新派亦更为众多、更为惨烈。悼念这些牺牲的烈士，便成了当时诗歌的又一个重要主题。我们翻开参与革命的任何一位诗人的诗集，几乎都可以找到这样的诗篇。如章太炎的《狱中闻沈禹希见杀》悲悼沈荩、《山阴徐君歌》痛哭徐锡麟、《鹧鹕案尸鸣》为刘道一作；再如陈去病《江上哀》有自序云："为徐（锡麟）、秋（瑾）、陈（伯平）、马（宗汉）作也。初诸子创光复会于江户，以企图革命。徐先率陈、马二子入皖起事。秋于浙中应之。五月二十六日，徐以事泄，立刺杀皖抚恩铭于座，已与陈、马殉焉。又十日，

---

[1] 高旭：《愿无尽庐诗话》，《民权素》，1915 年第 8 期。
[2] 高旭：《海上大风潮起放歌》，《国民日日报汇编》，1904 年第 1 期。
[3] 高旭：《爱祖国歌》，《国民日日报汇编》，1904 年第 2 期。
[4] 柳亚子：《〈神州女报〉题词，为陈志群作》，中国革命博物馆编《磨剑室诗词集》（上），上海：上海人民出版社，1985 年，第 54 页。
[5] 吕碧城：《书怀》，《大陆报》，1905 年第 14 期。

秋亦在越被逮矣。"[1] 而邹容在狱中瘐死，陈曾以书抵刘三乞墓地安葬，并有《稼园哭威丹》诗二首悲吊邹容：

> 半春零雨落缤纷，烈士苍凉赴九原。正是家家寒食节，冬青树底赋招魂。
>
> 怜君慷慨平生事，只此寥寥革命军，一卷遗书今不朽，诸君何以复燕云。[2]

即使是一些没有直接参与革命活动的诗人，他们鉴于清皇朝统治者对革命志士令人发指的残害，也写下了不少同情、哀悼为国牺牲的革命者的诗歌。如王闿运《湘绮楼说诗》曾录己作《咏秋瑾烈女》诗，而曾广钧集中有《和秋璇卿遗墨》诗云：

> 蕊珠仙客白鸾衫，云笈流传碧玉簪。残锦仙机唐韵府，练裙家法卫和南。沧波并叹人琴逝，光岳长留鬼斧镌。一样井华埋铁史，千年碧血在瑶函。[3]

由于秋瑾曾随曾广钧学诗，因此，诗中透露着浓浓的师生情谊。所谓秋瑾遗墨，是指其所作《赠曾筱石夫妇并呈伋师》。曾广钧在是诗自序中称"时正中日战后，师夷舰熸，而江海市场，繁华日盛，璇卿新嫁，赀妆过十万，池馆甲潭州，……及后绝望，乃谋舍身救世，芳心曲折，竟陷王难，尤可悲也"[4]。曾广钧尚有《过昭谭经秋璇卿故宅》诗，也褒扬了秋瑾的忠爱之心。

我们读光宣时期的诗歌，不时会被其中救国强国的崇高理想吸引，也不时会被其为实现理想而牺牲的精神感染。这种现实和历史的意义，就是光宣诗歌的价值，也是这一时期诗歌的重要特征。

（本文原载《苏州大学学报》2000年第1期，《人大复印资料》2000年第6期全文转载，今次略做改动）

---

[1] 陈去病：《浩歌堂诗钞》卷四，民国十三年（1924）铅印本，第2页。
[2] 陈去病：《浩歌堂诗钞》卷二，民国十三年（1924）铅印本，第7页。
[3] 曾广钧：《和秋璇卿遗墨》，《环天室诗支集》，民国初年环天室铅印本，第10页。
[4] 曾广钧：《和秋璇卿遗墨序》，《环天室诗支集》，民国初年环天室铅印本，第9-10页。

明清戏曲小说研究

"因词生乐"与"依谱填词":
昆剧词乐关系简论

王 宁

昆剧的词乐关系其实源自作为符号的汉字本身指意的多重性。汉字有形、声、义,当作为曲词歌之场上时,形销而声显。这时,接受者接受的其实是"声中之义",是"声"与"义"的统一体。所以,中国古代所谓的诗乐,其实为声与义的合一。而中国古代悠久的诗乐传统一直探究和追求的也不过是文义与乐声的匹配与和谐而已。

昆剧的词乐关系正建立在古代悠久的诗乐传统基础之上,其以乐叙事抒情的做法继承了此前的诗乐传统,并发扬光大。其中最重要的一点在于将音乐的表现内容由情、景延伸到情、事,由主要的抒情、写景延伸到表现场面、氛围、情境、事态,并用以塑造人物。随着文词内容的拓展,音乐表现手段也日趋丰富和完善,而文词和音乐的和谐和匹配也得以持续发展,提升至一个全新境界。

昆剧之前的诗乐传统为昆剧提供了三个方面的准备。一是形成了大量的只曲曲牌,为昆剧的择曲提供了丰富的曲源。二是在以多支曲子抒情和叙事方面积累了一定经验,形成了一定规范。尤其是在合多支曲子用以表现故事方面积累了一些经验。三是在长期的词乐调适过程中,很多曲牌和套数形成了一定个性,具备了特定的声情属性。以上三个方面的积累构成了昆剧词乐关系赖以存在和发展的基础。由于传奇是典型的"联折体",其故事和音乐都是以折子为基本单位进行构造的,因此,考察昆剧的词乐关系势必以折子为着眼点,而有关的排场研究也无疑须首先以折子为单位进行。

从整体上看,昆剧的词乐之间显示出高度一致和高度依存的关系:昆剧之词,乐词也,非乐无以言词。昆剧之乐,词乐也,非词无以言乐。以乐情偕词义,乃昆剧之最高境界。然考昆剧之创作历史,乐与词谐者不乏,乐与词违者也比比皆是。而古今论昆剧之词、乐者，更不乏割裂二者、自说自话而不觉其谬者。故研究昆剧折子戏首先必须澄清昆剧的词乐关系，这不仅是昆剧填词、谱曲之必需，也显然是昆剧折子戏理论研究的首要话题。

经过明清两代的艺术实践，昆剧的词与乐之间形成了一种相互制约的一体关系：一方面，剧作家在创作剧本构造折子时，必须根据表现内容的不同，选择与之适应的音乐结构予以体现，择乐体以配合文体，即声情必须和词义高度匹配、密切配合，这一点我们称为"因词生乐"；另一方面，文本和折子戏的文词也受音乐的多方面制约，出于可歌和声情表现的需要而在句式、句长、字声等方面接受一系列的约定和格范，要发展到规范状态，就必须按照具体的格范行文和写作，这一点可以概括为"依谱填词"。

具体到填词和谱曲两个阶段，"因词生乐"和"依谱填词"往往显现出各自不同的阶段性特征。在剧本创作过程尤其是折子构造过程中，"因词生乐"往往体现在比较宏观的方面，如套式的选择和安排、曲牌的次序和增删等。这时作者需要根据词义和文字内容（其实是戏剧情境）选择适当的音乐结构和音乐单元予以体现。而在比较微观的层面，即当曲牌选定之后，具体填写曲词时，则更多显现为"依谱填词"。

剧本写定后，谱曲阶段的"因词生乐"则体现为一种相反的状况：在框架性和宏观问题上，谱曲者会抛开文词，根据既有成例，首先以套数和曲牌为单位确定主腔的腔位、腔型、结音、板则等音乐要素。而当以上要素确定之后，具体到句段和词语单元，谱曲者又会在已经具备的框架内依据字声而使用不同腔格，即所谓"依字声行腔"[1]。由此，我们也可以看出"因词生乐"和"依谱填词"二者在逻辑上的互补关系。

昆剧的词乐关系具体体现为词与乐的高度相关：从词的角度看，是作者在填词阶段就必须考虑词义与声情的配合和对应，在音乐的全程观照下完成套数、曲牌、曲句、词段，甚至关键字的填写；从乐的角度，则表现为昆剧的音乐构造早在文词撰写过程中就已经开始了，谱曲者所谓的谱曲活动实际上是被限定在文词所提供的框架之内进行的。换言之，以上这种关系可以概括为昆剧词、乐创作的复合性：不论是曲词还是曲谱作者，都不能脱离另外一方而独立存在，不能独立完成词或乐的创作，即文词总是

---

[1] "依字声行腔"不仅体现在度曲方面，而且首先体现在谱曲方面。具体而言，这一说法其实有"依字声谱曲"和"依字声唱曲"两个层面的含义。

受到音乐的制约，而音乐也总是摆脱不了文词的牵绊。又由于多数情况下一部传奇的填词和谱曲是由不同作者来完成的，这就形成了昆剧之曲（文词和音乐的复合体）创作的集体性，即最后在舞台和演唱层面所呈现的曲一般都是多人合作的成果。

如果根据容量大小，把构成剧本的曲词从大到小分解为折、套、曲、句、词段、字等不同文词单元，我们会发现：昆剧词、乐之间的呼应关系在各个单元都有所体现，具有渗透性。对应不同的词义单元，在音乐的层面也分别存在与之匹配的音乐单元，彼此形成对应关系，如下表所示：

文词单元	音乐单元	词乐对应方式
折	套或复套	根据本折表现内容的不同选择具体的套式和套数（填词），根据套式声情的不同确定主腔、结音、板则等音乐元素（谱曲）
只曲曲词	曲牌	根据本段落曲词的内容选择适当的曲牌（填词），以主腔、结音等元素确立本曲的基本声情（谱曲）
词句	乐句	在符合字声要求的框架下构成词句（填词），在确立主腔、结音等基本问题后根据字声形成乐句（谱曲）
词段	乐段	在符合字声要求的框架下构成词段（填词），根据词段步节谱写乐段（谱曲）
字	腔格	选择符合字声要求的字（填词），根据字声的高低走向谱曲（谱曲）

从上表可以看出，昆剧的词乐对应首先显现在折的层面。传奇剧本为联折体，每个剧本都由一个个折子组成。在开始构造某折子时，"须定下间架，立下主意，排下曲调，然后遣句，然后成章"[1]。首先需要考虑的是本折的戏剧情境和故事进展，并据此安排不同的舞台演出序列，即排场。简言之，可以概括为"因事构折"。

从词的角度看，这个构造过程开始时需要首先考虑以下因素：该折发生在什么情境之中？故事和情节是如何进展的？依次表现什么场面？故事和场面有没有转折和转换？戏剧气氛是紧张的还是轻松的？感情基调是悲还是喜？戏剧节奏是紧还是慢？本折的看点在什么地方，是动作场次还是

---

[1] [明] 王骥德：《曲律》之"论套数第二十四"，中国戏曲研究院编《中国古典戏曲论著集成》（第4集），北京：中国戏剧出版社，1959年，第132页。

歌舞场次？中间有没有人物上下场？以什么脚色的演出为主？是否需要唱断和夹白？唱词宾白都应该出自何人之口……

就排场和乐的角度考察，则需要在确定以上要素后，相应做出下面的选择和安排：本折需要由几个套数构成，是单套还是复套？如果选择复套，是应该选择两个、三个、四个、还是更多的套数来结构本折？如果选择多个套数，又应该采用何种组套方式？是套连套、套包套，还是套合套？每个套数是否需要引子和尾声？套数和套数之间是否使用【赚】【隔尾】或不入套曲？如果使用复套，是否需要组织南北合套？抑或南北复套？唱词是否需要唱断？夹白放置在何处？唱词和宾白如何分派给不同脚色？科介如何安排？演唱方式如何？是独唱、轮唱，还是同场合唱？本段有没有务头？以上诸因素除科介、宾白不直接关涉音乐外，其余诸项都可以归入"乐"的范畴。

上面需要考虑的两大堆因素一者出于词，一者出于乐。二者之间有大致的对应关系：根据词义和词情的不同而对应不同的音乐结构和音乐单元。上文所谓"因事构折"其实就是根据具体的戏剧情境来安排适合的折子排场。如对于情境和故事没有转折的折子，多数情况下会使用单套。一旦情境和故事发生转折，或者剧情有节外生枝的情况，则要用复套来表现。复套又可根据具体情况分为两套、三套、四套乃至五套等不同类型。[1] 如《疗妒羹·题曲》一折，戏剧情境就存在明显的转折：小青因夜间无聊，闲看《牡丹亭》，却为剧中丽娘之遭际所深深打动。之后又换阅别书，总觉难尽胸臆，于是感慨之际，提笔赋诗一首。此处人物情绪以小青阅读《牡丹亭》为界，小青之情绪前后有着渐进和转折关系。因而在套数使用上，作者选择复套来体现。前面一个套数用四只【桂枝香】（舞台本简化为两只），后面用【长拍】【短拍】加上【尾声】构成一个简套。这样，小青的情绪变化通过套数曲牌主腔的腔型转换得到充分体现，音乐结构很好地配合了词义结构。

而复套也有不同的组合方式。以两套复合为例，由于存在不同的戏剧情境类型，因此，即使同样是两个套数的组合，也可以根据戏剧情境转换的不同来选择不同的组套形式。如果是插曲类或旁逸斜出类的情境转换，就可以采用"套包套"的形式，即一个套曲中包含另外一个套曲，用符号

---

[1] 有学者统计，超过半数的传奇折子是由两个套数构成的，可见复套已经成为传奇折子的一个典型特征。

表示为：A（前）+B+A（后）。另一种情况下，如果戏剧情节是中间进行转换，使整个折子显现为很显见的前后两个单元、段落、层次，这时就适合运用"套连套"的形式予以表现，用符号表示为：A+B。有时，为了彰显情感和气氛层次，或者通过映衬和对比达到一种特殊的艺术效果，剧作家还可以采用第三种即"套合套"的形式，最典型的就是"南北合套"，用符号表示为：A（1）+B（1）+A（2）+B（2）+A（3）+B（3）……由以上例证可见，剧作家在构造一折戏的排场时，首先要根据戏剧情境，即故事情节的具体特点来选择适当的音乐单元构成大的框架，这也是"因词生乐"在宏观方面的体现。如果说情境这种表述还不够明确的话，我们还可以从另外三个更加外显的要素来考察复套的使用情况。正如学者指出的，一般情况下，当下面三个要素发生变化时，往往会采用复套，以乐之变显词之变。一是当场上人物发生变化时，如《长生殿·密誓》折。二是当戏剧环境发生变化时，如《烂柯山·痴梦》折。三是当戏剧矛盾冲突发生变化时，如《琵琶记·盘夫》折。在具体选择什么样的套数组合时，熟悉音乐的剧作家还可以根据剧情转折的不同，在仔细甄别前后套数的有关音乐要素的前提下做出适当安排。如为了增强对比力度，作者就往往选择宫调、调式和笛色均不同的套数，这样曲调给人的听觉感受就会比较悬殊，从而达到与文辞词义的对应和匹配。如果虽然是变化和起伏，但转折和起伏不太明显或程度较弱，这时就可以选择同样笛色的两个单套来表现。[1]

由上可见，"因词生乐"首先体现在折子排场上，即前文所说的因事构折。主要内容则是理清套数的位置和之间的关系，安排好整个折子的结构和间架。待以上问题确定后，接下来则要根据剧情选择具体套数，即对应不同的故事段落，选择适当套数与之对位。这一点可以称为"因事择套"。

昆曲的套数总是由曲牌构成的，而昆剧的习惯做法总是把具有相同或相似主腔的曲牌组合在一起构成套数，即所谓的"依腔定套"。这样，曲牌的声情属性也就自然可以延伸到套数层面。换言之，曲牌属性的存在也使很多套数具有相对固定的声情属性。以此为基础，作者在填写曲词、撰写剧本时，就可以根据本折的情感基调，参照情节、气氛、场景、人物悲欢、戏剧节奏等要素选择与之匹配的套数来表现剧情。历代艺人经过明清时期多年的昆剧舞台实践，在套数声情方面也形成了一定的积累。如前述之南

---

[1] 对此问题，学者已有详细论述，详见王守泰主编：《昆曲曲牌及套数范例集·南套》（下），上海：上海文艺出版社，1994年，第1523页。

【双调·锦堂月】套,后世多以《琵琶记·称庆》为典范,将其用在燕会和喜庆场合。南【仙吕·醉扶归】套,则多用于游赏和写景情境。南【南吕入双调·风入松】套由于句短韵疏,语促音急,故常常表现惊慌、疑惧、羞愧等感情,具有口语化的特色。南【南吕·梁州新郎】套一般用于喜剧场面,曲调恬静平和。南【黄钟·画眉序】套则适合表现多饮燕、歌舞的场合和情境,戏剧气氛偏于喜乐。南【黄钟·狮子序】套更多地用以表现谏诤、哀求、哭诉等情境和场合,感情色彩偏于不快。南【商调·二郎神】套多用于典型的抒情场合,一般抒发缠绵悱恻类的感情,节奏也较为缓慢。南【越调·入破】套则适合用于章奏和禀启,多用以表现上奏类情境。

也有些套数之个性和声情富于变化,可根据不同情境灵活使用,这也为剧作家填词提供了较大余地。但作者对于这些套数的声情必须首先是了解的,这样才可能做到自觉选择。如南【仙吕·长拍】套、南【南吕入双调·惜奴娇序】套、南【南吕·宜春令】套、南【中吕·粉孩儿】套等,其适用之情感和气氛范围都比较宽泛,作者在选择时就有较大余地和空间。

除了选择不同套数外,以下问题也是必须结合文词予以考虑的。一是套数容量。主要是考虑套数中曲牌的多寡和增删。作者可以根据故事和情节容量的大小,决定采用何等规模的套式。具体来讲,对于容量较大的折子,往往采用长套来表现;如果是简短情节,则往往删去一些曲牌,或者采用简套来表现。二是套数中曲牌的位置和次序也必须根据戏剧情境和故事情节的具体演变来决定。三是是否需要使用集曲套。由于曲牌本身具有一定的约束和限制,因此,如果作者希望挣脱曲牌词句格式的限制,更加自由地表达思想和情感内容,就往往采用集曲套的方式。当然,集曲套并非一般作者所能娴熟运用的,必须以较高的音乐造诣为前提。昆剧中比较著名的集曲套是《千忠戮·惨睹》一折,全折以【倾杯玉芙蓉】【刷子芙蓉】【锦芙蓉】【雁芙蓉】【小桃映芙蓉】【普天芙蓉】【朱奴插芙蓉】加尾声构成一个典型的集曲套。集曲套的选牌范围可以更广,同时也使得集曲套的乐曲较之自套更加富有变化,因而也更富有表现力。

按照组套方式的不同,昆剧曲牌可以分为两大类:一类是套牌,它一般和别的曲牌构成套数,偶尔也会套牌孤用;另一类是孤牌,即不与别的曲牌组合入套,仅通过重复多曲(即前腔)构成套数,称为"孤牌自套"。对于这类曲牌或套数,其声情就与曲牌声情相一致。剧作家在根据文词选择时,也主要是以其已经较为固定的声情属性作为取舍标准。这种做法可以概括为"因词择牌"。如南【南吕】过曲【太师引】适合用在见人见物顿生惊讶的场合。南【南吕】引子【哭相思】适合用在离合伤感的场合等，具体参见第二章第一节之附表。也有些曲牌本身不具有明显声情，可以根据脚色和具体戏剧情境的变化而灵活运用，如南【商调·水红花】等。另【南吕】引子【哭相思】和【仙吕】引子【鹧鸪天】在一定气氛条件下可以代替尾声，可见其用法也比较多变。

从以上论述可以看出，所谓"因词生乐"其实是文词撰著时以表情达意为中心而进行的"以乐就词"，即在既有的音乐传统基础上，选择具有某种特定声情的音乐单元来匹配具有同类词情的文词单元。

在套数和曲牌等框架性问题确定后，在具体构造曲牌以下的文词单元如句段、句、词段、单字时，词乐关系则更多显现为"依谱填词"，即作者根据既有限定在有限的自由幅度内完成文词写作。这些限定表现在两个方面。一是容量。如某曲牌的句数多寡（减句、增句）、句式变化（摊破、折腰等）、某句字数的增删（加衬、减字等）等。二是字声方面，主要是韵脚、平仄和阴阳规定。作者在填词时，更多情况下须遵曲谱之定格。少数情况下会破格，如采用不同句式、增句或删句、加衬或减字、个别字声违反曲牌定格等。这种情况正像"戴着镣铐的舞蹈"，有格有创。具体来讲是在"乐"提供的"镣铐"内完成"词"的"舞蹈"。但整体看来，"格"是主要的，"创"则是偶发的。

"依谱填词"可以理解为按照音乐要求来组织文词，在词乐关系上体现为"以词就乐"。因此，遵格和破律实际上往往体现出文词和音乐的妥协和矛盾。从明清传奇创作的实际情况看，多数情况下，破律和违格都是出于文词表达的需要，如增句、衬字等都是在"言不尽意"情况下不得已的出格。很多情况下字声的违律也往往是只顾及"意趣神色"而忽视"丽音俊语"的结果。但对于剧作家而言，他们起码应该对某些关键字位的字声加以留意，以达到起码的可歌要求，否则就是拗嗓、不便歌唱了。李渔就曾经论述过"廉监"韵和上声字的使用问题，都是从乐的角度来规范字声的。其《闲情偶寄》卷二"廉监宜避"条云：

> 侵寻、监咸、廉纤三韵，同属闭口之音。而侵寻一韵，较之监咸、廉纤，独觉稍异，每至收音处，侵寻闭口而其音犹带清亮。至监咸、廉纤二韵，则微有不同，此二韵者，以作急板小曲则可，若填悠扬大套之词，则宜避之。

同卷"慎用上声"条又曰：

> 平、上、去、入四声，惟上声一音最别：用之词曲，较他音独低。用之宾白，又较他音独高。填词者每填此声，最宜斟酌。此声利于幽静之词，不利于发扬之曲。即幽静之词，亦宜偶用间用，切忌一句之中，连用二、三、四字。盖曲到上声，字不求低而自低，不低则此字唱不出口。如十数字高而忽有一字之低，亦觉抑扬有致。若重复数字皆低，则不特无音，且无曲矣！至于发扬之曲，每到吃紧关头，即当用阴字而易以阳字，尚不发调，况为上声之极细者乎？予尝谓：物有雌雄，字亦有雌雄。平、去、入三声以及阴字，乃字与声之雄飞者也。上声及阳字，乃字与声之雌伏者也。此理不明，难于制曲。[1]

同样，他提出的"少填入韵"也是同样的道理："入声韵脚，宜于北而不宜于南。"[2] 除了字声外，词段和句式也必须考虑到音乐的限定。在对应角度，词段和乐段相对应，而词句往往和乐句也基本对应。对此问题，《昆曲曲牌及套数范例集》以引子为例论曰：

> 绝大多数的引子乐式规律很整齐。词段起句句尾，一般配（子）型结腔，结音为"3"（个别为"3"），词段结句配（丑）型结腔，结音为低音"6"……这样，以（子）型腔开始、（丑）型腔结束，组成一个乐段。
>
> 一个乐段一般与一个词段严密配合，出律的很少。通过乐段各结音之间的呼应关系，把曲词的句读关系鲜明地体现出来。[3]

由此可以看出：在文词角度的断句和韵脚，在音乐角度往往体现在结音运用上，二者之间也存在一种对应关系。正如《昆曲曲牌及套数范例集》

---

[1] [清] 李渔：《闲情偶寄》二卷"词曲部"之"音律第三"，中国戏曲研究院编《中国古典戏曲论著集成》（第7集），中国戏剧出版社，1959年，第41、45页。

[2] [清] 李渔：《闲情偶寄》二卷"词曲部"之"音律第三"，中国戏曲研究院编《中国古典戏曲论著集成》（第7集），中国戏剧出版社，1959年，第46页。

[3] 王守泰主编：《昆曲曲牌及套数范例集·南套》（上），上海：上海文艺出版社，1994年，第167页。

所论:"乐谱与曲词严密配合,是昆曲声律的特点之一,这是结音规律在起着作用。由于引子的词式比过曲更简单,结音形式比较少,因此这个关系在引子中表现得更为显著。"[1]

可见,在定折、择套、择牌之后的"依谱填词",其实是微观角度的"以词应乐"。做到或基本做到了,就大致达到了文词和音乐的配合。所以,依谱填词的过程本质上是"以词应乐",与"以乐就词"的"因词生乐"的做法实属异曲同工、殊途同归,都是通过不同方式达到音乐和文词的匹配与和谐。

以上所论均系填词阶段的词乐关系,具体论述的其实是乐对词的辅助和制约作用。就此问题,尚有很多方面有待探讨。如引子本身就须在文义和音乐两方面均有开头意味。尾声则均须在文义和音乐上有收束效果,它在某种意义上也是"因词生乐"的结果,是为了适应具体的叙述节奏和叙述进程而出现的音乐表现形式。对此,《昆曲曲牌及套数范例集》论曰:

> 尾声对于折子能起两种作用:一种是乐调上显示出折子已临结束的气氛,它就像赚从乐调上反映故事有转折并且还有下文一样;另一种作用则是通过曲词对全折内容加以总结,或者还对下文埋设伏笔。[2]

隔尾和赚在文义和音乐上均须承上启下。板则和曲牌的位置组合也可以拥有不同的音乐效果。曲牌的位置和序列在很大程度上也与剧本文词的内在节奏联系在一起。唱式(独唱、合唱、轮唱等)往往也要根据文词内容具体确定。而韵部的选择又与曲牌或套数的声情有着极为密切的关系。所有这些,似均可另文深研。

除了填词环节外,在谱曲阶段,乐的形成也与文词密切相关。昆剧的谱曲也大致循着从大到小的次序:曲师在为某折谱曲时,总是首先考虑排场,最重要的即套数的组织问题。其次,曲师须按照从大到小的顺序依次解决有关的音乐问题,具体包括主腔、结音、板则等。值得注意的是,在谱曲过程中,词乐的主次关系表现为与填词阶段相反的情况:由文词提供

---

[1] 王守泰主编:《昆曲曲牌及套数范例集·南套》(上),上海:上海文艺出版社,1994年,第167页。

[2] 王守泰主编:《昆曲曲牌及套数范例集·南套》(上),上海:上海文艺出版社,1994年,第189页。

框架，由谱曲者在有限的自由度内进行创造，换言之，是在"词"提供的"镣铐"内完成"乐"的"舞蹈"。

由于剧本和折子确定后，套数形式（单套还是复套、复套如何组织等）基本确定，套数声情也大致固定；这样，谱曲者对于套数的加工往往表现在局部和细节。自曲牌以下的音乐要素中，谱曲者往往根据文词的具体内容，以既有声情属性为基础，在基本框架下进行有限的发挥和创造。

决定曲牌声情的元素有主腔、结音、板则等，曲牌确定之后，主腔也仅仅是大致固定，曲师在谱曲时除了仔细揣摩文词的具体内涵外，还可以在以下方面进行发挥和选择。一是主腔类型。有的曲牌主腔可能不止一种，在具体选择时，曲家可以根据文词内容选择对应更准确、最能反映文字内涵的那一种。此外，运用主腔时，又可以在头尾和主腔中心部分予以程度不同的调整。一般而言，主腔可以分为犀角、蛇腰、蜻蜓尾三个部分。其中，头尾是大致固定的，而在中间的蛇腰部分谱曲者则可以自由发挥。此外，主腔还可以有展头、伸尾、截头、截尾等多种变异形式。这些也为谱曲者的自由发挥提供了一定余地。二是结音，结音的运用一般要与主腔相呼应，彼此配合以达到特定的音乐效果。有的情况下，谱曲者还可以根据尾字（往往是入韵字）的字声灵活使用合适的结音。三是板则，即曲牌使用的不同板式。板式起到调节音乐节奏的作用，不同的板式也有不同的声情。一般而言，快板曲子适于叙事，而慢板曲子适于抒情。对于同一个曲牌而言，除了少数曲牌有固定板式外，多数情况下，谱曲者都可以在不违反本牌声情的前提下，采用不同板则来体现不同声情。具体操作时，有些曲牌就可以有两种甚至三种板式，以配合文词表达。这种板式的标定和调整，也属于在文词观照下的谱曲者的自由"舞蹈"。

曲师的谱曲首先要依据文义，这不仅体现在套数和曲牌等宏观问题上，而且体现在曲牌的局部和细节上。如结音的使用在很多情况下就必须结合文词含义，除上文提到的与声情配合外，一般情况下结音还应起到断句作用。正如有学者所论：

> 一个乐段中的各乐句，由结音把它们之间的关系体现出来，就像一篇文章之有起、承、转、合。我们把一个乐段第一乐句的结音叫作起结音，最末一个乐句的结音叫合结音，其他位于起合之间的结音都叫过渡结音。乐谱之所以能够反映曲词的句、逗关系，就是靠结合的稳定性起作用的，听着感到稳定的就是合结音，

否则就是起结音或过渡结音。一般说来,音值低的,拖长腔的音,听着就有稳定感。如果不是特殊原因,谱曲者一般总是把合结音安放在标句号的词句尾上,这就使结音发挥了断句作用。[1]

韵脚也是谱曲者必须重点考虑的关键字位,其字声与曲牌甚至套曲的声情有密切联系。[2] 此外,某些特定曲牌还存在一些特殊字位,需要配以特殊音乐。如南【南吕】过曲【太师引】和北【双调·得胜令】这两个曲牌,发展到后来一般在最前面都垫有一个"呀"字,而这个字往往需要配合一个高音值的行腔,这种做法已成定例。这个首字可能即务头所在,熟悉的词客和曲师都会遵守不违的。此外,昆剧中词乐的对应还体现为"词重乐亦重",即词句重复时经常配以相似或相同的乐曲,如合头。再如曲牌南【南吕·香柳娘】中,全曲十二句,有三对重句,在乐式中也表现为乐曲的重复。

而对一般字位,针对不同字声,昆剧谱曲者有可资参考的较为固定的"腔格",即针对不同字声如何具体配曲的规范。腔格也为大致固定,既有一定规范,又可以在某种程度上自由发挥。谱曲者可以结合文词内涵,在既有框架下进行一定的自由创造。

可见,在昆剧的谱曲阶段,谱曲者也势必以折子为单位,首先沿着文词意义的方向,在方向大致确定的前提下进行有限创作。这种自由度与谱曲者的音乐造诣、对文词的理解程度等密切关联。换言之,昆剧的乐谱也是由填词者和谱曲者一起完成的,并非谱曲者的独立创造。在此过程中,"因词"表现在两个方面:一是因词意而生乐,即根据文词的具体内涵,在较为固定的音乐框架内运用具有特定属性和特定分寸的音乐元素,诸如主腔类型、结音效果和不同板式来与文词内涵达到尽量完美的匹配与和谐;二是因词声而生乐,即学者所谓"依字声行腔",就是根据字声的自然走向而决定音乐旋律的"高下闪赚",以免"倒字"。其中前者是上标,是词乐和谐的高层境界。后者是下标,是词乐配合的起码要求。一上一下两个边界的制约,为昆剧的词乐关系提供了既有一定自由度又有严格边界的规范空间。

---

[1] 王守泰主编:《昆曲曲牌及套数范例集·南套》(上),上海:上海文艺出版社,1994年,第233页。

[2] 韵脚和声情的联系的中介是"结音"。这一思路其实可以很好地解释古人所谓的"宫调声情说"。本文限于篇幅,不展开讨论。

通过对填词和谱曲两个阶段的具体分析可见：昆剧的词、乐生成都不是独立和孤立的，二者的生成与变化都必须顾及对方的存在，呈现出一种高度一体化的依存关系。词的生成必须以乐为参照，具体有一高一低两个层面的要求：高的层面上，词意须和乐情完美匹配、充分和谐；低的层面上，词声必须符合歌唱要求，不能拗口和拗嗓。在乐的生成过程中，也存在不"倒字"、与词义和谐一低一高两个层面的要求。综合二者可见，词乐关系的最佳境界应该是在可歌基础上词义与声情的完美匹配和充分和谐。而被历代曲家和理论家论述已久仍不明其义的所谓"务头"，正是词乐合一和词乐完美匹配的产物。凡务头所在，其音乐必有特殊和特别之处，是一段音乐最精彩的部分。因而很多理论家都主张"施以俊语"，从而达到词乐双美的艺术效果。

然而，在实际操作过程中，词乐和谐总是存在这样或那样的障碍，从而使昆剧的词乐关系呈现出一种比较复杂的历史状态。整体看来，词乐关系表现为一个动态过程：一方面，随着不断地发现和自觉，它有逐渐进化、与时俱进的一面，即通过词客和乐师不同方式的合作逐渐趋于和谐。尤其是散出的逸出更有助于曲师以折子为单位独立进行音乐创造；另一方面，词乐关系又由于作者和乐师层次不同等多种复杂原因而呈现出比较复杂的状态。但整体上，词乐关系往往通过词乐之间的调适而渐趋完美与和谐。以剧本创作为例，作家对于文字谱的使用就存在一个由死守到灵活、由拘泥地依谱填词到比较灵活地运用套数和曲牌的过程。仅就套数的使用而言，就在三个方面显现出进步来：一是复套的灵活使用；二是集曲及集曲套的娴熟使用；三是北曲昆化及与南曲的和谐搭配。考察这一逐渐清晰和逐渐改进的过程，大致可以分为以下几个阶段。[1]

（一）宋元南戏时期词与乐的粗朴和谐

这一时期由于剧本作者多为书会才人，而他们多为生活在社会下层、粗通文墨的文人，很多剧本更呈现为集体创作的状态，虽然已出现少数文人参与创作的情况，如高明改编《琵琶记》，太学生黄可道曾参与南戏剧本写作，杂剧作家马致远曾与艺人红字李二合作等，但类似情况并非主流。整体上看，文人在这一时期对于南戏的染指是极为有限的，尚未形成规模

---

[1] 由于南戏与昆剧存在直接的承继关系，故这里将南戏与昆剧一起考察。关于这一问题，可参见拙文《"以诗文论"与"作戏剧观"—南戏、传奇创作的语言倾向与"汤沈之争"》，孙俊鸿、孙悦良主编：《2008年沈璟暨昆曲"吴江派"学术研究讨论会论文集》，济南：山东画报出版社，2009年。

和风气。所以，这个阶段的文词也不像后来的昆山派和骈绮派那样文雅，甚至晦涩。加之生活背景也决定了很多书会才人可能有更多机会熟悉民间性很强的南戏音乐。这就使得南戏时期的词乐关系整体上呈现一种粗朴状态的和谐：以质朴的词和质朴的乐。由于尚未显现出词乐矛盾，所以这种和谐是粗朴和不自觉的，并非出于清晰理论的指导，对词乐之间一体化的依存关系也尚未形成理论层面的清晰认识。

另一方面，从叙事功能的角度对曲牌的分类还处在初级阶段。如据《九宫十三调曲谱》，在"十三调谱"中还没有使用引子、过曲的名称，而采用的是近词、慢词等与宋词相同的名称。可见，这时对于曲牌在叙事方面不同功能的区分还不很明晰。而引子、过曲等名称显然是随着南曲曲牌和套数叙事功能的不断发展才逐渐产生和出现的。同时，运用多个套数表现事件的技巧尚不成熟，尽管已经出现"声相邻"而相接的现象，但从早期作品中可以看出，套数多属曲牌自套，即通过重复前腔以构成套数。构套方式的单一恰恰说明了运用套数叙事的技巧尚处在比较低级的阶段，有待进一步发展和提高。

词乐关系的粗朴和谐还显现在曲谱的撰著方面。迄今为止，最早的南曲曲谱为《南曲九宫正始》，这部曲谱所列的"九宫"和"十三调"两类谱式中，其中"十三调谱"可能是元代作品。[1] 二者原型应为调名谱，其作用也是为南曲填词提供范式。但其流传可能仅仅限于民间曲师和曲律家的范围，在"词"的表现方面尚未达到后来文人参与时那样的高度，因而属于一种粗朴和谐。

(二) 明初到明代中叶词乐矛盾的初显——词不就乐

明代初年开始，随着许多文人参与南戏创作和改编，词乐矛盾开始显现。文人多缺乏像书会才人那样的艺术实践，用诗文语言创作南戏，导致这一时期南戏剧本语言的"类诗文化"，出现了如《香囊记》和《五伦全备记》那样"以时文为南曲"的作品，并直接引发之后关于"本色"问题的讨论。可以想见，对读者而言，类似时文的语言在理解上都会存在问题，更遑论"就乐"了。

文人对于南戏的染指提升了南戏的文学品位。在表情达意方面，文人显然较之书会才人更具优势。但就与音乐的和谐而言，这一时期的多数文人由于仍然以诗文语言进行创作，显然不会像才人那样娴熟。所以，这一

---

[1] 参见钱南扬：《论明清南曲谱的流派》，《南京大学学报》，1964年第2期。

时期虽然仍存在大量才人创作和才人剧本,但由于文人已较大规模参与南戏剧本的改编和创作,因此,词乐矛盾开始显现。矛盾的根本正在于文词的诗文化而导致的与音乐的疏离,即所谓"词不就乐"。尽管这一时期存在一些提供给填词者使用的"文字谱",但同元代的情况类似,这些曲谱还仅仅流行在民间曲师之间。用于指导文人的南曲曲谱的大量出现,应该是明万历之后的事情了。[1]

(三) 万历到明末的词乐调适——才子与匠人矛盾的突发与调解

魏良辅对昆山腔的改革及梁辰鱼《浣纱记》的出现,使昆山新腔堂而皇之地登上戏曲舞台,也为南曲词乐关系的发展提供了新的契机。梁辰鱼应该是熟悉音乐的曲家,有记载证明,当时其他的昆曲作品、弋阳腔都可以"改调歌之",唯《浣纱记》不能。这起码说明他的文词和昆山新腔是十分和谐的,被改成了其他声腔,就不美不和谐了。但梁辰鱼《浣纱记》的成功,却暂时掩盖了此前既有的词乐矛盾。直到汤显祖和沈璟两个"各执一端"的极端人物的出现,才让词乐冲突再次显现出来,并演化成所谓"汤沈之争"。

客观讲,起码从各自言论看,汤、沈都是各执一端的人物。汤所重唯词,故倡导"意趣神色",甚至不惜"拗折天下人嗓子"。沈所重唯乐,故倡导"合律依腔",即使"时人不鉴赏"也在所不惜。汤重词的出发点在于"义",以"畅义"为的归,追求的是词义的极致。沈重乐的出发点在于"歌",以"可歌"为要求,追求的是乐声的美听。汤、沈的出现和分歧看似偶然,从词乐关系的角度分析却实属必然。二人所代表的两种观点,其实正是词乐矛盾的集中体现。只是各自偏执一端,前者因词废乐,后者因乐废词,均失之偏颇。而恰恰是这两个偏颇和极端人物的出现,为南曲词乐关系的发展提供了一次极好的讨论和澄清的机遇,导致了清晰的形诸理论的"双美说"的出现,从而把南曲的词乐关系提升到一个清晰和自觉的层面上来。

这一时期的词乐冲突以汤、沈之争为极端方式,最终通过"双美说"得以调适,并以论断形式确立下来。这反映了古代戏曲理论对词乐关系认识的成熟和进步。尽管之后的戏曲创作未必均能达到"双美"的高度,但清晰的理论无疑是创作提升的重要前提。

与此同时,"格律谱"的大量出现也印证了这样一种理论进展。为了配

---

[1] 周维培:《曲谱研究》,南京:江苏古籍出版社,1999年,第80页。

合昆剧的创作高潮，许多曲家纷纷编订曲谱，供填词者参照。到明代中叶，渐渐形成按谱填词的潮流。正如梁廷枏在《曲话》中所说："盖自明中叶之后，作者按谱填字，各逞新词，此道遂变为文章之事。"[1] 昆剧兴起前后，曲谱类著作纷纷出现，专门的南曲谱就有《旧编南九宫谱》《南曲全谱》《墨憨斋词谱》《南词新谱》《南曲九宫正始》《寒山堂曲谱》《九宫谱定》《南词定律》《十二律昆腔谱》等，这中间还不包含《钦定曲谱》《九宫大成》等兼收南北曲的曲谱。而明代后期，随着曲谱的大量出现，有关宫调曲牌、板式韵律、平仄下字等声律及词乐关系的论述也渐渐成为曲学研究的主流。而以声论词、以乐论词，也成为当时品评戏曲作品的一个重要标尺和准绳。[2] 这些理论和论证的出现，都证明经过前期创作实践的检验，曲家和作家已经意识到词乐关系的特殊性，尤其是针对早期"词不就乐"的情况，提倡"按字模声"的"依谱填词"。这种方法，集中体现了词乐调适中"以词就乐"的努力和尝试，标志着昆剧词乐关系理论的自觉，也显示了曲家和作家对词乐关系认识的进步和提高。

（四）明末清初词乐关系的自觉——"双美说"的初步践行

其实在"双美说"成型的时代，就有一些曲家已经在创作实践中践行"双美"主张了。"双美说"在词乐关系角度其实就是词乐和谐。明末清初，随着理论自觉，出现了这样一批戏曲作家：他们虽出身不同、层次有别，理论主张也未尽一致，但如细细究查可以发现，这一时期凡有小成的作家，无一不在某种程度上具备"双美"特征。吴炳和阮大铖有时会被论者列入"临川"一派，但仔细比较，他们与被称为吴江派的袁于令和沈自晋却都有既注重文词又兼顾音律的特点。而苏州派的李玉和明末清初的李渔也都显现出"双美"的特点来。稍后出现的《长生殿》则以其词乐双美的独特魅力，被很多论者誉为"双美说"的典范之作。

这一时期出现的"双美"作品也不胜枚举，优美片段更在有之。如《玉簪记》的《秋江》一折，词境与声乐完美和谐，舞台还以此为基础，配以优美的舞蹈身段，成就了词、乐、舞的完美匹配，历来为行家所激赏。《千钟禄·惨睹》是另外一个词乐和谐的范例，词情与声情密切配合，营造

---

[1] [清]梁廷枏：《曲话》，中国戏曲研究院编《中国古典戏曲论著集成》（第8集），北京：中国戏剧出版社，1959年，第278页。

[2] 如《曲品》品题标准为"后词华而先音律"，《远山堂曲品》也宣称"赏音律而兼收词华"等。参周维培《曲谱研究》第七章"曲谱的文献价值与理论价值"，南京：江苏古籍出版社，1999年，第388-399页。

出了一种悲凉、激越的情感氛围，历来也被称为名曲。

尽管有些曲家和作品在词乐和谐方面仍然存在这样或那样的缺陷，但整体看来，经过汤、沈之争的澄清，这个时期的戏曲理论家已经对词乐关系有了比较清晰的认识，而且有些曲家已经在创作活动中努力践行有关主张，标志着词乐关系已经进入了自觉时期。所以，整体看来，从南戏到清代乾嘉之前，尽管昆剧的词乐关系因作家个体差别和时代差异呈现出比较复杂的状态；但从历时角度看，作品中显现出来的词乐关系整体上又表现出不断进化、不断发展的趋势，表现出由浑朴到精致、由简单和谐到较高层次和谐、由自发到自觉的阶段性特征。而这种进阶不仅可以从不同时代的昆剧折子戏中见其梗概，更可以借助昆剧理论在不同阶段的发展状态和发展趋势中得到证实。

纵观明清时期的昆剧理论可以发现，有很多内容都是围绕词乐关系展开的。最典型的例证即"汤沈之争"。在解决了昆剧语言的通俗问题之后，剧本曲词是否符合歌唱的要求就成了最为紧迫、必须被提到议事日程上的问题了。汤显祖的出现其实仅仅是一个偶然，但他和沈璟的冲突在某种程度上具有必然性，是既有的词乐矛盾在积累、深化之后的一次爆发。

从词乐关系的发展过程还可以看出一个有趣现象：迄今为止，流传下来的昆剧精品往往都是词人和乐师合作的结晶，而偏向一端或没有机会达成协作的作品，不论单独的词与乐是如何优秀，也都难以达到真正经典的境界。历史上曲师和词客的合作有两种形式。一是分时性的协作方式，常体现为"以乐就词"和"以词就乐"，典型例证是舞台经典《牡丹亭》的生成。《牡丹亭》自脱汤显祖之手后，就已经不属于汤氏本人了。迄今所知，冯梦龙、沈璟等人都有不同的改编本。在钮少雅用集曲方式，"以乐就词"、在不改变汤氏原文的前提下谱出《牡丹亭全谱》之前，很多改编者多采用了"以词就乐"的方式，即改变文词以符合音乐要求。但舞台检验证明，这种改编的效果显然是不理想的。而后者的改编则由于在较大程度上保持了作者的文词意蕴而相对成功。今天流行的《牡丹亭》折子戏，除了吸收前代改编者的积极成果外，很大程度上都体现了"以乐就词"的成果。第二种合作方式则是曲师和词客以同时性的协作方式进行创作，尤其是曲师对剧本撰著过程的参与，往往可以形成美听谐声的传奇文本。如徐麟对《长生殿》剧本撰著的贡献就是明显的例证。熟稔音乐的曲师徐麟的参与，使《长生殿》的排场达到了几近完美的程度。这种曲师对词人撰著过程的干预可以被视作"以词就乐"的过程，但这种"就"并非斤斤泥古、死守教条，而是在较高音乐造诣的观照下，知变通、明规律的较高层次的和谐和匹配。以上两种方式，无论是"以词就乐"还是"以乐就词"，都是在词乐产生矛盾时，一方妥协达成的一种比较和谐的效果。当然，在实际操作过程中，二者往往会呈现并发和并存的情况。但不论方式如何，其效果则均须达成词乐的充分和谐和完美匹配。

值得注意的是，在某作者可以兼词客与曲师于一身的前提下，词乐也可以在某一个作者身上达成和谐。这种情况首先需要理论的自觉。经过几次大的理论讨论，明代末年的戏曲理论界已经形成了"双美"的共识。而一些一体式的词乐和谐的作者也恰恰出现在这个时期，如李渔和阮大铖。

综上所述，可见当词乐出现矛盾和冲突时，存在两种调适方法：一是以词就乐，二是以乐就词。当然，很多情况下可能是两种调适方法共存并用。就音乐而论，"以词就乐"（依谱填词）显示了昆剧音乐"守"的一面，而"以乐就词"（因词生乐）则显示了其"创"的一面，给昆剧音乐的创发提供了契机和可能。就词义而论，纯粹的"以词就乐"往往会因"按字模声"而有"窒滞迸拽"之苦，难以畅所欲言；而纯粹的"以乐就词"又必须以很高的音乐造诣为前提，在操作层面有较大难度。所以，完美的和谐关系应该是二者兼具，这种兼具又往往体现为乐师和词客的积极配合和有效合作。而昆剧词、乐的复杂关系正好体现了昆剧音乐在"变"和"不变"之间的一种弹性和余地，而这也恰恰是一切优秀的戏曲音乐所应具备的。只有形成了较为固定的规范和框格，戏曲音乐才会具备剧种的艺术个性和独特魅力；而也只有具有一定的弹性和余地，戏曲音乐才可以表现不同戏剧内容，因情而发，缘事而起，与戏剧情境水乳交融。

中国古代的诗乐传统至昆剧而臻大成，其典型标志即"不一般的词乐和谐"。昆剧的词乐和谐与以往不同：以往的"词"较为单纯，篇幅也比较简单，多数停留在"情与乐谐"和"景与乐谐"的层次。昆剧之前，以乐叙事已发其端，曾有大曲、鼓子词、诸宫调、唱赚联曲以叙事，至元杂剧以乐叙事，开始出现事与乐的对应。然元曲出北地，字多声少，长于叙事而拙于抒情。而戏曲者，多抒事中之情、境中之情、景中之情，故考其"事"与"乐"之对应，犹嫌事有余而情稍欠。故以乐应事，集南北曲之长而兼叙事与抒情为一体且臻于圆熟之境界者，唯昆剧能然尔。

昆剧之词乐以折子为框架，事有因果转承，情有喜怒哀乐。即其词义而论，有情境，有氛围、有意境同，有节奏，有悲欢。宏者应以套式，微者应以曲牌。以乐之疏密缓急，应情之悲欢离合。乐之高下闪赚，应事之因果转承。词与乐合、义与声谐，词乐一体、声义共生，实已臻于一个空前境界。

有人说：昆剧之特色在文学。也有论者谓：昆剧之特色在声腔。粗略言之，二者均无大谬。然细细究之，则均大谬不然。昆剧之特色，首在词乐和谐。设若仅论文学，《香囊》不可谓不文；设若仅论声乐，词隐不可谓不谐。然有词无乐，文章也。有乐无词，声歌也。昆剧得后出而转精。即乐而论，前有诗乐和诸宫调、元杂剧之根基；即文而论，一代文章作手纷起填词，且翕然成风。昆剧由是而得音乐和文学之兼致，一体两面，水乳成谐，这些都是其他剧种远远不能企及的。中国有顶尖和至美的文学，也有顶尖和至美的音乐，但将二者合而为一者，唯昆剧能然。即使就分离状态的文学和音乐而言，中国现存的其他剧种也难与昆剧相比拟，更遑论将二者结合到一个几近完美的地步了。昆剧这种完美的和谐构成了该剧种的特色和品性，使得它在数以百计的中国古典戏曲样式中卓尔不群、傲然独立。而这也构成了昆剧最骨子、最本质的艺术个性。故论昆剧之盛衰，就不能不考察词乐关系。以某之见，某种程度上可以这么说：昆剧之盛，盛在词乐和谐；昆剧之衰，衰于词乐分离。

基于以上结论，有关昆剧词或乐的研究就必须注意到词与乐的关联特点，词、乐一体应该是研究昆剧词、乐的不二法门。不论研究昆剧之词还是昆剧之乐，必须二者兼顾，以正视对方的存在和作用为重要前提。二者具有高度的相关性、一体性、不可分割性，很多情况下我们都必须以词释乐或以乐释词，舍此别无他途。

这样一种互相依存关系的存在，使得昆剧的词乐之间的变异也显现出很强的相关性，有时甚至会出现"词乐互生"现象：在昆剧发展过程中，既有词生乐的情况，也有乐生词的情况。这里的词生乐与前文提到的因词生乐不是一个概念。具体而言，这里的词生乐指在某一固定的框架基础上，由词的改变而引起的乐的变化。对于昆剧而言，由于有板数限制，因此，如果要把某些原本属于衬字的曲词点板时，就会引起乐曲方面的相应调整。这种将原本是衬字的曲词点板转成正字的做法，可以称为"转衬成正"或"习衬成正"。衬字点板势必需要增加板位、扩充乐式来补救，这样就引起了乐曲变化，在原本较为固定的乐曲基础上形成了新的乐曲。除了"转衬成正"外，有时还有增加词句的做法，后来还出现"衬上加衬"的做法。这些文词的变化引起的音乐变化自然也是可以想象的。与此情形相呼应，在词谱方面就出现了大量的"又一体"和"又一格"。如北曲【中吕·十二月】曲牌，《太和正音谱》和《钦定曲谱》都以"全曲六句通体七字句"为定格，但《北词简谱》则选择《云窗梦》杂剧之"四字句"为定格，且注云："此通体均四字句也，各谱皆作七字上三、下四法，虽唱时无碍，而论格则不同矣！"再证以当时的散曲和杂剧作品可以发现，此曲原格应为四字句，变成七字句显然是"转衬成正"的结果。[1] 再如杂剧《风云会》第三折【正宫】套【二煞】昆化为《访普》【一煞】时，也主要是通过增加板位、转衬字成正字，这样也引起了曲牌音乐的变化和发展。北曲【双调·雁儿落】曲牌元曲例作五字句，但昆曲中则有为六字句折腰格者，显然也是转"衬成正"的结果。

词变引起乐变的更显见例证是集曲。集曲的长处在于作者可以不受词谱限制，随意抒写，尽情挥洒。在词乐调整方式上属于较极端的"以乐就词"。早期其局限较大，如所谓之"带过"仅取两曲之上下片以成新曲。后则愈演愈烈，有集三曲、五曲甚或十数乃至数十曲牌以成新曲者。这样，就形成了新的集曲曲牌，小者如【醉罗歌】，大者如【一秤金】【三十腔】等。[2] 有的集曲曲牌由于曲调优美，词式新颖，甚至出现"原牌化"倾向，因此，很多填词者已经将它们混同于原曲之中，将它们作为原曲来使用，甚至忘其为集曲了。这些曲牌的出现很显然成了昆曲曲牌很重要的组成部分。为了保持套数的稳定性，集曲套还会采用以某一曲牌为主曲，而以其他曲牌分别与之组合成新的曲牌，并将这些新曲牌组合成套的做法。如脍炙人口的"八阳"就是以【玉芙蓉】为主曲的集曲套。这样，词变引起乐变的情况甚至会扩展到套数层面。

与以上情况不同的是，在昆剧中还存在"乐生词"的情况，即乐曲的变化引起词式的变化，由乐体而产生新的词体。仅举北曲昆化为例，北曲昆化的一个显著改变在于乐式上板则的变化。北曲死腔活板，因此，与之对应的文词在容量上可以有较大自由，衬字可以很多，句式变化也比较自由。南曲因为要上板，且曲牌板数一般固定，这样，就不能容忍过多衬字，所以有"衬不过三"的说法，句式变化也相对有限。所以，在北曲昆化过程中，有些曲牌就出现了为满足南曲音乐的需要而产生的句式变化，由原本比较复杂的句式变得相对规范、比较整齐。这样，就形成了由于要俯就

---

[1] 王守泰主编：《昆曲曲牌及套数范例集·北套》（上），上海：上海文艺出版社，1994年，第192页。

[2] 关于集曲之曲牌数量，台湾学者施德玉在《板腔体与曲牌体》一书之"伍曲牌体发展之极致"之"二集曲之组合类型及其数量"中有详细论述，见台北"国家"出版社，2010年，第245页。

南曲音乐而带来的文词的整饬化和规范化。这种情况在很多北曲曲牌的昆化中都有体现。如北曲【双调·搅筝琶】，在北曲中词式变化比较丰富，《北词广正谱》列有定式九格，句数从八句到十四句不等而以九句为较常见。昆化之后，该曲牌词式趋于固定，基本为八句四个词段，《西游记·思春》和《刀会》中均如此。另北曲【双调·折桂令】曲牌在从元曲到昆曲的昆化过程中，其词式的规律性也有加强。而曲牌的这种词式变化，其原因只能从音乐角度去寻找。曲牌句式的发展，也必须考虑到音乐的决定和影响作用。

以上不论是乐生词还是词生乐，当进行具体研究时，显然必须是"词乐一体"的方式：研究曲词不能离开研究曲牌音乐，而研究音乐也不能脱离曲牌文词。二者水乳交融、密不可分。如果仅仅各自为政，势必画地为牢，作茧自缚。

从创作和改编角度看，由于昆剧词乐之间存在一种十分密切、十分特殊的一体关系，因此就要求在昆剧创作和改编中必须词乐兼顾，并努力最终达成词乐和谐。昆剧和昆曲的特殊性在很大程度上在于其综合性和复合性，正如俞振飞所言："……昆曲理论奄有剧作之学、声律之学、表演之学三个方面。副以舞台美术（传统所谓扎扮、穿戴、砌末等项），各擅专场，合成妙艺，苟缺一端，难云全璧……它的曲文和歌唱必须遵循曲律，而且表演程式也和曲牌相联结，其严密程度，又是超过其他剧种的。"[1] 而这种复合性构成中，词乐关系是最基本的。现在回过来看，昆剧在清代的没落除了外在因素外，从其自身角度分析，词乐分离是很重要的一个原因。正如吴梅所感慨的，到清代中叶之后，中国戏曲已经到了一个"无戏无曲"的尴尬地步。词与乐求其一已不可，何况得兼乎？

昆剧的这种尴尬在创作和改编角度还表现为词客和乐师的分离和相违。俞粟庐曾说："六艺之事，乐最易亡。音节久存，伊谱是赖。然乐工习其音而昧其义，文人长于辞而闇于律。兼之为难，而订谱非易也。"[2] 正是词乐关系的一体特征，使得乐工和文人都无法独立担当起继承的责任来。晚近以来的实际情况很显然地表现为词客和乐师的背离：词客长于词而拙于乐，乐师长于乐而拙于词。更有甚者，持此而薄彼，或因词废乐，或因乐

---

[1] 王守泰主编：《昆曲曲牌及套数范例集·南套》（上），上海：上海文艺出版社，1994年，第597页。

[2] 王守泰主编：《昆曲曲牌及套数范例集·南套》（下），上海：上海文艺出版社，1994年，第839页。

废词。故昆剧之败，理之当然！

  在折子戏研究的角度，词乐之间密切关系的存在则给我们一个重要启示：折子戏之剧本其实是一个具有多重指意的符号群体，文义、声情乃至排场动作等均含其中，且又紧密联系，不容分割。其中，词与声的和谐又是诸联系中至关重要者，它的存废成败又直接影响到昆剧最骨子里的艺术特质和审美个性。因此，在折子戏的更动改造过程中，就必须词、事、乐、场兼顾统筹，做一体式的考量，诸如"因词伤乐""因事伤乐"等现象都应该是考量在先、尽量避免的。否则莽撞为之，草草为之，就势必会焚琴煮鹤、亵渎先贤了。

引文入曲：晚明清初散曲与散文的结合

艾立中

从文体学的角度来看，散曲与诗词都是韵文体，三者之间的关系密切，明清曲家基本上都认为散曲是诗词递嬗流变的结果。散曲和散文是两种文体，在封建正统文人看来，散曲文体卑下，与散文不可共论。自元代以来，为了推尊散曲，不少散曲作家利用诗歌和散文的内容与形式对散曲进行渗透，以提升散曲的品格。晚明清初，散曲作家更积极地把散文引入散曲的形式创造中，个别曲家如晚明王骥德还从理论上证明了散曲和散文之间的内在关系，王骥德说"套数之曲，元人谓之'乐府'，与古之辞赋，今之时义，同一机轴。有起有止，有开有阖。须先定下间架，立下主意，排下曲调，然后遣句，然后成章"[1]，这句话揭示了套数和辞赋、八股文的结构有内在相通之处。其实，长篇套数容量丰富，能够综合运用叙事、抒情和议论的表现手法，功能和价值等同于一篇散文，而散曲小令篇幅短小，风格以含蓄隽永为主，与散文的关系比较疏远。晚明清初散曲和散文的结合具体表现为两种形式：一是小品文对散曲序跋的渗透，二是散曲檃括经典古文的增多。套数在晚明清初得到普遍重视，数量远超小令，本文所论就是套数和散文的结合。至于"晚明清初"则按学界习惯指从明代万历到清代康熙年间，这一时期呈现出丰富多彩的哲学和文艺思想，雅俗文学相互影响，诸文体之间渗透融合，散曲和诗文之间的关系比此前更为密切，故以此为背景来考察散曲和散文的关系。

一、小品文对散曲序跋的渗透

序作为一种衍生文体，原是诗文赋的有机组成部分，后又成为词和曲

---

[1] [明] 王骥德著，陈多、叶长海注释：《曲律注释》，上海：上海古籍出版社，2012年，第183页。

的组成部分，其基本形式是散文，长短差别较大。不少宋代词人如苏轼、姜夔等留下了极富审美价值的词序。明代尤其是晚明以后，序开始大量进入散曲中，散曲序文的基本功能与诗序、词序相同，主要交代创作缘起、创作时间、创作地点，介绍作品内容，除此之外，词曲的序还往往介绍作者的音律使用情况。因此，序对于研究者来说具有很高的史料和理论价值。很多散曲前面除了序之外，后面还附上了跋，本文一并论述。

现今流传下的元散曲中有序的极少，检索《全元散曲》，只有王恽《游金山寺》和冯子振的【正宫·鹦鹉曲】有序，而跋则没有一篇。明初朱有燉在散曲中大量写序，他的散曲集《诚斋乐府》大部分都有序，很多序富有史料价值。但除他之外，明初就几乎无人写序。至明中叶开始，不少散曲开始附有序，但跋比较少，冯惟敏当时是这方面的翘楚。在他的散曲集《海浮山堂词稿》48首套数中，附有序的34首，有序有跋的1首，只有跋的6首。梁辰鱼《江东白苎》、王骥德《方诸馆乐府》（已散佚，今作品为后人所辑）、俞琬纶《自娱集》等，都附有序，但跋仍然偏少。晚明散曲开始出现大量的序跋，最突出的是施绍莘的《秋水庵花影集》，其集中绝大多数的套数或有序，或有跋，或序跋兼有，有时不止一跋，其数量之多、篇幅之长，可以冠绝散曲史。此外，晚明至清初还有冯梦龙、凌濛初、沈自晋、徐旭旦等人创作的散曲也附有很多序跋。

晚明清初散曲序跋的大量出现，首先，归因于当时社会的艺术随笔的盛行，包括序跋、题记、评点等，同时文人把各种艺术形式融会贯通。如书画之类的有董其昌《论画琐言》《画禅室随笔》，微雕的有魏学洢《核舟记》和宋起凤《核工记》，小说的有叶昼《梁山泊一百单八人优劣》，戏曲的有金圣叹《西厢记评点》，其中都有大量序跋，有独立的审美价值，堪称美文。这种社会风气和艺术表达方式也自然影响到散曲作家。其次，序跋可以弥补散曲的未尽之意。散曲主要是抒情性的，序既有叙事又兼抒情，而跋在最后又进一步起到了补充说明的作用，序跋和散曲结合在一起，可起到使抒情和叙事功能互补的作用。再次，序跋的涌现表明散曲的纪实功能得到彰显，可见作家对散曲的重视程度。

要特别指出的是，明清散曲的序跋主要是出现在散曲套数中，小令基本没有，因为套数的结构与散文有相似之处，套数往往兼叙事、抒情和议论，这与散文相同，散文化的序与套数放在一起可以互相补充，达到散文和韵文的和谐统一，而小令的风格多含蓄蕴藉，序的存在会破坏小令的这一特色。

晚明清初之前的散曲家中较早注意序言的文学性的当属明代中期的梁辰鱼。梁辰鱼有散曲集《江东白苎》和《续江东白苎》，梁辰鱼所作的序都在《江东白苎》中，因梁辰鱼和后七子复古时代接近，故散曲的序都以骚赋为主，序言呈现骈句和散句并用的语体，还夹杂不少典故，使序的文学性大大提高。但从艺术的整体性来看，散曲所固有的鲜活灵动的品格与骚赋的典雅庄重特质相隔一层。而且梁辰鱼的序大多数是探讨散曲理论问题的，还有一部分是言志抒怀的，亲切感人的抒情和叙事尚未出现。散曲序跋需要一种更符合散曲情调的文体。至晚明，散曲序跋的文体终于迎来了小品文。

小品文并非由明人始创，但只有在晚明文人的趣味和情调中，小品文才显示其艺术的生命活力，正如吴承学所说"只有到了明代，小品文才从古文的附庸独立成为作家笔下一种自觉的文体"[1]。《四库全书总目》在《续说郛》中谈到明代说部类的作品时说："正（德）、嘉（靖）以上，淳朴未漓。隆（庆）、万（历）以后，运趋末造，风气日偷。道学侈谈卓老（李贽），务讲禅宗；山人竞述眉公（陈继儒），矫言幽尚。或清淡诞放，学晋宋而不成；或绮语浮华，沿齐梁而加甚。著书既易，人竞操觚。小品文日增，卮言叠煽。"[2] 这段话对晚明士风和文风的轻蔑态度我们暂且不议，但其道出了明隆庆、万历以后世风和文人价值观所发生的变化，特别是受到当时两个著名文人李贽和陈继儒的思想和行为方式的影响，并客观指出了"小品日增，卮言叠煽"的社会原因和文化背景。需要强调的是，在明代人眼中，小品文不单指散文这一种文体，还包括诗、歌行、词等，只要具备了独抒性灵、娴雅的品格的作品都被视为"小品"。小品文种类相当多，前面提到的艺术随笔包括序跋、评点等在当时都是小品文的一种，散曲的序跋也不例外。"到了晚明，小品文已成为中国古代文学文体王国中最为自由的'公民'"[3]。有学者已从内容上指出，晚明散曲具有"小品"意识[4]，并提出了"小品"散曲这一概念，这一观点富有启发性，我们从

---

[1] 吴承学：《晚明小品研究》，南京：江苏古籍出版社，1998年，第442页。

[2] [清]纪昀主编：《四库全书总目提要》（下）"杂家类"存目九，北京：中华书局，1997年，第1743页。

[3] 吴承学：《晚明小品研究》，南京：江苏古籍出版社，1998年，第442页。

[4] 欧明俊在《晚明散曲漫议》中概括"小品"散曲的特征是"观念上不把散曲创作视为经国之大业，不朽之盛事，不为政治教化。作者多小人物，多平民文人，或不得志的文士，题材多男女风情，或山林隐逸，文人小曲则把日常生活琐事写进来，散曲的功能是个人的怡情悦性娱乐消遣"。参见《中国韵文学刊》，1998年第1期。

文体的自由度上看，散曲和小品文也具有相似性，小品文文体自由，长短不定，雅俗兼容，语言形式活泼灵动。与小品文类似，散曲是韵文中最活泼自由的文体，诗词文赋、俗语歌谣皆可入散曲。

元代不少散曲家抒写自己的隐逸生活，构建纯美意境，已具有小品文的情调，然而在作品深处更多还是抒写不平心志，探讨人生哲理，与传统的"言志"古文更接近。晚明以来许多散曲家已经很少写那种幽、僻、寂、独等传统文人的心理状态，而更多写艳情，或咏物，或写景，以及表现闲适优雅的生活，艺术化享受的内容绝大部分由小品文来承担了，而在散曲中并不多见。明万历以后，散曲和小品文的发展都较为成熟，这为两种文体的融合提供了合适的外在条件，晚明散曲大家施绍莘把小品文和散曲创作较好地结合起来，并把小品文的风格、意境融进散曲序跋之中。

施绍莘（1588—?），江苏华亭（今上海松江）人，著有《秋水庵花影集》。任二北先生对施绍莘的散曲极为推崇："其文章独不从梁，而韵律独不从沈者，剧曲则有汤显祖之'四梦'，散曲则有施绍莘之《花影集》。"[1]《花影集》中很多散曲都与他的隐居生活有关，如他的《泖上新居》：

> 【南仙吕入双调·步步娇】水际幽居疑浮岛。结构多精巧。垂杨隐画桥。转过湾儿。竹屋风花扫。门僻是谁敲。卖鱼人带雨提鱼到。【醉扶归】淡茫茫水镜推窗晓。点疏疏渔灯夜候潮。暗昏昏鸠雨过平皋。白微微鹭雪销残照。蓼汀秋水乍添篙。只觉得地浮天涨乾坤小。【皂罗袍】闲则扳罾把钓。将鱼篮一个。背月而挑。巨螯紫蟹带生槽。晚潮压倒酒宾堪召。围棋子赌胜。猜拳赛高。共联白社。约会青苗。更有闲中交际山阴棹。【好姐姐】种花儿不低不高。恰教他水流花照。芙蓉五色。夹过水西桥。更荷花绕。每逢秋夏香难了。透着衣裾不可销。【香柳娘】更春风岸桃。更春风岸桃。水肥花少。痴肥恰是村妆貌。种篱边野菜。种篱边野菜。夜雨带泥挑。滋味新鲜好。向池边联句。向池边联句。不用甚推敲。别是山林调。【尾文】常常浊酒沉酣倒。高卧时闻拍枕潮。自起推窗正月上了。[2]

---

[1] 任二北：《散曲概论·派别第九》，北京：商务印书馆，1931年，第43页。
[2] 谢伯阳编：《全明散曲》（第3卷），济南：齐鲁书社，1994年，第3747-3748页，本文所引施绍莘的散曲及其序跋俱见于第3卷。

套数之后的跋曰：

> 予烟霞痼疾，出于性成。犹记五六岁时，便喜种植。以盆为苑，以盎为池，竟日徘徊，欣然如有所得。七岁就塾师，或迁延避学，无他嬉也，止游戏于花草间耳。既壮，诱慕日增，时寄情于诗酒声色，要以铺衬林泉，未尝忘本也。丙辰冬，始营西佘别业，遂为先人卜宅，盖便为予归骨地矣。已未秋，复移家圆泖滨，故词有置身峰泖间，避世诗酒里之句。幽怀逸事，多散现于诸词句字间，可考而得也。每春秋则居山，享桃梅桂菊之奉，览烟云月露之句。冬夏则居水，长禾黍鸡豚之社，乐池潭风雪之观，吾事不亦既济矣乎。夫清福上帝所忌，自分福薄，何以堪此。但性有所近，天实赋之。违天不祥，拂性欺戾。惟愿折功名富贵之缘，供于一途，庶几当忏悔云而。

将施绍莘的散曲套数和跋对读，我们可以看出作者隐居山间林泉的放旷适意、超然物外的优雅情调。跋对自己从小到大的审美情调和兴趣爱好，还有对泖上新居的营建过程做了简要介绍，突出了自然之乐和人文之乐融合。作者在套数和跋的用笔并不重复，而是各有侧重点。套数描述了钓鱼、种花、种野菜，而跋则介绍了赏花、观景，套数显得雅俗兼有，而跋则更富文人雅致。跋除了用散文笔调外，还引入骈文的句式，如"每春秋则居山，享桃梅桂菊之奉，览烟云月露之句。冬夏则居水，长禾黍鸡豚之社，乐池潭风雪之观，"这使得全文妖娆多姿、跌宕起伏，很有音乐节奏感。这反映了作者文备众体、开阔博雅的才学和风范，其文笔之妙置于明清众多精美的小品文中也毫无愧色。[1]

这种描写自己的山人林泉生活的散曲和序跋在施绍莘的集中很多，又比如他的《除夕》是写作者一家人在围炉守岁的情景："【红绣鞋·前腔】纸糊窗雪下鹅毛。鹅毛。一枝梅窗外偷瞧。偷瞧。妆阁里面有人道：羊羔熟须快倒，不然啊怕雪霁了。"[2] 幽美的意境中掺入一些生活细节，有抒

---

[1] 赵晓岚曾在《论宋词小序》中指出，词序"给散文流变史提供了新形式，可看作新的抒情美文的产品"，见《文学遗产》2002年第6期，从这一观点生发开来，那么晚明清初的散曲序跋也应该被放置于小品文的发展史中加以审视。

[2] [明]施绍莘：《花影集》，谢伯阳编《全明散曲》（第3卷），济南：齐鲁书社，1994年，第3770-3771页。

情，有叙事，让人感到趣味无穷，这正是散曲大雅大俗的特点所在，也具有晚明小品文追求闲适灵动的特点。曲后跋中记叙道："岁聿云暮，日月就除。农事已休，春耕未起。纸窗明暖，梅影萧疏。雪月灯荧，夜帏茶热。此时一盆火，一瓶花，煨芋数头，家人姬侍，相与守岁围炉。烧枣焚木，检点一年区处。花月几何，逋欠诗酒债若干。更似文心之波，旁及声律。令小童歌自制新词一两章，觉枯寂之气，一时遣去。须眉毫发，皆温温然有生意。此山翁极风致，极快乐事也……"[1] 作者在跋文中把除夕守岁的细节描写得相对细腻、雅致，但没有套数中"妆阁里面有人道：羊羔熟须快倒，不然啊怕雪霁了"灵动有趣。施绍莘还有不少表现佛老思想和艳情的散曲和序跋，从中可以看出其思想的复杂性。

除了表现隐居生活的作品外，施绍莘还写过很多慷慨激昂的怀古套数和序跋，比如《金陵怀古》和《钱塘怀古》套数，就具有史诗般的沉重。作者俯仰古今，咀嚼历史，关注现实，曲辞充盈着深沉悲凉之气，从某种意义上说，施绍莘的悲凉之气在后来的易代变革中再一次被强化，似乎成了社会变革的谶语。《钱塘怀古》套数之后的一篇跋文云：

> 武林城平直如几，两高峰突兀如衾。而西湖一点圆明，正如青铜出匣，为古今业镜。凡兴亡炎冷，总无遁形……盖撷翻二十一史，散寄于天人之籁，使千秋血泪，化形为声，庶几磅礴六虚。尝试于苏公堤上，处士坟头。山雨欲来，桃云半死。以一红牙，一头管，曼声唱之，当年绮艳，今日凄凉，总随竹肉余声，零乱于烟花草蝶之际……[2]

从中可以看出，序跋把史论和纯美的艺术意境融合在一起，并加入了作者对亡友的怀念，对变化无常的历史和人生命运的感喟交织在一起，雄健的阳刚美和凄丽的阴柔美融合，形成了文采多样的风格。毫不夸张地说，施绍莘的小品文置于明清小品文中也是一流之作。但总体而言，施绍莘的散曲和小品文更多的是表现文人雅趣，元人散曲中那种敢于面对世俗生活和民间疾苦的作品难觅踪影。

尽管施绍莘的才华和精神风范让人景仰，但他的作品从来没有被晚明

---

[1] 谢伯阳编：《全明散曲》（第3卷），济南：齐鲁书社，1994年，第3771页。
[2] 谢伯阳编：《全明散曲》（第3卷），济南：齐鲁书社，1994年，第3794页。

的散曲选本所收录,他的《秋水庵花影集》中除了有陈继儒这位名人的题词以外,就只有身边几位文友的序言和评点,或许是施绍莘过于孤高,不愿意和世人多交往。在《秋水庵花影集》问世约半个世纪后,施绍莘的影响才得到回应,这位响应者是康熙年间的徐旭旦。他的散曲具有和施绍莘的散曲类似的风格,他在《有怀》的跋中说:"灯下偶读施子野有怀一阕,爱彼缠绵秀逸,情至文生,不觉遇目添感,因挥短毫和其原谱,虽不见出蓝之色,亦可无续尾之讥,道地者审诸。"[1] 徐旭旦喜欢施绍莘的作品除了因为爱他的"缠绵秀逸,情至文生"外,还有其他原因。首先,处于康熙承平时期的徐旭旦喜好养花,自称"花癖",追求艺术化的生活,这和施绍莘的习性相似;其次,施绍莘生活中体现的优雅高妙的风神气质对后世作家有强大的吸引力;再次,晚明盛极一时的吴江派散曲家大部分都已衰老或去世,影响渐渐远去,施绍莘在文学上所表现的独抒性灵、不拘一格的自由精神对后世散曲作家来说是一种值得追慕的典范,特别是清代朴学、理学,还有文字狱给作家带来更多束缚,学问化散曲盛行,作家需要找到创新和排遣的空间。然而,具有讽刺意味的是,这位施绍莘的仰慕者在创作中剽窃施绍莘的作品甚多。经谢伯阳先生考证,徐、施二人曲文无差异者有22首,曲文有部分差异的有7首。[2] 不仅如此,徐旭旦的《世经堂初稿》里还收有抄袭施绍莘的好几篇题词、论文,如《春波影小引》《西湖词说》《中原音韵说》,限于篇幅,本文在这方面不做深入的考察,只关注徐旭旦散曲序跋的特色。

　　和散曲不同,徐旭旦的序跋除了《花生日祝花》后的一篇祭文是挪用了施绍莘的以外,其他都是原创的。拿徐旭旦的序跋和施绍莘的序跋做比较,可以发现,徐文保留了施文的雅洁,在行文中喜欢用骈文句式,短小精悍,读来朗朗上口,语气连贯,并有意设置优美的意境,像诗歌一样意味无穷。如《祝西湖散人》序文云:"山川钟秀,岳渎效灵。每毓文通之彩笔,恒生商隐之绣肝。矧西陵胜概,兆天目以发端。东约传流,由鹫峰而济美。……我友散人,逢年二十。高怀倜傥,人钦洛下之才;秀骨蹁跹,举重山东之望……"[3] 跋文云:"今余夏天贶日,西湖散人二十初度。时荷香十里,桃熟千年;天朗云开,雨余风至,同人俱有祝辞。余不欲为肤

---

[1] 本文所引徐旭旦的散曲序跋俱见凌景埏、谢伯阳编:《全清散曲》,济南:齐鲁书社,2006年,第641页。

[2] 谢伯阳:《散曲杂考二题》,《南京大学学报》,1984年第3期。

[3] 凌景埏、谢伯阳编:《全清散曲》,济南:齐鲁书社,2006年,第66页。

言浮语,特谱乐府一章,以介眉寿。庶见吾辈深情,不俟于世俗之颂祷也。其间调皆遵谱,若使红牙一头管,按节而歌,当亦无惭音律。座有周郎,奚烦我顾?"[1]

不过,徐比施的序跋一般要简短典雅,而施文亲切自然、灵动透脱。徐的序跋内容和散曲内容多有重复,另外,徐文减弱了叙事性尤其是生活上的叙事,而加强了抒情性,对句式更加讲究。

除了施绍莘和徐旭旦外,晚明清初的散曲家沈自晋也有一些散曲的序写得清新可读,如【南商调金络索】《七夕偶咏》的序:"儿辈漫以牵牛花一枝供案间,靛紫色如茄花,鲜脆可爱。及晚,开树头虫声如纺织,迎风下上,宛转韵绝。喜,兼咏之。"[2] 这依然透露出小品文的风韵。

二、散曲对经典古文的檃括

晚明清初散曲和散文的融合还表现在散曲作家将经典古文檃括为散曲形式,不过与散曲序跋的数量相比较,晚明清初的散曲檃括体的数量显得比较少。

檃括体本是宋词中一特殊体式。"檃括"的本义是矫正曲木的工具,清人张德瀛《词征》卷一"檃括体"中说:"词有檃括体。贺方回长于度曲,掇拾人所弃遗,少加檃括,皆为新奇。常言吾笔端驱使李商隐、温庭筠,常奔命不暇,后遂承用焉。米友仁念奴娇,裁成渊明归去来辞,晁无咎有填卢仝诗,盖即此体。檃括二字,见《荀子·大略篇》及《韩诗外传》、刘熙《孟子注》。檃,度也;括,犹量也。"[3] 刘勰第一个把"檃括"一词用到文学批评上。他在《文心雕龙·镕裁》中说:"蹊要所司,职在熔裁;檃括情理,矫揉文采也。"[4] 而词的檃括则是将其他诗歌文赋加以改写成词,其本质是两种文体的转换改写。当今学术界认为苏轼开创了檃括词体,正是苏轼明确使用了"檃括"这个术语。苏轼的词中,有不少是檃括体。比如他的《哨遍》檃括陶渊明《归去来兮辞》,《水调歌头》檃括韩愈《听颖师弹琴》,《定风波》檃括杜牧《九日齐山登高》,他还檃括自己的诗,如《定风波》(咏红梅)檃括自己的《红梅》诗。除了苏轼以外,黄庭坚、贺

---

[1] 凌景埏、谢伯阳编:《全清散曲》,济南:齐鲁书社,2006年,第661页。
[2] 凌景埏、谢伯阳编:《全清散曲》,济南:齐鲁书社,2006年,第14页。
[3] 唐圭璋编:《词话丛编》(第5册),北京:中华书局,1986年,第4083页。
[4] 周振甫:《文心雕龙今译》,北京:中华书局,1986年,第294页。

铸、辛弃疾、刘克庄、蒋捷等著名词人都创作有檃括词。

关于檃括词为何在宋代形成及是什么因素促使檃括词形成，当代学者吴承学认为，檃括词的兴起"除了在文体内部以诗度曲的风气之外，可能是与唐宋士子的'帖括'形式有关系……由于应试者越来越多，而必须加以淘汰，所以帖经法越来越偏，应试者为了应付这种考试，便于记忆，就创造出帖括之法，把难记偏僻的经文概括成诗赋歌诀的形式"[1]。但有一点必须指出的是，不同文体之间的渗透交融是文学创新的途径之一，散曲创作要出新，就必须打破文体的界限，檃括也是考验作家驾驭两种文体功力的一个方法。

元代散曲中已经出现了檃括体，如张养浩《白莲檃括木兰花慢》，乔吉《题扇头檃括古诗》。檃括辞赋的也有不少。张可久《翻归去来兮辞》是檃括陶渊明《归去来兮辞》，可见《归去来兮辞》这篇经典之作在宋元两代文人中享有崇高地位。

明代前期和中期文人创作的散曲檃括体很少。晚明的沈璟创作了两首檃括体散曲，如《闺怨》（檃括宋人诗余）、《闺情》（檃括宋人诗余）。这两首散曲都只是泛泛地引入宋词，没有具体的作家作品，可见作者是为了取精用宏，更好地熔铸加工，进行再创作。和元散曲相比，晚明的檃括体发生了变化。首先是檃括对象缩小了，主要是词，也有少量散曲檃括诗歌，如陈子升《忆昔》（檃括唐人诗句），用来檃括的曲体由北曲变成了南曲。这说明了晚明散曲特别是南散曲在兴盛时的极大包容性，不仅在文字上，也试图在音乐上进行改造，符合南曲的演唱规范。改造的方法主要是采用南曲套数和集曲。比如沈璟的《闺怨》（檃括宋人诗余）全篇构成是"【南中吕古轮台】—【前腔换头】—【尾声】"，至于用集曲的更多，不一一列举。特别要指出的是，晚明还盛行一种翻谱体，就是把北曲改写成南曲，和檃括体不同，它是曲和曲之间的转化，如王骥德《惜别》（谱秦少游满庭芳词），但也考验作家对词和曲两种格律文学的熟悉程度。

入清以来，檃括体散曲创作者的数量呈上升趋势，主要有张潮、洪昇、陆楙和徐旭旦。作家的增多从一个方面反映了晚明清初散曲逐渐步入书斋化，现实性在急剧萎缩，透露出作者只从学养的角度从事创作，而未从生活阅历、创作灵感来对待创作，标志着原创精神的衰落、题材内容的空虚。这个时期的檃括体散曲和晚明沈璟、王骥德的檃括体散曲相比，和晚明以

---

[1] 吴承学：《论宋代檃括词》，《文学遗产》，2000年第4期。

词为檃括对象不同，清初散曲的檃括对象是以古文、辞赋和诗歌为主，反映出清初散曲也走向了崇雅复古的道路，但檃括范围有所扩大，技巧有所创新。张潮是当时檃括体创作中的佼佼者。他写散曲专门以古文为檃括对象，计有《檃括出师表》《檃括陈情表》《檃括祭十二郎文》《檃括吊古战场文》，都是魏晋和唐代的古文名篇，反映了作者对这一时期文章的推崇，同时这些古文所宣扬的价值观也是作者所乐道的。虽然只有四篇，但在元散曲和明散曲中都是所仅见的。

张潮在檃括古文时尊重曲体的规范，严守曲律，讲究用韵。比如他在《檃括出师表》中的小序中说："按《琵琶》此调，杂用支思、齐微二韵，《鸣凤记》因之，即《疗妒羹》亦所不免。然《疗妒羹》檃括原书入曲，较之《琵琶》《鸣凤》为难。予此折纯用齐微，此词句之所以难妥也。"[1]作者是为了纠正前人用韵的毛病而作此曲，以为示范。需要指出的是，《琵琶记》的格律、用韵在元末已有进步，然而明清曲家用昆曲格律去衡量元代南戏，自然是不公允的。吴园次（吴绮）评此曲道："词曲之道，虽为文人余技，然中有微妙，亦非浅学所能。故声音入耳，悲喜关乎人情，洵不易作，况檃括古人文字而成。读山来此作，能不动心乎？"[2] 尽管如此，当时散曲演唱已经衰微，散曲变成了纯案头文学。在《檃括出师表》这个套数中，张潮基本忠于原文，不过有些地方增加了内容，比如套数【衮第三】："愿委营中肯綮文武如斯，何虑孙吴、曹魏。"[3] 又如【出破】："亮今远离，受皇恩，忧悃无能置。愿出师，平吴扫魏酬先帝。"[4] 张潮在檃括中把出师对象同时定位为吴、魏两国，和史实不符。诸葛亮奉行的是"联吴抗曹"的战略，而且原文中说得很明白："今南方已定，兵甲已足，当奖帅三军，北定中原。庶竭驽钝，攘除奸凶，兴复汉室，还于旧都。"[5]

《檃括出师表》和《檃括陈情表》二曲都为南曲，署名"单公子"的人在《檃括陈情表》后评点道："檃括古文以为词曲者，向来只有杂剧体，并无吴骚体。此是心斋创格，读者不可不知。"[6] 此处"杂剧体"即指北曲体，"吴骚体"即指南曲体，这句话放在散曲史上讲其实是错误的。元代

---

[1] 本文所引散曲和评点俱见《全清散曲》第一册张潮部分。济南：齐鲁书社，2006年，第612页。

[2] 吴绮评论文字见凌景埏、谢伯阳编：《金清散曲》，济南：齐鲁书社，2006年，第613页。

[3] 谢伯阳、凌景埏编：《全清散曲（增补版）》（上），济南：齐鲁书社，2006年，第613页。

[4] 谢伯阳、凌景埏编《全清散曲》，济南：齐鲁书社，2006年，第66页。

[5] [三国]诸葛亮：《出师表》，缪钺编注《三国志选》，北京：中华书局，2009年，第130页。

[6] 谢伯阳、凌景埏编：《全清散曲（增补版）》（上），济南：齐鲁书社，2006年，第614页。

钟嗣成在《录鬼簿》中说萧德祥："凡古文俱櫽括为南曲，街市盛行，又有南曲戏文等。"[1] 可见，元代已经出现了用南曲来櫽括古文的情形，但萧德祥的散曲没有流传下来，倘若从文献保存的实际情况来看，张潮可算是第一个用南曲櫽括古文的作者。

《櫽括祭十二郎文》体现了张潮试图又一次创新和突破。他在序中说："昔人云：'读《出师表》而不堕泪者，其人必不孝；读《陈情表》而不堕泪者，其人必不忠，读《祭十二郎文》而不堕泪者，其人必不友。'予既以二表填成越调，因以北越调补成此篇，然较之二表稍觉为难，盖以表文短而转折少，祭文长而转折多故也。"[2] 吴园次评道："《祭十二郎文》字字真笃，字字生哀，在昌黎之后，再无此文。今心斋谱之管弦，一字一泪，一声一泪，何必待岭猿蜀魄，闻之而后断肠耶！"[3] 顾天石（顾彩）高度赞道："櫽括诸阕，以此为最。曲曲折折，匠心之极，可谓毫发无遗憾矣。叹服，叹服！"[4] 细读此曲，可以到感觉作者的概括力相当强，上千字的祭文在几百字的套数中得以囊括，剪裁恰当。但是和原文相比，症结还是在感情力度不够。张潮的第四篇《櫽括吊古战场文》揭示的政治意义和民本思想更强。《吊古战场文》是唐代李华的一篇骈文，凄婉沉重。张潮将其櫽括成曲子后，继承了原文的悲怆沉重的基调，同时加上了很多表现情感变化的衬字，如"那知道""怎忍得""又恐怕""只该是"等，这使得散曲的情感比原文的情感更加激越，张潮在散曲中删去了李华对古代战争的评论，着重描写战争的惨烈和死者家属的痛苦，并加入了自己的观点，"讲不完廿一史何朝何代，数不了百千姓谁劣谁佳"[5]。"廿一史"是从《史记》到《元史》这二十一部史书，涵盖了从三皇五帝时代一直到元代这数千年的历史，"数不了百千姓谁劣谁佳"体现了张潮在总结历史人物功过时产生的迷茫感。在《吊古战场文》结尾，李华提出了所谓"守在四夷"的办法来保持边疆安宁，即朝廷行王道，让周边夷狄为中原天子守边，张潮在散曲中提出的是"只该是守封疆不待穷兵马"，从实际情况来看，边疆是否安定是一个国家政治、外交和军事措施是否得当的反映，牵涉面太多，

---

[1] ［元］钟嗣成：《录鬼簿》，中国戏曲研究院编《中国古典戏曲论著集成（二）》，北京：中国戏剧出版社，1959年，第134页。

[2] 谢伯阳、凌景埏编：《全清散曲（增补版）》（上），济南：齐鲁书社，2006年，第615页。

[3] 凌景埏、谢伯阳编：《全清散曲》，济南：齐鲁书社，2006年，第617页。

[4] 凌景埏、谢伯阳编：《全清散曲》，济南：齐鲁书社，2006年，第617页。

[5] 谢伯阳、凌景埏编：《全清散曲（增补版）》（上），济南：齐鲁书社，2006年，第618页。

不是简单一句话能概括得了的,这二人的观点虽略有不同,但都是书生之见,起不到真正的作用。

除了张潮檃括古文套数之外,洪昇的散曲套数《檃括兰亭序》是一篇佳作。词中檃括《兰亭序》的不少,前面提到的林正大就有一首【贺新凉】,还有方岳的【沁园春】,张潮自己写过《檃括兰亭记》的词,但散曲中却只有洪昇这一篇,弥足珍贵,洪昇好友杨友敬评点道:"殊多佳处。"[1] 在笔者看来,这篇套数最主要的佳处就是比较完整透彻地把原文檃括出来,同时也把原文的情感充分继承下来,而历代檃括《兰亭序》词因限于篇幅,导致原文内容被大幅度缩减。陆楙的《归去来辞》也是晚明清初唯一一篇以《归去来兮辞》为檃括对象的散曲。这首套数基本上依照原文意思,与元代张可久《翻归去来兮辞》相比,两首套数基本把原著精神概括进去了,张可久的曲子自然晓畅,而陆楙的曲子夹杂了一些艰涩的字词,从文学性来说已经逊色于张可久的曲子了。如《归去来兮辞》中有"归去来兮,请息交以绝游。世与我而相违,复驾言兮焉求?悦亲戚之情话,乐琴书以消忧",陆楙将之檃括成为"念交游、曷豢为?请鹾兹始甘从废。世而见遗,驾言甚希,绸缪情话酬亲昵。来去兮,琴书可乐,资以散忧懼"[2],读来倍觉拗口,这不是偶然的,陆楙在其他的散曲创作中也屡屡搬弄典故,炫耀学问,好用冷僻字词,难以卒读。张、陆二人在作品中都有一点发挥,张可久在【尾声】中化用了陶渊明的"采菊东篱下,悠然见南山"的名句,变成了"玩赏东篱足矣。采菊浮杯稳坐榻,对南山山色稀奇。看山巍山色相催,山色悠悠能有几"[3],有余韵袅袅之感,陆楙则在末尾增加了自己的感叹:"【前腔】歌一曲去来兮,笑纷纭、空被惑,陶公拂袖彭泽邑。折腰覆炊,科头弄醑,舒辞澹率闻千历。去来兮,水长山迥,歌罢恼徘徊。"[4] 这是对陶渊明的高风亮节的一个总结,流露出作者对这位隐士的深深崇敬。

总的来说,利用散曲檃括古文给清初的散曲带来了充盈深沉的历史感,使得散曲在一定程度上摆脱了晚明倚红偎翠的绮靡之风,但檃括的对象都是名篇,檃括者创新发挥的余地很少,使得散曲进入了从书本里讨生活的逼仄境地,难以直面现实、抒发个性真情,还不如晚明的一些艳情散曲来

---

[1] 凌景埏、谢伯阳编:《全清散曲》,济南:齐鲁书社,2006年,第595页。
[2] 谢伯阳、凌景埏编:《全清散曲(增补版)》(上),济南:齐鲁书社,2006年,第482页。
[3] 隋树森编:《全元散曲》(上),北京:中华书局,1964年,第989页。
[4] 谢伯阳、凌景埏编:《全清散曲(增补版)》(上),济南:齐鲁书社,2006年,第482页。

得真切动人。

三、结论

客观地说，散曲和散文是两种差别较大的文体，要将散文的内容和形式与散曲较好地结合起来，是一个富有挑战性的实践，这需要散文和散曲两方面创作意识和创作经验的成熟。晚明清初是散曲发展史上的一个转折时期，散曲演唱正在式微，取而代之的是剧曲演唱，散曲这种文体逐渐变成了纯案头文学，这给散曲形式和内容的革新提供了条件。晚明清初散曲与散文的结合主要是因为作家喜欢用雅文学对散曲进行渗透，既带来了散曲形式上的创新，也对散曲产生了负面影响，元代和明中期散曲中所具有的讽刺批判的内容基本被抛弃了，散曲原本鲜活的生命力在晚明清初正迅速衰减，清初的散曲甚至还出现了以儒家经典入曲的现象。清中叶凌廷堪在《与程时斋论曲书》中分析南曲衰败的原因时提到曲作者"悍然下笔，漫然成编，或诩浓艳，或矜考据，谓之为诗也可，谓之为词也亦可，即谓之为文也亦无不可，独谓之为曲则不可"[1]。这句话也一针见血地指出了晚明清初以来散曲衰落的重要原因。

（本文原载《苏州大学学报（哲学社会科学版）》2015年第2期）

---

[1] [清] 凌廷堪：《校礼堂文集》卷二十二，《续修四库全书》编纂委员会编《续修四库全书·1480·集祁·别集类》，上海：上海古籍出版社，1995—2002年，第252页。

冯梦龙《新列国志》的史料取舍及其历史演义的创作

张 珊

《新列国志》是冯梦龙历史演义小说的代表作之一。此书将春秋到战国五百多年的历史进行了小说化的叙述，对时间跨度长、人物多的东周历史进行叙述，不可能像《三国演义》和《水浒传》那样在时间和人物方面都相对集中地去书写，显然，《新列国志》的创作难度更大。冯梦龙在其《春秋》学研究的基础上，对春秋战国史料的取舍是颇费心思的，到底什么样的事件才能被写入小说就体现了冯梦龙的构思，本文便探究《新列国志》选取了春秋战国的哪些故事，以此来看作者对史料的取舍问题。

一、《新列国志》对《列国志传》故事的取舍与增补

关于《新列国志》的故事来源，首先要明晰的是它是依傍《列国志传》而来的，很多故事都有针对性。东周列国之间的故事历代被人传诵，加之人人皆习经史，故而这些故事非常普及。宋元时期话本兴起后，散乱流传的春秋战国故事也成为话本创作的题材。孙楷第《中国通俗小说目录》提到的宋元讲史话本就有《新刊全相平话武王伐纣书》《新刊全相平话乐毅图齐七国春秋后集》《新刊全相秦并六国平话》《吴越春秋连像平话》等。而到明代后期，历史小说的创作形成了高潮，乱世尤受青睐，列国历史又成为历史小说创作的题材。嘉靖、隆庆年间，余邵鱼根据史书的记述并吸取了宋元话本的成果而完成了《列国志传》的创作，从商纣王起一直写到秦始皇统一天下，将春秋战国的历史进行了简单的连缀。但其中穿插许多背离史实的部分，也充斥着天命论的说教，冯梦龙《新列国志》便是据余邵鱼《列国志传》增删重编而成的。他根据古史，去掉《列国志传》中的荒诞部分，最终此书一出而余书废弃。显然，冯梦龙创作的目的是直接针对

《列国志传》进行修订，既然如此，冯梦龙记述的故事与余邵鱼记述的故事的异同，便体现了他对史料的取舍；但《列国志传》并非其史源，而是修正的对象。由《列国志传》的二十八万字到《新列国志》的七十六万字，篇幅的剧增可以看出这不能简单用改写来表示，事实上，有相当多的内容是删去的，而重新撰写的地方又是冯梦龙的重新创作，二书在故事选取上的不同是首先要关注的问题。

《列国志传》版本较多，有八卷本、十卷本、十二卷本、十六卷本、十九卷本等，各个版本有所不同，但最早的两个本子，其一是余象斗万历丙午（三十四年）重刻本，题作"列国志传评林"，即《春秋五霸战国七雄故事》，八卷共226节；其二是《陈眉公批评列国志传》，为万历乙卯（四十三年）刻本，十二卷共223节。这两个版本既是现存最早的《列国志传》的本子，也是其他各本的祖本，而其故事的标题大同小异，如《列国志传评林》中的"西伯侯"在陈本中则作"西伯"，前者的"西伯建台凿沼"，后者作"西伯侯建台凿池"，前者的"楚文王仗威虏息妫"，后者则作"楚王仗威虏息妫"，前者多出"齐桓公北杏大定霸""晋里克谋弑二主"等节，并且一些节的顺序也不同。对于此二书的比对，学界已有相关研究，不再赘言，而二书虽然多有不同，但故事大致相同，所以，我们用余象斗重刻本进行比对，以此来考察冯梦龙对《列国志传》的故事是否进行选取的问题。

陈平原《中国小说史论》认为《列国志传》和《隋唐演义》为"历朝纪事主题"，必须包容叙述框架内众多历史事件，冲突的展现与场景的转换及史实与传说之间的协调，不大容易处理。它不是像"开国建朝主题"那样，以乱世英雄起四方为背景，呈现一系列扣人心弦的激烈争战，借新王朝的建立封闭小说的结构。[1] 这是符合实际的，《新列国志》同样如此。从篇目名称来判断，《列国志传》中的西周部分大部分被《新列国志》舍弃了，这包括商纣王和周文王、周武王之间的纠葛，以及周灭商之后周公、召公辅佐成王，周昭王南征不复，周穆王西游昆仑山等，这些故事是传世的西周文献中记载相对多的部分，《列国志传》想记述整个周代的历史，所以从西周建立开始写到春秋和战国。但是，《新列国志》则主要记述了东周的历史，对西周历史仅仅提到后期导致西周衰亡的几件事，这是前三回的

---

[1] 陈平原：《陈平原小说史论集·中国小说史论》，石家庄：河北人民出版社，1997年，第1580页。

冯梦龙《新列国志》的史料取舍及其历史演义的创作 | 147

内容，从周宣王杀杜伯开始，周之德渐衰，接着较多篇幅写了周幽王与褒姒及西周的灭亡、平王的东迁与东周的建立。所以，《新列国志》记述的重心是东周，即春秋和战国，而春秋又占去了绝大部分，战国仅仅占四分之一的篇幅，它的最核心内容是春秋五霸。

对从春秋到战国的史料如何进行取舍，《列国志传》与《新列国志》也有很多不同的选择。按照《春秋》和《左传》的记载，在春秋早期，国际纷争集中在周王室、郑国、宋国、卫国这几处，这在《列国志传》中体现不明显。但《新列国志》则将春秋前期的主要纷争纷纷写入，比如郑伯克段于鄢、周郑交恶、石碏大义灭亲、鲁隐公被弑、宋华督之乱、文姜婚鲁桓公、郑祭足主政、卫宣公纳媳、齐襄公杀鲁桓公、齐襄公被弑等。而接下来就到了齐桓公，他是真正意义上的春秋时代的主角，二书对齐桓公的记录都较多，并在记述中夹带当时其他国家的事件。在齐桓公的执政后期和他去世之后，二书便逐渐转向对晋献公、晋文公、晋惠公的记述，这期间也将秦穆公、宋襄公的活动连缀其中，因为这些故事家喻户晓，所以二书记述得都很多。但再接下来，二书又发生了记述重心的不同，《列国志传》对于晋文公之后的一段时期的记述很少，而《新列国志》则在这部分增加了周王室、晋国、楚国、秦国、齐国、鲁国、陈国、宋国的很多事件，尤其是春秋中期很重要的赵氏孤儿、夏姬之乱、华元弭兵、齐晋鞌之战、崔杼弑君等，内容非常精彩。到了春秋后期，因为纷争集中在楚国、吴国、越国，所以二书都花了较大气力去描绘这段历史，这是二书相对比较一致的地方，其原因是吴越争霸故事有《左传》《国语》《史记》《吴越春秋》《越绝书》，甚至伍子胥等故事的话本可以参考，情节一波三折，可歌可泣。当然，二书对春秋后期除了吴、越、楚之外的其他国家记述都不多。

至于战国史料，《新列国志》对《列国志传》改编得没有那么多，当然这也不是《新列国志》的用力之处，相比翔实的春秋故事，战国的部分好似狗尾续貂，难以为继。二书对三家灭智伯、三家分晋、吴起变法、商鞅变法、孙膑斗庞涓、苏秦张仪游说各国、燕王哙禅让子之、乐毅攻齐、蔺相如完璧归赵、范雎相秦、四公子养士、荆轲刺秦王、秦灭六国等都有记述，《新列国志》又增加了乐羊子、西门豹、秦武王、楚怀王、赵武灵王、赵括、鲁仲连等人的故事，尤其是对秦始皇即位前后的秦国各个人物的记述较多，如吕不韦、嫪毐、茅焦、荆轲、王翦等。虽然有所增补，却并不是很多。客观上，由于战国史料缺失，因此，冯梦龙所补的都是《列国志传》忽略的一些重要故事，但春秋与战国在时间长度上都是两百多年，史料却不对等，这使得冯梦龙的改编也受到一些限制，在一百零八回之中，春秋共八十四回，剩下的二十四回是战国，春秋的回目占了绝对主体。这是从具体故事来看《新列国志》对《列国志传》的改编与增补。

二、以春秋五霸为中心的历史演义的书写

由上文可知，《列国志传》的材料，既有被冯梦龙舍弃了的西周部分及带有荒诞不经的情节的部分，又有被他改编的更加符合历史的部分，还有他增补的认为应该写入书中的一些故事，尤其是春秋前期到中期的列国故事。总体看来，《新列国志》是以春秋五霸、战国七雄为核心记述历史，尤其是春秋五霸，可谓全书的主人公。对史料进行选取时，冯梦龙的集中选取点是春秋五霸，相对集中地叙写他们的事迹，尤其是齐桓公称霸、晋文公称霸、吴越争霸，几乎是事无巨细。春秋时代，周王室衰微，五霸相继崛起，实际行使了天子的职权，对于五霸是谁，历来有不同的说法，虽然冯梦龙也没有明确指出他认为的五霸是哪五位，但对经常被认为是霸主的齐桓公、晋文公、秦穆公、宋襄公、楚庄王、吴王阖闾、越王勾践这些人物的记述是特别多的。齐桓公和晋文公属于五霸，历来是没有争议的。《新列国志》中与齐桓公有关的故事有十余个，从第十五回《雍大夫计杀无知》开始，公子小白和公子纠争夺王位，其后与齐桓公有关的还有第十七回《释槛囚鲍叔荐仲 战长勺曹刿败齐》、第十八回《曹沫手剑劫齐侯 桓公举火爵宁戚》、第二十一回《管夷吾智辨俞儿 齐桓公兵定孤竹》、第二十二回《公子友两定鲁君 齐皇子独对委蛇》、第二十三回《卫懿公好鹤亡国 齐桓公兴兵伐楚》、第二十四回《盟召陵礼款楚大夫 会葵邱义戴周天子》、第二十九回《管夷吾病榻论相》、第三十二回《晏蛾儿逾墙殉节 群公子大闹朝堂》等。这些回目将齐桓公任用管仲等贤人，尊王攘夷，从而"一匡天下，九合诸侯"的称霸过程写得清清楚楚，甚至一直写到齐桓公如何去世，他死后群公子如何争夺王位等。而与晋文公有关的内容更多，因为谈起晋文公往往要从晋献公纳骊姬开始，这样算起来有二三十个故事。从第二十七回《骊姬巧计杀申生 献公临终嘱荀息》开始，第二十八回《里克两弑孤主 穆公一平晋乱》、第二十九回《晋惠公大诛群臣》、第三十回《秦晋大战龙门山 穆姬登台要大赦》、第三十一回《晋惠公怒杀庆郑 介子推割股啖君》、第三十四回《齐姜氏乘醉遣夫》、第三十五回《晋重耳周游列国 秦怀嬴重婚

公子》、第三十六回《晋吕郤夜焚公宫 秦穆公再平晋乱》、第三十七回《介子推守志焚绵上》、第三十八回《周襄王避乱居郑 晋文公守信降原》、第三十九回《晋文公伐卫破曹》、第四十回《先轸诡谋激子玉 晋楚城濮大交兵》、第四十一回《连谷城子玉自杀 践土坛晋侯主盟》、第四十二回《周襄王河阳受觐 卫元咺公馆对狱》、第四十三回《智宁俞假鸩复卫 老烛武缒城说秦》、第四十四回《叔詹据鼎抗晋侯》等，都与这段时期有关。至于其他的几位称为五霸的人物，叙写没有齐桓公、晋文公那样多，也相对不太集中，以楚庄王为例，在第五十回中曾简略提到楚庄王即位三年而一鸣惊人的故事，在第五十一回中提到楚庄王兴师伐陆浑之戎，并连带对樊姬与孙叔敖等人物进行记述，第五十二回《陈灵公衵服戏朝》及第五十三回《楚庄王纳谏复陈 晋景公出师救郑》记述了与楚有关的夏姬之乱，其后一直到第五十六回楚庄王去世，这中间的数回都有楚庄王。当然，这在全书中分量不是很重，宋襄公、秦穆公亦然，他们往往被夹杂在齐桓公、齐孝公、晋献公、晋文公、晋襄公这些时段里讲述。

值得注意的是，在有五霸称号的人物中，关于吴越争霸的回目尤其多，在全书中所占篇幅大概有六分之一。吴越争霸是耗时很长的系列事件，一般认为从伍子胥奔吴就开始算起。《新列国志》中对吴越争霸前后故事的叙述是从第七十一回《楚平王娶媳逐世子》开始的，第七十二回《伍子胥微服过昭关》，第七十三回《伍员吹箫乞吴市 专诸进炙刺王僚》，第七十四回《囊瓦惧谤诛无极 要离贪名刺庆忌》，第七十五回《孙武子演阵斩美姬 蔡昭侯纳质乞吴师》，第七十六回《楚昭王弃郢西奔 伍子胥掘墓鞭尸》，第七十七回《泣秦庭申包胥借兵 退吴师楚昭王返国》，第七十九回《栖会稽文种通宰嚭》，第八十回《夫差违谏释越 勾践竭力事吴》，第八十一回《美人计吴宫宠西施 言语科子贡说列国》，第八十二回《杀子胥夫差争歃 纳蒯聩［瞶］子路结缨》，第八十三回《诛芈胜叶公定楚 灭夫差越王称霸》，都是较为连串且集中的叙述。吴国和越国到了春秋中后期才登上历史舞台，《春秋》与三传记述的二国事件很零散，而且所占比例极小，因为许多事件发生在孔子去世之后，已超出《春秋》的记录时段。但吴越争霸成了春秋故事中影响最大的事件之一，原因是除了《春秋》和三传外，《国语》的《吴语》和《越语》有更为集中的记述，到东汉初年赵晔作《吴越春秋》及汉末出现的《越绝书》，吴越故事又再次得以演绎。而《新列国志》的记述也被认为是吴越争霸故事的古今演变过程中的一环，虽然没有《吴越春秋》与《越绝书》那样集中，但也是全书之中相对集中笔力去写的一大事件。当然，这部分写了这么多，恐怕还与冯梦龙是吴人，他对吴越的历史更为关注有关。

总之，《新列国志》是以春秋五霸为中心的记述，春秋五霸此起彼伏而相继代兴，可谓全书的中心人物，与此同时，他们身边也集中了一些附属的人物。而战国的故事，主要是战国七雄的大事及当时的各种名人故事，但战国的中心人物没有那么集中，篇幅也太少，所以，全书的主人公还应该是春秋五霸。

三、《新列国志》的史料选择

除了依傍《列国志传》而进行新编，进行以春秋五霸为中心的叙述外，《新列国志》在选取史料的过程中，还有其他的顾及，并体现了冯梦龙的原则和小说创作理念。尽管属于历史演义小说，但《新列国志》的创作其实是重新对春秋战国史进行一番书写，全书的重心在春秋。面对春秋的史料，每一位作史者都在用自己的理解去书写。为此，孔子作《春秋》，赋予了微言大义的春秋笔法，以文字来褒扬或贬抑历史人物。《公羊传》《谷梁传》都是经典的问答，是为阐释《春秋》经文之意而作。《左传》则是补充史实，更加接近于独立撰写的另外一部史书，所以春秋的大量历史事件都是由《左传》的增补而被后人所知的。至于《国语》，虽然里面有少量西周历史，但最多的也是春秋时代的历史，它采用了国别体的体例，每一篇以记录言谈为主，属于记言之作，许多春秋名臣的谏诤之辞在其中得以保存。而司马迁又是继承《春秋》而作《史记》，在《太史公自序》中曾假设上大夫壶遂与太史公的对问，谈及孔子何以作《春秋》及汉世何以接续《春秋》的问题，为此，司马迁的解释是要记录三千年的历史，继《春秋》，并润色鸿业，记述汉兴以来的历史。春秋的大事林林总总，《太史公自序》言"春秋之中，弑君三十六，亡国五十二，诸侯奔走，不得保其社稷者不可胜数"[1]。在处理春秋战国史料时，司马迁发明了"世家"这一体例，这是沿袭国别体的体例而来，在"世家"中对诸国历史进行相对集中的叙述。三十世家中汉代以前的部分，多是为了适应春秋战国列国众多的情况而分类撰写的，而每一世家中又按照时代撰写，并对其中的重要人物着墨更多。至于战国历史，史料最集中的史书是《史记》和《战国策》，到北宋司马光

---

[1]〔汉〕司马迁：《史记·太史公自序》，北京：中华书局，1959年，第3297页。

作《资治通鉴》，再度整合战国事件并进行编年。这些都是冯梦龙所借鉴的主要典籍，但距离春秋战国久远的生在明代后期的冯梦龙如何去重新处理这些史料是很有趣的问题。显然，《春秋》学的造诣使得冯梦龙更加倾情于春秋时段历史的小说化书写，《麟经指月》《春秋衡库》《春秋大全》《春秋定旨参新》等书的编著，对其写作大有助益。但学术著作仅仅是为其提供学术指导，而在真正的写作中，作为小说能手的冯梦龙，这次完成的是一部历史演义之作，如何将春秋历史变成历史演义，是冯梦龙创作的一个重点。《新列国志》属于小说，小说与经部、史部的经典是迥然不同的，面对同样的历史时段，甚至相同的史料，叙写方式是不同的，在小说的叙写方式中，技巧性占的比例要更大。

可以说，《新列国志》春秋部分的主体是依傍《春秋》与《左传》的记事。而《春秋》与三传都是编年体，对于春秋事件的组织，冯梦龙也采取了编年的方式。在历史演义的书写视野中，冯梦龙摈弃了《国语》《战国策》的国别分类法，也没有采用名为纪传体而实际还是国别体的《史记》的世家体例，因为那样可能会导致更加琐碎且分门别类不成整体的后果，所以最终此书基本还是采用了编年体，以周天子的纪年为纲，里面穿插了很多国家，从而达到叙述的宏大与和谐。以周天子为纲，体现了冯梦龙正统的历史观和尊王意识。任何一位历史书写者的著作中都贯穿着作者的历史观，比如对三国历史的记述是倾向于魏还是蜀，各家都有不同。《新列国志》也有自己的历史观，除了对正义的弘扬、对残暴的鞭挞之外，《新列国志》还采用了以周天子正朔进行编年的方式，这体现了冯梦龙的尊王观念。现存春秋史料是以《春秋》及三传为核心的，这些都是依据鲁国国君的在位年数而纪年，受《春秋》的影响，后世对春秋时代进行纪年时也默认采用鲁国的纪年，但到了《新列国志》里，纪年不再采用默认的鲁国纪年，而是采用周天子的纪年，比如第十四回说"齐襄公灭纪之岁，乃周庄王七年也"，又齐襄公被弑之年为周庄王十一年冬十月，都换算成周天子之年。但是由于时间跨度大，不可能每一位周天子每一年的事件都要写，因此，记事经常不连贯，对有的事件并未说明时间，甚至有时对周天子的更迭也不言，而突然进入新的周天子的某某年。至于战国部分，则没有用太多周王之年，原因是许多事件的确时间不详。

既然鲁史纪年不存在了，则以五霸为核心的记述，使得全书带有轻鲁史的倾向。由于《春秋》乃是依傍鲁史而成的，因此，鲁国史料在《春秋》和三传中是各个国家中最多的，其次才是晋国、齐国、楚国等。在《新列国志》以五霸为核心的记述中，鲁国是附属的小国，只取其大事，且多是与齐国、晋国、楚国等有关的大事来写。甚至三桓专鲁、鲁昭公被逐这些鲁国的重大事件都是被一笔带过，而这些在《春秋》与三传中都是用大量篇幅来记述的。此外，《春秋》和三传中记述很多的诸如诸侯聘问、婚嫁丧葬、天象灾异等常见事件，《新列国志》中也基本不提，因为这些与全局并无太大关系。鲁国历史尚且大部分不写，何况《春秋》及三传中记述较多的鲁国附庸滕国、小邾国、莒国等，书中更少提及。

但无可否认，国别体或世家体的叙事是以类相从而有章可循的，而《新列国志》舍弃了这些，将五百多年的事件以编年来叙述，又穿插很多国家，就变成了东一榔头西一棒子的各种故事，而且为了小说引人入胜，又经常故意拆分故事或穿插小事在不同的回目中，头绪着实太多。所以，在结构的处理上，冯梦龙花了不少心思，由于时间跨度大、事情众多，因此，全书便采用了一种跳跃式的记述。《新列国志》的跳跃式记述，除了纪年跳跃之外，其故事有的基本连贯，有的则并不连贯，也是跳跃式的选取。《新列国志》的最大史源是《左传》，对于《左传》的取材是大致在编年的基础上，选取以大国为主尤其是以春秋五霸为主的事例。因为要囊括五百多年的历史，而且还要进行合理的想象，从而进行艺术的创造，所以对原始史料必定要大量删减。同理，对于其他史料，冯梦龙也是节选他认为有价值的事件，比如对《国语》的取材就是这样，大量进谏言辞在《新列国志》中只是偶尔出现，抑或约略而言。但《国语》中叙述的事件有时反倒被采纳，可也常常被简略带过。同理，对于《史记》的取材也是这样，赵氏孤儿的故事、众多战国人物传记从《史记》而来的很多。《新列国志》旁采众家，也包括诸子，第六十二回《晋臣合计逐栾盈》中的师旷，第六十七回一开头说到的周灵王太子晋，第六十八回的师涓和师旷，第六十九回《晏平仲巧辩服荆蛮》和第七十一回《晏平仲二桃杀三士》里晏子的故事等，都是诸子著作中的常见内容。对于书中采集的众家，冯梦龙自己在该书的凡例中说："兹编以《左》、《国》、《史记》为主，参以《孔子家语》、《公羊》、《谷梁》、《晋乘》、《楚梼杌》、《管子》、《晏子》、《韩非子》、《孙武子》、《燕丹子》、《越绝书》、《吴越春秋》、《吕氏春秋》、《韩诗外传》、刘向《说苑》、贾太傅《新书》等书。凡列国大故，一一备载。令始终成败，头绪并如,联络成章,观者无憾。"[1] 而最后的效果如明代可观道人的序中所言:"本诸《左史》,旁及诸书,考核甚评,搜罗极富。并敷衍不无增添,形容不无润色,而大要不敢尽违其实。"[2] 这是在史料基础上进行的合理的艺术加工。

《新列国志》中对春秋五霸、战国七雄之外的著名事件与著名人物,也常常为了增加趣味而进行选取。比如小说从褒姒之乱开始,关于褒姒的前前后后交代甚详,甚至有了神化的描写,带有虚构成分。百里奚妻子杜氏、扁鹊、弄玉和萧史、王子晋升仙等都是流传的民间故事或故事中的人物,插入这些能增加趣味性。《四库总目》谈及《吴越春秋》时曾说:"至于处女试剑,老人化猿、公孙圣三呼三应之类,尤近小说家言。"[3] 对于这些,还有善射者陈音等的故事,《新列国志》都一一选入。当然,这些故事都是在相应的时间点上加入的,比如弄玉和萧史,就插在秦穆公时段中,也属于跳跃式的加入。

除了故事的跳跃性记述外,冯梦龙要发挥想象力进行小说的创作,必须靠生动的情节才能打动读者。这些冯梦龙创作的部分很多,在人物的描写方面,虚构之处常常集中在可有可无的一些次要人物上,比如夏姬婢女荷华、周襄王的婢女小东、服侍晋景公如厕的小内侍江忠,都是杜撰的无关大雅的小人物,这些人物的加入使得情节更加连贯。而战争描写一向是中国传统小说的重头戏,此书亦不例外。春秋战国又是战乱频仍的乱世,但在《左传》《战国策》《史记》中,战争描写往往重视起因,而对过程与结果则常是一笔带过。历史演义则不尽然,演义之中不仅对战争起因描述甚详,对战争过程也多有渲染。《新列国志》就对许多战争进行了小说化的改编,在这种改编中,加入小说的要素,可以方便地杜撰很多将领的姓名,如黄花元帅、褒蛮子、西戎主赤班等。与此同时,布阵在书中屡屡出现,甚至有很多趣味性的书写,如第三十四回《宋襄公假仁失众》:"话说楚成王假饰乘车赴会,跟随人众俱是壮丁,内穿暗甲,身带暗器,都是成得臣、斗勃选练来的,好不勇猛!"[4] 这段话描绘的仿佛是后世侠

---

[1] [明] 冯梦龙:《新列国志·凡例》,魏同贤主编《冯梦龙全集》(第4册),南京:凤凰出版社,2007年,第1页。
[2] [明] 可观道人:《新列国志叙》,清初覆明金阊叶敬池本。
[3] [清] 永瑢、纪昀主编:《四库全书总目提要·史部·载记类·吴越春秋》,北京:中华书局,1965年,第583页。
[4] [明] 冯梦龙:《新列国志》第三十四回《宋襄公假仁失众》,魏同贤主编《冯梦龙全集》(第4册),南京:凤凰出版社,第315页。

客的装扮。又如第十一回齐僖公去世之前，召世子诸儿至榻前嘱咐曰："纪，吾世仇也，能灭纪者，方为孝子。汝今嗣位，当以此为第一件事。不能报此仇者，勿入吾庙！"[1] 这一段仿佛五代时李克用父子的对话。可以说，《新列国志》的战事描写虽然有的有章可依，但也有相当一部分是虚构与独创。

此外，《新列国志》在小说化创造中，还加入了大量的章表奏记、书牍文书。文体备于战国，战国诸侯国之间往来常常用文书，臣子也须向王陈述事情，百姓之间也有书信往返，虽然这些文体的雏形是存在的，但传世者寥寥。《新列国志》中提到的章表特别多，但其实春秋战国并没有"章表"这样的名称，书中却模拟古人口吻，加入了大量的后世所言的章表。如第五十四回定王十二年春三月，楚令尹孙叔敖病笃，嘱其子孙安曰"吾有遗表一通，死后为我达于楚王"[2] 云云；第五十七回楚共王接得巫臣来表，拆而读之，略云；第四十六回"先且居心疑，偶于案上见表章一道，取而观之"[3]，云云。虽然不符合事实，却使得后世读者觉得亲切，这些也是冯梦龙的小说化创造之处。

毋庸置疑，《新列国志》要处理的史料太多，头绪非常纷乱，正如清人李元复所言："凡于各朝之兴衰治乱，皆有叙述，而《三国演义》最称，其次则《东周列国志》。予谓为《列国志》者尤难，盖国多则头绪纷如，难于连贯；又列国时事多，首尾曲折不具详，难于敷衍，未免使览者厌倦。今观其书，于附会处，每多细意体会。"[4] 这道出了《新列国志》写作的难度。总之，冯梦龙面对众多史料，选取了他认为可以入史的一些，删去了大量鲁国史料及无关紧要的历史事件，全书以春秋五霸为核心展开记述，同时又博采众家，将很多流传很广的故事也加入其中。冯梦龙善于驾驭短篇小说，《三言》几乎每一篇都精彩，《新列国志》则是他晚年创作长篇小说的尝试，而且集中了他治《春秋》的成果而成，此书的创作难度实则是在《三言》《智囊》这些之上的。与《三言》等不同，《新列国志》又是一

---

[1] [明] 冯梦龙：《新列国志》第十一回《宋庄公含赂构兵》，魏同贤主编《冯梦龙全集》（第4册），南京：凤凰出版社，第97页。

[2] [明] 冯梦龙：《新列国志》第五十四回《孟侏儒托优悟主》，魏同贤主编《冯梦龙全集》（第4册），南京：凤凰出版社，第529页。

[3] [明] 冯梦龙：《新列国志》第四十六回《楚商臣递理篡位》，魏同贤主编《冯梦龙全集》（第4册），南京：凤凰出版社，第438页。

[4] 李元复：《常谈丛录》，转引自孔另境《中国小说史料》，上海：上海古籍出版社，1982年，第98页。

部严谨的历史小说,虚构夸张等小说技法对于冯梦龙来说并不稀奇,而他没有过多采用这些技法,其原因是他还保持着严肃的历史观。正因为他以《春秋》及《左传》等史料所记录的史实为基础,博采众家,严谨求实,又适度进行了小说化的虚构,所以《新列国志》成为历史演义小说中成就斐然的一部。

冯梦龙笔记小说编纂略论

周瑾锋

冯梦龙是文化学术领域的多面手，他兼擅四部，不拘雅俗，著述横跨多个领域，为后世留下了丰富的文化遗产。在冯梦龙的诸多身份中，编辑出版家受到后人的特别关注，其一生中花费大量精力用于图书的编辑与刊行，"经他更订、增补、改编、注释、选评以及他本人所创作的作品，达到近八十种之多"[1]。在冯梦龙编创的文学作品中，小说是非常重要的部分，其中就有著名的话本小说集"三言"。此外，在笔记小说编创方面，冯梦龙也涉猎颇多，现存由其编纂的笔记小说集有《古今谭概》《笑府》《智囊》《智囊补》《太平广记钞》《情史》等数种。这些笔记小说集的内容和体例有一些共同的特点，这些特点一方面表明冯梦龙的编纂方式有其前后一致的思路，另一方面也反映出冯梦龙在编纂方式上对前人的继承与发展，具有鲜明的时代特点与文化内涵。

一、笔记小说编创特点

冯梦龙笔记小说编创的特点主要有二：一是材料来源广泛，搜罗宏富，且态度严谨；二是编创采用类编方式，即围绕某一主题汇集素材，并将内容做进一步细分，有如类书。

笔记小说编创具有小说汇编的性质，其前提是必须熟悉历朝文献，且占有丰富的文献资料。冯梦龙作为涉猎广泛的博学儒者，其在笔记小说编创过程中搜罗极为广泛，如《古今谭概》搜罗笑话2300余则，作者在"杂志部"小序中交代了作品内容的材料来源："史传所载，采之不尽；稗官所述，阅之不尽；客座所闻，录之不尽。"[2] 其中前两类来源皆属于已有的

---

[1] 王朝客：《论冯梦龙的出版思想》，《江西财经大学学报》，2003年第4期，第114页。
[2] 魏同贤主编：《冯梦龙全集》（第6册），南京：凤凰出版社，2007年，第756页。

文献资料，后一种属于时人的讲述。从书中注明出处的条目所显示的文献来看，其征引的文献有《左传》《吕氏春秋》《汉书》《南史》《北史》《唐史》等史书，也有《世说新语》《太平广记》《夷坚志》《耳谭》《古今说海》等小说，此外，还有经书、方志、佛道藏，甚至还有印度传来的《百缘经》，总计达110多种书籍；又如《智囊》（《智囊补》）采撷历代子史旧籍中智术计谋之事共计1300余则，有人评价此书道："作者烂熟历代史传稗官小说，取材极为精审。书中所收作品规模之大，内容之广，史所罕见。"[1] 又如《情史》从历代书籍中辑录故事900多则，上起周秦，下至明季，文献来源涵盖正史、文集、笔记、小说、戏曲、方志、类书等，可谓搜罗广泛，不拘一格。冯梦龙在编辑以上作品时态度较为严谨：一是其摘录时多注明出处；二是其不但对故事做细致分部分类，且各部前有叙，类前有引语；三是其在摘录时较为审慎，不率意妄从，有些故事还略做考证。冯梦龙在《太平广记钞·小引》中指出明代所刻《太平广记》舛讹较多："好事者用闽中活板，以故挂漏差错，往往有之。万历间，茂苑许氏始营剞劂，然既不求善本对校，复不集群书订考，因讹袭陋，率尔灾木，识者病焉。"[2] 从这些批评可以看出冯梦龙本人在编辑图书时持有的严谨态度。

冯梦龙所编辑的笔记小说都属于汇编性质，规模较大，如何安排数量众多的材料而不至于芜杂混乱是需要思考的问题。因此，冯梦龙采用了类编的体例：首先围绕一个中心主题选择材料，如《古今谭概》重在谐谑，《智囊》旨在言智，而《情史》则意在传情，接着又将材料分门别类、以类相从。这种类聚区分、条贯一致的编纂方式是冯梦龙笔记小说汇编的另一个特点。如《智囊》运用了双层分类法，将全书分为十部：上智、明智、察智、胆智、术智、捷智、语智、兵智、闺智、杂智，每一部下细分为二至四类，如上智部下分为四类：见大、远犹、通简、迎刃，全书一共分为二十八类，类为一卷。如《古今谭概》将全部内容分为迂腐、怪诞、痴绝、专愚、谬误、无术等三十六类，也是类为一卷。又如《情史》将内容分为情贞、情缘、情私、情侠、情豪等二十四类，每一类下又细分为数量不等的小类，如"情贞类"下分为"夫妇节义""贞妇""贞妾""贞女"四类，"情侠类"下分为"侠女子能自择配者""侠女子能成人之事者""侠女子

---

[1] 宁稼雨：《中国古代小说总目提要》，北京：人民文学出版社，2005年，第299页。
[2] 魏同贤主编：《冯梦龙全集》（第8册），南京：凤凰出版社，2007年，第1页。

能全人名节者""侠丈夫能曲体人情者""侠丈夫代人成事者""侠客能诛无情者"等六类,作者在其自序中指出了每一类设立的用意,以及各类之间的逻辑关系:"是编也,始乎'贞',令人慕义,继乎'缘',令人知命,'私''爱'以畅其悦,'仇''憾'以伸其气,'豪''侠'以大其胸,'灵''感'以神其事,'痴''幻'以开其悟,'秽''累'以窒其淫,'通''化'以达其类,'芽'非以诬圣贤,而'痴'亦不敢以诬鬼神。"[1] 总之,不难看出冯梦龙在编纂笔记小说时耗费了大量精力与巧思,巧妙运用类编手法编排材料,才会使体量皆很庞大的几部作品变得类例清晰、结构严整,使读者一目了然。

二、对前人的继承与发展

冯梦龙汇编笔记小说的方式并非其独创,在前人的笔记小说创作和编纂中,这一方法经常被运用,且渊源颇早,而冯氏直接继承了这一方法,也主要将其运用于笔记小说的编纂。此外,冯梦龙在继承传统编纂方法的同时也有所创新,其从自己的编纂宗旨出发,结合自身的兴趣和观念,针对新时代的审美和阅读取向,采纳了一些新的做法,推动了笔记小说编纂方式的发展。

先谈继承。冯梦龙笔记小说编纂的方式继承了传统文献的著述方式,一是编述,一是抄纂。张舜徽先生将我国古代文献的著述方式分为三种:著作、编述和抄纂,其中著作属于创造性的著述方式,不过多依赖已有的文献材料,而编述是"将过去已有的书籍,重新用新的体例,加以改造、组织的功夫,编为适应于客观需要的本子",抄纂是"将过去繁多复杂的材料,加以排比、撮录,分门别类地用一种新的体式出现"[2],都是在大量已有资料的基础上,做提炼、剪裁、加工、编排的工作。从冯梦龙的笔记小说编纂成果看,其运用了编述和抄纂两种方式,其中《太平广记钞》属于编述,《古今谭概》等几种属于抄纂。

《太平广记》是北宋初李昉等人编纂的一部文言小说总集,收录汉代至宋初的小说野史,按题材分为92大类,150余小类,共计500卷。冯梦龙有感于当时所刻小说"讹讹相仍,一览欲倦"[3],且《广记》规模过大、

---

[1] 魏同贤主编:《冯梦龙全集》(第7册),南京:凤凰出版社,2007年,第3页。
[2] 张舜徽:《中国文献学》,郑州:中州书画社,1982年,第32页。
[3] 魏同贤主编:《冯梦龙全集》(第8册),南京:凤凰出版社,2007年,第1页。

览之不便等情况，对其做了删编，其在"小引"中云："予自少涉猎，辄喜其博奥，厌其芜秽，为之去同存异，芟繁就简，类可并者并之，事可合者合之，前后宜更置者更置之，大约削减什三，减句字复十二，所留才半，定为八十卷。"[1] 冯梦龙的删编工作包括四个方面：合并类别、删减篇目、删节篇幅、校订错误[2]，经过删编之后规模不及原书一半，更为精简，有利于阅读和传播。

《古今谭概》等几部作品继承了以往笔记小说编纂的主要方式，即广搜博采、分门别类，是典型的"钞纂"型编纂方式，这种编纂方式渊源颇早，其代表性产物首先是类书，其次是笔记小说汇编。类书起源颇早，清人阮葵生云："《唐志》类事之书始于《皇览》，《通考》类事之书始于梁元帝《同姓名录》。晁氏亦云：'齐梁喜征事，类书当起于此时。'"[3] 今人一般将类书追溯于三国时期魏文帝下令编纂的《皇览》。类书虽始于《皇览》，但用"以类相从、条别篇目"的方法组织文本却远早于此。[4] 笔记小说的分类继承自汉代刘向所编的《说苑》《新序》《列女传》，三书都是历史材料的汇编，体例类似，都是"以类相从、一一条别篇目"[5]。这种分类方式在魏晋时期被广泛运用到小说的编纂中，其中以刘义庆主编的《世说新语》和张华所编的《博物志》最为典型。到了唐宋时期，分类编纂的运用更为广泛，作品数量大为增加[6]，而最具代表性的就是《太平广记》。《太平广记》被称作"小说家渊海"，对后世的小说发展有深远影响，冯梦龙笔

---

[1] 魏同贤主编：《冯梦龙全集》（第8册），南京：凤凰出版社，2007年，第1页。

[2] 参看傅承洲：《冯梦龙〈太平广记钞〉的删订与评点》，《南京师大学报（社会科学版）》，2012年第6期，第134-135页。

[3] ［清］阮葵生：《茶余客话》卷十六，上海：上海古籍出版社，1959年，第498页。

[4] 先秦至秦汉时期的子书已经孕育这一形式，如《韩非子》的内外《储说》《说林》，即把故事性强的材料聚集起来，成为一类，是典型的"以类相从"，此外，《吕氏春秋》也采用了分类方式，此书的编纂体例是"纲具目张，条分理顺"，其中的纲为"十二纪""八览""六论"，"十二纪"以四季次第分列，"八览"分为"有始览""孝行览""慎大览""先识览""审分览""审应览""离俗览""恃君览"，"六论"分为"开春论""慎行论""贵直论""不苟论""似顺论""士容论"。

[5] 以《说苑》为例，此书二十卷分为二十篇，每篇设一类目，分别为"君道""臣术""建本""立节""贵德""复恩""政理""尊贤""正谏""敬慎""善说""奉使""权谋""至公""指武""谈丛""杂言""辨物""修文""反质"，从这二十篇的篇名来看，每一篇都有一个主题，如"君道"是谈为君之道，"臣术"是谈为臣之术等。

[6] "博物体"小说在唐宋时期的代表有《酉阳杂俎》《录异记》《续博物志》《广博物志》等，还应该包括《清异录》《梦溪笔谈》《春渚纪闻》《朝野类要》这样偏知识性的作品；"世说体"小说在唐宋时期的代表有《大唐新语》《大唐说纂》《续世说》《唐语林》等。

记小说的编纂即其一，而又以类编的编纂方式最为突出。

再谈发展。冯梦龙对前人编述和钞纂的著述方式的继承并非一成不变，而是在继承中有所创新，在体例上有许多新的变化。首先，冯梦龙在选材上更为集中，除了《太平广记钞》之外，《古今谭概》《智囊》《情史》都是围绕某一专题汇聚材料，在此基础上再将所选材料细分，这种选材与分类方式更为精细，显示出编纂思路和方法上的进步。其次，冯梦龙的类目设置较前人更有新意，且类目的编排也更为严密。前代笔记小说的类目设置主要有两种方式，一是如《博物志》《酉阳杂俎》将世间万物按其性质归类，一是如《世说新语》《唐语林》将人物按其身份或德行归类，前者可称为"知识谱系"，后者可称为"价值谱系"。冯梦龙笔记小说类编的类目设置突破了前两种方式，呈现出新的风貌，如《智囊》第一层次设置了上智、明智、察智等十个类目，围绕"智"做了细致的划分，第二层次针对每一部类再做细分，如"上智部"下的见大、远犹、通简、迎刃，这些类目不属于知识或人物，而是对故事内容的概括，《古今谭概》《情史》的类目设置也是如此。此外，冯梦龙在类目的编排上也做了精心思考，不同于以往的"知识谱系"和"价值谱系"，而呈现出更为复杂的逻辑关系。以《智囊》为例，其类目编排可分为"层递"结构、"并列"结构、"正反"结构三种，"基本上遵循着从高到低、从强到弱、从大到小的排列顺序，可谓颇具匠心"[1]。又如《情史》的类目编排显示出作者围绕"情"这一抽象概念建立了严密的体系，其主旨在其序言中有详细介绍，此不赘述。最后，冯梦龙在分类编纂的同时打破了以往"述而不作"的传统，在其作品中加入了自己的评述，使其笔记小说的编纂成为其表达政治、道德、文化、文学观念的重要载体。这些评述主要分为两种：一种是在每一部类下的小序，说明所设类目的内涵与用意；一种是评点，且评点方式多样，有眉批、夹批和篇末总评。在笔记小说中加入小序和评点并非始于明代，前者有唐代的《酉阳杂俎》，后者有宋代刘辰翁评点《世说新语》，而冯梦龙则将两者结合，且贯穿始终，成为一固定模式，成为其笔记小说编纂方式的一大创新。

---

[1] 房厚信：《冯梦龙〈智囊〉编纂体例探析》，《安庆师范学院学报（社会科学版）》，2012年第1期，第36—38页。其中"层递"结构指故事间前后编排呈现一种意义相承关系，包括层次递减和递增两种；"并列"结构指故事间前后编排呈现一种意义并列关系；"正反"结构指故事间前后编排呈现一种意义相反关系。

三、时代特点与文化内涵

冯梦龙的笔记小说编纂集中于万历天启年间，这一时期经济发展、商业发达，尤其是城市经济刺激了出版业的繁荣，使此时期成为古代出版最为活跃、最具个性的时期。晚明又是文化思想十分活跃的时期，新思潮的崛起使传统的道德观念被削弱，其中尤以阳明"心学"的影响最大。一方面，商品经济与发达的出版业提供了坚实的物质基础，另一方面，以"心学"为首的新思潮瓦解了人们的传统观念，改变了文人们的文学观念和创作方式，造就了一大批离经叛道的文学家、艺术家。冯梦龙的笔记小说编纂活动就是在这样的背景下展开的，具有鲜明的时代特点与丰富的文化内涵。

首先，冯梦龙的笔记小说编纂具有浓厚的商业意味。文言小说的作者和读者都是高雅文士，作者在创作时本能地倾向于雅趣，在思想观念、文学趣味方面不会迎合普通读者和市场的阅读口味。就笔记小说的编纂来说，魏晋至唐宋绝大多数汇编作品都出自文人之手，甚至由官方来组织编纂，他们在编纂过程中不会考虑市场因素，都出于文人自身的意愿或官方的要求。这一情况在晚明有了极大的改变，这一时期的文学出版已经有大量商业因素的介入，众多的私人书坊出于牟利会根据市民阶层的阅读趣味来编辑出版书籍，笔记小说的汇编也不可避免："这些小说选集接二连三地刊刻行世已形成一股出版潮流，其基础则是广大读者的阅读热情，而由于常具有题材专一且又带有通俗化的特点，这类读物实际上还扩大了文言小说的读者面。"[1] 冯梦龙身处出版业发达的苏州地区，苏州有着庞大的市民阶层，且其与书坊主关系密切，在编纂书籍的过程中有浓厚的市场意识，这在其大量编辑通俗文学书籍中就能看出，而笔记小说的编纂中不例外。从冯梦龙编纂笔记小说的选题来看，除了出于自己的趣味外，还可以看出对市场的迎合，如《太平广记钞》就是为了便于民众观览而做了删编，而《古今谭概》《智囊》和《情史》的题材都具有娱乐倾向，背后也有市场因素的考虑。此外，冯梦龙还利用评点的方式扩大作品的影响，小说评点兴盛于万历中后期，当时被广泛应用于白话章回小说的刊行，而评点的目的之一就是借助名人效应扩大宣传，具有浓厚的商业性。冯梦龙的评点一方

---

[1] 陈大康：《明代小说史》，北京：人民文学出版社，2007年，第450页。

面具有文人的鉴赏性，另一方面也是配合书商的要求，以营利为目的。以《情史》为例，此书除了由作者本人做了大量评点外，还采纳了当时诸多文化名人的评点，如屠隆、钱希言、李贽、王世贞等，这些评点无疑具有名人效应，有利于扩大影响。市场定位的准确，使得冯梦龙所编笔记小说作品受到读者的欢迎，如《智囊》刊出后反响不错，作者在补刻自序称其辑成《智囊》一书后"往往滥蒙嘉许，而嗜痂者遂冀余有续刻"，增补后以《智囊补》《智囊全集》《增智囊补》《增广智囊补》等名再版，传播广泛；又如《古今谭概》出版后反响不佳，冯梦龙将原书改名为《古今笑》重刊，李渔认为是"从时好也"，而改名之后确实效果明显："雅俗并嗜，购之惟恨不早。"[1] 由此可见，商业意识在冯梦龙的笔记小说编纂过程中是一以贯之的。

其次，冯梦龙的笔记小说编纂与其白话小说、戏曲的编纂有密切的互动关系。冯梦龙是明代通俗文学编创领域的大家，其编创的话本小说"三言"系列、章回小说《新列国志》、戏曲《墨憨斋定本传奇》等都广受欢迎。冯梦龙的这些白话小说、戏曲的创作在题材上有不少取自其编纂的笔记小说作品。如《古今谭概》卷一八"聂以道断钞"为《古今小说·陈御史巧勘金钗钿》的入话所本；卷一二"卢楠"为《醒世恒言·卢太学诗酒傲王侯》的本事；另外，《古今小说·杨八老越国奇逢》的正文、《警世通言·钝秀才一朝交泰》的入话、《醒世恒言·苏小妹三难新郎》和《醒世恒言·施润泽滩阙遇友》的正文等，均不同程度地从其笔记小说作品中撷取材料。又如《智囊》卷一"察智部·诸奸"中"僧寺救子"条被演绎为《醒世恒言·汪大尹火烧宝莲寺》的正文；同卷"临海令"条则为《醒世恒言·陆五汉硬留合色鞋》的本事之一；另《古今小说·沈小霞相会出师表》《警世通言·赵春儿重旺曹家庄》的故事渊源亦同其笔记小说作品有关。再如《情史》中为"三言"所据演为小说者共有十四篇[2]。除了冯梦龙本人之外，其他白话小说和戏曲编创者也都从其笔记小说汇编中取材。如《古今谭概》卷五"讹言"条、卷一八"临安民"条、卷二一"丹客"条、卷二二"石跌子"条等分别为凌濛初的《拍案惊奇》初刻和二刻中若干篇的入话和正文；卷五"罗长官"条、卷三六"恶虫啮顶"条则为周清源

---

[1] [清]李渔：《古今笑史序》，丁锡根编著《中国历代小说序跋集》，北京：人民文学出版社，1996年，第660页。

[2] 详见胡士莹《话本小说概论》、谭正璧《三言二拍资料》等。

《西湖二集》卷三《巧书生金銮失对》和卷三三《周城隍辨冤断案》的入话所用。又如《智囊》,《拍案惊奇》中有七篇、《二刻拍案惊奇》中有两篇、《西湖二集》中有一篇作品的入话和正文取材自其笔记小说作品。再如《情史》,《拍案惊奇》初刻、二刻中有八篇,天然痴叟《石点头》中有三篇,《西湖二集》中有四篇,明清人戏曲中有九部作品的故事来源取自其笔记小说作品。由此可见,冯梦龙所编纂的笔记小说作品成为白话小说和戏曲编创的材料来源,成为文言小说和白话小说、戏曲之间沟通的桥梁和纽带。

最后,冯梦龙的笔记小说编纂传递出其所处时代特有的思想观念。冯梦龙所处的晚明是文化思潮多元的时期,在众多思潮和流派的冲击下,冯梦龙不可避免地受到其影响,在其笔记小说编纂中有所体现。明中叶开始统治文坛的复古主义思潮对笔记小说编纂有所影响,"从历代典籍、稗乘中撷取素材编纂成书的方式占据上风便是一个证明"[1]。冯梦龙当然也在受影响之列,明后期摘录汇编之风盛行,冯梦龙也在此风潮中:"从元末明初百卷本《说郛》开始,经《续说郛》《古今说海》《稗海》《顾氏文房小说》等相继刊行,到《艳异编》《才鬼记》《青泥莲花记》《情史》《古今谭概》《智囊》的编选,以及一大批世说体小说的问世,都是这种风气的体现。"[2] 晚明思潮中影响最大的当属王阳明创立的"心学"及李贽的"童心说",前者主张"致良知""心即理",强调"知行合一",后者追求"赤子之心""绝假纯真"。"心学"与"童心说"有一个共同的倾向,即对人情物理的肯定,尤其是对"情"的重视,这种"情"真实无伪,反对不合理的封建礼教对自然真情的压制。受此影响,冯梦龙在编纂笔记小说的过程中希望通过人伦日用等与普通民众有关,且喜闻乐见的故事来唤醒明智,即"致良知",也想通过人情故事来歌颂真情,即"以情导愚"。《古今谭概》《智囊》《情史》三部作品的题材"笑""智""情"跟民众的日常情感十分贴近,笑话、智慧、感情故事也受到民众的喜爱。冯梦龙在《古今谭概》《智囊》两部作品中通过讽刺嘲弄各种不良现象来传递其观念,如《古今谭概》"迂腐部"小序云:"子犹曰:天下事被豪爽人决裂者尚少,被迂腐人耽误者最多。何也?豪爽人纵有疏略,譬诸铅刀虽钝,尚赖一割。迂腐则尘饭土羹而已,而彼且自以为有学、有守、有识、有体,背之者为

---

[1] 陈大康:《明代小说史》,北京:人民文学出版社,2007年,第449页。
[2] 苗壮:《笔记小说史》,杭州:浙江古籍出版社,1998年,第302页。

邪，斥之者为谤，养成一个怯病，天下以至于不可复而犹不悟。哀哉！"[1]对世上只知读书不通人情的迂腐之人做了有力批判。此外，"专愚部""贫俭部""汰侈部""贪秽部"等类中都有明确的讽刺对象，都是社会上普遍存在的各种庸俗、丑恶现象。冯梦龙继承了历史上的"美刺"传统，梅之焴在《叙谭概》中云："夫罗古今于掌上，寄《春秋》于舌端，美可以代舆人之诵，而刺亦不违乡校之公，此诚士君子不得志于时者之快事也。"[2]从中可以看出冯梦龙的编纂思想。冯梦龙还在《情史》中提出了系统的"情教"说，成为其思想中非常重要的部分。冯梦龙认为情是万物的本源，将"情"提升到"道"的高度："天地若无情，不生一切物。一切物无情，不能环相生。生生而不灭，由情不灭故。四大皆幻设，惟情不虚假。有情疏者亲，无情亲者疏。无情与有情，相去不可量。我欲立情教，教诲诸众生。"[3]冯梦龙并非将"情"与传统伦理道德完全对立，而是试图将两者统一起来："来自忠孝节烈之事，从道理上做者必勉强，从至情上出者必真切。夫妇其最近者也。无情之夫，必不能为义夫；无情之妇，必不能为节妇。世儒但知理为情之范，孰知情为理之维乎。"[4]总之，冯梦龙通过《情史》的编纂进一步发展了王阳明和李贽的重情思想，反映出鲜明的时代特点。

---

[1] 魏同贤主编：《冯梦龙全集》（第6册），南京：凤凰出版社，2007年，第1页。
[2] 丁锡根编著：《中国历代小说序跋集》，北京：人民文学出版社，第655-656页。
[3] 魏同贤主编：《冯梦龙全集》（第7册），南京：凤凰出版社，2007年，第1页。
[4] 魏同贤主编：《冯梦龙全集》（第7册），南京：凤凰出版社，2007年，第36页。

《红楼圆梦》作者考述
——兼及乾嘉道时期浙江海宁地区的"读红"文化

李 晨

一、《红楼圆梦》的作者问题

在曹雪芹逝世约三十年后的乾隆末年,《红楼梦》刻本面世于繁华的江南地区[1],江南文人则在之后三十年间陆续"跟进"若干《红楼梦》续书,如《后红楼梦》《绮楼重梦》《红楼圆梦》《红楼梦补》等。是时小说尚因"小道"遭受轻视,续书刊刻之时,作者通常隐去真实姓名,署以别号,故而尚留考证空间。今日《红楼梦》续书研究已在作者考辨问题上取得丰硕成果,然则限于文献掌握情况,个别续书作者犹然成谜或者存有争议,《红楼圆梦》的作者问题即为其中之一。

《红楼圆梦》出自谁的手笔?历来研究基本沿袭一粟《红楼梦书录》的说法:

> 《红楼圆梦》,梦梦先生撰。三十一回。嘉庆十九年甲戌(1814)红蔷阁写刻本,扉页题:"嘉庆甲戌孟冬新镌,红楼圆梦,红蔷阁藏板。"首楔子,内有回目……梦梦先生,本号了了,光绪二十三年(1897)六如裔孙序称长白临鹤山人。[2]

所谓"梦梦先生""临鹤山人"云云并非答案,朱一玄《红楼梦资料汇

---

[1] 周春:《阅红楼梦随笔》:"时始闻《红楼梦》之名,而未得见也。壬子(1792)冬,知吴门坊间已开雕矣。兹苕估以新刻本来,方阅其全。"参见一粟《红楼梦资料汇编》(中华书局,1964年,第66页)。

[2] 一粟:《红楼梦书录》,上海:上海古籍出版社,1981年,第111、113页。

编》直接记作"清无名氏撰。署梦梦先生"[1]，赵建忠指出对于"长白临鹤山人""原则上应引起重视……但亦不能过于胶柱鼓瑟，因为还可能有'小说家笔法'所设的烟幕"[2]。《红楼圆梦》无淫秽内容，然系于《红楼梦》缘故——道光年间，《红楼圆梦》先后被江浙官方的《计毁淫书目单》《应禁各种书目》胪列；同治年间，江苏巡抚丁日昌大举查禁淫词小说，《红楼圆梦》同样未能幸免；待到光绪年间再版，始有"临鹤山人"一说，此号恐为书商乱加，不足为推断《红楼圆梦》作者的证据。笔者翻检《管庭芬日记》，发现内中明确记录《红楼圆梦》由谁创作。《管庭芬日记》原题作《芷湘日谱》（稿本藏浙江图书馆），经由张廷银先生整理并被收入中华书局《中国近代人物日记丛书》，2013 年出版。管氏嘉庆二十三年（1818）日记有云：

> 元宵日樵芸过访，并携近刻《红楼圆梦》见赠，云吾乡俞莲石副车所著，词意浅鄙，已入稗官家最下乘，惟中所载《新年杂事诗》尚足解颐，因存之。[3]

《红楼圆梦》的作者是"俞莲石副车"。俞莲石，名为俞宝华（1760—1816），字云庄，号石菌，又号莲石，浙江海宁人，俞思谦子，嘉庆庚午副贡，就职州判[4]。断定俞宝华为《红楼圆梦》作者尚有一项辅证，是《红楼圆梦》早出的嘉庆写刻本题有"红蔷阁藏板"，而俞宝华的诗集叫作《红蔷阁诗略》，"红蔷阁"当为室名。以下，我们从两方面讨论俞宝华的《红楼圆梦》写作：一是以作者生平经历为线索探析续书的创作心曲；二是以海宁"读红"文化为视野观照续书的写作环境。

二、俞宝华的续书创作：以作者生平经历为线索

俞宝华生平事迹，主要见于《重论文斋笔录》《海宁州志稿》《国朝杭郡诗续辑》等，又以王端履《重论文斋笔录》述俞宝华事最为具体、生动，引录如下：

---

[1] 朱一玄编：《红楼梦资料汇编》，天津：南开大学出版社，2001 年，第 906 页。
[2] 赵建忠：《〈红楼梦续书研究〉补考》，《红楼梦学刊》，1998 年第 3 期，第 297 页。
[3] [清] 管庭芬撰，张廷银整理：《管庭芬日记》，北京：中华书局，2013 年，第 69 页。
[4] 吴振棫：《国朝杭郡诗续辑》卷三十六，清光绪二年（1876）钱塘丁氏刊本。

海宁俞筠庄[1]中嘉庆庚午科副车，与余为同年生，少以诗文受知阮相国师，然恃才傲物，嗜酒放诞，人咸畏而避之，遂至穷无所遇，郁郁而殁。先君尝曰："筠庄之为人，其遇可矜，其才尤可惜。"故作哀辞以悯之，盖纪实也。海宁俞君莲石，负隽才，承尊人潜山翁家学，为文章操笔立就，尤工于诗，高华亮拔，情深而文明。以贫故出游，所至达官贵人文学之士，无不延誉罗致。补州学生，岁科试，辄高等，累不得志于场屋，嘉庆庚午乡试中副榜。潜山翁老，思得禄以养，投牒就职州判，志进取，久之未谒选，丙子（1816）十一月病胀卒，年五十七。君瑰伟博达，不屑就绳墨，善谈议，酒酣以往，论学术源流，人物臧否，古今事成败得失，风发泉涌，间杂谐谑，往往倾其座。人不当意，望望然去之，见君子周旋中礼，竟日不失辞色，以此知君之器识深而托迹以自涸也。夫以君之才，居著作之任，必能雍容揄扬，达情宣德，即膺处繁剧，治簿书钱谷，虽不尽所蕴蓄，幸稍自发舒，尚不至颓放湮郁，以至于死。古人言得一知己，可以无恨，当世有道德，居尊位，气力足以援引者，皆知重君，而君之所就止于此，盖国家登选之制极严，公卿大人不能私其所厚，而君之安义命而不为诡遇，亦可概见矣。[2]

情理之中的是，除了《管庭芬日记》带有私人化和隐秘性的记载，俞宝华的名字与《红楼圆梦》难以直接挂钩。那么，如何理解俞宝华的《红楼圆梦》写作？不妨从俞宝华其人其诗等周边材料推敲《红楼圆梦》的写作动源。由《重论文斋笔录》这段记载考察俞宝华的人生，容易提炼一大关键，是为"怀才不遇"，究其原因，"怀才不遇"既内含诉诸主观的个人的恃才傲物，又包括制约于客观的社会的科举阻路。俞宝华潦倒的状态与失意的心态构成了他与曹雪芹带有共性的处境与心境，因此，可以想见他在阅读《红楼梦》之时对小说中悲愤于士不遇的共鸣，甚至能可揣测俞宝华类似贾宝玉那样背负家族荣耀的压力。海宁俞宣琅家族虽然并非当地著名、突出的世家，然而自清初年以降，几乎世代为官：

---

[1] 俞宝华字常作"云庄"，《两浙輶轩录补遗》卷六所载蒋寅《答俞云庄》一诗，即由俞宝华录录，可见"云庄"为其本人所认可。此外，笔者所见阮元《定香亭笔谈》、秦瀛《小岘山人集》等提到俞宝华，均写作"云庄"。

[2] 王端履：《重论文斋笔录》卷九，清道光二十六年（1846）授宜堂刻本。

>   俞宣琅（俞宝华的天祖），顺治十六年进士，官大竹知县；
>
>   俞兆岳（俞宝华的高祖），廪贡生，官至吏部侍郎；
>
>   俞良模（俞宝华的曾祖），官宁远知县；
>
>   俞调元（俞宝华的祖父），乾隆元年举人，官汾州知府。[1]

这是从俞宣琅至俞宝华一支下来的情况，其间每一代的兄弟辈族人群中也出过几位举人，据《嘉兴历代进士研究》书中统计，自从俞超乾隆四十二年（1777）中举以后，俞宣琅的后代很难在科考上大有作为，仅有一位俞承德（又名俞凤翰、俞超孙）中举已经迟至道光二十年（1840）[2]，俞宝华正是在这长达六十三年的家族断层之内。身陷贫困、功名受挫必然给俞宝华造成巨大的心理阴影。所以俞宝华《四十初度自述》诗开始便称"四十无端谷柳迁，衫抛利市问何年"，"衫抛利市"正是表达对于功名的渴望，之后所谓"平生负负频搔首，富贵神仙两惘然""铗弹自悔谋生误，橛捧谁怜结愿虚"更是满怀惭愧之意。俞宝华于安徽宿松松滋书院任教期间选拔的曹松筼乾隆年间便已进士及第，让他十分羡慕，因而《偶成》所谓"翻为人家种桃李，年年春色梦中赊"也就不难理解。《四十初度自述》作于1799年。[3]

《红楼圆梦》楔子提到"'复梦''续梦''后梦''重梦'"[4]，指《红楼复梦》《续红楼梦》《后红楼梦》《绮楼重梦》等红楼续书，按照"后""续""重""复"的次序，则四种之中《红楼复梦》最为晚出[5]，《红楼圆梦》又在《红楼复梦》之后。《红楼复梦》今有最早嘉庆十年（1805）金谷园刊本，则大致推定《红楼圆梦》的写作时间上限在1805年以后，下限根据《红楼圆梦》红蔷阁写刻本时间定为1814年以前。在1805—1814年的时间区间及其前后，俞宝华先是在1796—1803年参与《两浙辅轩录》及《两浙辅轩录补遗》的诗歌采编工作，加入"一代文宗"阮元的学人圈，并被孙星衍《诂经精舍题名碑记》列为"古学识拔之士"。他的诗歌也得到阮元的赏识，阮元所记《定香亭笔谈》载："宝华性疏略，笔

---

[1] 龚肇智：《嘉兴明清望族疏证》，北京：方志出版社，2011年，第118-120页。

[2] 丁辉、陈心蓉：《嘉兴历代进士研究》合肥：黄山书社，2012年，第224页。书中记俞承德为"道光十九年（1839）己亥科解元"，有误。

[3] 本文所引俞宝华诗歌全部出自上海图书馆藏《红蔷阁诗略》（清刻本），下略。

[4] [清]临鹤山人撰，杨存田点校：《红楼圆梦》，北京：北京大学出版社，1988年，第4页。

[5] 《后红楼梦》、《续红楼梦》（秦子忱撰）、《绮楼重梦》、《红楼复梦》的刊刻时间，参考一粟《红楼梦书录》。

札甚恶,不可寓目,而诗才清放,其父名思谦,渊雅工诗,盖家学也。"[1] 命运终究没有由此改变,俞宝华《漫感》诗云:"头颅五十老无闻,落拓江湖自卖文。偻指江湖几同队,半归黄壤半青云。"应作于1809年,显然困顿依旧,终于到了1810年,俞宝华得中嘉庆庚午科副车。副车亦即副贡,五贡之一,全称副榜贡生,在乡试录取名额外列入备取,含金量与正榜举人自有差距。是年俞宝华51岁,小说《儒林外史》中范进中举时年54岁而发疯,"累不得志于场屋"的煎熬可见一斑,功名想要放得下终也放不下。伴随科举造成的内心动荡,俞宝华写作《红楼圆梦》,那么《红楼圆梦》夹杂作者的现实因素,也便提供考察的方向。

《红楼圆梦》开场提及一位"梦梦先生",并交代道:"先生少年本号了了,因读诗到'人生若大梦,何苦劳其身'两句,他就绝意功名,不谈经史,逢人只说梦话,因自改此号。"[2] 如果简单置换而将俞宝华代入梦梦先生,那么"绝意功名,不谈经史,逢人只说梦话"云云表现出来对于现实有所逃避,而选择到小说之中通过"梦"来解脱、抒发理想,发生在俞宝华身上不足为奇,《四十初度自述》诗里实已消极地表示"乞买山资充小隐,任嘲懒惰子云居",意志到了放弃退缩的临界,饱含无奈和失落之感。《红蔷阁诗略》中数次出现"梦"意象,如:

> 鱼难上竹嘲何剧,鹿易迷蕉梦底忙。(《四十初度自述》)
> 千里迢迢愁外路,百年鼎鼎梦中身。(《岁暮杂感》)
> 道听行吟卿亦惯,未须拜郡梦中赊。(《自题负薪图》)
> 翻为人家种桃李,年年春色梦中赊。(《偶成》)
> 参天树半棠阴老,一梦匆匆四十年。(《题汪莲坡环江于役图》)
> 放衙他日黄绸底,可梦寻诗到被池。(《古华太史写经鸟窠道场,余扁舟走谒,适钱次庵观察、宋小茗孝廉亦至,相留小饮,并以诗扇见贻,即用原韵奉酬》)

鲇鱼上竹、覆鹿遗蕉,他人嘲讽的失败生涯与人生如梦的自我感受连在一块,形成错上再错的恶性循环。小说担当圆梦的文本载体,不单《红楼梦》要圆,作者的"梦"也得圆,投射其间的是作者的读红心得。《红楼

---

[1] 阮元:《定香亭笔谈》,北京:中华书局,1985年,第180页。
[2] [清]临鹤山人撰,杨存田点校:《红楼圆梦》,北京:北京大学出版社,1988年,第2页。

圆梦》楔子有一句话十分关键："把假道学而阴险如宝钗、袭人一干人都压下去；真才学而爽快如黛玉、晴雯一干人都提起来。"[1]《重论文斋笔录》记述的俞宝华"嗜酒放诞"，"不屑就绳墨"，"人不当意，望望然去之，见君子周旋中礼，竟日不失辞色，以此知君之器识深而托迹以自涸也"，颇有性灵率真而不合时俗之意，表现"是真名士自风流"的风范。因此，与今人以"反封建"立场直斥宝钗为假道学不同，俞宝华处在"封建"之内，怀有对人心险恶的不满，更要为怀才不遇者正名，民国文人叶楚伧也就曾为晴雯的"怀才不遇，中谗远谪，抑郁以死者，洒一掬伤心之泪"[2]。俞宝华的"圆梦"策略一方面运用红楼续书的惯用"伎俩"，先让黛玉复活，进而圆满宝黛之恋；一方面，要让贾宝玉在林黛玉、晴雯的帮助下事业亨通，贾家再次兴旺，其中情节暗杂嘉庆年间浙江当地社会现状。《红楼圆梦》中提到"治水""赈灾"，以及宝玉外放浙江抚台，治理"浙东洋匪，浙西漕事"，容易联系现实世界中浙江巡抚阮元治漕、治灾赈、治仓库、治海盗等政务。江浙流传的掌故、逸事也被俞宝华调用：小说人物芮珠做《咏猫》诗，限难度极大的韭、九、酒三韵，故事模板当为钱泳《履园丛话》所记"李太白咏猫诗"；又唱了一曲《道情》：

  读书人，最不济！烂时文，烂如泥，国家本为求才计，谁知道变做了欺人技！三句承题，两句破题，摆尾摇头，便道是圣门高弟，可知道"三通""四史"是何等文章？汉祖、唐宗那一朝皇帝？案头放高头讲章，店里买逢时利器；读得来肩背高低，口角嘘唏。甘蔗渣儿嚼了又嚼，有何滋味！辜负光阴，白白昏迷一世；就教他骗得高官，也是百姓、朝廷晦气。[3]

这首《道情·时文叹》本为吴江徐灵胎所作，见其《洄溪道情》，后因袁枚《随园诗话》转载而知名。曲文痛批八股取士，多少应能代表俞宝华一部分的所思所想！

就任直隶州州判是清代副贡常见的入仕为官之途。1810年以后，俞宝

---

[1] [清]临鹤山人撰，杨存田点校：《红楼圆梦》，北京：北京大学出版社，1988年，第4页。
[2] 叶楚伧：《小凤杂著》，上海：新民图书馆，1919年，第11页。
[3] [清]临鹤山人撰，杨存田点校：《红楼圆梦》，北京：北京大学出版社，1988年，第151页。

华"投牒就职州判,志进取,久之未谒选"[1]——直到《红楼圆梦》面世的甲戌年(1814),海宁州大旱,俞宝华参与知州易凤庭开展的劝赈唱和,却在1815年刊行的《海宁州劝赈唱和诗》中名后仍署"副榜,候选直隶州州判"[2],"候选"二字说明仕途同样受挫。当然俞宝华在1810—1814年之间有过"志进取"的心路历程,或许正是以此心态作为基础,才有"圆梦"的成书。然而现实终也未能圆梦,甚至可以说相当残酷,很快进入丙子年(1816),俞宝华便走到了人生的终点,先于他"思得禄以养"的老父亲俞思谦离开人世。

三、俞宝华的续书创作:以海宁"读红"文化为视野

海宁是红学史上的重镇之一,不乏论者注意到了海宁一地便曾出现周春、陈其泰、王国维、吴世昌四位红学大家。周汝昌先生云:"程本百二十回……一经印出,立即在东南半壁——特别是浙江北部,在文士们中间引起极强烈的反响。"[3] 乾隆末年延至嘉道时期,浙江杭嘉等地掀起《红楼梦》阅读热潮。海宁州当时隶属于杭州府,与仁和、钱塘二县构成杭郡文化发达区域,海宁学者周春堪称引领"读红"潮流的代表人物。显然,《红楼圆梦》的创作绝非偶然现象,它无疑是海宁"读红"文化熏陶之下的产物。那么俞宝华与海宁"读红"文化是如何建立联系的?他在海宁"读红"文化圈中又是处于怎样的位置?我们以俞宝华为原点,分为家族、海宁区域内、海宁区域外等三方面进行讨论,实现对俞宝华乃至海宁地区相关涉红史料更进一步的拓展和更为多元的呈现,揭示乾嘉道时期《红楼梦》传播与接受作为"伏线"存在于海宁地区以地域、家族为视野的文化生态内,并能织成地域互动、文人交游的辐射网络。

其一,海宁俞宣琅家族的"读红"文化。俞宝华的父亲俞思谦与周春交好,是位不容忽视的红学人物。关于《红楼梦》,俞思谦留下一首《红楼梦歌》,一篇《红楼梦传奇序》:题红诗《红楼梦歌》附于周春《阅红楼梦随笔》内,后被陈钟麟《红楼梦传奇》置于卷首,名为"红楼梦集古题词";《红楼梦传奇序》仅见于中国国家图书馆所藏抄本《红楼梦传奇序并

---

[1] 王端履:《重论文斋笔录》卷九,清道光二十六年(1846)授宜堂刻本。
[2] 李文海、夏明方、朱浒主编:《中国荒政书集成》(第5册),天津:天津古籍出版社,2010年,第2880页。
[3] 周汝昌:《红楼梦新证(增订本)》,北京:中华书局,2012年,第975页。

题词》，这些内容在郑志良《〈红楼梦传奇序并题词〉考述》一文中各有绍介[1]。郑先生论文之中也提到过俞宝华，因为俞宝华与海宁祝崧三的交游关系，而《红楼梦传奇序并题词》中即有祝氏集李商隐句所成的《红楼梦》题诗。俞氏家族另有一位"读红"文人，名为俞兴瑞（号霞轩），曾经参评萧山沈谦的《红楼梦赋》，其论《稻香邨课子赋》所云"一部《红楼梦》几于曲终人杳矣。读此作乃觉溪壑为我回春姿"[2]足见读《红楼梦》有会心处。这位俞兴瑞正是前文提及的俞超之子，俞承德之父。俞超与俞宝华同辈，他们的曾祖同是俞良模，俞超的祖父俞洲是俞宝华的祖父俞调元之兄。俞超是乾隆四十二年（1777）举人，与俞超一同中举的还有仁和舒元炜，舒元炜及"舒序本"在《红楼梦》版本史上的重大意义毋庸赘言。除此以外，与俞氏家族存在姻亲关系的海宁知名望族祝氏、许氏也有零星的涉红史料：做有题红集李诗的祝崧三，实为俞宝华的表侄，因其祖父祝勋娶俞思谦的姊妹，是俞宝华的姑婿；再如《吊潇湘妃子文》，根据《红楼梦书录》，推断为海宁进士、传奇《骊驦裘》作者许树棠（号憩亭）所著[3]，俞宝华的岳丈许琳即与许树棠同族。

其二，海宁州内部的"读红"文化，体现《红楼梦》传播与接受的方式多样性与地域延续性。周春的《阅红楼梦随笔》是两浙红学史上兼具"划时代"和"集大成"意味的著作。所谓"划时代"，是指周春与友人俞思谦、吴骞及弟子钟大源构成"程高本"面世之后江南《红楼梦》研究筚路蓝缕的"拓荒"群体，两大基本观点——曹雪芹是《红楼梦》的作者与"金陵张侯家事"一说，影响力遍及杭越，虽然周春对曹寅、曹雪芹的关系认知及显现的"索隐派"思路未必准确，但他与吴骞的论红信札探讨却已具有对于《红楼梦》相关问题走向纵深的研究精神[4]；而"集大成"，便能说明《阅红楼梦随笔》一书展现《红楼梦》传播与接受方式的多样性：《阅红楼梦随笔》所记"乾隆庚戌秋，杨畹耕语余云：'雁隅以重价购钞本两部：一为《石头记》，八十回；一为《红楼梦》，一百廿回，微有异

---

[1] 郑志良：《〈红楼梦传奇序并题词〉考述》，《红楼梦学刊》，2012年第3期。

[2] 台北市新文丰出版公司：《丛书集成续编》（第199册），台北：新文丰出版公司，1988年，第478页。

[3] 《吊潇湘妃子文》，一粟《红楼梦书录》不同版本说法不一，古典文学出版社1958年版标为"许憩亭撰"。'红楼文库'本，上海古籍出版社1981年版标为"许憩亭撰。'红楼杂著'本"。《吊潇湘妃子文》藏于中国国家图书馆，抄本。许憩亭，当指海宁文人许树棠。

[4] 参见董志新：《曹雪芹拥有〈红楼梦〉著作权的又一新证——周春致吴骞一封书信的解读》，《红楼梦学刊》，2014年第2期。

同'……壬子冬，知吴门坊间已开雕矣"[1]是《红楼梦》流传由抄本向刻本过渡阶段非常重要的传播史料。《阅红楼梦随笔》书中包括评点、研究、题诗等数种传播与接受形式，而俞思谦的题红诗歌也可与陈钟麟《红楼梦传奇》——《红楼梦》的戏剧传播产生联系。元和陈钟麟于嘉庆后期在浙江为官，与俞思谦或曾有过交游。俞宝华的《红楼圆梦》则为海宁地区填补了《红楼梦》"续书接受"的空白。再看地域延续性，周春、俞思谦、吴骞、钟大源等作为嘉庆以降海宁地区的前辈文人、学者，在学术、藏书、诗歌等领域各具建树，即以诗言，《国朝杭郡诗续辑》有云："其时俞潜山（思谦）、吴兔床（骞）亦以词场老宿提倡风雅，钟箬溪（大源）又起而羽翼之。"[2]俞宝华参加《两浙輶轩录》《两浙輶轩录补遗》采诗工作，面向家乡诗坛，为海宁不少籍籍无名的诗人撰写小传，贡献甚大。所以他们的文学志业深刻影响当地文坛，具备一定的统摄力，他们对《红楼梦》的关注也能影响后辈文人，管庭芬对周春红学观点的接受即是典型的例证。《管庭芬日记》提供《红楼圆梦》作者问题的直接证据，实则内中也含有丰富的涉红史料。管庭芬（1797—1880），同为浙江海宁的学者、文人，他的日记具有重要的地方文献价值，其中涉及《红楼梦》部分已被徐雁平《〈管庭芬日记〉与道咸两朝江南书籍社会》一文尽皆收录[3]。《管庭芬日记》涉红史料生动呈现《红楼梦》流传的"现场感"，包括管庭芬从书估处三次购买《红楼梦》的记录，管庭芬与友朋、亲戚传阅借赠《红楼梦》的记录，尤值一提的是，管庭芬认同周春的论红观点，全文抄录周春的《红楼梦记》，并从当地文人胡尔荣处借来周春评本《红楼梦》二十四册，胡尔荣也对周春的论红观点表示认可。管庭芬与海宁知名的洛塘周氏家族关系密切，他的老师周勋懋正是周春从子周广业之子。

其三，以海宁为中心的乾嘉道时期杭嘉地区"读红"文化，体现《红楼梦》传播与接受的地域互动。海宁州位于杭州府的东北端，北与嘉兴府接壤，处在杭嘉地区的中心地带，《红楼梦》传播与接受的地域互动特征即与地理分布密切相关。海宁的西南方向是杭州府的钱塘、仁和二县。钱塘姜宁与俞思谦、钟大源的题红诗同时见于《红楼梦传奇序并题词》，而姜宁

---

[1] 一粟编：《红楼梦资料汇编》，北京：中华书局，1964年，第66页。

[2] 许传霈，等原纂，朱锡恩，等续纂：《海宁州志稿》，台北：成文出版社，1983年，第1709页。

[3] 参见徐雁平：《〈管庭芬日记〉与道咸两朝江南书籍社会》，《文献》，2014年第6期，第74-88页。

是诂经精舍弟子,与俞思谦、俞宝华父子及钟大源也同时列名《诂经精舍题名碑记》之内——因而同处阮元的两浙学人圈中,共同分享题红诗作就产生了充分的可能性。阮元的两浙学人圈颇有与《红楼梦》相关的信息,比如阮元幕下的钱塘才子陈文述,因其招收碧城仙馆女弟子,作为闺中流行读物的《红楼梦》便偶尔出现在陈氏《颐道堂集》之内,形成涉红史料;海宁的东北方向依次为嘉兴府的海盐、平湖二县。武康徐熊飞,与俞宝华同时参与《两浙輶轩录补遗》的采编工作,平湖文人黄金台是其弟子。近年来郑志良、徐雁平二位先生通过对黄金台日记——《听鹂馆日识》的研究[1],不仅扩充黄金台个人及浙江平湖一地的红学资料,也和《管庭芬日记》研究一起为红学"始盛于浙西"之说提供极为有力的佐证。留下《桐花凤阁评〈红楼梦〉》的评点家陈其泰原籍海宁,寄籍海盐,与海盐地区渊源深厚,他与海盐黄燮清的交游十分重要:一方面,《桐花凤阁评〈红楼梦〉》原稿的流传,与黄燮清有关;另一方面,黄燮清本人的涉红史料虽尚待发掘,但是他的交游圈中包括两浙一批具有分量的《红楼梦》接受者,除了海宁陈其泰,尚有平湖黄金台及做有《读红楼梦纲领》的浙东镇海县的道咸清诗名家姚燮;海宁北邻嘉兴府的桐乡县。桐乡沈懋德(署归锄子)作有《红楼梦》续书——《红楼梦补》,嘉庆二十四年(1819)初刊,与《红楼圆梦》嘉庆十九年(1814)的初刊时间较为接近,而据一粟《红楼梦书录》显示,这五年中并没有其他《红楼梦》续书出现。两部续书是否存在前后影响不失为一思考方向。

因之,俞宝华的《红楼圆梦》是在乾嘉道时期浙江海宁地区深厚的"读红"文化背景之下创作而成,为海宁地区填补了《红楼梦》"续书接受"的空白。而海宁及其周边地区错综复杂的红学人物关系,蕴含巨大的考证空间,也为两浙红学史的建构提供更多精细化的可能。

---

[1] 徐雁平:《用书籍编织世界——黄金台日记研究》,《学术研究》,2015年第12期,第127-140页。

明清诗文作家作品研究

论明代"陈庄体"及其诗坛地位

孙启华

一种现象的出现,并非向壁虚构,而是社会环境与现象主体交互作用的结果。陈献章与庄昶并称及诗歌被称为"陈庄体"在两人在世时即已出现。这既是二人自我选择的结果,亦是当时诗坛、时人的认知。从这一层面来看,陈庄体自有其合逻辑性的一面。值得注意的是,对陈庄体的认识,明清两代评论者并没有固守成说,而是提出其存在的不合逻辑性。梳理明清两代有关"陈庄体"特点的论述及陈、庄二人诗歌差异的分析,将有助于我们深入理解"陈庄体"在明代诗坛的地位。

一、"陈庄体"出现的内在逻辑

陈献章、庄昶在世时,"陈庄体"这一称谓即已出现。与陈献章"以道相契"[1]的双槐先生黄瑜在《双槐岁钞》中记道:

> 昶善为诗,《咏包节妇》云:"二十夫君弃妾身,诸郎痴小舅姑贫。已甘薄命同衰叶,不扫蛾眉别嫁人。化石未成犹有泪,舞鸾虽在不惊尘。锁窗独对东风树,岁岁花开他自春。"罗一峰伦见之曰:"可以泣鬼神矣。"昶不以为然,惟《乾坤鸢鱼》《老眼脚头》之类,自谓为佳,如"枝间鸟共天机语,江上梅担太极行"诸句是也,时称陈、庄体。[2]

黄氏所言大略交代了陈庄体的得来之由,并点明了"陈庄体"中庄昶的诗歌特色,即注重应用乾坤鸢鱼、老眼脚头之类词语。因是书内容"得诸朝

---

[1] [清]黄培芳:《香石诗话》卷二,清嘉庆十五年(1810)岭海楼黄氏刊本,第40叶b面。
[2] [明]黄瑜撰,魏连科点校:《双槐岁钞》,北京:中华书局,1999年,第172页。

野舆言，必证以陈编确论，采诸郡乘文集，必质以广座端人，如其新且异也，可疑者阙之，可厌者削之……"[1] 故黄氏所记大体还原了陈庄体得名之由。针对"陈庄体"这一称谓，庄昶在诗中亦有回应，其《题梅和韵》一诗云：

> 舞罢真香草阁风，瘦筇水月放天踪。有圈太极真成借，无画乾坤妙莫穷。此外可寻桃李圣，眼中谁认古今雄。凭君莫说陈庄句，已费天机浪语中。[2]

据诗歌表述意思，"陈庄句"即针对包括黄瑜在内的时人评论而发。至此，我们不禁要问"陈庄体"的提出缘由及内在逻辑是什么？

陈庄体的产生，首要条件在于二人的并称。并称现象是中国文学发展史上的一种普遍现象。其"一般具有符号表征、连类聚合和数量限定三方面的特点"[3]。据黄瑜自序所言，《双槐岁钞》始于景泰七年（1456），终于弘治八年（1495），前后历时四十年。"陈庄体"载录于庄昶条目下，联系陈、庄二人交游，此四十年中，二人初识于成化二年（1466），陈献章至京复游太学，因御史邢让之誉而名动京师，"一时缙绅云从景附"[4]，其中包括是年新登进士庄昶。此后二人又有两次会面：一为成化五年（1469），陈献章落第南归，便道金陵，看望在南京行人司任职的庄昶；一为成化十九年（1483），陈献章应聘至京师，过江浦，访庄昶并留宿月余。平日二人时有书信诗歌往还，并以知音自期，庄昶《答白沙》诗云："南海春风一古琴，天涯回首几知音。"[5] 不仅如此，陈献章屡遣弟子前往江浦问学庄昶。成化十二年（1476）至弘治三年（1490），陈献章弟子中先后有陈秉常、容彦昭、李德孚、林光、范规、李承箕、张诩、麦秀夫、湛若水问学于庄昶，如庄昶集中有《送白沙先生门人容彦昭陈秉常回南海》。然据庄昶《送陈直夫先生序》，他在京师时与十人最友善，如罗一峰、陈直夫、李滨之、娄克让等，更是与罗一峰、章懋、黄仲昭共同上书《谏元宵灯火疏》遭谪贬，

---

[1] [明]黄瑜撰，魏连科点校：《双槐岁钞自序》，《双槐岁钞》，北京：中华书局，1999年，第5页。

[2] [明]庄昶：《定山集》卷四，清嘉庆六年（1810）校刊本，第36叶。

[3] [明]罗时进：《唐代作家并称的语言符号秩序与文学评论意义》，《文艺理论研究》，2013年第2期，第77页。

[4] [明]唐伯元：《白沙先生文编·白沙先生年谱》，明万历十一年（1583）刻本。

[5] [明]庄昶：《定山集》卷二，清嘉庆六年（1801）校刊本，第45叶。

被称为"翰林四谏"。那么缘何陈、庄二人并称并形成所谓"陈庄体"呢？考其实，这缘于二人有共同的诗歌风格、主张等因素。

由黄瑜记载及庄昶《题梅和韵》易知，"陈庄体"主要指的是类似庄昶"枝闲鸟共天机语，江上梅担太极行"等直接以"理语"入诗的诗歌。陈献章集中亦有此类诗句，如"但闻司马衣裳古，更见伊川帽桶高"[1]。此诗为和庄昶《游茅山诗》之作，诗中有句云："山教太极圈中阔，天放先生帽顶高。"[2] 除以上所引诗歌外，陈、庄二人诗文集中此类诗作都占有一定比重。试观陈献章《林君求余一线之引示以六绝句》诗，面对弟子的荐举之求，陈献章无一言提及引荐之事，却从为学功夫上做了一番教导，全诗主要围绕此意展开，诗云：

> 时时心气要调停，心气功夫一体成。莫道求心不求气，须教心气两和平。
>
> 存心先要识端倪，未识端倪难强持。万象森罗都属我，何尝真体离斯须。
>
> 收敛一身调息坐，要贪真静入无为。脱然心境俱忘了，一片圆融大可知。
>
> 群贤列圣无他适，百伪千邪向此消。更向一源观体用，灵根着土发灵苗。
>
> 功夫须用宽而敬，鱼跃鸢飞在此间。不用苦心求太迫，转防日用自生难。
>
> 饱历冰霜十九冬，肝肠铁样对诸攻。群讥众诋寻常事，了取男儿一世中。[3]

再看庄昶，其诗特点在于善用邵雍《观物内外篇》之寓意，以物衬理，阐发己说。如《题沈石田画鹅为文元作》，诗云："天机我不言，言之欲谁领。柳塘春水深，弄此白鹅影。"[4]

陈、庄二人诗歌理学化之倾向，缘于二人的文道观。自明初至陈、庄生活的成化时期，文道观大体经历了由文道并重到重道轻文这一过程。就

---

[1] [明] 陈献章：《寄定山》，孙通海点校《陈献章集》，北京：中华书局，1987年，第434页。
[2] [明] 庄昶：《定山集》卷四，清嘉庆六年（1801）校刊本，第19叶b面-20叶a面。
[3] [明] 陈献章：《白沙先生全集》卷九，明天启元年（1621）王安舜刻本，第33叶。
[4] [明] 庄昶：《定山集》卷二，清嘉庆六年（1801）校刊本，第2叶b面。

代表人物而言，文道并重者为最高统治者及在朝为官者，而重道轻文者主要是理学家。迨至成化、弘治时期，理学家对文道关系亦逐渐发生分歧。明代前中期理学家以承续宋代道学之脉自居，深信自己是宋儒的继承者。无论是薛瑄、吴与弼，还是胡居仁，在描述儒学兴废时，都是以承续宋儒自任。如胡居仁在《复于先生》中说："又念道自宋儒去后，不胜寥落。自元及今，儒以训诂务博为业，以注书为能传道。使世之学者，浅陋昏昧，无穷理力行之实。此有志者，不能不以为忧也。"[1] 明代前中期的理学家，虽以程朱后学自居，但在文道观上，却对朱熹的观点有所保留，片面强调作文害道的一面。以章懋为例，他认为："辞章之学，治世用之不能兴礼乐，乱世用之不能致太平。"[2] 于是在"三不朽"位次上，将文章置于末位："上者以道学相传，其次则以孝行、忠义、勋业、政事、清节著称，又其次则为文章大家。"[3] 不同于章懋、胡居仁等人，陈献章、庄昶在文道观上持文道并重的观点。

实际上，陈献章对"文道"关系的态度，经历了由"重道轻文"到"文道并重"的转变过程。陈献章曾回忆说，"予自成化辛卯秋九月以来，绝不作诗，值兴动辄遏之"[4]，但随着其"自得"说的成熟，早年的"遏诗"之举不复存在，如"静坐观群妙，聊行觅小诗"[5] "江门诗景年年是，每到春来诗便多"[6] "神仙自古非无术，佳节如今更要诗"[7] 等。陈献章这一转变关捩在于在自得观思想下，他逐渐认识到诗歌作用大小全在于自我如何应用，即"彼用之而小，此用之而大，存乎人"[8]。此处他所说的诗歌作用之大者，在于宣扬理学"道"的传统。这决定了其诗歌特色的与众不同，诚如其弟子湛若水在《浴日亭次东坡韵》诗后跋所言："此吾师石翁先生手书《浴日亭和东坡》之作也，识者以为度越前作矣。夫以先生片言只字皆发于妙道精义之蕴可以为训，又非特诗人墨客之比已

---

[1] [明] 胡居仁：《胡敬斋先生文集》卷一，《正谊堂全书》本，第13叶b面。
[2] 章懋：《枫山语录》卷一，《金华丛书》本，第7叶a面。
[3] 章懋：《枫山章先生集》卷三，北京：中华书局，1985年，第94页。
[4] [明] 陈献章：《杂诗序》，孙通海点校《陈献章集》，北京：中华书局，1987年，第21页。
[5] [明] 陈献章：《四月》，孙通海点校《陈献章集》，北京：中华书局，1987年，第339页。
[6] [明] 陈献章：《饮酒》，孙通海点校《陈献章集》，北京：中华书局，1987年，第471页。
[7] [明] 陈献章：《壬辰秋九日圭峰作》，孙通海点校《陈献章集》，北京：中华书局，1987年，第502页。
[8] [明] 陈献章：《夕惕斋诗集后序》，孙通海点校《陈献章集》，北京：中华书局，1987年，第11页。

也。"[1] 此主张在庄昶那儿得到了进一步强化。吕怀在《定山庄先生祠田记》中说："唯是退居定山，日事倡明斯道，尤锐志以诗文立言。是故其为言也，不曰太极则曰鸢鱼，不曰乾坤则曰经纶，曰位育，挥霍古今，吞吐宇宙，横骋乎羲轩尧舜之上，追纵乎风花雪月之豪。"[2] 汪循亦云："欲知先生之心者，当观先生之诗；善观先生之诗者，亦可见先生之学。"[3] 庄昶认为"诗，吾性情；文，吾威仪"，针对当时儒林所持"文是道之累"的观点，提出了自己的看法：

> 古今完器，造物所忌，而得亦有不可易者。康节讲易，伊川谓其好听，而朱子又有与圣门不同之说，盖康节得易之数而易之理不得也。朱子谓子美夔州已后之诗自出规模，横逆已甚；李、杜、陈、黄得诗之辞而诗之理不得也；先儒又谓六经已后无文，盖班、马、韩、苏得文之法而文之理不得也，惟周程张朱之学可以无间然。孔子自以为不试故艺而子贡又谓孔子天纵将圣又多能也。是则康节之数，子美之诗，太史公之文又岂足为吾道君子之累哉？[4]

庄昶认为邵雍及李白、杜甫、陈师道、黄庭坚等人虽然在易、诗、文等方面有不足，但他们都是继承先贤而来，只是白璧微瑕而已。基于此种认识，庄昶将文分成不同的类别，有诗人、文人之文，有圣人之文。在《滁州志序》中，庄昶以"天下之物固有遇不遇者，盖亦数也"作喻，指出滁州不足为遇。不管是为官于此的韦应物、王元之、欧阳修，还是做客于此的苏东坡、曾巩、满执中，都是文人、诗人，他们不足以使滁州闻名，因为"骚雅余谈，文章小技者，恶足以当此哉"[5]。他还以"月亮"为例，指出有诗人之月、文人之月、诗颠酒狂之月、自得性天之月。在他看来，前三者之"月"无足取，唯有自得性天之月，即圣贤之月才值得追求和提倡：

---

[1] [清] 翁方纲：《粤东金石略》卷二，清乾隆三十六年（1771）刻本，第14叶b面。
[2] [明] 庄昶：《定山集》附录，清嘉庆六年（1801）校刊本。
[3] [明] 庄昶：《定山集》附录，清嘉庆六年（1801）校刊本。
[4] [明] 庄昶：《送潘应昌提学山东序》，《定山集》卷六，清嘉庆六年（1801）校刊本，第5叶。
[5] [明] 庄昶：《定山集》卷六，清嘉庆六年（1801）校刊本，第1叶b面–第2叶a面。

> 夫诗文人之月，无所真得，无所真见，口耳之月也。诗颠酒狂之月，醉生梦死之月也。惟周茂叔之月，寂乎其月之体，感乎其月之用，得夫性天之妙而见夫性天之真，自有不知其我之为月而月之为我也，所谓曾点之浴沂，孔子之老安少怀，二程子之吟风弄月、傍柳随花，朱紫阳之千葩万蕊争红紫者是已。盖与天地万物为一体者也，上下与天地同流者也，所谓圣贤之月也。[1]

由上可知，庄昶坚持的文道一体之说，不是指所有的文，而是指圣贤之文，非文人、诗人之文。理解此点，我们才能明白为何庄昶会说出"莫怪不知杨万里，草庐文字子思心"[2]这样的话。

陈、庄二人特别是陈献章在"自得观"的主张下，调和文道关系，坚持文道合一，使诗歌回到诗教传统。至此，我们再反观陈、庄二人及"陈庄体"，实是二人交游、诗文理论及诗歌创作倾向等因素综合作用的结果。从主观上来讲，庄昶与"十友"中的陈献章最终并称并形成"陈庄体"是二人自选的结果。陈献章弟子湛若水在庄昶墓碑铭中曾引时人之评："先生与白沙之诗可谓世称两绝者。"[3] 此外，"陈庄体"的说法亦是时人对二人选择、认定的结果，这可从当时诗坛的崇尚流变一窥其中缘由。自明初至弘治中叶，诗坛以崇尚理学、宗宋为主流，茶陵而后，诗坛以唐诗为宗。陈、庄二人，在崇尚唐诗的品评者看来，自然被视为异类，属于诗坛旁门。正如杨慎在《胡唐论诗》中所说："永乐之末至成化之初，则微乎渺矣。弘治间，文明中天，古学焕日。艺苑则李怀麓、张沧洲为赤帜，而和之者多失于流易。山林则陈白沙、庄定山称白眉，而识者皆以为旁门。"[4] 陈、庄二人结识、交游、唱和，在诗文创作及文道观上达成相似性或一致性，而二人的互契及时人、后人的认知与选择最终使二人的诗歌具有了鲜明的符号特征，形成"陈庄体"这一称谓。

---

[1] [明]庄昶：《月轩序》，《定山集》卷七，清嘉庆六年（1801）校刊本，第25叶b面-第26叶a面。

[2] [明]庄昶：《定山集》卷一，清嘉庆六年（1801）校刊本，第15叶a面。

[3] [明]湛若水：《明定山先生墓碑铭》，[明]庄昶《定山集》，清嘉庆六年（1801）校刊本，第4叶a面。

[4] [明]杨慎：《升庵全集》卷五十四，北京：商务印书馆，1968年，第631页。

二、陈庄并称的不合逻辑性

"陈庄体"的形成是陈、庄二人相契认同基础上逐渐获得时人承认的结果，有其历史性与合理性。但是，一种诗体的固定预示着后人对相关诗人诗作的固化，最终导致诗人诗歌内容和风格的类型化。明清两代有关二人风格的论述及其背后的论争也暗示了对"陈庄体"这一称谓合逻辑性的质疑。

陈、庄二人诗歌高下之别的争论发轫于二人的诗歌特点尤其是庄昶诗歌用字特点的评论。成化二年（1466），陈献章复游太学，与庄昶订交并在诗学宗趣等方面开始趋于一致。二人对彼此诗歌特点互有点评，在给弟子讲授诗法时，陈献章常以庄昶诗歌为范，如批复弟子张诩诗歌时说："概观所论，多只从意上求，语句、声调、体格尚欠工夫在。若论诗家，一齐要到。庄定山所以不可及者，用句、用字、用律极费工夫。"[1] 陈献章送别童子方祥庆时称赞庄昶之诗，说自己"千炼不如庄定山"[2]。对于陈献章诗歌的特色，庄昶概括为"自然"，其《读白沙先生诗集》云：

> 飞云一卷递中来，上有封题是石斋。喜把炷香焚展读，了无一字出安排。为经为训真谁识，非谢非陶亦浪猜。何处想公堪此句，绝无烟火住蓬莱。
>
> 天然无句是推敲，诗到江门品绝高。几处风花真有此，古来周邵本人豪。冥心水月谁堪会，盥手山泉我自抄。读到乌啼春在处，江山垂老觉神交。
>
> 海上千峰阁病舆，傍花随柳意何如？老谁静里都无事，笑此山中亦著书。帝伯皇王铺叙里，乾坤今古笑谈余。我看此意终谁领，略与人间一破除。
>
> 才力凡今我与翁，百年端许自知公。横渠老笔虽终劲，周子通书自不同。南海巨舣都水月，卧林狂句也溪风。酒杯许更何时

---

[1]〔明〕陈献章：《批答张廷实诗笺》，孙通海点校《陈献章集》，北京：中华书局，1987年，第75页。

[2]〔明〕陈献章：《夜坐与童子方祥庆话别偶成》，孙通海点校《陈献章集》，北京：中华书局，1987年，第546页。

约，烂醉罗浮四百峰。[1]

二人相互推重如此，其实质则是庄昶"才力凡今我与翁"的自信，也是对当时诗坛舍我其谁的宣言。庄昶推许陈献章诗自然，而陈献章自愧己诗锻炼不如庄昶。以此为始，明清两代对二人诗歌特点有以下概括。

陈献章诗歌的特点为重声韵、浅易自然、不忌重字。李东阳注意到陈献章诗歌的声韵美，"陈白沙诗，极有声韵。《厓山大忠祠》曰：'天王舟楫浮南海，大将旌旗仆北风。世乱英雄终死国，时来竖子亦成功。身为左衽皆刘豫，志复中原有谢公。人众胜天非一日，西湖云掩岳王宫。'和者皆不及。余诗亦有风致，但所刻净稿者，未之择耳"[2]，对于此观点，周子文《艺薮谈宗》亦有相近表述。黄佐、王世贞、邓伯羔注意到陈献章诗歌的浅易自然，如黄佐云："先生有言：'子美诗之圣，尧夫又别传。'盖赏其自然也。意则欲兼二妙而有之，岂非以自然为宗者。……先生之诗，言近旨远，因斯训释，当妙悟入神矣。"[3] 王世贞通过比较陈白沙与王守仁之诗，指出："公甫微近自然，伯安时有警策。"[4] 骆问礼在《徐生二诗》中指出陈献章诗歌有不忌重字的特点，其云："两诗皆有重字，近世文徵明《甫田集》多如此，若陈白沙集专以此诧人，谓：'不忌重字，乃为豪迈，恐唐人制律之意不若此耳。'"[5]

相比之下，庄昶诗歌的用字尤其是陈献章所提出的注重锻炼这一特点，在明清先后引发了三次争论。

第一次为安磐针对李东阳所举庄昶诗从源头上予以反驳。庄昶诗歌注重锻炼的特点，李东阳在《赠彭民望三首》其一中说："庄子作诗苦，饥肠无停回。胸中锦绣字，字字不轻裁。"[6] 在诗话中，李东阳又列举数例作证，庄定山"苦思精炼，累日不成一章。如'江稳得秋天''露冕春停江上

---

[1] [明]庄昶：《定山集》卷四，清嘉庆六年（1801）校刊本，第25叶b面-26叶a面。
[2] [明]李东阳著，周寅宾点校：《李东阳集》第二卷，长沙：岳麓书社，1985年，第545-546页。
[3] [明]黄佐：《白沙律诗解注序》，《泰泉集》卷三十九，清康熙二十一年（1682）黄逵卿刻本，第14叶b面-15叶a面。
[4] [明]王世贞：《艺苑卮言》卷六，周维德集校《全明诗话》本，济南：齐鲁书社，2005年，第1954页。
[5] [明]骆问礼：《续羊枣集附二卷》卷八，《续修四库全书》本，上海：上海古籍出版社，1995年，第356页，第16叶a面。
[6] [明]李东阳著，周寅宾点校：《李东阳集》第一卷，长沙：岳麓书社，1984年，第130页。

树',往往为人传诵。晚年益豪纵,出入规格。如'开辟以来元有此,蓬莱之外更无山'之类"[1]。对此,安磐指出"开辟以来元有此,蓬莱之外更无山"为庄昶抄袭他人之句:"李西涯录为佳句。国初王当宗诗:'三代以来方有学,六经之外更无书。'定山毋乃太相袭欤!"[2]

第二次为邓伯羔对陈献章之说提出反例。邓氏在《艺彀》中批评说:"定山每以自然推白沙,而白沙却以锻炼推定山。其诗曰:'一诗可送方童子,千炼不如庄定山。'是也。定山之诗曰:'赠我一杯陶靖节,答君两首邵尧夫。'是千炼而就乎?抑不炼而就乎?侏儒问天于修人,修人不知。侏儒曰:'子虽不知,犹近之于我。'两公相较,庄稍稍习白沙意,定山犹近之也。"[3]

第三次为黄宗羲对钱谦益之说表示反对。钱谦益在《列朝诗集》中说:"孟阳刻意为诗,酷拟唐人,白沙推之,有'百炼不如庄定山'之句。多用道学语入诗,如所谓'太极圈儿,先生帽子''一壶陶靖节,两首邵尧夫'者,流传艺苑,用为口实。……余录孟旸诗,痛加绳削,存其不倍于雅道者,于白沙亦然。"[4] 针对钱谦益认为庄昶"多用道学语入诗",黄宗羲提出不同看法,认为这是钱谦益不了解庄昶所致。黄宗羲在庄昶小传中说:"先生形容道理,多见之诗,白沙所谓'百炼不如庄定山'是也。唐之白乐天喜谈禅,其见之诗者,以禅言禅,无不可厌。先生之谈道,多在风云月露,傍花随柳之间,而意象跃如,加于乐天一等。钱牧斋反谓其多用道语入诗,是不知定山,其自谓知白沙,亦未必也。"[5]

三次论争主要针对庄昶诗歌是否有注重锻炼的特点,第一次论争,安磐针对的主要是庄昶模仿前人语句问题;后两次,论争双方实际上都是从庄昶诗歌的优劣面各自自圆其说。但争论的背后隐含的是陈、庄二人诗歌高下的讨论。讨论的结果是明清两代评者大致认为陈献章诗更胜一等。明人沈德符在《诗厄》中言:"怪率之诗,起于玉川,而极于打油钉铰,然而至今传也。我朝道学诸公,习为鄙亵之调,欲以敌词人,徒增其丑耳。如庄定山云:'枝头鸟点天机语,担上梅挑太极行'及'太极圈儿大,先生帽

---

[1] [明]李东阳著,周寅宾点校:《李东阳集》第二卷,长沙:岳麓书社,1985年,第546页。
[2] [明]安磐:《颐山诗话》,周维德集校《全明诗话》本,济南:齐鲁书社,2005年,第812页。
[3] [明]邓伯羔:《艺彀》卷中,《四库全书》本,第7叶b面-8叶a面。
[4] [清]钱谦益:《列朝诗集》丙集第四,北京:中华书局,2007年,第2917-2918页。
[5] [清]黄宗羲:《明儒学案》卷四十五《诸儒学案上三》,北京:中华书局,1985年,第1079页。

子高'之类，真堪呕哕，而沾沾自以为佳句。试阅陈白沙及王阳明、唐荆川初年作，何等清新整栗，有此一字否？"[1] 清人宗柟在陈献章草书卷子后下识语说："按《静志居诗话》：成化间白沙诗与定山齐称，号陈庄体。然白沙虽宗击壤，源出柴桑，其言曰：'论诗当论性情，论性情先论风韵，无风韵则无诗矣。'故所作未堕恶道，非定山比也。其云'百炼不如庄定山'盖谦辞尔。"[2] 金武祥亦持此观点，认为陈献章的论诗观点显示出陈诗比庄诗高明。

即便抛开陈、庄二人诗歌孰高孰下这一问题，二人在诗歌风格上因性格原因也呈现出不同的面貌。对于陈献章的性格，庄昶概括为"大"，在《友山诗序》中，庄昶对在京中所交十友的性格曾做如下描述："陈白沙之大，罗一峰之廓，陈直夫之直，李宾之之敏，娄可让之公，潘应昌之伟，章德懋之浩，沈仲律之温，黄仲昭之畅，林缉熙之雅。"[3] 王世贞概括陈献章性格为"潇洒"，"献章襟度潇洒，神情充预，发为诗歌，毋论工拙，颇自风云"[4]。庄昶性格的突出特点是雄豪，霍韬云："先生豪杰也。"[5] 闻人诠亦说："定山先生真所谓当时之豪杰也。"[6] 从庄昶早年上谏元宵灯火疏来看，其性格确有雄豪一面。其雄豪的性格，亦时时在诗文中呈现，突出的特点便是"豪放不拘规格""发泄成章字字新""先生之学、之诗、之文，高古渊粹，机轴自成一家，不肯寄人篱下作活计"[7]。陈献章称赞庄昶注重锻炼也是出于此种考虑。庄昶集中多有豪放、不肯寄人篱下之诗，如《木石图为许志完作》：

> 定山破袖无尺大，东归袖取蓬莱峰。峰头老秃几千树，槎牙万古撑长空。箕山老人不晓事，问余欲向青天住。醉中见许不作难，袖中滚滚倾天地。老人睹此造化权，返却而走心茫然。忽然

---

[1] [明] 沈德符：《诗厄》，《万历野获编》卷二十六，北京：中华书局，1959年，第678页。
[2] [清] 王士禛：《带经堂诗话》，北京：人民文学出版社，1963年，第666页。
[3] [明] 庄昶：《友山诗序》，《定山集》卷六，第17叶b面，清嘉庆六年（1801）校刊本。
[4] [明] 王世贞：《明诗评三》，周维德集校《全明诗话》本，济南：齐鲁书社，2005年，第2024页。
[5] [明] 霍韬：《祭定山庄先生文》，[明] 庄昶《定山集》附录，清嘉庆六年（1801）校刊本。
[6] [明] 闻人诠：《读定山先生集》，[明] 庄昶《定山集》附录，清嘉庆六年（1801）校刊本。
[7] [明] 庄昶：《书定山先生集后》，《定山集》附录，清嘉庆六年（1801）校刊本。

江海一平地，千仞万仞飞苍烟。锦树苍峰不须买，草阁秋崖明月在。白头得此当有知，还我东坡袖中海。[1]

全诗想象奇特，虽是题画之作，却出入于画面之外。首二句用夸张之语营造一种雄阔之势，三、四句由整体转向局部，描绘出峰头秃树万笏朝天之势。中间六句通过箕山老人前后气色的转变再次凸显蓬莱峰的雄壮气势。接下来两句用"忽然"一词将观者的视线由峰顶引至海边平地。整幅画面，有万仞之高的险峰，有平如江海般的平地。一高一低，一险一缓，给人以强烈的视觉冲击。后四句由画阐发自我感悟，青峰、明月何须购买，本属万物。最后两句化用苏轼"我携此石归，袖中有东海"之句，与首句呼应。

此外，二人在诗学渊源上亦稍有差异。追求洒脱的陈献章更倾向于学习陶渊明的洒脱，庄昶则更倾向于学习杜甫、黄庭坚的顿挫。陈献章注意到陶渊明不肯为五斗米折腰的志士气节，"美恶杂居，贤者羞与不肖伍，万一有如陶元亮辈人，傲睨期间，其肯为五斗米折腰而不去耶"[2]，又云："未肯低头陶靖节，挂怀身外五男儿。"[3] 陶渊明挂冠而归，陈献章上疏辞职归乡，二人在性情上有较多的相似。古人讲究"文如其人"，陈献章坦言自己倾慕陶诗，"五言夙昔慕陶韦，句外留心晚尚痴"[4]。在初学作诗时，陈献章的模仿对象之一便是陶渊明。其集中有和陶诗十二首，唐伯元曾做如是评价："音响浑似陶而格调更恢廓。"[5] 对于陶诗、陈诗之格调，我们于此不做高低之判，但从中可知陈献章对陶渊明的态度。由赞美其人格，到模仿、唱和其诗歌，并体味其诗歌中所独有的平淡、洒脱，所有这一切，无不与陈献章自己的主张有千丝万缕的联系。陈献章作诗主张自然，反对雕琢，而陶诗的似澹实腴、不拖泥的特点，恰合陈献章自己的品位。"或疑

---

[1] [明]庄昶：《定山集》卷一，清嘉庆六年（1801）校刊本，第5叶。
[2] [明]陈献章：《与顺德吴明府》，孙通海点校《陈献章集》，北京：中华书局，1987年，第208页。
[3] [明]陈献章：《读林和靖诗集序》，孙通海点校《陈献章集》，北京：中华书局，1987年，第454页。
[4] [明]陈献章：《读韦苏州诗》，孙通海点校《陈献章集》，北京：中华书局，1987年，第671页。
[5] [明]唐伯元：《白沙先生文编》卷一，明万历十一年（1583）刻本，第5叶b面。

子美圣,未若陶潜淡"[1] "魏晋以前无近体,独怜陶谢不拖泥"[2]。基于此种认识,陈献章不自觉地树立起陶渊明在心目中的典范形象,相应地,对类似陶诗特点的诗人予以青眼相待,如林和靖、韦应物、谢朓。陈献章《读韦苏州诗》其一云:"夜雨斋灯卷未收,清谣百首对苏州。晦翁两眼沧浪碧,也为先生一点头。"[3] 夜雨斋灯,诗读百首而不倦。陈献章虽未直说一句赞语,然灯下举动早已表其态度。用朱子青眼相加为之点头事,已表达了陈献章对韦诗的态度。

庄昶少时学诗即读黄庭坚之诗,据其门婿王弘记载,庄昶十七岁时读黄庭坚诗至"俗学已知回首晚"之句,慨叹几误年华,从此致力于性命之学。庄昶对黄诗印象颇深,认为他接续三百篇之旨。在《送潘应昌提学山东序》中,庄昶依次列举正学的各个余脉,他说:"《河》出龙马,《洛》出龟书,天地之秘泄矣,而伏羲神禹之后惟邵康节得之;光风霁月,鱼跃鸢飞,道之妙形矣,而仲尼、颜子之后惟濂溪、二程、朱晦庵得之;《国风》《雅》《颂》删自仲尼,人之善恶著矣,而《三百篇》之后惟杜甫、李白、陈后山、黄山谷得之;云行雨施,山峙川流,天地之文著矣,而《典》《谟》《训》《诰》之后惟班固、马迁、韩愈、苏轼得之。"[4] 庄昶虽认为杜甫、李白、陈师道、黄庭坚接续《三百篇》,但这并非意味着奉他们为圭臬。在庄昶看来,他们只是"得诗之辞而诗之理不得也"。同样,在散文方面,庄昶认为班固、司马迁、韩愈、苏轼只得文法而"文之理不得也"[5]。庄昶旨在要学其辞并融入理,故其"发于诗文,出入杜韩,脱换苏、陈,终则一濯其秽,大音希声,溢为雅风"[6]。

除以上所论几点外,陈、庄二人名气、文集的流传多寡亦形成鲜明对比,呈现出一种不平衡性。诗名与科名方面,庄昶出名远早于陈献章。二人相交是庄昶进士及第之后,早在未进士及第时,庄昶已有诗名。李东阳云:"庄定山孔旸未第时,已有诗名。苦思精炼,累日不成一章。"[7] 陈献

---

[1] [明]陈献章:《示李孔修尽诗》,孙通海点校《陈献章集》,北京:中华书局,1987年,第303页。

[2] [明]陈献章:《晚酌示藏用诸友》,孙通海点校《陈献章集》,北京:中华书局,1987年,第303页。

[3] [明]陈献章著,孙通海点校:《陈献章集》,北京:中华书局,1987年,第671页。

[4] [明]庄昶:《定山集》卷六,清嘉庆六年(1801)校刊本,第4叶b面。

[5] [明]庄昶:《定山集》卷六,清嘉庆六年(1801)校刊本,第5叶b面。

[6] [明]庄昶:《定山集》补遗,清嘉庆六年(1801)校刊本,第34叶a面。

[7] [明]李东阳著,周寅宾点校:《李东阳集》第二卷,长沙:岳麓书社,1985年,第546页。

章对庄昶之名早有耳闻且怀仰慕之心，在给友人王乐用的信中说："比岁闻南京有庄孔旸者，能自树立，于辞不一雷同今人语，心窃喜之。稍就而问焉，果出奇无穷。"[1] 陈献章有时竟以得到庄氏的只言片语为幸事："江门之水常渊渊，月光云影江吞天，安得古今名家如刘文靖、庄定山题一言？"[2] 成化五年（1469）二人订交，林俊曾言："友一峰而节概明，友定山而诗学更大进。"[3] 庄昶因上元宵谏灯疏而被迁行人司副，后乞归。后来虽被荐为南京吏部，但庄昶最终托病不出。早年虽以气节著称，但"沦落者垂三十年"，加之浸于讲学却鲜有嫡传弟子致其名气不广。陈献章则不然，虽几次春闱不售而最终隐居不仕，但无论是生前还是身后，其逐渐通过地方大吏荐举及弟子宣传而声名大振。陈献章在家乡讲学授徒，弟子张诩在《嘉会楼记》中曾记叙当时往来白沙问学的情景："白沙先生倡道东南，几四十年矣，天下之士闻风景从，而凡东西往来与夫部使者过必谒焉，村落茅茨土栋，至无所容。"[4]

陈氏弟子中以湛若水宣传其师最为出力，所谓"传世倚增城"[5]。湛氏一生以兴办书院为己任，每办一书院，即于书院旁建白沙祠。不唯如此，湛若水还致力于陈献章文集的刊刻及诗歌学说的阐发。这可从他编选的《白沙先生诗教解》一窥。此书采用传统古书体例，以首章名其篇，如"有学诸篇"第一。诗教解十篇十卷、诗教外传五篇五卷，共计十五卷。从正文前小序，到篇章的命名，都具有传统"经"的体例。在解题中，湛氏进一步阐述了是书所作之由："夫白沙诗教何为者也？言乎其以诗为教者也。何言乎教也，教也者，著作之谓也。白沙先生无著作也，著作之意，寓于诗也。是故道德之精必于诗焉，发之天下后世得之，因是以传，是为教。"[6] 从二人文集版刻情况看，陈、庄二人亦存在不平衡性。陈献章文集明清两代刊刻的系统大概有五个版本系统，前后刊刻十三次之多。除此而外，还有各种选本如《白沙先生诗近稿》《白沙先生文编》《白沙先生诗教解》《大儒学粹》《新刻国朝白沙陈先生诗选》等。庄昶文集明清两代先

---

[1]［明］陈献章：《与王乐用金宪》，孙通海点校《陈献章集》，北京：中华书局，1987年，第671页。
[2]［明］陈献章：《枕上》，孙通海点校《陈献章集》，北京：中华书局，1987年，第671页。
[3]［明］林俊：《祭白沙陈先生》，《见素集》卷二十六，《文渊阁四库全书》本，第8叶。
[4]［明］张诩：《东所先生文集》卷五，明嘉靖三十年（1551）张希举刻本，第3叶a面。
[5]［清］方濬颐：《白沙祠四十韵》，《二知轩诗续抄》卷二，清同治年间刻本，第35叶b面-36叶a面。
[6]［明］湛若水：《白沙先生诗教解》，卷一，明嘉靖马崧刻本，第1叶a面。

后刊刻仅六次[1]。

此外，明清两代，追和、步韵及仿效陈氏诗歌者亦不乏人。陈献章弟子自不必说，其他有罗洪先、董沄、庞嵩、林大春、张天赋、林大章、胡方、何梦瑶、王夫之等人。以胡方为例，"粤人皆以金竹（胡方籍贯）比白沙"[2]，胡方诗文集中多赞美陈献章之作，如《白沙先生茅笔草书歌》《梦游圣池歌》《汪曰岸邵园看梅并观陈白沙夫子梅花诗卷》《路经白沙》《读白沙子梦道士囊贮罗浮遗之诗》《谒白沙夫子祠》《读白沙夫子诗》《白沙子自制玉台巾》《白沙子论》等。胡氏还常借用白沙诗句或诗意入诗。《梅花四体诗》之"看花终日事，未把看花看。直待今朝悟，无心弄影难"[3]。"无心弄影难"一句即借用陈献章五律《梅花》诗。清初三大儒之一的王夫之对陈献章多有肯定[4]，其诗文集中有《柳岸吟》一卷收诗八十七首，其中有二十六首为和白沙之作，另有四首提及白沙。此卷开篇为《和杨龟山此日不再得》，为呼应陈献章之作。三部分相加，共计三十一首，占总数三分之一强，可见王夫之对陈献章的重视。此还可以卷中《见狂生诋康斋白沙者漫题》一诗为证，诗云："任尔舌尖学语，谁知跕下生根。一线经分子午，双钩画破乾坤。逼窄墨台狭路，萧条原宪柴门。天下古今几许，梨花春雨黄昏。"[5] 此诗首联肯定了吴与弼、陈献章不可动摇的理学地位。颔联赞赏陈献章的贡献，正如黄宗羲所说的有明之学，白沙开其端。颈联赞赏他们的安贫乐道贤人风尚。尾联再次申明吴与弼、陈献章古今之地位。

陈、庄二人虽因诗学观及创作相似而得以并称，然从以上所述情况来看，二人之间实存在诸多的不平衡性。这种不平衡性一方面暗示"陈庄体"这一称谓具有不合逻辑性，其最突出的例子便是对庄昶诗歌注重锻炼这一特点的论争；另一方面则向我们展示了陈、庄二人诗歌创作上的不同倾向，这无疑扩展了"陈庄体"的内在歧向。

---

[1] 庄昶八世孙庄端、庄燮在嘉庆元年（1796）所作补修记中有"自康熙壬午四刻后，阅今又已百年"等语，据此庄端、庄燮补修本为五刻。其后，晚清翁长森、蒋国榜辑《金陵丛书》收录庄昶诗文集，是为六刻。

[2] [清] 陈澧：《鸿桷堂诗序》，胡方《鸿桷堂集》，清同治三年（1864）刻本。

[3] [清] 胡方：《鸿桷堂集·附录》，清同治三年（1864）刻本，第13叶b面。

[4] 王夫之对陈献章的评价分析可参见王立新：《船山评白沙述论》，《船山学刊》，2015年第2期，第12-18页。

[5] [清] 王夫之：《王船山诗文集》，北京：中华书局，1975年，第300页。

三、"陈庄体"的接受争议及诗坛地位再评价

"陈庄体"之形成是一回事,被接受又是一回事,后人未必以成说为圭臬。褒与贬并存成为"陈庄体"接受中的一个突出现象。

杨慎《胡唐论诗》概述永乐至弘治期间诗坛流变,其中"陈庄体"虽被称为山林诗的代表,但也表明时人颇视其为"旁门",作为"赤帜"的对立面而存在。复古派领袖李梦阳针对"陈庄体"诗歌言理、用理语的倾向提出批评:"今人作性气诗,辄自贤于'穿花蛱蝶''点水蜻蜓'等句,此何异于痴人前说梦也?即以理言,则所谓'深深''款款'者何物耶?诗云:鸢飞戾天,鱼跃于渊,又何说也?"[1]

对"陈庄体",批评者有之,褒之者亦不乏人,以清人王钺为例,他在《晚寤斋诗集叙》中云:"有明一代,诗人辈出。有所谓四才子者,有所谓七才子者,又有所谓后七才子者,其既也一举而矫之以袁、徐,再举而矫之以钟、谭。而陈白沙、庄定山两公独以其道学一派,远追新安,卓然有发乎情,止乎义理之风,盖所谓亘万古而不忘心会而得之者,岂不存乎其人哉!余持此道以论诗久矣,盖落落乎于世,未有合也。"[2] 王钺认为陈、庄二人以"发乎情止乎义理之风"而戛戛独造,屹立于当时诗坛。

不难看出,"陈庄体"因接受者诗学宗趣不同而呈现出褒贬判然的现象,后人对"陈庄体"的批评主要集中在针对陈、庄二人诗歌说理、用理语入诗。这并非是说诗歌不要含理,而是贵在有理趣,正如沈德潜在《清诗别裁集》中所言:"诗不能离理,然贵有理趣,不贵下理语。"[3] 其实,陈、庄二人诗歌自有其各自面目,亦非专作理语。这样看来,时人或后人之批评有其局限性,相应地,评价和诗坛地位也有失偏颇。因此,"陈庄体"在有明一代诗坛应占有一席之地。

首先,就明代前中期诗坛演变而言,永乐以降,诗坛盛行台阁体,诗歌内容多以鸣盛世感圣恩为主,风格上雍容典雅。此种风格虽与时代的繁荣昌盛有莫大关系,然而此种风气长久充斥文坛,势必造成一种沉闷之气,特别是倡导台阁者多为台阁重臣,易形成广泛影响,"其弊也冗沓肤廓,万

---

[1] [明] 李梦阳:《缶音序》,《空同集》卷五十二,文渊阁《四库全书》本,台北:台湾商务印书馆,1983年,第477-478页。

[2] [清] 王钺:《世德堂集文集》卷一,清康熙四十年(1701)刻本,第28叶b面-29叶a面。

[3] [清] 沈德潜编:《清诗别裁集·凡例》,北京:中华书局,1975年,第3页。

喙一音，形模徒具，兴象不存"[1]。李东阳就认为"台阁诗或失之俗"[2]。不唯如此，因台阁体的主要成员为达官贵人，故为文有时出于交游之目的，多为文而造情。陈献章在《澹斋先生挽诗序》中曾言及在京师从贵公卿游诗的一番经历，他说："余顷居京师二年，间从贵公卿游，入其室，见新故卷册满案，其端皆书谒者之辞。就而阅之，凡以其亲故求挽诗者，十恒八、九，而莫不与也。一或拒之，则怫然矣。惧而怫然而且为怨也而强与之，岂情也哉！噫，习俗之移入，一至于此，亦可叹也。天下之伪，其自兹可忧矣。"[3] 相较于台阁重臣，陈献章、庄昶虽是释褐之人，然两人长期端居林下，故而少受此种风气影响，况且二人重在心学，讲求自得，反对模拟，从而表现出不一样的诗文风格。庄昶说："人贵乎自得，不贵乎摹拟；贵乎真见，不贵乎仿佛。优孟之学孙叔敖，人徒见其抵掌谈笑无不相似，以为真叔敖矣，殊不知去冠解衣，谢其摹仿，而故吾犹自凛然，而所谓真叔敖者，终不可以为固无恙也。"[4] 正是因为坚持自得，陈、庄二人对当时的宗唐宗宋之风提出了批评，陈献章说："近代之诗，远宗唐，近法宋，非唐非宋，名曰'俗作'。后生溺于见闻，不可告语。"[5] 陈、庄二人虽渊源邵雍击壤诗，有着宋诗主理的特征，但陈献章又主张性情、风韵，这与唐诗颇相近，杨慎亦称赞庄昶的诗"有可并入唐人者"[6]。因为坚持诗文得之心而发乎外，陈献章畅言自己的诗是"还属姓陈人"；庄昶之诗，"非魏晋诗，非唐，非宋、非元诸名家诗，定山之诗也"[7]。在台阁体大盛天下之时，陈、庄二人之诗因独特个性傲然耸立于诗坛。安磐即言："若论其兴致之高，自成一家，可以震响流俗，亦一时之英，不可诬也。"[8]

其次，"陈庄体"在明代诗坛上的特殊意义还可通过明代"击壤派"诗

---

[1] [清]纪昀：《四库全书总目提要》卷一百九十，石家庄：河北人民出版社，2000年，第5206页。
[2] [明]李东阳著，周寅宾点校：《李东阳集》第二卷，长沙：岳麓书社，1985年，第549页。
[3] [明]陈献章著，孙通海点校：《陈献章集》，北京：中华书局，1987年，第9页。
[4] [明]庄昶：《醉月跋》，《定山集》卷十，清嘉庆六年（1801）校刊本，第12叶a面。
[5] [明]陈献章：《跋沈氏新藏考亭真迹卷后》，孙通海点校《陈献章集》，北京：中华书局，1987年，第66页。
[6] [明]杨慎：《庄定山诗》，《升庵全集》卷五十五，台北：商务印书馆，1968年，第658页。
[7] [明]李承箕：《定山先生诗集序》，《大厓李先生文集》卷十七，明正德五年（1510）吴廷举刻本，第9叶b面。
[8] [明]安磐：《颐山诗话》，周维德集校《全明诗话》本，济南：齐鲁书社，2005年，第816页。

歌的接受加以探讨。有明一代，士人对邵雍之接受，大多承续宋、元以来的观点，褒大于贬，既称其学术，又赞其人格。陈、庄二人对邵雍诗歌的推崇与邵雍的人格魅力有莫大关联，庄昶《与李敬熙》即云："蛮貊虎狼尼父叹，中华男子邵雍痴。"[1] 除对邵雍学术、人格的赞美外，陈献章亦多有论述，"吾闻邵康节，撤席废眠卧"[2]"还须邵康节，来驾白牛车"[3]。在《与湛民泽》中，陈献章借邵雍之诗表达其出处观，说："假令见几而作，当不俟终日遑恤，其它特患不得其时耳。康节诗云：'幸逢尧舜为真主，且放巢由作外臣。'"[4] 陈献章还以邵雍为例，学其归隐，在《答石阡太守祁致和》中对邵雍的悠闲充满向往，诗云："六年饱读石阡书，习气于今想破除。雪月风花还属我，不曾闲过邵尧夫。"[5] 正是鉴于对邵雍归隐、悠闲、风雅等的向往，陈献章在诗中感慨："只学尧夫也不孤。"[6]

除了对邵雍人格的赞美外，陈献章还注意到邵雍诗歌的特色：温厚和乐。在批答门人张廷实诗时，陈献章说："欲学古人诗，先理会古人性情是如何，有此性情，方有此声口，只看程明道、邵康节诗，真天生温厚和乐，一种好性情也。"[7] 更重要的是，陈献章对邵雍"删后无诗"说的继承，"敢为尧夫添注脚，自从删后更无诗"[8]。"删后无诗"源于邵雍《击壤集》序所言："是以仲尼删《诗》，十去其九。诸侯千有余国，《风》取十五。西周十有二王，《雅》取其六。盖垂训之道，善恶明著者存焉耳。"[9] 邵雍"删后无诗"之说，旨在说明《诗》的作用在于垂训。陈献章说自己愿意做邵雍诗的注脚，其用意无非是表明自己要继承邵雍的主张，上承《诗经》的诗教传统。正是基于对邵雍的人格及诗歌特色的认同，陈献章对

---

[1] [明] 庄昶：《定山集》卷一，清嘉庆六年（1801）校刊本，第1叶b面。
[2] [明] 陈献章：《景易读书潮连赋此勗之》，孙通海点校《陈献章集》，北京：中华书局，1987年，第313页。
[3] [明] 陈献章：《梅花》，孙通海点校《陈献章集》，北京：中华书局，1987年，第370页。
[4] [明] 陈献章著，孙通海点校：《陈献章集》，北京：中华书局，1987年，第190页。
[5] [明] 陈献章著，孙通海点校：《陈献章集》，北京：中华书局，1987年，第636页。
[6] [明] 陈献章：《次韵廷实示学者》，孙通海点校《陈献章集》，北京：中华书局，1987年，第495页。
[7] [明] 陈献章：《批答张廷实诗笺》，孙通海点校《陈献章集》，北京：中华书局，1987年，第74页。
[8] [明] 陈献章：《读韦苏州诗》，孙通海点校《陈献章集》，北京：中华书局，1987年，第74页。
[9] [明] 邵雍著，郭彧、于天宝点校：《邵雍全集·伊川击壤集》，上海：上海古籍出版社，2016年，第1页。

邵雍诗歌多有次韵、追和及模仿之作。如《夜坐因诵康节诗偶成》《追次康节先生小圃逢春之作》《和康节闲适吟寄默斋五首》《真乐吟效康节体》《雨中偶述效康节》。其中,《和康节闲适吟寄默斋五首》为追和邵雍《闲适吟》之作,是陈献章对闲适生活向往与追求的表现。在邵雍看来,黄粱梦醒,会让人倍觉凄凉,"等是一场春梦过,自余恶足更悲凉"。陈献章亦云:"古之为士者,急乎实之不至;今之为士者,急乎名之不著。"[1] 陈献章对邵雍诗歌推崇如此,故两人诗作多有相似之处,以致后人在整理陈献章集时误收邵雍诗作。天启元年(1621)刻本《白沙先生全集》中就误收邵雍诗作,如《无题》诗三首为邵雍的《凭高吟》《偶得吟》《利名吟》三诗;《元夕》诗为邵雍《感雪吟》。

对于陈献章诗与邵雍诗之关系,孙原湘在《跋击壤集》中云:"康节先生《击壤集》寓易理于韵语,所谓俯拾即是与道大适者。其风韵胜绝处,后来惟陈白沙得其元微,此事可为知者道,难与俗人言也。"[2] 唐顺之《与王遵岩参政》认为"三代以下之诗,未有如康节者",而"知康节诗者莫如白沙翁"[3]。俞宪《盛明百家诗·陈白沙》卷首亦云:"白沙诗从《击壤集》中来,当另作一家看。"[4] 然而,诗歌创作可以模拟始,但不可拘泥于此,所谓拟议以成变化,才能彰显出一种诗歌风格的生命力,"凡学之者,害之者也;变之者,功之者也"[5]。陈献章与邵雍诗歌的不同,尤侗在《艮斋杂说》中说:"陈白沙道学诗人也。而其论诗曰:'论诗当论性情,论性情当论风韵,无风韵则无诗矣。'岂非诗家三昧乎。其诗天真烂漫,脱落清洒,有舞雩陋巷之风,不止追踪击壤也。"[6] 尤氏所云认识到二人的相异,眼光颇为独到。

邵雍的理论基础是"以物观物"说。"所谓'以物观物'是对'以我观物'而言的,即排除个人的感情,而去体察万物,从而达到所谓'穷理'

---

[1] [明] 陈献章:《与林蒙庵》,孙通海点校《陈献章集》,北京:中华书局,1987年,第242页。

[2] [清] 孙原湘:《天真阁集》卷四十三,清嘉庆五年(1800)刻增修本,第13叶b面。

[3] [明] 唐顺之著,马美信、黄毅点校:《唐顺之集》,杭州:浙江古籍出版社,2014年,第300页。

[4] 俞宪:《盛明百家诗·陈白沙集》,《四库全书存目丛书》编纂委员会编《四库全书存目丛书》,济南:齐鲁书社,1997年,第647页。

[5] [明] 袁中道:《阮集之诗序》,《珂雪斋集》,上海:上海古籍出版社,1989年,第570页。

[6] [清] 尤侗:《艮斋杂说》卷三,北京:中华书局,1992年,第55页。

'尽性''知命'。"[1] 陈献章主张自得，注重个体的参与，故其诗歌中包含着更多自我情感的投入。由此而言，庄昶诗歌更多倾向于继承邵雍的观物说。其《雪蓬为盛行之作》末句"只有区区观物亭，半庭茂叔窗前草"[2] 即可视为对邵雍学说的回应，也是他作诗的一贯主张。这一主张也贯穿于他的题画之作，如《题通伯先生山水画》《钟钦理画牛》《题沈石田画鹅为文元作》《题菜》等。正是陈、庄二人的提倡，才使得有明一代，学击壤派者"转相模仿"[3]。

再次，陈、庄二人试图将政统、道统、文统三者集于一体，表现在文道观上，往往将文视为表达天道、世道、人道的一种载体。相应地，他们不太注意区分论道之文、论政之文及写景抒情之文，往往将自己对道的体认、对政治理想的追求和自己的人生体验融汇在一起，使自己的诗作中常含有诸如"乾坤鸢鱼""老眼脚头"之类的理语，确实有碍于诗歌趣味的体现。然而诚如纪昀在《冶亭诗介序》中指出："夫文章格律与世俱变者也，有一变必有一弊，弊极而变又生焉。相互激，相互救也。"[4] 陈庄体之流弊刺激着后继者加以改进，重新思考诗歌的格调、文道、情理等方面的关系。黄佐在《文体三变》中说："弘治，检讨陈献章、庄昶，养高山林以诗鸣，谓之陈庄体，为世所宗。李东阳极力变之。"[5] 李东阳如此，前"七子"的部分主张也是针对陈、庄二人所代表的"陈庄体"而提出的补救措施。"生变"与"补救"恰恰持续了"陈庄体"在诗歌发展中的影响。

总之，陈献章、庄昶二人因交游、文道观、诗歌写作倾向的相似而得以并称，但亦由于诗学渊源、性格的相异而在诗歌用词、风格及诗学等方面表现出各自的独特面貌。换句话说，"陈庄体"的产生既有其合逻辑性，亦有其不合逻辑性。正是基于对这一看似矛盾现象的梳理和分析，一方面可以逐渐明晰陈、庄二人的特点及其在明代诗坛的地位；另一方面可以看到，陈、庄二人并称及在诗史中的回应并非个案特例，有明一代大量存在

---

[1] 马积高：《宋明理学与文学》，长沙：湖南师范大学出版社，1989年，第44页。
[2] [明] 庄昶：《定山集》卷一，清嘉庆六年（1801）校刊本，第4叶b面。
[3] [清] 纪昀：《四库全书总目提要》卷一百五十三，石家庄：河北人民出版社，2000年，第3966页。
[4] [清] 纪昀：《纪晓岚诗文集》，扬州：江苏广陵古籍刻印社，1997年，第163页。
[5] [明] 黄佐：《翰林记》卷十九，文渊阁《四库全书》本，台北：台湾商务印书馆，1983年，第1073页。

作家并称的不合逻辑性，前后"七子"即显例。清人方世举曾云："诗之有齐名者，幸也，亦不幸也。"[1] 从研究角度言，对并称作家的合逻辑性与非逻辑性的梳理，无疑对作家研究具有启示意义。从这个意义上说，本文所探讨的"陈庄体"，对有明一代作家并称现象的深入研究不无借鉴意义。

---

[1]［清］方世举：《兰丛诗话》，郭绍虞编选，富寿荪编《清诗话续编》，上海：上海古籍出版社，1983年，第779页。

清代文学与"诗三百"略论

陈国安

黄遵宪自序其集曰:"仆尝以为诗之外有事,诗之中有人;今之世异于古,今之人亦何必与古人同。尝于胸中设一诗境:一曰,复古人比兴之体;一曰,以单行之神,运排偶之体;一曰,取《离骚》乐府之神理而不袭其貌;一曰,用古文家伸缩离合之法以入诗。其取材也,自群经三史,逮于周、秦诸子之书,许、郑诸家之注,凡事名物名切于今者,皆采取而假借之。"[1] 黄氏所谓"复古人比兴之体"及"诗三百"之体,其取法古人(《离骚》乐府)则"取""神理而不袭其貌"。

几乎同时,年长黄氏十五岁,复汉魏之古诗者王闿运则曰:"尤其遗貌取神,不知神必附貌。"[2] 王闿运作诗故不满一切导源于"诗三百",因其复汉魏六朝古。于诗经学则今文诗经学,著有《诗经补笺》二十卷。本文试略述论清代诗人于"诗三百"中袭神取魄之迹。

一、袭神:标举风雅

《诗》出于有周,编自尼父,历两汉而成为"经",后世艺文多以此为滥觞,或本之于《诗》,或守之于"经",或发皇诗教舒张情志,或纯思无邪标举风雅。"诗三百"魂魄无时不在吾国人心际,风雅成为两千年诗人之神圣标准,清代两百余年虽诗歌流派竞艳,但其展开诗学主张时无不以"诗三百"标举,各呈"诗三百"之理解,继此阐发诗学立场。

清代诗歌流派或相互影响或相互对峙,而其共同之处即均以"诗三百"

---

[1][清]黄遵宪:《人境庐诗草自序》,钱仲联笺注《人境庐诗草笺注》,上海:上海古籍出版社,1981年,第3页。

[2][清]王闿运:《说诗》,卷四,马积尚主编《湘绮楼诗文集》(第4册),长沙:岳麓书社,1996年,第2217页。

为起点讨论何之为"诗"？如何为"诗"？"诗"之为何？"诗三百"为清代诗论沿波讨源之端,明矣。

王士禛与赵执信甥舅诗学之争：诗"神韵""有人"否？诗为"龙"否？皆由"诗三百"论起。"王士禛的诗学取向是'尊唐祧宋',有清一代的诗学思想的主流是'祧唐祢宋',但这与称王为'正宗'并不矛盾。'正宗'并不等于'主流'。"[1]"正宗"之王士禛初亦不反对"变风""变雅",康熙二年（1663）王氏作《戏仿元遗山论诗绝句三十二首》评点历代诗人,中有两首分别评骘朱明诗人何景明与郑善夫[2],评何云："藐姑神人何大复,致兼南雅更王风。论交独直江西狱,不独文场角两雄。"愚按："王风"十篇虽产于王畿之内,神情皆异于"二南",以"正变"论之,谓为"变风"[3],尤其"王风"以《黍离》贯首,似专指"丧乱之音"。王氏推崇何景明（此异于钱谦益）,以为（何景明诗）"得《诗经》风雅之遗致"[4]。评郑云："正德何如天宝年,寇侵三辅血成川。郑公变雅非关杜,听直应须辨古贤。"愚按：此王氏以郑善夫袭承"变雅"衰世之音神理大加推赏,而王士禛于顺治十四年（1657）作《秋柳四首》自序曰："惜江南王子,感落叶以兴悲；金城司马,攀长条而陨涕。仆本恨人,性多感慨。寄情杨柳,同《小雅》之仆夫；致托悲秋,望湘皋之远者。"[5] 此诗作于王氏二十四岁,此四首用"变雅"之神理以吊明亡。[6] 前章引陈维崧《王阮亭诗集序》以"正风正雅"许王士禛诗当于康熙十六年（1676）之后也,是年王士禛以"诗文兼优"授翰林院侍讲,后改侍读,"此为本朝部曹改词臣之首例"[7]。标举风雅从"变"到"正"可见清诗理论于王士禛"个体"发展之迹也。王士禛《渔阳精华录》开篇《对酒》,即有《大雅·下武》诸篇"辟雍钟鼓之旨"[8]。王士禛之所以能得"诗三百"神理与其幼

---

[1] 萧华荣：《中国古典诗学理论史》,上海：华东师范大学出版社,2005年,第335页。
[2] [清] 王士禛：《渔洋精华录集释》,上海：上海古籍出版社,1999年,第340、342页。
[3] 刘冬颖：《〈诗经〉"变风变雅"考论》,北京：中国社会科学出版社,2005年,第167-169页。
[4] 王运熙,顾易生：《中国文学批评史》（下）,上海：上海古籍出版社,1985年,第160页。
[5] [清] 王士禛：《渔洋精华录集释》,上海：上海古籍出版社,1999年,第67页。
[6] 愚按：《秋柳四首》主题历来说有纷纭,今从钱师之说。参见钱仲联：《陈衍秋柳诗解辨证》,《梦苕庵论集》,北京：中华书局,1993年,第310页。
[7] 蒋寅：《王渔洋事迹征略》,北京：人民文学出版社,2001年,第231页。愚按：严师迪昌《清诗史》（页四二三）以为陈序作于康熙十八年（1679）博学鸿词科开考后至二十一年（1682）陈迦陵病逝之间一二年。
[8] [清] 王士禛：《渔洋精华录集释》,上海：上海古籍出版社,1999年,第5页。

年学诗经历不无关系,其自述曰"予六七岁始入乡塾受《诗》,诵至《燕燕》《绿衣》等篇,便觉怅触欲涕,亦不自知其所以然。稍长,遂颇悟兴、观、群、怨之旨。"[1] 王士禛于诗经学,多不满朱熹《诗集传》。如《林艾轩驳〈诗本义〉》,又如《〈毛传〉如纪事》,论曰:"欧阳子所见岂出朱子下也"。再如《〈木瓜〉诗解》直接断言朱氏"其他解《有女同车》《风雨子衿》等篇,皆傅会无理。诸家之说,斯为最下"[2]。康熙朝高居庙堂而非朱熹说《诗》,殊为费解,然,王氏"神韵说"尊唐音祧宋调,思至此则爽然而释矣,诗经学与诗歌理论发展之复杂又一例也。

乾隆朝继王士禛后主盟诗坛者沈德潜也,沈氏倡"格调说",标举风雅比兴,崇"温柔敦厚"诗教。其诗学论著《说诗晬语》开篇即云:"今虽不能竟越三唐之格,然必优柔渐渍,仰溯《风》《雅》,诗道始尊"[3] 沈氏论诗尤重精神接袭"诗三百",如其述论何景明《明月篇序》曰:"盖以子美为歌诗之变体,而'四子'犹'三百'之遗风也。然子美诗每从'风雅'中出,未可执词调一节议之。"《说诗晬语》论及"诗三百"处俯拾皆是。

陈衍《近代诗钞述评序》云:"有清二百余载,以高位主持诗教者,在康熙曰王文简,在乾隆曰沈文悫,在道光、咸丰则祁文端、曾文正也。文简标举神韵,神韵未足以尽《风》《雅》之正变,《风》则《绿衣》《燕燕》诸篇,《雅》则'杨柳依依''雨雪霏霏''穆如清风'诸章句耳。文悫言诗,必曰温柔敦厚。温柔敦厚,孔子之言也。然孔子删诗,《相鼠》《鹑奔》《北门》《北山》《繁霜》《谷风》《大东》《雨无正》《何人斯》以迄《民劳》《板》《荡》《瞻卬》《召旻》,遽数不能终其物,亦不尽温柔敦厚,而皆勿删。故孔子又曰:'诗之失愚。其为人也温柔敦厚而不愚,则深于诗者也。'故言非一端已也。……夫文简、文悫,生际承平,宜其诗为正《风》正《雅》,顾其才力为正《风》则有余,为正《雅》则有不足。文端、文正时,丧乱云膴,迄于今变故相寻而未有屆,其去《小雅》废而诗亡也不远矣。"[4] 清人论诗,近人论清诗,皆标举风雅,新时期以来论诗者几无

---

[1] [清]王士禛:《池北偶谈》(下),北京:中华书局,1997年,第390页。
[2] [清]王士禛:《池北偶谈》(下),中华书局,1997年,第390、346、392页。
[3] [清]沈德潜:《说诗晬语》卷上,《原诗·一瓢诗话·说诗晬语》,北京:人民文学出版社,1998年,第186页。
[4] 陈衍:《近代诗钞述评序》,钱仲联编校《陈衍诗论合集》(上),福州:福建人民出版社,1999年,第875页。

言及"风雅"者,传统诗歌与当代诗歌,传统诗学与当代诗学,泾渭甚清!常州词派之"尊体",溯源"诗三百",标举风雅极致也,此不赘。

二、抒情方式:千载攸同

西哲黑格尔云:"诗的用语产生于一个民族的早期,当时语言还没有形成,正是要通过诗才能获得真正的发展。"其在论抒情诗研究方法时亦云:"特别是在诗的这个领域里,只有用历史方法才能进行具体的研究。"[1]

一具体民族诗体演进有其不同于其他民族之特征,此人皆共知。而一具体民族之抒情方式在诗体中之承袭亦别于其他民族,马克思所谓"类遗传",何其芳所谓"民族审美积淀"。今人所谓"母题"研究实即讨论千载攸同之感情内容,愚以为,同理,抒情方式于某一特定民族千载攸同情状,治诗者亦不可忽视也。

《诗经》为吾国诗歌端源,《诗经》之抒情方式亦为吾国诗歌抒情方式之"母体",孔子之谓"不学《诗》无以言"[2],除能应对盟会外,若言习《诗》抒情方式亦为一要义,似无不可。

梁启超曾于《中国韵文里头所表现的情感》[3]一文中详为述论《诗经》的各种抒情方式,愚此立论完全由彼启发。今将其文中述及清代文学处检出申论如次。

梁氏举吴梅村诗词抒情方式承袭《诗经》两例,今取其诗一首析论。梁氏论"奔迸的表情法"举《诗经·小雅·蓼莪》:"蓼蓼者莪,匪莪伊蒿,哀哀父母,生我劬劳"及《诗经·秦风·黄鸟》:"彼苍者天,歼我良人。如可赎兮,人百其身"认为此种抒情方式非"我们中国文学家所最为乐道"之"含蓄蕴藉",为"大叫一声,或大哭一场,或大跳一阵"之抒情方式。梁氏认为吴梅村《送吴季子出塞》即为此种抒情方式,吴诗实为《悲歌赠吴季子》:"人生千里与万里,黯然销魂别而已!君独何为至于此?山非山兮水非水,生非生兮死非死。十三学经并学史,生在江南长纨绮,词赋翩翩众莫比,白璧青蝇见排抵。一朝束缚去,上书难自理。绝塞千里断行李,送吏泪不止,流人复何倚?彼尚愁不归,我行定已矣!八月龙沙雪花起,

---

[1] [德]黑格尔:《美学》第三卷,朱光潜译《朱光潜全集》(第16册),合肥:安徽教育出版社,1987年,第60、214页。

[2] 杨伯峻译注:《论语译注·季氏篇》,北京:中华书局,1980年,第178页。

[3] 梁启超:《饮冰室合集》(第4册),《饮冰室文集》三十七卷,第70-140页。

橐驼垂腰马没耳,白骨皑皑经战垒,黑河无船渡者几?前忧猛虎后苍兕,土穴偷生若蝼蚁,大鱼如山不见尾,张鬐为风沫为雨,日月倒行入海底,白昼相逢半人鬼。噫嘻乎悲哉!生男聪明慎莫喜,仓颉夜哭良有以,受患只从读书始,君不见,吴季子!"[1] 吴季子即吴兆骞,吴江松陵人,"好梅村体",吴兆骞被诬"南闱科场案"流放塞外宁古塔,吴梅村做此诗为其送行,遭突然事变,故此诗"情感强烈,初始便喷发而出"[2] 其中"山非山兮水非水,生非生兮死非死""仓颉夜哭良有以,受患只从读书始",流传最广,尤脍炙人口,前一句一字一泪犹滴血,后一句欲哭无泪唯胆惊。"噫嘻乎悲哉!"则更声如裂帛,锥心撕肝几若狂!此正秦川上空《黄鸟》之声也!

梁启超于"奔进的表情法"下再举孔尚任《桃花扇》左良玉"哭主"一出与史可法"奔江"一出。忽遭国变奔进出泪,如江水滔滔不可遏止,犹痛失父母之《蓼莪》使人读之"未尝不三复流涕,……诗之感人如此"焉。[3]

梁启超论"回荡的表情法"云:"诗经中这类表情法,真是无体不备,……《诗经》这部书所表示的,正是我们民族情感最健全的状态。"其举其中一种"吞咽式"例,为《诗经·唐风·鸨羽》:"肃肃鸨翼,集于苞棘。王事靡盬,不能艺黍稷。父母何食!悠悠苍天,曷其有极!"及《诗经·邶风·柏舟》:"泛彼柏舟,亦泛其流。耿耿不寐,如有隐忧。微我无酒,以敖以游。　我心匪鉴,不可以茹;亦有兄弟,不可以据。薄言往诉,逢彼之怒。我心匪石,不可转也;我心匪席,不可卷也;威仪棣棣,不可选也。　忧心悄悄,愠于群小;觏闵既多,受侮不少。静言思之,寤辟有摽。　日居月诸,胡迭而微。心之忧矣,如匪浣衣。静言思之,不能奋飞。"梁氏以为清词名篇顾贞观《金缕曲·季子平安否》即承袭此种抒情方式。顾氏二词曰:"季子平安否?便归来。生平万事,那堪回首。行路悠悠谁慰藉,母老家贫子幼。记不起、从前杯酒。魑魅搏人应见惯,点输他、覆雨翻云手。冰与雪,周旋久。　泪痕莫滴牛衣透。数天涯、依然骨肉,几家能彀。比似红颜多薄命,更不如今还有?只绝塞、苦寒难受。廿载包胥承一诺,盼乌头、马角终相救。置此札,君怀袖。

---

[1] [清]吴伟业:《吴梅村全集》,上海:上海古籍出版社,1999年,第257页。
[2] 钱仲联著,魏中林整理:《钱仲联讲论清诗》,北京:生活·读书·新知三联书店,2019年,第20、22、23页。
[3] [宋]朱熹:《诗集传》,南京:凤凰出版社,2007年,第171页。

我亦飘零久。十年来、深恩负尽，死生师友。宿昔齐名非忝窃，只看杜陵穷瘦，曾不减、夜郎僝僽。薄命长辞知己别，问人生、到此凄凉否？千万恨，为兄剖。　　兄生辛未吾丁丑。共些事、冰霜摧折，早衰蒲柳。词赋从今须少作，留取心魂相守。但愿得、河清人寿。归日急翻行戍稿，把虚名、料理传身后。言不尽，观顿首。"[1]陈廷焯《白雨斋词话》卷三评曰："只如家常说话，而痛快淋漓，婉转反复，两人心迹一一如见，虽非正声，亦千秋绝调也。""纯以性情结撰而成，悲之深，慰之至，无一字不从肺腑流出，可以地鬼神矣。"[2]陈氏后一句正可移于"悠悠苍天，曷其有极"下一注评！相隔千载，抒情方式竟相似若此，《诗经》真诗之祖也！

前述梁启超此篇文章之发明，愚循此读清人诗词，常有类似感受。清人诗词抒情方式相似于"诗三百"，非言其有意拟摹"诗三百"，而指人情物理千载攸同，吾国（诗）人几无不读"诗三百"者，"诗三百"之精神体味抒情方式业已深溶入诗人血脉，作诗之时无意识间淌出其不自知亦未可知也。

传统古典诗人如此，新派诗人亦不免。愚读《人境庐诗草》附录黄遵宪所作"军歌"三首，包括《出军歌》《军中歌》《旋军歌》各八章计二十四章。词风大气磅礴，雄浑雅正。即能真切感受其用"诗三百""大雅"抒情方式为之。今录其《出军歌》八章："四千余年古国古，是我完全土。二十世纪谁为主？是我神明胄。君看黄龙万旗舞，鼓鼓鼓！　　一轮红日东方涌，约我黄人捧。感生帝降天神种，今有亿万众。地球蹴踏六种动，勇勇勇！　　南蛮北狄复西戎，泱泱大国风，蜿蜒海水环其东，拱护中央中。称天可汗万国雄，同同同！　　绵绵翼翼万里城，中有五岳撑。黄河浩浩流水声。能令海若惊。东西禹步横庚庚，行行行！　　怒搅海翻喜山撼，万鬼同一胆。弱肉磨牙争欲啖，四邻虎眈眈。今日死生求出险，敢敢敢！　　剖我心肝挖我眼，勒我供贡献。计口缗钱四万万，民实何仇怨！国势衰微人种贱，战战战！　　国轨海王权尽失，无地画禹迹。病夫睡汉不成国，却要供奴役。雪耻报仇在今日，必必必！　　一战再战曳兵遁，三战无余烬。八国旗扬筯鼓竞，张拳空冒刃。打破天荒决人胜，胜胜胜！"尾字相连缀"鼓勇同行，敢战必胜，死战向前，纵横莫抗。旋师定约，张我国

---

[1] 张秉戌：《弹指词笺注》，北京：北京出版社，2000年，第409-414页。
[2] [清]陈廷焯：《白雨斋词话》卷三，北京：人民文学出版社，1998年，第66-67页。

权"。梁启超以为"读此诗而不起舞者，必非男子"并溯此歌源自"诗三百"。[1] 愚以为此歌抒情方式与《诗经·秦风·无衣》及《诗经·大雅·常武》同出一辙，《无衣》常见各种选本，不录，兹录《常武》以相关照云云："赫赫明明。王命卿士，南仲大祖，大师皇父。整我六师，以脩我戎。既敬既戒，惠此南国。 王谓尹氏，命程伯休父，左右陈行。戒我师旅，率彼淮浦，省此徐土。不留不处，三事就绪。 赫赫业业，有严天子。王舒保作，匪绍匪游。徐方绎骚，震惊徐方。如雷如霆，徐方震惊。王奋厥武，如震如怒。进厥虎臣，阚如虓虎。铺敦淮濆，仍执丑虏。截彼淮浦，王师之所。 王旅啴啴，如飞如翰。如江如汉，如山之苞。如川之流，绵绵翼翼。不测不克，濯征徐国。 王犹允塞，徐方既来。徐方既同，天子之功。四方既平，徐方来庭。徐方不回，王曰还归。"方玉润《诗经原始》曰："武王克商，乐曰《大武》，宣王中兴，诗曰《常武》，盖诗即乐也。"[2] 黄遵宪作《出军歌》于1902年，抒情方式同于宣王中兴"军歌"似亦有精神之承袭在也。

三、意象：周时风物在

子曰："诗三百，一言以蔽之，曰：'思无邪'。"[3] 于省吾曰："'无邪'犹言无边"，[4] "诗三百"篇内容思想皆无边无际，百科全书也。尼父因曰："多识于鸟兽草木之名。"[5]

作为文学之风物亦非自然之物，层层叠叠，人所赋予之文化意义已渐成文学研究者极为关注论域：意象研究。

周时风物因"诗三百"而迤逦多姿，其活在汉魏亦活在唐宋，清人文学中人有周时风物在，诸如：关雎之鸟、桃夭之色、蒹葭之凄迷、玄鸟之神秘。今撷一二以明证《诗经》意象活在清代诗者词中，此亦为清代文学承袭"诗三百"神理之一径也。

《关雎》为"诗三百"之首，历来统治者均将其作为"乐得淑女以配君

---

[1] [清] 黄遵宪著，钱仲联笺注：《人境庐诗草笺注》，上海：上海古籍出版社，1981年，第1262-1264页。
[2] [清] 方玉润：《诗经原始》，北京：中华书局，1986年，第612页。
[3] 杨伯峻译注：《论语译注》，北京：中华书局，1980年，第11页。
[4] 于省吾：《泽螺居诗经新证》，北京：中华书局，1982年，第172页。
[5] 杨伯峻译注：《论语译注》，北京：中华书局，1980年，第185页。

子"的重要道德准则[1]，将其作为一般爱情符号则为现代《诗经》学者的共识。故"关雎"意象极为统治者所关注。乾隆有专文《读二南》，论及《关雎》曰："文王之政教，本之《关雎》，得内助也。终之《麟趾》，《关雎》之应也。于是及于江汉，逮于汝坟，则国中莫不化其政教矣。"[2] 于是，其诗中屡现"关雎"意象，且常与"麟趾"连用。"麟趾"，即《诗经·周南·麟之趾》，喻公子贤德似麟也。如《汉明堂遗址》："迹遗踪辨有无，谁云公玉带兽图。设非麟趾关雎意，便建明堂费亦徒。"[3] 再如《咏周素盉》："祖辛贻质制，（西清古鉴中以商祖辛盉为最古）伯矩作嘉宾。（固伯矩盉亦西清古鉴物）流鋈都完好，方圆总朴淳。（器圆而四足方）当年调五味，式古缅先民。麟趾关雎意，于斯可问津。"[4] 及《咏和阗玉仿周蟠螭壶》："春秋玉贡至京师，量质恒教匠氏为。玩器最憎雕丽鸟，古壶雅合琢蟠螭。方圆略异分卿士，宗庙常因赞礼仪。必有关雎麟趾意，乃堪法度效周姬。"[5] 乾隆仍有组诗《演关雎诗有序》，因其稍长，仅录其中一首《（右）关关雎鸠在河之洲三章章四句》："有雎者鸠，和鸣关关。言求其匹，载涉其澜。载涉其澜，载泛其流。言求其匹，于彼中洲。中洲弥弥，河水泚泚。言求其匹，有苹有芷。"[6]

乾隆诗集中之"蟋蟀"则全然非"诗三百"之貌，"诗"之"蟋蟀"有二：《诗经·唐风·蟋蟀》，此为在堂之蟋蟀，为士人岁暮述怀也；《诗经·豳风·七月》，此为在野、在宇、在户、在床下之蟋蟀，此述时令推移也。乾隆诗中蟋蟀均为时令推移之蟋蟀如《闰六月十二日夜闻蛩》："解衣欲就寝，皎月当窗入。何来蟋蟀吟？枕畔数声急。想为报秋信，（是月十五日立秋）先期鸣唧唧……"[7] 再如《秋日寄高安朱先生》："……草长书带阶前思，秋老荷衣槛外情。遥忆匡床闲梦蝶，懒闻蟋蟀一声声。"[8] 此蟋蟀声甚和悦，非悲秋凄凉之声。

而其他士人诗中之蟋蟀则多为在堂之蟋蟀，旨在述怀，且多寒噤之气。如吴梅村《清凉山赞佛诗》其二："伤怀惊凉风，深宫鸣蟋蟀。严霜被琼

---

[1] 陈子展：《诗三百解题》，上海：复旦大学出版社，2001年，第2-8页。
[2] [清] 爱新觉罗·弘历：《御制善乐堂全集定本》卷九，四库全书本。
[3] [清] 爱新觉罗·弘历：《御制诗集》三集卷九十六，四库全书本。
[4] [清] 爱新觉罗·弘历：《御制诗集》四集卷二十五，四库全书本。
[5] [清] 爱新觉罗·弘历：《御制诗集》五集卷三十二，四库全书本。
[6] [清] 爱新觉罗·弘历：《御制诗集》二集卷一，四库全书本。
[7] [清] 爱新觉罗·弘历：《御制诗集》初集卷三，四库全书本。
[8] [清] 爱新觉罗·弘历：《御制善乐堂全集定本》卷二十七，四库全书本。

树,芙蓉凋素质。可怜千里草,萎落无颜色。"[1] 以凄凉蟋蟀之声渲染董妃死后荒境,虽大英雄读之亦无免酸鼻!

田雯于《古欢堂集》"论诗"一篇云:"《蟋蟀》《山(有)枢》之感慨"[2] 其诗之蟋蟀则承"诗三百"之感慨秋韵,如《秋暮有感》:"蟋蟀床前语未阑,短檠破絮夜漫漫。授衣偏有豳风例,乞米空嗟洛市难。龙在澄潭抱珠蛰,树多败叶满山寒。季鹰自笑鲈鱼兴,孤负江乡旧钓竿。"[3] 语虽用《豳风·七月》,情却更似《唐风·蟋蟀》。再如《雷琴歌为张晴峰作》:"……呜呼此琴有鬼守,汤盘孔鼎同攀追。不然唐宋兴亡吊陈迹,斜阳蟋蟀秋声悲。……"[4] 田雯居康熙朝京师金台十子之首,故蟋蟀虽有悲声,然未凄楚,有士绅气在。再如《止园十首与吕铁翁》:"盆菊还须买,霜梨不用求。药方书壁记,酒器坐禅收。小立梧桐下,高歌蟋蟀秋。从无轩冕意,岂耻烂羊头。"[5] 益显"诗三百"蟋蟀意象于居高位士人诗中之微变。

查慎行诗词中蟋蟀意象极多,语多孤苦。如《六月十四夜喜雨》:"扑扇蚊蝇苦不支,乍凉聊与睡相宜。一窗归梦芭蕉雨,六月惊心蟋蟀诗。远客交游长寂寞,殊方节物极参差。明朝红展城西路,已是潮田获稻时。"[6] 此处题虽名为"喜雨",然诗中心境却一无所喜,语气心惊。想查氏此时必处困顿而未得龙颜相许。此声蟋蟀可与《怀清堂集》中蟋蟀相和,汤右曾《雨宿沙河驿》:"出塞一身远,将家八口同。百年均是客,多病久成翁。蟋蟀寒灯雨,蠮螉破驿风。犹欣小儿子,笑语寂寥中。(儿子学基方几岁,牵衣绕膝,差慰旅怀)"[7] 此诗三百"唐风"之蟋蟀也。

《诗经·秦风·蒹葭》为"一篇最好之诗"[8],"蒹葭"意象几乎活在每一时代诗人文字间,许浑"一上高楼万里愁,蒹葭杨柳似汀洲"得其韵,吴文英《踏莎行》"隔江人在雨声中,晚风菰叶生愁怨"得其神。

清词中"蒹葭"意象自是不乏,曹贞吉《珂雪斋词》最为突出。曹贞

---

[1] 钱仲联:《吴梅村清凉山赞佛诗笺》,《梦苕庵论集》,北京:中华书局,1983年,第298页。
[2] [清]田雯:《古欢堂集》卷十六,四库全书本。
[3] [清]田雯:《古欢堂集》卷十一,四库全书本。
[4] [清]田雯:《古欢堂集》卷五,四库全书本。
[5] [清]田雯:《古欢堂集》卷九,四库全书本。
[6] [清]查慎行:《敬业堂集》卷二十五,四库全书本。
[7] [清]汤右曾:《怀清堂集》卷十二,四库全书本。
[8] [清]王照圆:《诗说》,程俊英、蒋见元《诗经注析》,北京:中华书局,1999年,第345页。

吉（1634—1698），鲁（安丘）人，康熙三年（1664）进士，亦"金台十子"之一。曹氏为清初汉人词坛祭酒，语词苍凉坚劲[1]，犹如老生晨练，苍苍莽莽之音破雾而来，彼唱得苍莽，愚读得悲凉。其《卖花声·咏鼓子花》曰："懒去报晨衙，净洗铅华。虚名那受锦堂挝。谁把山香翻一阕，落尽庭花。　霜重冷蒹葭，萧瑟堪嗟。却疑三弄走寒沙。老矣岑牟无感慨，不用喧哗。"[2]"霜重冷蒹葭"，一改"秦风""蒹葭"之凄迷之色，点染残秋凄苦之声。而最似"秦风""蒹葭"情调者：《忆旧游·题郭熙秋江行旅图》，其词曰："看迷离一片，淼淼洪波，漠漠平沙。乌桕丹枫岸，问何人驴背，怅望天涯。惊风乱叶飞坠，帽影任欹斜。况几缕残云，千寻叠嶂，满目蒹葭。　荒寒入真境，是旧日河阳，貌写烟霞。曾记游吴楚，泛扁舟东下，指点神鸦。少年回首一梦，江上听悲笳，更对此何堪，京尘如雾栋开花。"[3] 此题画词，由秋水起笔，"蒹葭"收束上阕，语断神连，"荒寒"下阕一似悲笳，清初词如此之"雄"，似不能多见。此类"蒹葭"意象《珂雪斋词》中尚有《南浦　秋水》《解连环　咏芦花遥和钱舍人》《风流子　题刘岱儒葭水山房》[4] 诸篇。

《诗经》非唯学人之《诗经》，《诗经》亦活在诗人心际笔下，此《诗经》存活于清代之文学文本也。

---

[1] 愚按：严师迪昌《清词史》（南京：江苏古籍出版社，1990年，第267-278页）以"雄苍"属之，愚读《珂雪斋词》两卷，觉其词苍莽中透出尖峭。
[2] [清] 曹贞吉：《珂雪斋词》卷上，四库全书本。
[3] [清] 曹贞吉：《珂雪斋词》卷下，四库全书本。
[4] [清] 曹贞吉：《珂雪斋词》卷下，四库全书本。

论浙派诗人厉鹗

赵杏根

厉鹗（1692—1752），字太鸿，号樊榭，浙江钱塘人。著作有《樊榭山房集》，包括诗文词曲，流传甚广。其生平事迹，见《清史稿》卷四八五，《清史列传》卷七一，陆谦祉《厉樊榭年谱》，朱文藻原编、缪荃孙重订《厉樊榭先生年谱》等。

袁枚论诗，已用"浙派"之名，指厉鹗和浙江为诗学厉鹗的一批诗人。[1] 现在学术界所称浙派，则有狭义和广义之分。广义浙派，包括有清一代所有的浙江诗人，袁枚所云浙派，只是其中的一支。狭义浙派，就是袁枚所云的浙派。厉鹗是狭义浙派的奠基者，也是广义浙派中最重要的代表诗人之一。其《樊榭山房集》包括诗文词曲，流传甚广。[2] 本文仅对他的诗歌理论和诗歌创作做一番探讨。

一、诗不可以无体而不当有派

厉鹗论诗的文字不多，但大多针对明清诗坛的弊病而言，又为经验之谈，故不乏真知灼见。

厉鹗论诗，首倡"诗不可以无体而不当有派"[3]。所谓"体"，就是风格特征。我国诗歌史上，就出现过许多"体"，如"宫体""长庆体""西昆体""诚斋体""梅村体"等。使自己的作品具有某种美的风格，成为某种有欣赏价值的"体"，这几乎是每个诗人都刻意追求的。然而，为诗而未能成体者，固不必论，即使已成一体者，也还有成功与失败之分。

---

[1] [清]袁枚：《随园诗话》卷九，北京：人民文学出版社，1982年，第320页。
[2] 本文所引用厉鹗诗文，俱出自上海古籍出版社2009年版《清代诗文汇编》第271册。
[3] [清]厉鹗：《樊榭山房文集》卷三《查莲坡蔗塘未定稿序》，上海：上海古籍出版社，2009年，第429页。

诗体之形成，既有诗人主观方面的因素，也有客观方面的因素。厉鹗云："诗之有体，成于时代，关乎性情，真气之所存，非可以剽拟，似可以陶冶得也。"[1] 客观方面的因素，超越了诗人的能力范围，但诗人可尽其主观努力之能事。为诗而成体，非主观努力不能得。成功与失败，取决于主观努力，又在很大程度上取决于是"剽拟"还是"陶冶"。

有的诗人选定前人某种诗歌风格（亦即"体"）为自己的创作定向，然后，以前人所作该风格的代表作品为范本，步趋摹拟，尽量使自己的作品合于此种风格，成为此"体"，并以自己所作成为此"体"为成功。当然，这是诗歌创作的一大失误。对这种失误，厉鹗是看得很清楚的，因此，他断然提出，诗体"非可以剽拟"而成。明前后七子之摹拟剽窃，公安三袁、钱谦益等早予以痛斥，他们早已反复阐述作诗不可摹拟剽窃之理。厉鹗此时重弹此调，当然算不得诗歌理论方面的创新，不过也自有其现实意义。当时诗坛上，先有"神韵派"之步趋王渔洋神韵诗，后又有沈德潜"格调派"之复燃明前后七子复古之死灰，厉鹗反剽拟之论，即为此而发。

诗人在形成其诗体中的能动性，应该充分表现在"陶冶"上。如何陶冶呢？厉鹗云："去卑而就高。避缛而趋洁，远流俗而向雅正。少陵所云多师为师，荆公所谓博观约取，皆于体是辨。众制既明，炉鞴自我，吸揽前修，独造意匠。又辅以积卷之富，而清能灵解，即具其中。盖合众作者之体而自有其体，然后诗之体可得而言也。"[2] 这里有两点值得注意。一是取法要高广。取法高，这就跟取法价值不高甚至流俗卑下者区分了开来，以保证自己独创诗体之高，免入流俗卑下。取法广，这就跟专师一家一体者区分了开来，为独创诗体打下基础，避免落入摹拟剽窃、成为假古董一路。当时许多诗人，专学朱彝尊或王渔洋，取法既不够高，更谈不上广。二是在取法高广的基础上，以自己独特的识见行取舍，熔铸精华，形成自己足以区别于他人的独特风格，亦即"自有其体"。此外，还要辅之以学问。"积卷之富"有提高诗人艺术表现力的作用。诗人作诗，要"独造意匠"。"意匠"一词，"意"为本体，"匠"为喻体，"意"为"匠"，亦即"意"为使用语言材料之"匠"。"意匠"必"独造"，方能"独运"而足以区别于他人。"意匠"如何能做到"独造"？在"吸揽前修"的基础上，方

---

[1]［清］厉鹗:《樊榭山房文集》卷三《查莲坡蔗塘未定稿序》，上海：上海古籍出版社，2009年，第429页。

[2]［清］厉鹗:《樊榭山房文集》卷三《查莲坡蔗塘未定稿序》，上海：上海古籍出版社，2009年，第429页。

能"独造"。"意匠"既"独造",然则此"匠"以何运之?"匠"已至而材料安得?厉鹗《绿杉野屋集序》云:"书,诗材也,……诗材富而意以为匠,神以为斤,则大篇短章,均擅其胜。"[1] 这里,他把"书"看成作诗的材料,实际上是表达思想感情的材料,供"意匠"选择、运作。语言总难尽意,但读书多,语汇丰富,修辞纯熟,章法精妙,就能最确切妥帖地表达思想感情并得心应手。这种本领,正是为诗"清能"的重要组成部分,可以通过"积卷之富"获得。除"清能"以外,"积卷之富"还有助于获得"灵解"。"灵解"即独特、灵妙的思想感情或感受,最宜在诗歌中表达。神韵派诗最大的弊病就是空洞,格调派诗最大的弊病就是陈腐。"独造意匠""灵解",既可药神韵派诗之空洞,又可疗格调派诗之陈腐。特别是"灵解",可以看作袁枚所倡"性灵说"的先导。可惜厉鹗并没有就此发挥开去,也没有在创作实践中鲜明、广泛地体现出来,故影响不大,未引起人们的注意。

总之,如此既取法高广,又在此基础上创新,综前人之长而结合自己的时代、性情、"真气","独造意匠",辅之以来自"积卷之富"的"清能""灵解",形成诗人自己独特的、有价值的风格,亦即"自有其体",这才标志着创作的成功。

厉鹗"诗不可以无体"等论述是不错的,但诗"不当有派"则需要做具体分析。诗歌之有派,是客观存在。创作主张相同或相近、创作风格相似的诗人群,就形成了诗歌流派。

诗歌流派以群体的力量出现于诗坛,制造某种氛围,形成某种"热",产生强烈的影响,对诗人诗歌创作有引导、裹挟等作用。若干流派同时出现于诗坛,相互竞争,乃至论争,在相互的矛盾斗争中,各方不断发现自己的不足,并不断吸取他方的长处以完善自己,这有助于创作理论和创作本身的发展,能促进诗歌的繁荣。但是,如果诸流派以自己的理论和创作风格自限,排斥其他的理论和创作风格,那就极不利于诗歌的繁荣。"和实生物,同则不继",也同样适合于诗歌流派及其发展。此就诗歌流派而言。

再就诗人言之。诗人的禀赋、性情、经历、学问、识见等,如果适于做某流派风格的诗,固然自然而然地形成此种风格,但诗人的禀赋等如果不适于做某流派风格的诗,而硬要向该风格靠拢,则不仅削足适履损其天真,且舍其长而用其短,自然不能最大限度地发挥他的创作才能。

---

[1] [清]厉鹗:《樊榭山房文集》卷三《文集》,上海:上海古籍出版社,2009年,第429页。

此外，某诗歌流派出现于诗坛，总是有其既成风格，且有一定的影响。作诗者"剽拟"该风格而加入该流派，总要比通过长期"陶冶"自成一体容易得多，且自成一体的影响，在当时总远不及流派的影响大，因此，诗歌流派也就为某些人获取诗名开出了捷径。人们只要仿照某一时行流派作品的腔板创作，其作品也就较为容易随着这流派的盛行而流布，其诗名当然也就随之流布了。这与模仿某走红歌星的唱法易于为人们所接受是同一道理。更何况，同道有力者的吹嘘之力，也是可以利用的一种资源。

自明七子以下，在诗坛上扯起大旗的诗歌流派，往往有如上所云对诗歌发展所起的消极作用，只是程度不同罢了。各派末流所趋，消极作用更为明显。厉鹗《查莲坡蔗塘未定稿序》云，诗派皆出于好名者的标榜，"本朝诗教极盛，英杰挺生，缀学之徒，名心未忘，或祖北地、济南之余论以锢其神明，或袭一二巨公之遗貌而未开生面，篇什虽繁，供人研玩者正自有限"[1]。所云"祖北地、济南"者，当指沈德潜格调派。厉鹗与沈德潜曾同在浙江志馆而诗派不合，见袁枚《随园诗话补遗》卷十。[2] 厉鹗所云"袭一二巨公之遗貌"者，明显指步趋王渔洋神韵诗者。从这个意义上说，厉鹗"不当有派"之说，完全是针砭当时诗坛流弊的药石！至于厉鹗自己为（狭义）浙派的奠基者，这是他所始料不及的，更非其本意。

"诗不可以无体而不当有派"，这是厉鹗对明清诗歌发展中经验教训的总结。其要旨在于：诗人当通过长期的自我陶冶自成一体，而不应哗众取宠，依傍时流、剽拟某派。"不可以无体"与"不当有派"之间，是完全相通的，是一个问题的两个方面。各人诗体，乃经各人自己陶冶自然而成，当然也就各具面目。作诗不能以某派为模范刻意浇铸，使众人一面。在极为注重流派、门户的当时诗坛上，这是一种非常通达的观点。厉鹗为人孤峭幽独，不喜随波逐流，更不愿趋炎附势，在诗歌理论和创作方面也是如此。"诗不可以无体而不当有派"之论，与他的为人是完全一致的。

二、十诗九山水

一部《樊榭山房集》，可以说是"十诗九山水"。这也与厉鹗的个性和

---

[1] [清] 厉鹗：《樊榭山房文集》卷三《查莲坡蔗塘未定稿序》，上海：上海古籍出版社，2009年，第429页。

[2] [清] 袁枚：《随园诗话》，北京：人民文学出版社，1982年，第823页。

生存状态有密切的关系。厉鹗少孤家贫,其兄卖烟叶以养之,将之寄于佛寺,厉鹗不可。刻苦读书,学习为诗。其人孤瘦枯寒,于世事绝不谙,性又卞急,不能随人曲折,好率意而行。康熙五十九年(1720)李绂主持浙江乡试时,厉鹗成举人,入京会试,同乡侍郎汤右曾大赏其诗。厉鹗下第,又曾欲授馆焉,而厉鹗竟先期出京,右曾迎之不得。乾隆元年(1736),厉鹗被举博学鸿词,报罢,后欲入部铨选,至天津,查为仁留之水西庄,与之同为周密所编《绝妙好词》作笺,遂不赴选而归。扬州盐商马曰琯、马曰璐兄弟延之为上客,厉鹗遂长期住扬州,利用马家丰富的藏书,研究学问,并从事诗词创作。

厉鹗是个纯粹的文人,虽然他也像当时几乎所有的知识分子一样入科场,但并不热衷于此。他没有古代知识分子常有的建功立业的远大理想、以天下为己任的宏伟抱负及其他种种豪言壮语。他赴部铨选,只是为了以薄禄养母,其志可知。科场失意,其感情也并不激烈。究其原因,或是他有知世之明与自知之明。当时的社会,不利于汉族知识分子建功立业。他本人之缺乏行政才能,不谙世事而又有不能随俗俯仰的个性、孤寒低微的家庭背景,这些都足以决定他难以进入仕途,即使进入仕途,也必难以有大的发展。于是,他对待功名得失,心情能相当平和。

中国知识分子,几乎都想至少在某个方面有所建树,厉鹗也不例外,既然政治方面非其所长,亦非时之所宜,希望渺茫,他就舍其短而用其长,决心在文学上有所成就。其《雪中圣几招饮秋声馆用前韵》所云"力将陶谢追风雅,耻共金张较瘦肥"[1],就是这种志向的表露。

文学反映生活。作家(诗人)最擅长的,往往是反映他最熟悉的生活。应该说,厉鹗的生活面并不广阔,交游也不多,更不广。所往来者,不外一些在野诗人,如杭世骏、全祖望等。后与马氏兄弟交,交游稍多,但仍是以在野诗人为主。至于达官贵人,与厉鹗往来者很少。厉鹗的游历亦不广,除三次北上外,大致总在江、浙。

文学作品当然并不一定要反映作者自己的生活,在某种创作目的的驱动下,作者可以去熟悉自己不熟悉的生活,然后在文学作品中反映出来。但是,由于时代和他本人的原因,厉鹗并没有改造社会的强烈愿望,并没有以天下为己任的气概,因此,他不可能为改造社会而创作,也不可能为改造社会而去对广阔的社会生活做广泛的、深入的体验和研究。因此,除

---

[1] [清]厉鹗:《樊榭山房文集》卷八,上海:上海古籍出版社,2009年,第286页。

了极少量表彰节烈忠贞的诗外，厉鹗诗主要反映他自己的生活。

厉鹗一生，没有大堂高座、案牍劳形之苦，没有灯红酒绿、觥筹交错的社交宴饮之乐，没有持筹握算、躬耕负贩之累，甚至也没有埋首皋比、课训童蒙之务。生活尽管清贫，但也清闲，有足够的时间从事他喜欢做的诸事：治学、游山水、创作。这就是他的生活。他的创作，也得力于游山水、治学很多。

从另一个方面说，厉鹗要想在诗歌创作上有所成就，但又苦于缺乏合适的内容可写，诗笔指向山水风景，也是极为自然的事。他的家乡杭州，是素有"天堂"之称的著名风景城市，他有得天独厚的游览之便，他又生性喜游山水，因此，他常游山水，多写山水风景诗，也就毫不足怪了。其《施北亭携酒湖上》云"诗从青箬笠前得，秋在白荷花上来"[1]，这就是他游山水、写山水诗的真实写照。

厉鹗之学问，长于宋代典籍。他精熟宋事，尝撰《宋诗纪事》《南宋院画录》《东城杂记》。除与同社所合撰《南宋杂事诗》外，其诗集中也不乏写宋事者。杭州为南宋京师所在，风景名胜之与宋事有关者特别多。厉鹗家在杭州，既喜游览，又精熟宋事，故其咏杭州风景名胜的诗中，也常兼及宋事。

总之，厉鹗诗是"十诗九山水"。其山水诗中，以写浙江山水名胜者为多，而其中又以写杭州及其附近山水名胜者为最多。春夏秋冬，雨雪阴晴，厉鹗游览杭州及其附近山水风景时所感受到的种种变幻不同的美，都发之于诗。其篇什之繁富，为历代写杭州及其附近山水名胜诗人之冠。这是厉鹗诗在题材上的一大特色。

三、孤情出秀句

在艺术师承上，厉鹗主要宗法唐代王、孟、韦、柳山水诗派，而上溯陶、谢，兼及宋人。他很赞赏唐人司空图的《诗品》。王渔洋神韵诗派，也正是奉王孟韦柳为圭臬，以《诗品》"不著一字，尽得风流"为座右铭。可是，厉鹗所作，与神韵派诗有明显的不同。

厉鹗认为，写诗要"独造意匠"，要表达独特的生活体验，表现独特的思想感情。其诗常明显地表现出诗人的感受，这种感受，虽不够灵妙，称

---

[1][清]厉鹗：《樊榭山房文集》卷八，上海：上海古籍出版社，2009年，第289页。

不上"灵解",但很独特。这自然就与神韵诗中诗人的思想感情空泛不可捉摸大相异趣。

感受来自对生活的体验。受主、客观条件的限制,特别是生活的限制,厉鹗所熟悉、所体验的,内并不是广阔的社会生活,而仅仅是他一己范围内并不太广的活动,且主要还在游览山水名胜。因此,厉鹗诗中表现的感受,以对山水景物之美的欣赏为多。

厉鹗诗中表现的感受,大多是一种"孤情"。这"孤情"有两个特点。一是独特。这表现在他那独特的取材,独创的意境,独具慧眼的发现。二是幽僻。他善于从一般人不会去注意的事物中获得感受。总之,这种"孤情"乃是他从人们注意力罕至之处细细体察而得的独特感受,故多为对被人们忽视的美的欣赏与领悟。例如,他写咏物诗,所咏白秋海棠、白桃花,都是不经见之物。人们写种花、种树,他却写《种芦》。写景之作,就更多此类被常人忽视之美。句如《宿永兴寺德公山楼》:"短烛照春绿,夜静山愈空。"[1]《秋雪庵》:"稍深天影展,四顾云水幽。"[2]《自乾元寺至金莲洞》:"谁弹幽涧泉,泠泠声满谷。"[3]《晓过福清竹院》:"地僻养灵姿,氛润蒙玉骨。"[4]《夜宿溪上巢玩月》:"月午山风来,萧萧松影动。"[5]《人日游南湖慧云寺》:"至境繁华归梦幻,最无人处叫春禽。"[6]《暮投遍福寺宿楚木禅师方丈》:"怪禽啼处明佛火,新月照地如无痕。"[7]他的诗中,充满了清幽凄寒的意象,如"幽绿""幽泉""幽林""幽禽""幽篁""幽草""幽花""暗泉""荒径""凉萤""清萤""清露""凉蟾""寒辉""苔痕""孤藤"等,都是罕被人们欣赏之物。在这一方面,厉鹗诗与神韵派诗之风华旖旎大异,而体现出幽人之贞、独行之愿,富有独特的情趣,正与王维的山水小诗韵味相似,而高处直逼陶、谢。

厉鹗诗之注重写"孤情",当吸取了宋诗的某些特点。宋诗注重炼意,

---

[1] [清] 厉鹗:《樊榭山房文集》卷三,上海:上海古籍出版社,2009年,第234页。
[2] [清] 厉鹗:《樊榭山房文集》卷三,上海:上海古籍出版社,2009年,第235页。
[3] [清] 厉鹗:《樊榭山房文集》《续集》卷五,上海:上海古籍出版社,2009年,第361页。
[4] [清] 厉鹗:《樊榭山房文集》卷八,上海:上海古籍出版社,2009年,第288页。
[5] [清] 厉鹗:《樊榭山房文集》《续集》卷一,上海:上海古籍出版社,2009年,第314页。
[6] [清] 厉鹗:《樊榭山房文集》卷一,上海:上海古籍出版社,2009年,第214页。
[7] [清] 厉鹗:《樊榭山房文集》《续集》卷一,上海:上海古籍出版社,2009年,第318页。

追求感受的独特。厉鹗曾花大力气研究宋诗，编《宋诗纪事》洋洋一百卷，对宋诗之熟悉可知。他在理论上也不排斥宋诗，并认为宋诗之长处在"时出新意"[1]。这样一个熟知宋诗及其长处的诗人，在创作中吸取宋诗的某些长处，也是非常自然的事。有人认为，厉鹗为诗取法宋人一路，或正是着眼于此。

"远人无目，远水无波，远山无皴"的画论，是"神韵说"的理论源泉之一。[2] 因此，就写景而言，神韵诗总是写远景，几笔勾勒，几笔涂抹，并不做细细描绘刻画。厉鹗的写景诗，则多近景，且好做小景物的特写。这些景物，又多具活泼泼的生机，使所写意境，愈发显得幽静清寒。如《石笋峰》："涧泉幽修语，回头又无人"[3]；《中塔院礼真歇禅师塔》："过墙禽动竹，开户鼠翻藤"[4]；《宿芦庵》："饥獭窥禅定，惊乌助客吟"[5]。栗鼠窥星，沙鸡湿语，水鹤夜啼，沙鸥忘机，幽街暗蛩，空山杜鹃，水鸣淙淙，禽语声声，诗人冥搜物象，一一出之。这些，也正与王维许多山水小诗相似。但厉鹗之作，不仅多小诗，也多长篇。神韵诗含蓄不露，只需疏疏几笔勾勒或涂抹，故诗以神韵胜，但可作绝句，神韵诗事实上也主要是绝句。厉鹗在诗中刻画活泼泼的物象，当然不必为绝句所限。

神韵诗中，诗人的形象往往是隐去的，至多若隐若现，绝不能称鲜明。厉鹗诗中则不然。他要把"孤情"鲜明地表现出来，诗中就必有其人。就其山水诗而言，所写不仅仅是风景，还有对风景的欣赏与感悟，故笔触所至，处处有其人在，句如《招隐寺》："微聆得至音，寒漱有余凛"[6]；《晚至溪上巢》："列坐疏竹根，微泉各为听"[7]；《夏夜同栾城功千步月南湖》："烦思临湖尽，幽襟为月开"[8]；《三月六日顾丈月田招同人凤凰山看桃花》："疏竹摇客梦，泉冷入幽怀"[9]。全诗如《溪上巢泉上作》云：

---

[1] [清] 厉鹗：《樊榭山房文集》卷三《懒园诗钞序》，上海：上海古籍出版社，2009年，第428页。
[2] [清] 王士禛：《带经堂诗话》卷三，北京：人民文学出版社，1982年，第86页。
[3] [清] 厉鹗：《樊榭山房文集》卷五，上海：上海古籍出版社，2009年，第257页。
[4] [清] 厉鹗：《樊榭山房文集》《续集》卷一，上海：上海古籍出版社，2009年，第318页。
[5] [清] 厉鹗：《樊榭山房文集》《续集》卷五，上海：上海古籍出版社，2009年，第350页。
[6] [清] 厉鹗：《樊榭山房文集》卷八，上海：上海古籍出版社，2009年，第281页。
[7] [清] 厉鹗：《樊榭山房文集》卷六，上海：上海古籍出版社，2009年，第268页。
[8] [清] 厉鹗：《樊榭山房文集》卷七，上海：上海古籍出版社，2009年，第273页。
[9] [清] 厉鹗：《樊榭山房文集》《续集》卷五，上海：上海古籍出版社，2009年，第351页。

"玩溪遂穷源，东峰屡向背。朝日上我衣，春泉净可爱。不知泉落处，潺潺竹篱内。喧闻两叠泻，静见一潭汇。松风飐纤碧，花影蓄深黛。名言犹有相，幻照乃无悔。悠然巢居心，颇欲终年对。"[1] 又如《河渚泊古梅花下》等也是如此。这些诗，与柳宗元山水诗和山水游记韵味相似，景物清冷幽峭，与诗人感情相契。王维等的山水诗，则作者往往隐于诗外。将厉鹗山水小诗《同筠谷太虚上人游花坞诸精舍十首》《题巤谷半槎南庄七首》等与王维山水小诗相比较，就不难看出其间的不同。至于厉鹗的五七古山水诗，与王维的山水小诗相比，区别就更为明显了。

厉鹗在诗歌艺术表现方面的"清能"，突出地表现为驾驭诗歌语言的能力。他的诗歌语言不同凡俗。厉鹗《相国寺访亦谙上人》有句云："孤情出秀句。"[2] 他的诗歌语言，实可以用一"秀"字来概括，有"妍秀""秀洁""秀媚""幽秀"之类的特点，虽然没有神韵诗的语言那样华美、明丽，但也不乏色彩。最为重要的是，厉鹗遣字用词，既精当秀美，又富有独创性。他曾经说过："辞必未经人道，而适得情景之真，斯为难耳！"又说："多作不如多改。"[3] 这真是深知甘苦之言。不管写什么内容，即使是写幽冷凄僻之景，写佛寺，写与神话传说有关的景物，他也很少借助浪漫手法，绝无牛鬼蛇神、吞刀吐火之类的渲染张扬，而力求用既精当秀美又富有独创性的语言来确切地、传神地描绘对象，表达自己的"孤情"。这当然需要有较强的驾驭语言的能力。厉鹗学问宏富，语言资本十分雄厚，又勤于锤炼、雕琢，故能在诗歌语言方面达到相当高的境界。如《晓望》："遥山著秋瘦，小沼得风涟"[4]；《晓行里湖作》："十里露荷影，四山凉翠围"[5]；《重游焦山信宿石壁庵》二首之一："众木生夏寒，绝壁衔僧楼"[6]；《宿永兴寺德公山楼》："微闻梅花气，吹落疏磬中"[7]；《永兴寺二雪堂晓起看绿萼梅》："的的花间雨，澹澹花上烟"[8]；《理安寺》："翠岩多冷光，竹禽无惊啼"[9] 等，都幽新隽妙，刻琢研炼。

---

[1] [清] 厉鹗：《樊榭山房文集》卷三，上海：上海古籍出版社，2009年，第231页。
[2] [清] 厉鹗：《樊榭山房文集》卷三，上海：上海古籍出版社，2009年，第234页。
[3] [清] 杨锺羲：《雪桥诗话三集》卷五，《求恕斋丛书》本，第60页B面。
[4] [清] 厉鹗：《樊榭山房文集》《续集》卷一，上海：上海古籍出版社，2009年，第317页。
[5] [清] 厉鹗：《樊榭山房文集》《续集》卷二，上海：上海古籍出版社，2009年，第324页。
[6] [清] 厉鹗：《樊榭山房文集》卷八，上海：上海古籍出版社，2009年，第283页。
[7] [清] 厉鹗：《樊榭山房文集》卷三，上海：上海古籍出版社，2009年，第234页。
[8] [清] 厉鹗：《樊榭山房文集》卷三，上海：上海古籍出版社，2009年，第234页。
[9] [清] 厉鹗：《樊榭山房文集》卷二，上海：上海古籍出版社，2009年，第226页。

厉鹗还以典故丰富其语言表现力。他用典也是力求生新，好用常人不大用的典故，特别是宋及宋以后典故。许多典故本于《墨庄漫录》《曲洧旧闻》《铁围山丛谈》《咸淳临安志》等宋人笔记、方志和其他著述。有些典故出于《清容居士集》《戒庵老人漫笔》《万历野获编》等元明人著述。不少典故是小典、俗典，常人罕用，如齿神名"朱丹"、陶谷小字"铁牛"，以及"祠山报""夏九九""倒箱会"，甚至会有关于"解梦"的典故。此外，他还喜用佛典，如"清净水""雨美膳""寂灭""诸相""上乘""心灯"等。厉鹗有时还化用宋句入诗，这在前人或当时人，更是不多见的。如其《人日游南湖慧云寺》诗"粉围香阵忆诗仙"，自注云化自张梅词"粉围香阵拥诗仙"[1]。《胶牙饧》诗"蓼花分点缀"，自注云化自陆游"新炸饧枝缀蓼花"[2]。《西湖竞渡曲》诗"八分烟水二分人"，自注云化自楼大防"二分烟水八分人"[3]。

厉鹗之多用宋典，原因有二。一是他精熟宋代各类典籍，在这方面有雄厚的资本。二是他力主创新，力求"辞必未经人道"[4]。经史典和唐以前典，前人和当时人常用之，宋典则否。就有清一代而论，仅黄宗羲、查慎行等诗人用宋典，至于尊唐薄宋一派的诗人，则绝少用之。厉鹗用宋典，好处在于既扩大了诗歌语言的范围，增强了诗歌的表现力，又能给人耳目一新之感。

四、厉鹗诗的缺陷：幽僻与生僻

厉鹗诗也是有明显缺点的。

首先，就内容而论，厉诗远不足以称丰富。题材既狭窄，情感也大体上只是美的欣赏、爱情与友谊，且不说以天下为己任的宏伟抱负、干预生活的激情，就是一己的身世之感也不多见，因此，其诗中的感情极为平和，全不见奔腾激昂、哀乐无端的歌唱，而只有那幽深尖细、孤僻轻微的低吟。厉鹗追求"孤情""独造"，只是专事一意一境之尖新幽僻，而忽视对正大高朗的追求。他的诗中，充满了冷、凉、寒、暗、幽、僻、阴一类的情调，虽然常给人一种特殊的美感，使人觉得与王渔洋派、沈归愚派的肤廓与陈

---

[1] [清]厉鹗：《樊榭山房文集》卷一，上海：上海古籍出版社，2009年，第214页。
[2] [清]厉鹗：《樊榭山房文集》卷三，上海：上海古籍出版社，2009年，第238页。
[3] [清]厉鹗：《樊榭山房文集》《续集》卷六，上海：上海古籍出版社，2009年，第363页。
[4] [清]杨锺羲：《雪桥诗话三集》卷五，《求恕斋丛书》本，第60页B面。

腐这类"正大"的老调迥异,但有时则给人的感觉并不是美,而是一种刺激。例如,"秋虫吊月""叶飐暗廊"之类,就是如此。如果说李贺诗有鬼气,那么厉鹗诗就有一种"幽气"。

就总体而言,厉鹗诗气格不高、力量不厚,无深沉雄阔之局阵气概,他务求尖新幽僻的取向,是一个重要的因素。洪亮吉《北江诗话》卷一云:"樊榭气局本小,又意取尖新,恐不克为诗坛初祖。"[1]这正言中了厉鹗诗在这方面的弱点。姚鼐《惜抱轩尺牍》卷四《与鲍双五》称厉鹗诗为"诗家之恶派"[2],或亦正着眼于此。

厉鹗诗艺术上的缺陷,还表现在语言方面。"辞必未经人道",追求语言方面的生新,这是不错的,突破老一套的语汇典故那些陈词滥调,尤其值得肯定。但是,避熟生新,必须以增强诗歌的艺术表现力为目的,成功与否,也只能由艺术效果来检验。如果片面地追求避熟生新,而忽视了表达效果,那就本末倒置了。厉鹗诗中就有这种现象,生新导致了生涩、生僻。其中最为突出的,就是用"替代词"。一个本来极平常、极易懂的词,为了避熟生新,而用一个极为罕用、极为生僻的词来代替。例如"桥"为"略彴","芋"为"蹲鸱","药"为"消摩","杜鹃"为"谢豹","瓶"为"军持"等,这些替代词新则新矣,结果是使读者不知所云。

用典也是如此,不能片面地追求避熟生新。用宋或宋以下典故,并非不可,但多用僻典、小典、俗典,则无疑会大大影响诗的艺术效果。厉鹗诗中自注生僻典故者甚多,以此来弥补用生僻典故造成的不足,但显然是无法完全弥补的。

厉鹗诗用生僻的词汇和典故,是他避熟生新的失败之处,同时,也透露出他在这方面的力不从心。在那些诗中,他未能把避熟生新与增强诗歌的艺术表现力很好地结合起来。有意用生僻的词汇和典故以炫耀其渊博,也是一个重要原因。厉鹗久居扬州盐商马氏兄弟处。盐商奢华,夸奇斗富。在那种环境中,厉鹗心里或许会有一种失衡之感。他无财富,无官位,无门第,无周旋应对之才,他的过人之处,只是学问和诗词之才,他自然也就只能在这些方面显示出自己的实力,以尽量维持社交时的平等和心理上的平衡。用生僻的词汇和典故,正是其极端表现。《儒林外史》第二十三

---

[1] [清]洪亮吉:《北江诗话》,北京:人民文学出版社,1983年,第21页。
[2] [清]姚鼐:《惜抱轩尺牍》,上海:国学扶轮社,清宣统二年(1910),第7页A面。

回，盐商万雪斋宴客，有一道菜是"冬虫夏草"。"冬虫夏草"非不名贵，但用于宴客，则用错了地方，不过能引起客人的新奇感和对主人雄厚财力的钦佩。厉鹗作诗用生僻的词汇和典故，也是用错了地方，不过能引起读者的新奇感和对诗人宏富学问的钦佩，尤其是对那些不甚知诗的读者，例如盐商之类，这种做法的效果就更为显著。董竹枝批评厉鹗"偷将冷字骗商人"，袁枚认为"责之是也"[1]。厉鹗以生僻的词汇和典故入诗，实在是与盐商用"冬虫夏草"宴客一样，都是争奇斗富的恶俗，区别仅在学问和财货而已。

其实，选择诗歌语言，当以增强诗歌艺术表现力为归，不必论僻论俗，论生论熟。若专取生新一路，已是走上仄径，如书法之专用偏锋，自难端严正大，如用兵之好用奇谋，自难常操胜券。若只求生新而不考虑艺术效果，则径益逼仄，导诗歌于绝路矣。

厉鹗诗中用生僻的词汇和典故这种现象，还是不多的，对其诗歌的总体成就，影响不是很大。不过，这种现象很是引人注目，当时就引起了诗坛的注意。有识者如袁枚批评厉鹗诗的这一缺陷，但肯定其诗"佳处全不在是"[2]。无识者欲学厉鹗诗之生新，但又没有厉鹗那样渊博的学识和拣选锤炼的功夫，遂将用生僻的词汇和典故误作生新的捷径而效之，一时竟成风气，成为浙派诗的一大特色。这虽为厉鹗之始料不及，但作为有清诗坛上此风的发起人，他不得辞其咎。

厉鹗诗内容和艺术表现形式方面的不足，使它显得气局狭小，力量薄弱，雕炼有余而自然不足，无雄浑阔大、波澜翻腾、滚滚滔滔之观，此乃其所短。诸体之中，厉诗七古最弱，而五古和五言近体最胜。七律虽无沉厚典重之概，但如《悼亡姬》组诗十二首，尽缠绵婉丽之致，自是言情绝调。写景七律，亦多清妙新隽，在唐宋大家七律外，别创一格。七绝亦大多颇具情韵。

结语

厉鹗论诗，主"诗不可以无体而不当有派"，对诗歌创作有指导意义，在当时诗坛上，尤其具有纠偏的作用。其诗以凄清幽深的意境，孤诣独造

---

[1] [清] 袁枚：《随园诗话》卷九，北京：人民文学出版社，1982年，第320页。
[2] [清] 袁枚：《随园诗话》卷九，北京：人民文学出版社，1982年，第321页。

的情调，妍秀雕炼的语言，形成了清幽妍秀的艺术风格，在神韵派诗风华腴旖旎、格调派诗宽袍大袖之外，别树一帜。作为一种艺术风格，厉诗自有其独特的价值。后学所趋，蔚为（狭义）浙派。虽然后来（狭义）浙派诗人发展了厉诗的某些短处，但也自有得其长处者，也自有不少成功的作品。总之，厉鹗于诗坛之繁荣、诗歌之发展，虽然咎不可辞，但瑕不掩瑜，功亦不可没。

论姚鼐的诗

马亚中

桐城派是清代的一个影响广泛且深远的文学流派。它虽以古文著称于世,然桐城派古文家中,许多人却不仅能文,而且善诗。咸丰初,姚莹序徐璈所编《桐旧集》曰:"窃尝论之,自齐蓉川给谏以诗著有明中叶,钱田间振于晚季,自是作者如林。康熙中,潘木崖先生是以有《龙眠风雅》之选,犹未极其盛也。海峰出而大振,惜抱起而继之,然后诗道大昌。盖汉魏六朝三唐两宋以及元明清大家之美无不一备。海内诸贤谓古文之道在桐城,岂知诗亦然哉!"[1] 实以为不仅有桐城派文,而且有桐城派诗。清末绩溪人程秉钊《国朝名人集题词》亦称:"论诗转贵桐城派,比似文章孰重轻。"[2] 把桐城派诗抬到了与桐城派文相当的地位。

平心而论,桐城派诗虽然在有清诗坛并不像神韵派、格调派、性灵派那样享有盛名,但也有其独到的成就。它对道咸以后诗风的转变及晚清同光体都产生过重要的影响。

桐城派诗的大宗师是姚鼐。吴汝纶在《姚慕庭墓志铭》中说:"方侍郎顾不为诗,至姚郎中乃以诗法教人。其徒方植之东树益推演姚氏绪论,自是桐城学诗者,一以姚氏为归,视世所称诗家若断潢野潦不足当正流也。"[3] 其实,岂止桐城学诗者以姚氏为归,乾嘉以后桐城派诗人亦咸以姚氏为归。

姚鼐早年学于刘大櫆,但能变而大之。在不废明七子、重视音节这一点上,姚鼐基本上继承了刘大櫆的观点,但刘大櫆偏于汉魏盛唐,而姚鼐

---

[1] [清] 姚莹:《中复堂遗稿》卷一《桐旧集序》,清《中复堂全集》本,第9页。
[2] 转引自钱锺书:《谈艺录》"四二 明清人师法宋诗 桐城诗派",北京:中华书局,1984年,第146页。
[3] [清] 吴汝纶:《桐城吴先生诗文集》文集卷三,清光绪刻《桐城吴先生全书》本,第117页。

比他更多地注意到了宋诗，特别是宋代的黄山谷诗。因此，与其说姚鼐一宗海峰家法，还不如说姚鼐嫡传本家伯父姚范的家法。

姚范，字南青，号姜坞，著有《援鹑堂笔记》及诗文集。其中不乏论诗精湛之语。方东树作《昭昧詹言》于姜坞之言采录颇多。姚范对姚鼐最重要的启示，莫过于在不一笔抹倒明七子的同时又推崇黄山谷，并兼采李商隐。姚范尝谓"涪翁以惊创为奇，其神兀傲，其气倔奇，元思瑰句，排斥冥筌，自得意表。玩诵之久，有一切厨馔腥蝼而不可食之意"[1]。极赞山谷诗惊创的精神，奇傲的风骨，不落凡近、泠然空中的构思和造句。他自己的创作也曾着力于山谷诗的"惊创""深刻"之长，故郭麐谓其诗在"山谷、后山之间"[2]。同时，他还主要从李商隐的政治诗中学习其精深工切的隶事用典及其周密的布局。另外，他还适当吸取了李商隐诗歌婉丽的辞采。这些，从其《仿西昆体四首》《戏简友人》等诗中可以比较明显地看出来。故《晚晴簃诗汇》又称其诗"导源义山而别开蹊径，实与昆体不同，亦无宋人粗劲之习"[3]。今读其《次韵答巨川见怀之作》《过虞姬墓》《题袁朴村春郊揽胜图》《别诗》《登楼怀刘三耕南》《和人咏忍冬花》诸诗则庶几其近之。但姚范主要是个学者，作诗只是他的余事。尽管他的作品不像海峰诗那样时有浅俗之弊，但诗境还不够开阔。且诗中往往谈道言理，殊乏诗歌的情味。寄托也远不如李商隐、黄山谷诗那样深广。同时，他的诗集梓行较晚，见者不多，因此，他的影响并不是很大。

桐城派诗至姚鼐方始拓宽堂庑，独自开宗。

一、姚鼐论诗宗旨的提出在诗歌发展史方面的前提

姚鼐在承传师说的基础上，在《与鲍双五》尺牍中明确地提出了"熔铸唐宋"[4]的论诗宗旨。这个宗旨的提出是以元明以来诗歌发展的历史为其基本前提的。为了比较清楚地认识这一宗旨的客观意义，并进而去认识桐城派诗在清代诗歌史上的成就及其地位，我们不妨先概要地回顾一下宋以后诗歌发展的大致情况。

---

[1] [清] 姚范：《援鹑堂笔记》卷四十集部，清道光姚莹刻本，第510页。

[2] [清] 郭麐：《樗园消夏录》卷下，《续修四库全书》编纂委员会编《续修四库全书》，上海：上海古籍出版社，2002年，第16页。

[3] [清] 徐世昌：《晚晴簃诗汇》卷七七，中国书店木板刷印本，第3174页。

[4] [清] 姚鼐：《惜抱轩尺牍》卷四《与鲍双五》，清同治五年（1866）刻本。

宋代诗人是学古而能创新的典范，他们"变化于唐，而出其所自得"[1]，学唐而能不为唐人所限，从而开创了宋诗的时代风貌，成为唐以后我国诗歌史上的又一个奇峰。但是，宋诗在元明两代还没能成为一种足以和唐诗并驾齐驱的审美传统。元代诗人除开国之初的方回以外，其他诸大家如虞集、杨载、范梈、揭傒斯，以及元末之杨维桢等基本上以唐诗为宗。杨维桢尝说"二李"（即李白、李贺）之前尚"骨骼不卑，面目不鄙"，但是"此诗之品，在后无尚也"[2]。不以宋诗为然。至明，一开始整个文坛上就笼罩着浓重的复古风气。尚正而不求变。故以变唐而自成其面目著称的宋诗在这样的形势下也难以作为一种纯正的审美传统而受到崇奉。闽中诗人高廷礼编选《唐诗品汇》，扬严沧浪之波，界划唐诗为初盛中晚，奉盛唐为正宗。于是承元之余势，唐风遂愈演愈烈。纪昀评其书曰："唐音之流为肤廓者，此书实启其弊；唐音之不绝于后世者，亦此书实衍其传。"[3] 以后又复有七子交相鼓吹，标榜盛唐，欲以盛唐气象壮明人声气。"东坡且无过问者，涪翁无论焉。"[4] 于是诗人下笔莫非唐音。刘绩更历数宋诗之弊曰"驳""滞""费力""馁饤""漏逗""枯燥""散缓""鄙俗"[5]，几乎骂到了极点。诚然，唐诗比之于宋诗本以情韵见长，蕴藉空灵，兴象华妙乃其独擅。然而不善学者，往往易得其空疏。明人学唐不同于宋人，基本上还停留在"临帖"的阶段，呆板、保守、缺乏变化。久之，渐流为肤廓平滑，也势必会造成审美趣味的单调、狭隘和陈腐。当其初，虽也有人为宋诗鸣不平，理学家方孝孺曾作诗慨叹道："前宋文章配两周，盛时诗律亦无俦。今人未识昆仑派，却笑黄河是浊流。"[6] 但毕竟如瑟瑟西风中的点点星火，不足以抗严寒。其后，唐宋派中人如龙溪信徒唐顺之抬出黄庭坚，为宋诗力争一席之地。公安派袁氏兄弟又以取法眉山与恪守盛唐者对抗。至此，宋诗渐有燎原之势。然而公安派鉴于七子之失，主要是以独抒性情来反对明七子的泥古，他们的侧重点在标新立异而不在继承，甚至，更是不必继承。这样便为那些不愿刻苦下功夫的人大开方便之门，于是便有草率俚俗之弊。

---

[1]［清］吴之振：《宋诗钞初集·序》，商务印书馆涵芬楼1915年刊本。
[2]［元］杨维桢：《东维子集》卷七《赵氏诗录序》，四部丛刊本。
[3]［清］纪昀，等撰：《四库全书总目》卷一八九《唐诗品汇》。
[4] 陈衍：《近代诗钞》（上），《曾国藩诗钞》，上海：商务印书馆，1924年，第152页。
[5]［明］刘绩：《霏雪录》卷下，四库全书本。
[6]［明］方孝孺：《逊志斋集》卷二十四《谈诗五首》之二，《四部丛刊》本。

诚然，社会不断向前发展的那种内在的"活性"要求一切都处于变动的状态，反映在社会审美意识中就表现为审美观的理想性。然而，社会的发展却必然会受其内在的那种向后联系的"惰性"制约。这"惰性"要求一切都处于静止的状态，这反映在社会审美意识中就表现为审美观的历史继承性。而社会发展的进程，则是这种"活性"和"惰性"对立统一的结果。由这种对立统一所造成的"中性"，要求变动和静止相结合，这反映在社会审美意识中就表现为审美观的时代性。明七子泥古不化，偏于一端，缺乏新的向前发展的审美理想，其结果就必然为社会发展的"活性"所不容。而公安诸家忽视继承，粗制滥造皆为创新，其最终也不能为向后联系的"惰性"所容。由于明诗或偏于继承，或偏于创新，在社会发展的"活性"与"惰性"之间摇摆不定，还没有取得那种对立统一的"中性"，因此，缺乏鲜明的时代风貌。

清人认识到了明人之失。清初的钱谦益、黄宗羲、朱彝尊等都分别指出了明七子及公安派的缺陷。鉴于七子之失，作诗不能不有变，要有所创新；鉴于公安派之失，又不能不求正，要注重继承。而宋诗既有"务离唐人以为高"的尚变的精神，又是为明人所忽视的一种审美传统，因此，学宋既可吸取宋人学正而能变的精神，又能扩大继承文学遗产的面，打破明人造成的单调局面，为诗苑输送新鲜的历史营养，以医治由偏食症造成的营养不良。而清代程朱理学的复兴，也再度引起人们对宋代整个文化的关注，这便为诗风的演变提供了合适的气候。这样，清人的诗歌创作经过明代的左右摆动，终于在社会发展的"活性"和"惰性"所形成的合力作用之下，在适宜的现实环境之中，走上了唐宋兼采、转益多师、继承和创新相结合的道路。

清初既是时代更新之际，又是诗风的一大转折时期。朱彝尊在《丁武选诗集序》中说："三十年来，海内谈诗者，知嫉景陵邪说，顾仍取法于廷礼，比复厌唐人之规幅，争以宋为师。"[1] 又在《叶李二使君合刻诗序》中说："今之言诗者每厌弃唐音，转入宋人之流派。"[2] 由此可见当日之形势。这种形势的另一个鲜明的标志便是吕留良、吴之振、吴自牧辈所选的《宋诗钞》的出现。吕、吴之选旨在倡导宋诗，"欲天下黜宋者得见宋之为

---

[1]［清］朱彝尊：《曝书亭集》卷三十七，《四部丛刊》本。
[2]［清］朱彝尊：《曝书亭集》卷三十八，《四部丛刊》本。

宋如此"[1]。其序力斥明之尊唐者为"腐"，以为"宋人之诗变化于唐而出其所自得，皮毛落尽，精神独存"[2]，斯可取法。吕、吴的这种主张是具有代表性的。执明末清初诗坛牛耳的钱谦益推崇欧阳修和苏东坡，他认为"学杜有以学杜者矣，所谓别裁伪体，转益多师者是也"[3]，反对拘泥于盛唐。在创作实践上，他也是转益多师的能手。于唐主要学习杜甫、李商隐；在宋则主要学习苏轼、陆游。唯于黄庭坚颇有微词，以为其不善学唐。黄宗羲则稍异于牧斋，认为"宋之长铺广引，盘折生语，有若天设。号为豫章宗派者，皆源于少陵……以极盛唐之变，虽工力深浅不同，而概以宋诗抹杀之可乎？"[4] 然学宋者本是为了挽救专学盛唐之偏，而随风而靡者，不明其理，又由专学盛唐变为盲目学宋，唯宋是崇。这样也就势必会走到学宋的反面，结果与专学盛唐者殊途同归。故朱彝尊批评他们是"随响附影""叫嚣以为奇，鄙俚以为正"[5]。因此，大凡头脑清醒的诗人都并不偏于一端。钱、黄虽重视宋诗，但同样也推崇唐诗，胸中并不存一时代的偏见。而朱彝尊虽然以学唐称世，但同样也曾取法宋诗。姚鼐谓其晚年"七律颇学山谷"[6]。七律以外，即如绝句《纪梦作》《送徐甥燉之豫章》《题盛叟生圹》《和论书绝句》，五律《真州客舍诗》，六言《题程上舍鸣〈寒梅霁雪图〉》亦同样借镜山谷。与朱彝尊齐名的王士禛也以学王孟著称。但他中年亦"越三唐而事两宋"[7]。其《冬日读唐宋金元诸家诗，偶有所感，各题一绝于卷后》诗曰："一代高名孰主宾，中天坡谷两嶙峋。瓣香只下涪翁拜，宗派江西第几人？"[8] 抒发了他对山谷的心仪之怀（其实王渔洋早年已对山谷发生兴趣，曾集山谷诗为一绝，题曰《谢人送梅》）。其作品如《叙州杯池，泸州使君岩，皆山谷先生旧游，都不及访，怅然赋此》《大风渡江》《无名氏画》《天马山雨行》等颇得山谷精神，而

---

[1]［清］吴之振：《宋诗钞初集》《序》，商务印书馆涵芬楼1915年刊本。

[2]［清］钱谦益：《牧斋初学集》卷三十二《曾房仲诗序》，《四部丛刊》本。

[3]［清］钱谦益：《牧斋初学集》卷三十二《曾房仲诗序》，《四部丛刊》本。

[4]［清］黄宗羲：《黄梨洲文集》序类《天岳禅师诗集序》，北京：中华书局，1959年，第371页。

[5]［清］朱彝尊：《曝书亭集》卷三十八，《四部丛刊》本。

[6]［清］郭麟：《樗园消夏录》卷下云："吾师姚姬传先生……尝谓麟曰：竹垞晚年七律颇学山谷，枯瘠无味，意欲矫新城之习耳。乃其诗云：'江西诗派数流别，吾先无取黄涪翁。'此何为者耶！"（《续修四库全书》编纂委员会编《续修四库全书》，上海：上海古籍出版社，2002年，第6页。）

[7]［清］俞兆晟：《渔洋诗话序》引王士禛语，钱林、王藻辑《文献徵存录》卷二，清咸丰八年（1858）刻本。

[8]［清］王士禛：《渔洋山人精华录》卷六，《四部丛刊》本。

其七律如《守风燕子矶》等亦似学山谷。查慎行则以学宋名，他的近体颇有陆放翁的"沉雄踔厉"之气。然其白描手段则似得力于白香山。以后浙派代表厉鹗则以学宋代陈与义为主，但也上溯王孟。他在《懒园诗钞序》中曾说："夫诗之道不可以有所穷也。诸君言为唐诗，工矣。拙者为之，得貌遗神，而唐诗穷。于是，能者参之苏黄范陆，时出新意。末流遂澜倒，无复绳检，而不为唐诗者又穷。"[1] 专学唐，专学宋，在他看来同样都是不足取的。

可见在姚鼐之前，清代的许多著名诗人在理论和创作实践上都已有兼采唐宋的倾向。这种倾向的产生是元明以来诗歌正变发展的必然结果。宋诗成为一种新的审美传统，并与唐诗这一原有的审美传统相互融汇构成了清人学古的主要潮流，而桐城派诗人姚鼐则比他的前人更为明朗地、自觉地把"熔铸唐宋"作为论诗的宗旨，这标志着清人这一学古潮流已进入了一个新的阶段。

当然，同是兼采唐宋，各家各派还各有所得，各有面目。朱彝尊不同于钱谦益，查慎行也不同于朱彝尊，王士禛也与朱彝尊差异甚大，厉鹗显然也不会与王士禛相混，而桐城派姚鼐也同样有他自己的特色。

二、姚鼐论诗宗旨的时代针对性

姚鼐提出"熔铸唐宋"的论诗宗旨，一方面固然有诗歌发展史方面的原因，另一方面还有其时代的针对性。

在乾嘉诗坛，早年以王士禛为代表的"神韵派"，虽说余韵犹存，流风不绝，但毕竟大势已去。代之而起的是以沈德潜为代表的格调派，以及如"苍头突起的异军"——袁枚为代表的性灵派。舒位《乾嘉诗坛点将录》分别以诗坛都头领"托塔天王"与"及时雨"属之。"托塔天王"晁盖位虽尊，但在位不长，非梁山泊的实际领袖人物，"及时雨"宋江方是梁山泊的主宰。尽管沈德潜为乾隆所褒奖，但他重弹宗唐老调，创作实践的影响远不如袁枚来得广泛。吴应和尝谓"归愚宗伯以汉魏盛唐之诗唱率后进，为一时诗坛宗匠。随园起而一变其说，专主性灵，不必师古。初学立足未定，

---

[1] [清] 厉鹗：《樊榭山房集》文集卷三，《四部丛刊》本。

莫不喜新厌旧,于是《小仓山房集》人置一编,而汉魏盛唐之诗绝无挂齿"[1]。这正是一个鲜明的对比。袁枚在当时虽不过江宁一知县,而饮誉甚隆。上自阿广廷这样的朝廷重臣犹殷殷以起居相间,奇丽川尝有诗志其事:"白头宰相关心甚,问了黄河问简斋。"[2] 下至"市井负贩皆知贵重之"[3]。

而姚鼐提出的"熔铸唐宋"的宗旨,其矛头所向主要就是风靡一时的袁枚。他在《与鲍双五》尺牍中提出这一宗旨的同时,又说:"今日诗家大为榛塞,虽通人不能具正见。吾断谓樊榭、简斋皆诗家之恶派。"[4] 姚鼐不满樊榭暂且不论,先看他反对袁枚什么。

对袁枚的批评实际上是从姚范已经开始。姚范在《援鹑堂笔记》中论学杜诗,认为"若核其诗而规其至,必取其精神、气格、音响、兴会、意义而并著者乃为赏音。世人一概诵习,云吾知公性情,夫作诗者孰谓无性情耶?"[5] 可见他并不赞成只讲性情而不顾艺术形式的论诗态度。而袁枚在理论上虽然也顾到学古,在创作方面却并不如此。姚范和袁枚当年同在翰林,私人关系尚可,但姚范致仕归田,袁枚乞诗留念,姚范竟无一言相赠。刘声木以为袁枚放荡太甚,不拘礼法,故姚范"早于无形之中已严绝之"[6],看来也有一定道理。姚鼐的学生姚莹、方东树对袁枚也皆有不满之辞。姚莹责其以"豪艳狎薄,伤风败俗之辞,倡导后生"[7]。方东树责其"未尝至合,而辄矜求变""随口率意,荡灭典则"[8]。

而姚鼐本人与袁枚同居江宁,私人关系原也是不错的。陈用光《姚先生行状》谓:"当居钟山书院时,袁简斋以诗号召后进,先生与异趋而往来无间。"[9] 两人交游甚久。《惜抱轩集》中为袁枚作墓志一篇,诗凡四题十一首。其中二题是悼哀,一题是祝寿,一题是答谢。姚鼐很少为人写这么

---

[1] [清]吴应和:《浙西六家诗抄》卷五《袁枚诗钞》,清道光七年(1827)吴氏紫微山馆刻本。
[2] [清]袁枚:《随园诗话》(下),北京:中国戏剧出版社,2002年,第549页。
[3] [清]姚鼐:《惜抱轩诗文集》文集卷十三《袁随园君墓志铭并序》,清嘉庆十二年(1807)刻本。以下引用姚鼐诗文作品均见之于本刻,注释从略。
[4] [清]姚鼐:《惜抱轩尺牍》卷四《与鲍双五》,清同治五年(1866)刻本。
[5] [清]姚范:《援鹑堂笔记》卷四十四集部,清道光姚莹刻本。
[6] 刘声木:《苌楚斋随笔》,直介堂丛刊本。
[7] [清]姚莹:《东溟文集》文集卷二《孔蘅浦诗序》,清《中复堂全集》本。
[8] [清]方东树:《昭昧詹言》卷一,清光绪年间《方植之全集》本。
[9] [清]陈用光:《太乙舟文集》卷三,清道光二十三年(1843)刻本。

多诗文。而《小仓山房诗集》的预挽诗中也唯留存姚鼐应邀为袁所做四首。《随园诗话》中亦收录姚鼐诗，且评价较高。姚鼐为袁枚而写的诗文有一个明显的特点，就是实事求是，比较客观地叙述袁枚的生平及其影响，所谓"极山林之乐，获文章之名，盖未有及君者"[1]。对袁诗的特点，诸如有才气、有性情、能达意之类亦皆能指出。并不"述其恶转以为善"。而其盖棺论定的四首挽诗称袁，"千篇少孺常随事，九百虞初更解颜。灶下媪通情委曲，砚旁奴爱句褊斑""锦镫耽宴韩熙载，红粉惊狂杜牧之，"[2] 明褒而暗贬。责其诗轻率俚俗，责其人放荡风流。姚鼐对袁枚的不满正是从这两方面生发开来的。

虽然在诗歌理论上，姚鼐与袁枚都比较圆通。抽象地看，甚至还有不少相近的地方。袁枚认为作诗"提笔先须问性情"，姚鼐也同样主张"自出胸臆"，表现"真性情"；姚鼐重视学古，袁枚也未必忽视继承古典遗产。但在创作实践上两人的趣味可谓大相径庭。

王昶评袁枚诗曰："才华既盛，信手拈来，矜新斗捷，不必尽遵轨范。且清新隽妙，笔舌互用，能解人意中蕴结。"然其"淫哇芜杂""纤佻""轻薄"[3]，诚不足称大雅。袁枚作诗自称"重生趣"，笔性亦是"灵巧"。但他的作品主要是在构思上斗弄小巧，而缺乏浑健之境、锤炼之功，真所谓"随意闲吟设家数"[4]。如《偶作五绝句》诗云："月下扫花影，扫勤花不动。停帚待微风，忽然花影弄。"[5] 偷巧于张三影。《即事》诗曰："盆梅三株开满房，主人坐对心相忘。偶然入内女儿怪，阿爷何故衣裳香。"[6] 点化了王勃诗。这类诗固然不乏情趣，但毕竟纤巧，无古朴淳厚之妙。再如《题张忆娘簪花图》云："当日开元全盛时，三千宫女教坊司。繁华逝水春无恨，只恨迟生杜牧之。"[7]《雨过湖州》云："人家门户多临水，儿女生涯总是桑。"[8] 诸如此类，虽说俏皮幽默，但风骨不高，总不失风流故态。而如《古意》"不惯别离情，回身向空抱"[9] 之类则更是俚

---

[1]［清］姚鼐：《惜抱轩诗文集》文集卷十三《袁随园君墓志铭并序》。
[2]［清］姚鼐：《惜抱轩诗文集》诗集卷十《挽袁简斋四首》。
[3]［清］王昶：《蒲褐山房诗话》卷七"袁枚"，清稿本。
[4]［清］袁枚：《小仓山房诗集》卷二十六《自题》，《四部备要》本。
[5]［清］袁枚：《小仓山房诗集》卷二十六，《四部备要》本。
[6]［清］袁枚：《小仓山房诗集》卷二十五，《四部备要》本。
[7]［清］袁枚：《小仓山房诗集》卷七，《四部备要》本。
[8]［清］袁枚：《小仓山房诗集》卷十九，《四部备要》本。
[9]［清］袁枚：《小仓山房诗集》卷八，《四部备要》本。

俗卑下。袁枚的诗在艺术风格上往往给人以一种轻僄鄙俗的感觉；在内容上则多艳靡佻巧之情，所谓"年来悟得忘名意，除却风怀不咏诗"[1]。蒋子潇以为"若删其浮艳纤俗之作，全集只存十分之四，则袁之真本领自出"[2]。但那十分之六则往往不胫而走，流衍天下，最易蛊惑后生。这由《随园诗话》载录的时人所做的许多卑靡的性灵诗可见大略。再如继袁枚之后，浙江人陈文述亦广招女弟子，并大量制作艳靡的"香奁诗"。招收女弟子固然未尝不可，然广做"香奁诗"并不见得可取。而贬之者也往往集矢于此，以为伤风败俗；褒之者则也往往钟情于此，以为个性解放。澄清这个问题不仅对于认识袁枚的诗作，而且对于我们认识姚鼐的论诗宗旨及其创作的价值是非常必要的。

描写男女之情在《诗经》中已屡屡可见，袁枚正是据此驳斥沈归愚的指责。"色食性也"，应该承认男女之情的客观合理性，但理性对人来说尤为重要。试图摆脱理性的支配，放纵情欲，也并不利于人类社会的发展。正因此，具有理性的人类就逐步建立起了社会伦理道德规范来节制情欲。所谓"发乎情而止乎礼义"，正是要求用社会共同遵循的伦理道德规范来引导调节，克制情欲，保持情和理的平衡，以维护一定的社会秩序。姚鼐的四大弟子之一刘开曾说："夫情胜理则无节，理胜情则难行。义理与人情两不相胜则人心平而天下安。……故义理与人情合而为一，而后为王者之道，圣人之学。"[3] 这段议论表示了桐城派诗人对情和理的看法，是很有见地的。而袁枚的诗集中有相当一部分作品，如《古意》"妾自梦香闺"，《再赠文玉》《斑竹赠潘校书兼调香严》《答问》《赠庆郎》之类，渲染色情，带有纵欲的倾向。他的《随园诗话》中也较多地采录了这类格调低下的作品。如商宝意诗"直得舆夫争道立"[4]，鲍步江《竹枝》，柯锦机《调郎》，袁香亭《无题》等，不乏其例。这些猥亵、艳靡的作品从根本上来说有害于社会的健康发展。

袁枚诗集中为数甚多的描写男女之情的作品的出现，并风靡于世，固然有其文学史方面的原因，但还有一定的社会原因。随着社会的安定和城市经济的繁荣，市民阶层日益壮大，市民的思想情趣也应运而生，成为社

---

[1]〔清〕袁枚：《小仓山房诗集》卷十三《仿剑南小体诗》，《四部备要》本。
[2]〔清〕蒋子潇：《游艺录》，转引自钱锺书《谈艺录·谈艺录补订》，北京：中华书局，1984年，第530-531页。
[3]〔清〕刘开：《刘孟涂集》文集卷一《义理说》，清道光六年（1826）姚氏檗山草堂刻本。
[4]〔清〕袁枚：《随园诗话》卷一：四一，清光绪年间刻本。

会的一种有力的精神力量。它一方面表现出了进步的,要求冲破不合理的封建礼教的束缚,追求个性解放的新理想。《红楼梦》中的贾宝玉就是怀有这种理想的贵族阶级的叛逆者。而袁枚诗集中的一些健康的、追求爱情幸福的作品应该说是与这种新理想联系在一起的。但另一方面,泥沙俱下的还有市民阶层的那种低级趣味。

而随着社会的繁荣安定,贵族官僚阶层固有的那种腐朽享乐主义思想也日渐抬头。乾嘉时代贪污成风,挥霍成癖,养优取乐、广蓄姬妾也渐成时尚。当时与袁枚相善的尹文端公家里就是姬妾成群。毕秋帆亦有同好,与袁枚相昵的李桂官即他的狎童之一。尹、毕两人为官尚算清正,其他之贪官污吏自可想见。而社会下层的靡风由李啸村、黄莘田的《虎邱竹枝》、程午桥的《虹桥竹枝》也可见一斑。袁枚本人自然不会超脱时代,他较早退出政界,对生活采取一种游戏的态度。他在"柳谷"之中自题一联曰"不作公卿,非无福命都缘懒;难成仙佛,为读诗书又恋花"[1]。这正是他的自我写照。随园之中时常诗酒流连,脂粉飘香(他一生宠爱的姬人就有陶姬七姑等前后凡十人)。袁枚集中那类艳靡鄙俗的诗正是与市民阶层的低级趣味及这种贵族官僚阶层的腐朽享乐主义思想紧密相连的。袁枚的情诗既是一枝报告个性解放之新理想的迎春的花,又是一块预兆清王朝由盛转衰、行将溃烂的光艳的痈。

而六朝、中晚唐的历史经验,使姚鼐能透过这个光艳的痈,看到乾嘉盛世即将告溃的危机。他挽随园诗曰:"烟花六代销沉后,又到随园感旧时。"[2] 这既是对袁枚的悼念,又是对清王朝的预挽。

姚鼐并不是一个风流才子,他的生活态度与袁枚迥然相异。他是严肃的,认真的,甚至还有点儿拘谨。他讨厌混浊的官场,无意仕途,很早就退出政界。袁枚是在由翰林改发江宁又受荐不准的情况下致仕的,多少有点勉强。而姚鼐则是在将迁御史的顺境之中急流勇退的。从此以后,姚鼐便过着一种洁身自好、独善其身的清淡生活。临终前他尚告诫儿子:"吾棺不得过七十金,绵不得过十六斤。凡亲友来助丧事者,便饭而已。"[3] 他生前则时时以"世风日下""风俗日颓"[4] 为忧虑。他在世业功名上并没有多少宏大的志向,唯重视精神建设,以"明道义""维风俗"为己任。姚

---

[1] [清]梁章钜:《楹联丛话》卷六,清道光二十年(1840)桂林署斋刻本,第50页。
[2] [清]姚鼐:《惜抱轩诗文集》诗集卷十《挽袁简斋四首》。
[3] [清]陈用光:《太乙舟文集》卷三《姚先生行状》,清道光二十三年(1843)孝友堂刻本。
[4] [清]姚鼐:《惜抱轩诗文集》文集卷六《复曹云路书》。

鼐固然强调"道德""仁义""名节"这类封建伦理道德规范的作用，把它视为"人所以为人者"，但这基本上是针对统治集团内部贪污腐化、尔虞我诈、日趋没落的现状而发。姚鼐不是禁欲主义者，他虽然认为"随园不免有遗行"，但也没有一笔抹杀他的"文采风流"，以为"亦有可取"[1]。他的诗集中也有描写爱情的诗篇，为数虽少，但写得淳朴真挚。他在《郑太孺人六十寿序》中也反对传统的"文章吟咏非女子所宜"的成见，认为"言而为天下善。于男子宜也，于女子亦宜也"[2]，并不轻视妇女。由此可见，姚鼐的伦理道德观原是比较通脱的。他反对的是享乐主义的纵欲行为和低级趣味。正是着眼于此，他批评随园之"恶"，说他有"遗行"，这是正确的，应予以肯定。

明确了姚鼐与袁枚的"异趋"所在，我们再来分析他的论诗宗旨及其创作实践，就不会流于空泛抽象，其价值也就容易显示出来。

三、姚鼐论诗宗旨的主要内容及其创作实践

现在我们可以比较明显地看到姚鼐提出的"熔铸唐宋"的宗旨所针对的即以袁枚为代表的那种卑靡的诗风。为了具体地体现其论诗宗旨，姚鼐又补王士禛《五七言古体诗钞》的不足，编选了《五七言今体诗钞》，"存古人之正轨，以正雅祛邪"[3]。这部选本入选的都是唐宋人的作品。五言以王籍为始，以王、孟、李、杜、韦应物、刘禹锡、李商隐为主，七言则以沈佺期《古意》为始，而以王维、杜甫、李商隐、苏轼、黄庭坚、陆游为主。入选的作品都符合姚鼐的审美情趣，堪称"雅正"。

所谓"雅正"，就作品的内容而言，能体现"兴观群怨"之旨。关乎"家国""世道"之治理，个人"性情"之陶冶。姚鼐曾在《陈东浦方伯七十寿序》中进一步发挥了韩愈"欢愉之词难工，愁苦之言易好"[4]的观点，认为诗人只有"动思国事，感念民瘼"[5]才能写出好的作品。在《方恪敏公诗后集序》中又比较查慎行与方观承说："国朝诗人少时奔走四方，发言悲壮，晚遭恩遇，叙述温雅，其体不同者莫如查他山……然他山侍直

---

[1]［清］姚鼐:《惜抱轩诗文集》卷五《与陈硕士》，清咸丰年间刻本。
[2]［清］姚鼐:《惜抱轩诗文集》文集卷八。
[3]［清］姚鼐:《五七言今体诗钞》序，《四部备要》本。
[4]［唐］韩愈:《昌黎先生集》卷二《荆潭酬唱诗》，《四部备要》本。
[5]［清］姚鼐:《惜抱轩诗文集》文集卷八。

频年不出禁闼，公（即方观承）则督领畿辅，远使龙沙，障决流以奠民生，筹过师以助圣武。忠悃感奋之志，优愍笃至之忱，举见辞间，存诸后集，非第如他山纪恩扬美而已。"[1] 强调深入生活，表现国事民瘼，不赞成一味"纪恩扬美"。他在《荷塘诗集序》中又特别赞美"曹子建、陶渊明、李太白、杜子美、韩退之、苏子瞻、黄鲁直之伦"的"忠义之气，高亮之节，道德之美，经济天下之才"[2]。而他在《五七言今体诗钞》中所选的作品则体现了他的这个基本精神。试以李商隐为例，义山诗一般给人的印象是绮才艳骨，似乎义山是专写爱情诗的才子，而他的反映时政的作品往往被忽略。但姚鼐在选本中则反过来大量选入了诸如《楚宫》《富平少侯》《茂陵》《隋宫》《汉南书事》《曲江》之类讽喻帝王、忧心时政的作品。五言十七首，未选入爱情诗，七言三十二首中即使把《锦瑟》《无题》"来是空言去绝踪"及"昨夜星辰昨夜风"都看作爱情诗也只有三首。而何况这几首据说还是有寄托的。尤其对于《锦瑟》更是众说纷纭。而即使是表现爱情之作，也都写得深沉含蓄，毫不猥亵、鄙俗。这就很清楚，姚鼐所要提倡的是唐宋诗歌中体现出来的这种忧国忧民的反映时世的优良传统，并以此来反对以袁枚为代表的那种卑靡的诗风。

姚鼐的诗歌创作也如同其人，不好艳靡，主要表现出了一个正直的封建士大夫对时政的态度及其不与流俗合污的情操。

乾隆十六年（1751）正月，乾隆帝初次南巡。是年姚鼐春试礼部不第，在途经枞阳射蛟台时，写了一组《咏古》诗。其中之三，在"日夕天风吹，青条变枯树。上有黄鸟鸣，下有寒兔顾"[3] 的背景之下，描写了汉武帝的巡游：

> 忆昔翠华游，帆樯隔云雾。
> 中流造新歌，轻音发众嫭。
> 巡游既已疲，神仙不可遇。
> 为念《祈招》诗，广心焉所务。[4]

联想到当时乾隆帝的南巡，作者的借古讽今之意也就不言而喻了。

---

[1]［清］姚鼐：《惜抱轩文后集》卷一。
[2]［清］姚鼐：《惜抱轩诗文集》文集卷四。
[3]［清］姚鼐：《惜抱轩诗文集》诗集卷一。
[4]［清］姚鼐：《惜抱轩诗文集》诗集卷一。

姚鼐于乾隆二十八年（1763）方始考中进士，三十六年（1771）擢刑部郎中。而乾隆时法网禁严，屡兴文字大狱。对此，姚鼐怀有不满情绪。他在《述怀》诗中说：

　　自是百年来，法家常继轨。
　　刑官岂易为，乃及末小子。
　　顾念周形生，安可欲之死？
　　苟足禁暴虐，用威非得已。
　　所虑稍刻深，轻重有失理。
　　文条岂无说，人情或不尔。[1]

身为刑部郎中，而不忍施行严刑峻法，其内心的矛盾痛苦自可想见。在这之前，姚鼐曾经在《漫咏》中表现了他的仁政思想，认为"天下必以仁"[2]，而对秦代的政治颇有微意：

　　秦法本商鞅，日以虏使民。
　　竟能一四海，诗书屑为薪。
　　发难以刬除，藉始项与陈。

更表现了他的深深的忧虑：

　　焉知百世后，不有甚于秦？[3]

当然，姚鼐也并不一概反对用法。他在《贾生明申商论》中也曾肯定过贾谊在文帝时阐明申商之法的积极作用。但同时他又认为若将申商之法用以景、武之时，则与"处烈风而进翣者无以异"[4]。既然如此，那么乾隆比之于景、武若何？乾隆时期的文禁又若何？看来很难说姚鼐是杞人忧天，无感而发。在残酷的文字狱的淫威下面，几乎大多数士大夫都噤若寒蝉，而姚鼐竟能曲折地批评时政，实在是难能可贵的了。

---

[1]　[清] 姚鼐:《惜抱轩诗文集》诗集卷二。
[2]　[清] 姚鼐:《惜抱轩诗文集》诗集卷一。
[3]　[清] 姚鼐:《惜抱轩诗文集》诗集卷一。
[4]　[清] 姚鼐:《惜抱轩诗文集》诗集卷一。

而乾隆时期的官场也并不是那么清明的。宦海沉浮,须凭那为官的一点机灵圆滑:

> 宜乎朝廷士,进者多容容。[1]
> 堂上有万里,薄帷能蔽日。
> 亲者巧有余,疏者拙不足。[2]

十余年的仕宦生涯使姚鼐能目睹仕途"风波之险恶",亲尝宦况的苦味,而日生厌倦之心。他说"况余本性杞柳直,戕贼弯回成栲栳"[3],又说"自从通籍十年后,意兴直与庸人侔"[4]。正是这种对现实政治的不满及对混浊官场的失望和厌倦,直接导致了姚鼐的中年致仕:

> 男儿恨不早归去,脱粟可餐衣布袄。[5]
> 长揖向上官,秋风向田里。[6]
> 径辞五云双阙下,欲揽青天大海流。[7]

姚鼐正是唱着这种不愿与流俗合污的歌退出了官场。

但社会的责任感又使姚鼐不能忘怀世事,因此,即使在致仕以后,他仍然要尽力去宣扬"道义"。然而无奈乎"抱志不得朋"[8] "力小而孤"[9],虽有一、二"闻言相信者"[10],又恨其天分不为卓绝,未足上继古人,振兴衰敝。姚鼐不能看清封建大厦之倾,已非孔圣人的儒学所能维系,它的崩溃已是无可挽回的了。失望和苦闷迫使姚鼐向释迦牟尼去讨教最终的解脱。所谓"摩揩老眼僧书内,不为兴亡作泪流"[11],正是这种精神避难的写照。但姚鼐其实并未真正把佛学作为他的最终的信仰,佛学只

---

[1] [清] 姚鼐:《惜抱轩诗文集》诗集卷一《漫咏》之三。
[2] [清] 姚鼐:《惜抱轩诗文集》诗集卷三《杂诗》。
[3] [清] 姚鼐:《惜抱轩诗文集》诗集卷二《紫藤花下醉歌》。
[4] [清] 姚鼐:《惜抱轩诗文集》诗集卷三《于朱子颖郡斋》。
[5] [清] 姚鼐:《惜抱轩诗文集》诗集卷二《紫藤花下醉歌》。
[6] [清] 姚鼐:《惜抱轩诗文集》诗集卷二《述怀》。
[7] [清] 姚鼐:《惜抱轩诗文集》诗集卷三《于朱子颖郡斋》。
[8] [清] 姚鼐:《惜抱轩诗文集》诗集卷五《题外甥马器之长夏校经图》。
[9] [清] 姚鼐:《惜抱轩诗文集》诗集卷六《复蒋松如书》。
[10] [清] 姚鼐:《惜抱轩诗文集》卷一《与刘海峰》,清咸丰刻本。
[11] [清] 姚鼐:《惜抱轩诗文集》诗集卷八《出金陵留示古旧》。

是他苦闷时的一种精神安慰。唯其如此，所以他的淡语往往反显其深沉的悲哀。

> 冬烘老子木棉裘，苜蓿盘边与古谋。
> 曳踵车轮良病缓，柱颐剑首正嫌修。
> 虽雠《七略》无藜火，未证三幡愧苾蒭。
> 儒佛两家无着处，祗将黄发迈时流。[1]

这首《自嘲》诗正是他对自己晚年生活的写生。

姚鼐的诗在思想内容上虽然不像袁枚那样"除却风怀不咏诗"，但诚如陈衍所说："道咸以前则慑于文字之祸，吟咏所寄大半模山范水，流连光景。即有感触，绝不敢显露其愤懑，间借咏物咏史以附于比兴之体。"[2] 姚鼐的诗正属此类。而且姚鼐的生活经历也比较单调。他一生的大部分时间是在书斋和书院清静的环境中度过的。这也影响了他的诗歌表现现实生活的深度和广度。如果拿他的诗与当时生活在社会下层的诗人黄仲则的诗相比，这个缺陷就更明显了。而由于受老庄和释学的影响，姚鼐的诗还常常表现出诸如"万古一归墟"[3]之类的虚无消极的人生态度。这些都导致了姚鼐的诗歌创作不能很好地实现他的论诗主张。

所谓"雅正"，就是要学习以黄山谷诗为代表的那种清深而又出人意表的精神来医治性灵派之轻率俚俗的痼疾。

姚鼐与陈硕士论诗尝谓："我观士腹中，一俗乃症瘕。"[4] 而避俗的良方就是学习山谷诗，因此，他还特别选了《山谷诗钞》。姚鼐在《五七言今体诗钞》中认为山谷诗"其兀傲磊落之气足与古今作俗诗者，澡濯胸胃，导启性灵"[5]。这个观点与姚范的观点是完全一致的。郭麐说姚鼐"七律初为盛唐，晚年喜称涪翁"[6]。近代施山亦称："黄山谷诗，历宋、元、

---

[1] [清] 姚鼐：《惜抱轩诗文集》诗集卷十。
[2] 陈衍：《石遗室诗文集》《四集》，《小草堂诗集叙》，民国刊本。
[3] [清] 姚鼐：《惜抱轩诗文集》诗集卷一《过天门山》。
[4] [清] 姚鼐：《惜抱轩诗文集》诗集卷五。
[5] [清] 姚鼐：《五七言今体诗钞》《序》，《四部备要》本。
[6] [清] 郭麐：《樗园消夏录》卷下，《续修四库全书》编纂委员会编《续修四库全书》，上海：上海古籍出版社，2002年，第16页。

明，褒讥不一，至国朝王新城、姚惜抱又极力推重。"[1] 在姚鼐之前，朱彝尊和王士禛虽然都曾学过山谷，但朱彝尊基本上只是暗学，"平日论诗，颇不满涪翁"[2]，故其影响主要不在学黄。王士禛则晚年又回归唐，实际上给人的主要影响还是学王、孟，而姚鼐学黄，其影响则比较深远。姚鼐之所以要提倡山谷诗，主要就是因为山谷诗"兀傲磊落"[3]，不着纤毫俗气，不肯作"犹人语"，可以药性灵派的流弊。姚鼐《五七言今体诗钞》中入选的作品大多符合这种清深、洗练的基本精神。即使如白居易的作品，亦能避其"灶下媪"[4] 皆能通晓的俚俗之作，而唯选其《钱塘湖春行》《江楼夕望招客》一类比较凝练的作品。然而姚鼐提倡山谷诗，也并不是为了追求其生涩槎枒的面目。如他选山谷《题落星寺》诗，不选一、二首，而独选其三，便能给人以很好的启示。这组诗的一、二首相对来说比较深晦，其中第一首中"蜂房各自开牖户，蚁穴或梦封侯王"[5] 一联还是常挂人齿的名句。姚鼐却避而不选。第三首之长，并不在巧运典实以造成深曲之境，而在于即使采用白描，亦能把诗句锻炼得遒健朴老，使人味之如啜清涩之茶，清气满膺。

姚鼐这样来选诗，不仅可以矫性灵派之习，而且可以挽救以沈德潜为代表的格调派的肤廓浅熟之弊。朱庭珍《筱园诗话》谓姚鼐批评沈德潜"以帖括之余，攀附风雅"[6]。其实此言出自姚范《援鹑堂笔记》。而姚范批评沈氏的重点是在他"徒资探讨，殊鲜契悟，结习未忘"[7]，依然重蹈七子覆辙。其后姚鼐弟子姚莹以为沈氏"以不至为至，不得为得"[8]，未悟到诗境之大处。桐城派诗人虽然也不废明七子，甚至认为当"从明七子入"[9]，但他们的用意在于纠正初学者立足未定，又不肯深下苦功积累艺术修养，而妄为创造的作风，因此而强调模仿的必要，并不是把拟古作为他们的最终目标，所以他们又强调学习宋诗，特别是学习山谷诗的那种学

---

[1] 傅璇琮：《古典文学研究资料·黄庭坚和江西诗派卷》，北京：中华书局，1978年，第379页。
[2] [清] 宋荦：《西陂类稿》卷二十八"题跋"《跋朱竹垞和论画绝句》，四库全书本。
[3] [清] 姚鼐：《五七言今体诗钞》，《序目》，《四库备要》本。
[4] [清] 姚鼐：《惜抱轩诗文集》诗集卷十《挽袁简斋四首》。
[5] [宋] 黄庭坚：《山谷外集诗注》卷八，中华书局仿宋刻本。
[6] [清] 朱庭珍：《筱园诗话》卷二，清光绪十年（1884）刻本。
[7] [清] 姚范：《援鹑堂笔记》卷四十四集部，清道光姚莹刻本，第552页。
[8] [清] 姚莹：《东溟文集》外集卷一《张南山诗序》，清《中复堂全集》本。
[9] [清] 吴德旋：《初学楼文续钞》，《姚惜抱先生墓表》，清道光二年（1822）刻本。

而善变的精神，而把"自出胸臆，而远追古人不可到之境于空蒙旷邈之区，会古人不易识之情于幽邃杳曲之路"，看作"诗家第一种怀抱"[1]。

姚鼐在创作实践上也同样不是拘扯山谷诗的皮毛，而是能吸取其清深而不落凡近的精神，进行艺术创造。

例如他的《别梦楼后次前韵》诗：

> 送子挐舟趁晚晴，沙边暝立听桡声。
> 百年身世同云散，一夜江山共月明。
> 宝筏先登开觉路，锦笺余习且多情。
> 钁头半个容吾与，莫道空林此会轻。[2]

首联调动听觉表象，描写送别，能在平凡之中别出新意。颔联在前联描写的黄昏时分远去桡声的清幽的音响背景之中，进一步开拓诗境，抒发对人生的感叹。"云散"二字既是对眼前暮色降临时的特定景象的洗练的描绘，又是人生飘忽无常的极好象征，同时又能传达出老友分手后的那种特定的茫然若失的心绪。对句，又能出人意表，让诗思在转折之中向上一振。诗人并没有沉沦下去，他的心绪随着皎洁的明月升起，也变得更为开朗、超脱。句中用短暂的"一夜"对比前面漫长的"百年"，又以辽阔的"江山"对比局促的"身世"，在极为鲜明的对照之中，使人体会到这人生是永远那样变幻动荡，而这自然即使在这时间的一个片段里也是那样安详静穆（当然，这里所依据的是情感的"逻辑"，而非理性的"逻辑"），在那里可以摆脱尘世的一切俗念与烦恼。同时，诗人又让这夜晚的山山水水共浸于使这黑夜显示生机的冰清玉洁的月辉之中，这样，在"全称"的背景下，分处异地的朋友自然也与诗人一起共同分享这眼前使人超脱的清光。这里有对远去朋友的挂念，也有精神上的自慰。诗经姚鼐这么一写已脱去"千里共婵娟"的缠绵柔婉之态，而且又为下面两联展开复合意象、表现超然尘寰的志趣做了极好的铺垫。这种洗练、清深、意涵丰富的诗句正可见出山谷诗的精神。

这样的诗和诗句在《惜抱轩集》中屡屡可见。例如：

---

[1] [清] 姚鼐：《惜抱轩文后集》卷三《答苏园公书》。
[2] [清] 姚鼐：《惜抱轩诗文集》诗集卷十。

《夜起岳阳楼见月》：便欲拂衣琼岛外，止留清啸落湘东[1]。
《游洪恩寺》：坐倚团蒲身近远，出看车辙路纵横[2]。
《清苑望郎山》：紫陌樱花故人膜，黄河风雨郡城楼[3]。
《题负薪图》：瀑流侧足巨岩响，峰高倚杖秋云飞[4]。
《同禹卿拙斋登木末楼》：贾舶霾云吹暗浪，佛图悬日照空矶[5]。
《岳州城上》：孤筇落照同千里，白水青天各四围[6]。

这些诗虽然并不似山谷诗那般神思跳跃动荡，泠然空中，但亦清深意远，颇得其妙。

然而学习山谷诗也往往易流于槎枒、枯瘠，因此，姚鼐同姚范一样，在学习奇拗硬健的山谷诗的同时，还取法"绮密瑰妍"的李商隐。

姚鼐尝谓竹垞晚年学山谷七律而"枯瘠无味"[7]。人至老年，心绪淡泊，阑入山谷自然易生枯瘠之症。而玉溪生诗则有美润丰妍之长，调而济之则血脉通畅，光润生矣。而且山谷与义山虽然面目大异，却有心心相印、心照不宣之处。宋人吕本中举山谷《酴醾》诗以为学义山《雨》诗之仿佛形容之法，实未能得其大。其后，朱弁在《风月堂诗话》中方才透露出其中一点真消息。朱弁谓李义山学杜诗而能"别立门户成一家"，"后人挹其余波，号'西昆体'，句律太严，无自然之度。黄鲁直深悟此理，乃独用昆体工夫，而造老杜浑成之地。今之诗人少有及者，此禅家所谓更高一着也"[8]。元代方回亦有所悟，尝说"山谷之奇有昆体之变"[9]。正因此，黄山谷也并不一笔抹掉宋初之西昆体。其诗可证，"元之如砥柱，大年若霜鹗。王杨立本朝，与世作郛郭"[10]。而山谷之精于用典、巧于布置，也显

---

[1] [清] 姚鼐：《惜抱轩诗文集》诗集卷七。
[2] [清] 姚鼐：《惜抱轩诗文集》诗集卷七。
[3] [清] 姚鼐：《惜抱轩诗文集》诗集卷七。
[4] [清] 姚鼐：《惜抱轩诗文集》诗集卷六。
[5] [清] 姚鼐：《惜抱轩诗文集》诗集卷八。
[6] [清] 姚鼐：《惜抱轩诗文集》诗集卷七。
[7] [清] 郭麟：《樗园消夏录》卷下，《续修四库全书》本，第6页。
[8] [宋] 朱弁：《风月堂诗话》卷下，民国景明宝颜堂本。
[9] [元] 方回：《瀛奎律髓》卷二十一雪类，文津阁《四库全书》本。
[10] [宋] 黄庭坚：《豫章黄先生文集》第六《杨明叔从子学问甚有成当路无知音》，《四部丛刊》本。

然是得助于"昆体工夫"。

　　姚鼐之学李商隐也主要着眼于"工夫"两字。这"工夫"也主要表现在驾驭藻采、运用典实、布置格局诸方面。由他的《拟西昆体四首》《秦宫辞》二首、《咏白杜鹃花》等诗即可见其"昆体工夫"的火候。由于姚鼐有昆体修养，因此，他的诗歌语言一般都比较典雅贴切。无论是古体还是近体，几乎皆不入口语、俗语，这与性灵派诗是很不相同的。而语言之贴切，由前面示例中，诸如"止留清啸落湘东"的"落"字，"小窗深泼夕阳明"的"泼"字等便可略见一斑。而且姚诗的辞采也比较鲜明。例如《归舟》"远天青白依依日，近树丹黄飒飒秋"[1]，《又示客一首》"明月清风同入座，绿葵紫蓼总开颜"[2]，《失题》"千帆落日鳞鳞白，万壑秋声叶叶黄"[3]，《游摄山宿般若台》"霞天岫远层开碧，林谷霜初小作斑"[4]之类皆极明朗、纯净。至于用典布局亦为姚鼐所精。如前举《别梦楼后次前韵》一诗，第五句檃括李白"金绳开觉路，宝筏度迷川"[5]之句，既在字面上呼应王禹卿乘舟而别，又切合王禹卿爱好佛学的情趣，同时又与王禹卿较早致仕归山的经历相吻合，实在堪称精严。而连篇布局也独具匠心。上两联合写送别之情，而合中有分；下两联分写各自旨趣，而分中有合。上两联重在写景，而景中有意；下两联重在表意，而意中有景。上两联写实，而实中有虚；下两联转虚，而虚中有实。上两联是铺垫，下两联是升华。在桡声中送别，在月辉中超脱，构思细密，诗意盎然，境界浑成。

　　但是无论是学山谷，还是学义山，若只强调人工则往往易生晦涩、雕琢之弊。故姚鼐又非常注意用自然天趣来调剂人工。他一方面声称"欲作古贤辞，先弃凡俗语"[6]，有研炼生造的倾向；一方面又自称"文字无功谢琢雕"[7]，崇尚自然天趣。两者初看似有矛盾，而在实质上是完全一致的。唯有极人工之精方能至造化之域，唯有至自然之境方能炼而不俗。所以姚鼐还兼取李白、苏东坡的"洒脱自在""自然高妙"之长来调适黄山谷、李义山。姚鼐的这种做法，对后来范当世的影响甚大。姚鼐的诗歌相

---

[1]　[清] 姚鼐：《惜抱轩诗文集》诗集卷十。
[2]　[清] 姚鼐：《惜抱轩诗文集》诗集卷九。
[3]　[清] 姚鼐：《惜抱轩诗后集》，清光绪三十三年（1907）本。
[4]　[清] 姚鼐：《惜抱轩诗后集》，清光绪三十三年（1907）本。
[5]　[唐] 李白著，[清] 王琦注：《李太白全集》卷十四《春日归山寄孟浩然》，北京：中华书局，1977年。
[6]　[清] 姚鼐：《惜抱轩诗文集》文集卷四《与张荷塘论诗》。
[7]　[清] 姚鼐：《惜抱轩诗后集》，清光绪三十三年（1907）本。

对来说并不如山谷、义山诗那样奇崛、幽深，但一般也没有"槎枒""僻晦"之病。其诗虽朴老，但也比较流畅。

当然，姚鼐所师法的对象并不只是上面提到的黄山谷、李义山及李白、苏东坡诸家。我们从《万寿寺松树歌》《沈石田画桧歌》《赠钱鲁思》《米友仁楚江风雨图卷》《游摄山宿般若台》《吊王彦章》等诗中还可以看到姚鼐学杜的功夫。由《岳麓寺》《山寺》《雨霁》的古雅幽洁也能见到王维对他的影响。而如《王禹卿病起有诗次韵赠之》《归示应宿兼寄朱竹君学士》等诗，坚拗劲削，一韵到底，则又似昌黎酬崔立之一类诗。至若《由桥头驿至长沙》《九日渡湘水》等诗，甚至还是学习大小谢之作。但最能见出姚鼐诗学个性，并对后世产生深远影响的还是他对山谷律诗的提倡与取法（并进而兼法李商隐）。故近代曾克耑尝谓："陶杜之卓然并峙，苏黄所表彰也；黄元之足嗣少陵，姚曾所扬阐也。"[1]

所谓"雅正"，就诗歌的艺术境界而言，就是要以一种清真雄浑的诗美来反对性灵派的轻儇佻巧的俗态。

姚鼐在《与谢蕴山》的信中曾以为诗以"真至清矫为贵"[2]，在《海愚诗钞》中又认为"文之雄伟而劲直者必贵于温深而徐婉"[3]，而在《谢蕴山诗集序》中则又把"清"和"雄"两者结合起来加以推崇。同样，《五七言今体诗钞》中所选的诗歌除五言较多地选取了以王、孟为代表的淡远超逸的作品之外，其余所选大多接近清真雄浑之美。且不说李、杜、苏、黄的诗作，即使如王维、韦应物、柳宗元、李商隐的作品也是这样。如其加圈密点的诗句：

> 云里帝城双凤阙，雨中春树万人家。（王维《奉和圣制》）[4]
> 山压天中半天上，洞穿江底出江南。（王维《送方尊师归嵩山》）[5]
> 寒树依微远天外，夕阳明灭乱流中。（韦应物《自巩洛舟行入黄河即事》）[6]

---

[1] 曾克耑：《范伯子诗集》序，《范伯子诗集》民国浙西徐氏《范伯子先生全集》本卷首。
[2] ［清］姚鼐：《惜抱轩尺牍》卷一，清咸丰刻本。
[3] ［清］姚鼐：《惜抱轩诗文集》文集卷四。
[4] ［清］姚鼐：《七言今体诗钞》卷二"王摩诘十一首"，《四部备要》本。
[5] ［清］姚鼐：《七言今体诗钞》卷二"王摩诘十一首"，《四部备要》本。
[6] ［清］姚鼐：《七言今体诗钞》卷四"韦应物二首"，《四部备要》本。

岭树重进千里目，江流曲似九回肠（柳宗元《登柳州城楼》）[1]

　　客宾行如此，沧波坐渺然。（李商隐《河清赵氏昆季宴集得拟杜工部》）[2]

　　夜掩牙旗千帐雪，朝飞羽骑一河冰。（李商隐《赠别前蔚州契苾使君》）[3]

皆有清真雄浑之美。姚鼐这样来选诗不仅可以药性灵派轻儇佻巧之疾，而且可以医樊榭一派局度狭小的流弊。厉鹗学宋人陈与义，其长在研炼幽隽，其短在"襞积僻典""气局本小又意取尖新"[4]。他的诗集中类似"胸中云梦吞八九，要挽天河斟北斗"[5] 这样的雄健诗句比较少见，因此，在姚鼐看来樊榭的路子也不是一条康庄大道。

　　姚鼐的诗歌创作既不同于袁枚，也不同于厉鹗，即使与他的伯父姚范相比，其境界也更为宏阔。他的七古往往"沉雄横逸"，力能扛鼎。如其描写庐山瀑布：

　　石梁忽贯青霞落，倒海流云走空壑。
　　万谷钧天广乐鸣，思鸟哀猿一时作。[6]

奇思壮采，惊心动魄。再如其描写泰山观日出：

　　海隅云光一线动，山如舞袖招长风。
　　使君长髯真虬龙，我亦鹤骨撑青穹。
　　天风飘飘拂东向，拄杖探出扶桑红。
　　地底金轮几及丈，海右天鸡才一唱。
　　不知万顷冯夷官，并作红光上天上。[7]

---

[1]　［清］姚鼐：《七言今体诗钞》卷四"柳子厚三首"，《四部备要》本。
[2]　［清］姚鼐：《五言今体诗钞》卷九"李义山十七首"，《四部备要》本。
[3]　［清］姚鼐：《七言今体诗钞》卷五"李义山三十二首"，《四部备要》本。
[4]　［清］洪亮吉：《北江诗话》卷二，清光绪授经堂《洪北江全集》本。
[5]　［清］厉鹗：《樊榭山房集》卷三《秋夜听潮歌寄吴尺凫》，四库全书本。
[6]　［清］姚鼐：《惜抱轩诗文集》诗集卷四《唐伯虎匡庐瀑布图》。
[7]　［清］姚鼐：《惜抱轩诗文集》诗集卷三《岁除日与子颖登日观观日出作歌》。

气魄雄伟,直逼李、杜。

他的五言亦有劲健沉悍之作。如《正月晦日期同游浮山》一诗,描写浮山之胜:

> 舍艇杖筇入,两崖一道甬。
> 石若垂天云,与地离跟踵。
> 立柱袅纤箭,垂乳坠臃肿。
> 长风流其隙,飘摇殆将动。[1]
> ……

奇伟崚峥,劲气盘折。他的七律亦多清真雄浑之作。佳句如:

> 青天西挂黄河水,立马长榆塞外看。(《黄河曲》)[2]
> 倚立碧云飞鸟外,夕阳天压广陵涛。(《登宏济寺阁》)[3]
> 万顷波平天四面,九霄风定月当中。(《夜起岳阳楼见月》)[4]
> 中原日落关城白,西楚河来天地黄。(《河上杂诗》)[5]
> 欲上济楼呼李白,月澄沧海玉为杯。(《汶上舟中》)[6]
> 沧海雾摇孤月上,青天影合二流来。(《泊临清津口》)[7]
> 斜阳万里背人去,落叶千声与客悲。(《由郡城适枞阳漫咏》)[8]
> 寒潮不隔中原望,白日遥悬大海楼。(《丹徒寓楼上作》)[9]
> 十月清霜天地肃,一江空水古今寒。(《龙江阻风》)[10]
> 窗间夕照横全楚,谷底长风散落霞。(《清凉山……小楼绝胜》)[11]

---

[1] [清] 姚鼐:《惜抱轩诗文集》诗集卷三。
[2] [清] 姚鼐:《惜抱轩诗文集》诗集卷六。
[3] [清] 姚鼐:《惜抱轩诗文集》诗集卷六。
[4] [清] 姚鼐:《惜抱轩诗文集》诗集卷七。
[5] [清] 姚鼐:《惜抱轩诗文集》诗集卷六。
[6] [清] 姚鼐:《惜抱轩诗文集》诗集卷八。
[7] [清] 姚鼐:《惜抱轩诗文集》诗集卷六。
[8] [清] 姚鼐:《惜抱轩诗文集》诗集卷六。
[9] [清] 姚鼐:《惜抱轩诗文集》诗集卷六。
[10] [清] 姚鼐:《惜抱轩诗文集》诗集卷十。
[11] [清] 姚鼐:《惜抱轩诗文集》后集。

这类诗句无论是在《小仓山房集》中，还是在《樊榭山房集》中都是难以见到的。

姚诗的这种清真雄浑之美，既取决于诗歌意象组合的宏阔浑然，又取决于意象质地的明朗超脱、真切雅洁。姚鼐诗意象组合的宏阔浑然，由前面的示例可以直接见出。而意象的质地是与作者所用语言的质地密切相关的。在心灵中形成的任何意象都必须转化成适当的语言才能被最后凝固下来，突破时空的限制。现实世界提供给诗人的表象是五光十色的。但诗人在意象化过程中主要根据他的审美情趣去选择适当的表象进行加工，并寻找贴切的语言将它传达出来，使外在的表象转化成内在的真切可感的艺术形象。因此，由语言的这种外在的特色也可循迹而入，认识到诗人心灵中的美。姚鼐诗歌的语言总的来说是鲜明、纯净、具体可感的，易于调动欣赏者的再造想象，因此，他诗中的意象往往显得很真切。而就语言的那种由历史形成的感情色彩而言，姚鼐往往好用那些高旷雅洁、超尘拔俗的能体现古君子风节、情趣的词汇。如松、竹、梅、兰、青天、明月、斜阳、白云、沧海、清霜、积雪、远山、炊烟、草庐、山寺、白帆等，这类词汇出现的频率较高。而就语言的视觉色彩而言，他则往往偏于清冷、淡雅的色调，而少用镂金错彩、热烈艳丽的重彩。

诸如此类的因素，有机地结合起来就形成了一种清真而又雄浑的诗美。

但是姚鼐在创作实践上，有时不免过于注意各种矛盾因素的调剂，因此，虽然他的诗境比较宏阔，但在艺术表现方面显得比较拘谨，诗笔如驯顺之马，循规蹈矩，不敢放胆驰骋。同时也诚如他自己所说，其"才力不足尽赴其识"[1]。这就影响了他的诗歌成就的进一步增加。

四、姚鼐的影响

姚鼐在当时文坛上的主要影响是在古文方面，诗歌的影响还并不广泛。舒位《乾嘉诗坛点将录》只以水军总头领"混江龙"属之。其原因自然是比较复杂的。一方面固然是由于姚鼐在理论和实践上都比较偏重古文，以致把人们的注意力都吸引到古文方面，他的诗歌成就从而被忽视了；另一方面，更重要的是与当时的社会背景有关。诚如前述，乾嘉时期市民阶层逐步兴起，贵族官僚阶层的那种腐朽的享乐主义思想日渐抬头，植根于这

---

[1] [清] 姚鼐：《惜抱轩诗文集》卷五《与陈硕士》，清咸丰刻本。

两块土壤的以袁枚为代表的性灵派诗歌,自然更符合由这两块土壤培育起来的普遍的社会审美情趣。难怪姚鼐预感到他反对袁枚的议论一出"必大为世怨怒"[1]。后来范当世作诗怀念当日独立于世的姚鼐也叹息道:"泥蛙鼓吹喧家弄,蜡凤声华满帝城。太息风尘姚惜抱,駉虬乘鹭独孤征。"[2]这实在是对姚鼐在当时所处景状的极妙的描绘。

姚鼐的影响主要表现在他提倡的审美理想熏陶了他的许多学生,如梅曾亮、姚莹、方东树等,其中也包括像曾国藩这样的私淑弟子,而且间接地影响了朱琦、鲁一同等。进而随着时代的变化,这促成了道咸以来诗风的转变。

曾国藩虽非姚鼐门下嫡传弟子,但推尊姚,把他的文奉为"百年正宗"[3],将他的诗崇为"国朝第一家"[4]。他是由《惜抱轩尺牍》而识"上池源头"[5],又与梅曾亮游,"乃得益进"[6]。他的文学主张是与姚鼐一脉相承的,但随着时代的变化,又有了新的补充和发展。

曾国藩特别强调"器识"与"事业"。在诗歌方面更强调对时世的讽喻,在文学风格上推重阳刚之美。论文益之以"汉赋之气体",论诗则推重李、杜、韩、苏、黄的那种清真、沉挚、雄奇、劲直、倔强的风格,而特别强调黄山谷的那种磊落、倔强的精神。同时又主张以阳刚为主而运之于阴柔,正是着眼于这种刚柔相济的艺术辩证法的角度,曾国藩又兼采李商隐。

风靡于乾嘉诗坛的性灵派的春风,随着时代气候的变换,已逐渐失去了它统治诗苑的现实条件。道光以后,封建社会正面临彻底崩溃的巨大危机,社会由表面的安定而趋向激烈的动乱。即使是袁枚本人活到这个时候,恐怕也不会悠然于"花竹清妍"的随园之中浅吟他的"性灵"诗了。在这样一个时代,大凡头脑清醒,又不顾家国沦亡的知识分子,也许只有一种选择,就是振奋起来,用他们的智慧去解除危机。虽然这些人物的政治态

---

[1] [清] 姚鼐:《惜抱轩诗文集》卷四《与鲍双五》,清咸丰刻本。
[2] 范当世:《范伯子诗集》卷六《既读外舅一年所为诗》,民国浙西徐氏《范伯子先生全集》本。
[3] [清] 曾国藩:《曾文正公书札》卷十四《复吴南屏》,清光绪二年(1876)传忠书局刻增修本。
[4] [清] 吴汝纶:《吴挚甫尺牍》卷二《与萧敬甫》,上海文明书局本。
[5] [清] 曾国藩:《曾文正公诗文集》诗集卷三《赠梅伯言》:"上池我亦源头识,可奈频过风日中。"《四部丛刊》本。姚永朴《旧闻随笔》:"(戴钧衡)先生乡举北上,曾文正公询古文法,先生以《惜抱轩尺牍》授之,文正由是精研文事。"
[6] 朱琦:《析枧山房文集书后》:"自曾涤生……悉以所业来质。"《怡志堂文集初编》,《续修四库全书》本。又,邵懿辰《孙芝房墓志铭》:"梅郎中用文术友教章师,月一再会,余与君及曾侍郎先后与会。"《半岩庐遗文》下,清同治元年(1862)刻本。

度与他们所处的时代一样非常复杂，但"经世致用"的要求几乎是共同的。无论是龚自珍、魏源，还是曾国藩，他们都主张"经世致用"。而李、杜、韩、苏、黄的那种清真、沉挚、雄奇、劲直、倔强的诗风，讽喻时世的精神，相对来说，也更能满足他们大多数人的心灵的渴求。这是道咸以来诗风得以转变的客观基础。而且对李、杜、韩、苏、黄，特别是黄山谷的提倡，在曾国藩之前，经过一些人，尤其是姚鼐等人的努力，已有了一定诗学基础，此时随着时代的变化，再有人登高一呼，自然四方响应，翕然而从。

曾国藩正是这样一个"登高一呼"者。其《题彭旭集后即送其南归》诗云："自仆宗涪公，时流颇忻向。"[1]这的确并非他的自矜之语。如施山亦谓"今曾涤生相国学韩而嗜黄，诗亦类黄，风尚一变。大江南北，黄诗价重，部直千金"[2]。由此可见当日诗风转变的声势。

而当时与曾国藩互通声气的还有程恩泽门下何绍基、郑珍及莫友芝等人，他们被同光体诗人陈衍誉为开近代学宋风气的作家。程恩泽为嘉庆进士，早年颇好"温李"，及年长学富，而转向昌黎、山谷。与祁寯藻等有同好，时相唱和。梅曾亮在京之时亦与之相善。在程恩泽的影响下，何绍基、郑珍、莫友芝等亦主张取法山谷。其中莫友芝于咸丰九年（1859）入曾国藩幕，与曾氏关系最为密切。莫友芝又与郑珍同邑为友，早年曾共学于自己的父亲莫与俦，而何绍基与梅曾亮、朱琦及曾国藩亦皆有交。何、郑、莫等人虽与桐城派不是一个"血统"，但他们也都主张兼采唐宋，尤致力于杜、韩、苏、黄，他们与姚鼐的主要诗学主张是基本一致的，自然与曾国藩也可谓志同道合。其中郑珍成就最大，胡先骕推之为"有清一代冠冕"[3]。其诗早年主要学韩孟一派，中年以后更取法山谷、少陵，又能融化白居易之长而出之于雅。他的《游碧霄洞》一篇以昌黎尚奇的精神雕刻洞府，全用"生铁"之笔。诗句健硬，意象迭出，百态俱生；而如《下滩》《云门壋》之类又能以山谷生造的精神、韩孟洗练的手段，出之以清健宏阔；再如《系哀四首》《三女赘于端午日夭殁六日葬先妣兆下哭之五首》《江边老叟诗》《避乱纪事》《南乡哀》《僧尼哀》等诗还能以少陵沉郁的笔调、白傅讽喻现实的精神表现出"雅正"的面目。郑珍的诗学古而能自铸新貌，比较成功地体现了"熔铸唐宋"的审美理想。

---

[1]［清］曾国藩：《曾文正公诗文集》诗集卷一，《四部丛刊》本。
[2]［清］施山：《姜露庵诗话》，清光绪《通雅堂诗钞》本。
[3] 胡先骕：《读郑子尹巢经巢诗集》，《学衡》，1922年第7期，第114页。

正是由于这批人物的交相吹弹，遂形成了近代古典诗歌这一乐章的基调。

姚鼐的影响还表现在他的诗学主张直接或间接地启导了晚清同光体作家范当世、陈三立、沈曾植等。

范当世论诗亦推重韩、苏、黄，与姚、曾一脉相通，自以为与曾国藩的大弟子吴汝纶、张裕钊辈游而窥知"李、杜、韩、苏、黄之所以为诗"[1]。并进一步阐扬了生造、独创的观点，在艺术形式上又主张"参之放炼间"。实际是要求凭作诗的艺术智慧与能力而至自然造化的浑妙之境。因而又重视艺术修养的积累及灵感的触发。他始终坚定地站在桐城派一边。其《赠阳湖张仲远婿庄心嘉》诗曾自称："桐城派与阳湖派，未见姚张有异同。我与心嘉成一笑，各从妇氏数门风。"[2]（当世为姚莹子姚慕庭婿）自认桐城派而不匪。

而陈三立本人不仅与范当世交游，推重范当世，与桐城派其他诗人如姚永概等亦相交往，而且对桐城派的"都头领"姚鼐亦怀有深深的敬慕之情。在诗学方面，陈三立与桐城派相一致的地方，主要表现在对待黄山谷的态度上。

姚鼐推重黄山谷，主要着眼于其惊创的精神及清健之美。与此同时又主张自然之说，以防学山谷而导致雕琢晦涩。陈三立论山谷诗亦能透过其槎枒拗硬的外貌而看到他的自然浑成。其诗曰："驼坐虫语窗，私我涪翁诗。镵刻造化手，初不用意为。"[3] 又曰"我诵涪翁诗，奥莹出妩媚。冥搜贯万象，往往天机备"[4]。山谷论诗，其实也同样反对雕琢不化。他推崇老杜夔州以后诗"无意于文"，"不烦绳削而自合"。[5] 又批评王观复诗"雕琢功多"[6]。可见他是欲从循"法"而至无"法"，从必然王国而至自由王国，由锻炼而至浑成。而陈三立学习山谷所着意追求的也正是这种雕炼而能"自备天机"的浑化境界。陈衍评他的诗，以为"其佳处，可以泣鬼神，诉真宰者，未尝不在文从字顺中也"[7]。从中我们可以看到他与姚

---

[1] [清] 范当世：《范伯子文集》卷六《通州范氏诗钞序》，民国浙西徐氏《范伯子先生全集》本。

[2] [清] 范当世：《范伯子诗集》卷十一《更为秉瀚题仲远先生比屋连吟图依梅伯言同风二韵作四绝呈其尊父心嘉司马》，民国浙西徐氏《范伯子先生全集》本。

[3] 陈三立：《散原精舍诗》卷上《漫题豫章四贤像揭本》，清宣统上海商务印书馆本。

[4] 陈三立：《散原精舍诗》卷上《为濮青士观察丈题山谷老人尺牍卷子》，清宣统上海商务印书馆本。

[5] [宋] 黄庭坚：《豫章黄先生文集》第十九《与王爱观书》之一，《四部丛刊》本。

[6] [宋] 黄庭坚：《豫章黄先生文集》第十九《与王爱观书》之一，《四部丛刊》本。

[7] 陈衍：《近代诗钞》（中册）《陈三立诗钞》，上海：商务印书馆，1924年，第984页。

鼐直到范当世之间的相通之处。同时，从陈三立评黄山谷的诗中，我们还可以看出他所认识到的黄山谷与李商隐的关系。曾国藩曾经认为，唯有山谷能会义山诗"渺绵出声响，奥缓生光莹"[1]之妙。后来范当世对此亦有所悟，他也看到义山"海大山深"[2]的一面，也有过"诗思层层入邈绵"[3]的经验。而陈三立也正是由"奥莹"这个特点认识到了山谷与义山诗的相通之处。从这里，我们可以比较明显地看出曾国藩对陈三立的启发和影响。他们都注意到了山谷诗刚柔相济、用意深微的特点，并能学习其精神指导自己的创作。

同光体"开派作者"中除了陈三立以外，沈曾植、郑孝胥也心香姚鼐。沈曾植跋《惜抱轩诗集》说："愚尝合先生诗与《择石斋集》参互证成。私以为经纬唐宋，调适苏杜，正法眼藏，甚深妙谛。实参实悟，庶其在此。世方以桐城为诟病，盖闻而掩耳者皆是也。抱冰翁（张之洞）不喜惜抱文，而服其诗，此深于诗理，甘苦亲喻者。太夷（郑孝胥）绝不言惜抱，吾以为知惜抱者，莫此君若矣。"[4]沈曾植论诗主"三关"之说，他在《与金潜庐太守论诗书》中曾说："吾尝谓诗有元祐、元和、元嘉三关……但意通第三关，自有解脱月在。"[5]意在由学杜、韩、山谷，而上溯晋宋之谢灵运。桐城派诗人方东树亦推重谢灵运，认为"谢公蔚然成一祖，衣被万世，独有千古"[6]。又谓"如谢公，乃是学者之诗，可谓精彩华妙"赞扬他能"以人巧造天工"[7]。后来范当世主张作诗须"参之放炼间"[8]，其精神实质乃是与之一脉相通的。然方氏推重谢灵运，所强调的主要还是"变化""作用"的手段，着眼于艺术形式。而沈曾植除此而外，更主要的是从"境事"与"理智"的关系上来认识谢灵运。他认为"康乐总山水老庄之大

---

[1] [清]曾国藩：《曾文正公诗文集》诗集卷三《读李义山诗集》，《四部丛刊》本。
[2] [清]范当世：《范伯子诗集》卷八《穷十宵之力读竟义山诗用外舅偶成韵》，民国浙西徐氏《范伯子先生全集》本。
[3] [清]范当世：《范伯子诗集》卷十九《次韵旭庄舟行苦雨四首》，民国浙西徐氏《范伯子先生全集》本。
[4] [清]沈曾植：《惜抱轩诗集跋》，北京：中华书局，1962年，第40页。
[5] [清]沈曾植：《海日楼文集》卷上，未刊本。转引自郭绍虞编《中国历代文论选》第4册，上海古籍出版社，1980年，第291页。
[6] [清]方东树：《昭昧詹言》卷五，清光绪《方植之全集》本。
[7] [清]方东树：《昭昧詹言》卷五，清光绪《方植之全集》本。
[8] [清]范当世：《范伯子诗集》卷十三，《除夕诗词自谱》，清光绪三十年（1904）刻本。

成"[1]。而"山水即是色","色即是境","即是事","老庄是意","意即是智","即是理"[2]。而杜甫诗除其体格风骨之"雅正"之外,其所擅长主要在"境"和"事"。苏轼诗除其善变而外,其所擅长主要在"智"和"理"。而姚鼐除我们前面所闻述的诗学的主要倾向以外,原于杜甫、苏轼两家亦有深会处。"境"和"事"前面已有论及,至于"智"和"理"在姚鼐诗中亦时时显露。姚鼐于儒、道、佛三家皆有所得,心境淡泊,对尘世并不看得很重。其诗境之中时时寓有远世避俗的人生哲理。《登泰山观日出》一诗境界极为宏阔,但作者在这宏阔的境界中所寄托的乃是一种近于庄子《逍遥游》中所表现出来的那种"乘天地之正,而御六气之辨,以游无穷者"的超脱之"智",在《山行》诗中所描写的空山里所得到的也无非是避世的"空"。而在"青冥楚越孤帆去,浩荡淮沂四面来。春草不知韩信里,秋风曾到项王台"[3]"波翻雨横客登楼,天地浑茫不知处"[4]"独令上林辞赋客,曲江萧瑟不胜愁"[5]这样的诗境里所透露出来的则是一种横暴的现实世界对孤独的个性的压抑,以及在古今的对比之中所显示出来的"万古一归墟"[6]的看透一切的"禅机"。如此等等,可以说明姚鼐诗歌的"境"中亦寓有"理"。正是着眼于这种"色""意"结合的特点,沈曾植悟到姚鼐之"调适苏杜"[7],是为"正法眼藏"[8]。

从前面的论述中,我们可以看到桐城派诗,特别是姚鼐的诗对同光体有极其重要的(直接或间接的)启示和影响。桐城派特别是姚鼐对晚清古典诗坛的贡献不仅表现在它直接培养了范当世这样的在晚清诗坛占有重要地位的诗人,而且表现在这种对同光体的有力的影响方面。

1984年12月于姑苏

(本文原载《明清诗文论文集》,江苏古籍出版社1986年版)

---

[1] [清]沈曾植:《海日楼文集》卷上,未刊本。转引自郭绍虞编《中国历代文论选》第4册,上海古籍出版社,1980年,第291页。

[2] [清]沈曾植:《海日楼文集》卷上,未刊本。转引自郭绍虞编《中国历代文论选》第4册,上海古籍出版社,1980年,第291页。

[3] [清]姚鼐:《惜抱轩诗文集》诗集卷六《河上杂诗四首》。

[4] [清]姚鼐:《惜抱轩诗文集》诗集卷五《米友仁楚江风雨图卷》。

[5] [清]姚鼐:《惜抱轩诗文集》诗集卷六《效西昆体四首》。

[6] [清]姚鼐:《惜抱轩诗文集》诗集卷一《过天门山》。

[7] [清]沈曾植:《海日楼群书题跋》,[清]姚鼐《惜抱轩诗文集》,《同声月刊》,1943年第3卷第4号。

[8] [清]沈曾植:《海日楼群书题跋》,[清]姚鼐《惜抱轩诗文集》,《同声月刊》,1943年第3卷第4号。

吴梅与清季民初词坛宗尚关系发微

薛玉坤

吴梅（1884—1939）字瞿安，一字灵鸘，晚号霜崖（亦有作"厓"），江苏长洲（今苏州）人。二十二岁时，即为黄摩西延任苏州东吴大学堂文学教习，后历任苏州存古学堂、南京第四师院、上海民立中学教师。三十四岁以后，复历任北京大学、东南大学（后改为中央大学）、中山大学、光华大学、金陵大学教授[1]，是近现代海内公认的曲学巨擘。历来研究者，亦多瞩目于其曲学成就。然正如张茂炯所云："（吴梅）富藏书，博闻见，自经史大义，以至古今学术源流、文章派别，无不融会贯通。所为诗文，亦出入古作者林，自成一家，词曲特其绪余耳。则向之藉藉以曲家称霜崖者，盖犹未深知霜崖者也。"[2] 其一生成就自不囿于曲学。即以其词而论，亦足为民国词坛一大家。夏敬观云："瞿安为曲家泰斗，其词亦不让遗山牧庵诸公。"[3] 叶恭绰亦云："瞿庵为曲学专家，海内推挹。词其余事，亦高逸不凡。"[4] 遗憾的是，霜崖词名为曲名所掩，其词学成就除邓乔彬《吴梅研究》[5]、王卫民《吴梅评传》[6]、严迪昌先生《吴瞿安先生的词与词学观》[7] 中略有概述外，其他专论尚不多见。本文拟结合其词论及清季民

---

[1] 参见唐圭璋：《回忆吴瞿安先生》，原载《雨花》1957 年 5 月号，引自王卫民编《吴梅和他的世界》，石家庄：河北教育出版社，2002 年，第 88 页。

[2] 张茂炯：《霜厓三剧序》，吴梅《吴梅全集·作品卷》，石家庄：河北教育出版社，2002 年，第 370 页。

[3] 夏敬观：《忍古楼词话》，唐圭璋编《词话丛编》（第 5 册），北京：中华书局，1986 年，第 4810 页。

[4] 叶恭绰：《广箧中词》卷三，龙榆生编选《近三百年名家词选》，上海：古典文学出版社，1956 年，第 237 页。

[5] 邓乔彬：《吴梅研究》，上海：华东师范大学出版社，1990 年。

[6] 王卫民：《吴梅评传》，石家庄：河北教育出版社，2002 年。

[7] 严迪昌：《吴瞿安先生的词与词学观》，《词学》（第 16 辑），上海：华东师范大学出版社，2005 年。

初词坛宗尚，探求霜崖词风之形成与演变，并借由窥探吴梅在清季民国词坛的意义。

一

清代词学号称中兴，浙西词派标榜淳雅清空于前，常州词派张扬比兴寄托于后，至清季民初，词坛则大抵为常州词风所笼罩。龙榆生先生云："言清代词学者，必以浙、常二派为大宗。常州派继浙派而兴，倡导于武进张皋文（惠言）、翰风（琦）兄弟，发扬于荆溪周止庵（济，字保绪）氏，而极其致于清季临桂王半塘（鹏运，字幼霞）、归安朱彊村（孝臧，原名祖谋，字古微）诸先生，流风余沫，今尚未全衰歇。"[1] 但客观而言，对民国词学有极大影响的清季四大词人，其词学虽导源于常州词派，但理论与实践并不囿于门户之见，已在相当程度上表现出融汇常、浙二派的宏通视野。如张尔田称朱祖谋所为词"跨常迈浙，凌厉跞朱"[2]。唐圭璋先生以为："（彊村）取径梦窗，上窥清真，旁及秦、贺、苏、辛、柳、晏诸家，打破浙派、常州派一偏之见。"[3] 而得以亲炙彊村的龙榆生则云："先生固雅不欲以常派之说自限也。"[4] 对于清季四家中的王鹏运，龙榆生又认为："要之鹏运于词，欲由碧山、白石、稼轩、梦窗，蕲以上追东坡之清雄，还清真之浑化。"[5] 此论实由常派词论家周济《宋四家词选目录序论》"问涂碧山，历梦窗、稼轩以还清真之浑化"[6] 化出，不过在周济所列诸人之外，复增以浙派推崇之白石。此外，四家中的郑文焯早年学词亦由姜白石

---

[1] 龙榆生：《论常州词派》，《龙榆生词学论文集》，上海：上海古籍出版社，2009年，第422页。

[2] 张尔田：《彊村遗书序》，龙榆生编选《近三百年名家词选》，上海：古典文学出版社，1956年，第184页。

[3] 唐圭璋：《朱祖谋治词经历及其影响》，《词学论丛》，上海：上海古籍出版社，1986年，第1020页。

[4] 龙榆生：《今日学词应取之途径》，《龙榆生词学论文集》，上海：上海古籍出版社，2009年，第115页。

[5] 龙榆生：《清季四大词人》，《龙榆生词学论文集》，上海：上海古籍出版社，2009年，第489页。

[6] 周济：《宋四家词选目录序论》，唐圭璋编《词话丛编》（第2册），北京：中华书局，1986年，第1643页。

入,"入手即爱白石骚雅"[1],所作"取径白石,自成雅调"[2],论词亦多尚"清空"[3]。况周颐学词受王鹏运、朱祖谋影响最大,龙榆生称:"是知况氏之词,体凡三变;所从得力,实为王、朱。"[4] 从前辈学者对清季四家的评述不难看出,晚清词人对清词发展表现出强烈的自觉反思意识,对浙派末流流于空疏恒叮及常派过于艰涩之风,均有清醒的认识。其试图融通二家的努力,无论是在理论上,还是在创作实践上,都颇有建树。流风所及,影响民国词坛至深。诸如陈洵、吴梅、龙榆生、王朝阳、杨铁夫、赵尊岳、陈匪石,乃至汪东、邵瑞彭、沈祖棻、乔大壮等,无不受其泽溉。

就吴梅而言,其学词约略始于弱冠。《霜崖三剧自序》云:"年近弱冠,读姜尧章、辛幼安词,……心笃好之。操翰倚声,就有道而正,辄誉多而规少,心益喜,遂为之不厌。"[5] 所谓"就有道而正,辄誉多而规少",盖指吴梅常向此时客居吴下的朱祖谋、郑文焯、况周颐等晚清词老请教倚声之业,且多受奖掖。按,朱祖谋,光绪三十年(1904)出任广东学正,因与两广总督龃龉,三十二年(1906)"以病乞解职,卜居吴门。既而江苏创立法政学堂,聘为监督。士林仰公清望,归依甚殷"[6]。郑文焯则早在光绪六年(1880)二十五岁时,即应江苏巡抚吴子健之聘,往赴苏州,"居乔司空巷潘氏西园"。以后长期游幕苏州。[7] 而况周颐光绪末居常州,主持武进龙城书院,又入两江总督端方幕府。辛亥后,复以遗老自居,寄迹上海,鬻文为生。在彊村解职卜居吴下之后,蕙风亦多次过访。[8]

吴梅与几位词老的交游,正是在辛亥改元前后彊村等人客居吴下之时。其弟子卢前所撰《霜厓先生年谱》云:"宣统二年庚戌,先生二十七

---

[1] 郑文焯撰,叶恭绰辑:《郑大鹤先生论词手简》,唐圭璋编《词话丛编》(第5册),北京:中华书局,1986年,第4331页。

[2] 刘子雄:《瘦碧词序》,施蛰存《词籍序跋萃编》,北京:中国社会科学出版社,1994年,第609页。

[3] 按,郑文焯论词,既肯定"独皋文能张词之幽隐",亦主张:"词之难工,以属事遣词,纯以清空出之。""词原于比兴,体贵清空。""若词之大旨,……体尚清空。"参见郑文焯,叶恭绰辑:《郑大鹤先生论词手简》,唐圭璋编《词话丛编》(第5册),北京:中华书局,1986年。

[4] 龙榆生:《清季四大词人》,《龙榆生词学论文集》,上海:上海古籍出版社,2009年,第514页。

[5] 吴梅:《霜崖三剧自序》,《吴梅全集·作品卷》,石家庄:河北教育出版社,2002年,第322页。

[6] 夏孙桐:《朱彊村先生行状》,《词学季刊》创刊号,上海书店,1985年影印。

[7] 参见戴正诚:《郑叔问先生年谱》,《青鹤杂志》第1卷第6-19期,1933年2-8月出版。

[8] 参见马兴荣:《况蕙风年谱》,《词学》(第20辑),上海:华东师范大学出版社,2008年。

岁,……时朱古微、郑叔问诸先生客吴,先生过从甚密。"[1]《奢摩他室逸话》亦有记载云:"词老朱古微、况蕙风,皆与先生交厚。古微先生往来尤密,每值构衅蒸梨,辄避先生许。"[2] 与诸词老的过从甚密,让吴梅收获颇多。特别是朱祖谋的耳提面授,对吴梅词学观及词风的形成,影响尤巨。吴梅在其《遗嘱》中自称:"游艺四方,诗得散原老人,词得彊村遗民,曲得粟庐先生。"[3]

二

吴梅词学观主要见于其《词学通论》及为时人词集与词学研究著作所作序跋之中。其中《词学通论》堪称一部体大思精的词学论著,严迪昌先生曾撮其要者云:

> 在这部谨严中见通达,精深而去迂阔的通论里,瞿安先生就词的兴起和演化变迁,以至对历代词人艺术风貌的辨认评析、词体的诸种特点及其与乐律声韵的关联、词创作应忌戒之弊病等,无不在继承总结前贤所论的基础上一一辨察取去,自出所见。较之以同时间问世的某些"词史"著述,《词学通论》所体现的真知卓识是显然的,即使历经半个世纪,先生所论依然精彩犹存。[4]

而邓乔彬《吴梅研究》则分声律论、创作论、词史论、作家作品论四部分,对吴梅词学观进行全面论述。对此,本文自然无复赘言,只拟抉取吴梅词籍校勘活动及论词诸作中对吴文英的评价,辨析其与清季词坛偏师吴文英的关系。或可窥一斑而知全豹。

词史上,梦窗词一直颇受争议,毁誉参半。誉之者如沈义父《乐府指

---

[1] 卢前:《霜厓先生年谱》《北京图书馆馆藏珍本年谱丛刊》(第199册),北京:北京图书馆出版社,1999年,第735页。
[2] 卢前:《奢摩他室逸话》,原载《时事新报》一九三九年四月十六日及二十三日,见王卫民编:《吴梅和他的世界》,石家庄:河北教育出版社,2002年,第8页。
[3] 卢前:《霜厓先生年谱》"二十八年壬寅先生十九岁"条引,《北京图书馆馆藏珍本年谱丛刊》(第199册),北京:北京图书馆出版社,1999年,第732页。
[4] 严迪昌:《吴瞿安先生的词与词学观》,《词学》(第16辑),上海:华东师范大学出版社,2005年,第301页。

迷》称"梦窗深得清真之妙"[1]，毁之者如张炎《词源》则讥为"七宝楼台"[2]。清中叶，常州词派兴起之初，张惠言尚以为梦窗不足取。其《词选序》云："宋之词家，……其荡而不反，傲而不理，枝而不物。柳永、黄庭坚、刘过、吴文英之伦，亦各引一端，以取重于当世。"[3] 及至周济，标举"问涂碧山，历梦窗、稼轩，以还清真之浑化"[4] 的学词路径，始以梦窗为法乳，并给予梦窗词高度评价："梦窗非无生涩处，总胜空滑。况其佳者，天光云影，摇荡绿波；抚玩无斁，追寻已远。君特意思甚感慨，而寄情闲散，使人不能测其中之所有。"[5] 其后，常派另一代表人物陈廷焯创为词中"沉郁"之说，批评张惠言"不知梦窗"，称"梦窗长处，正在超逸之中，见沉郁之意"[6]，为日后词坛偏尊梦窗奠下根基。延至清季民初，梦窗渐成学者词人研究和追慕的主要对象。梦窗词学，遂成一时显学，吴梅称"近世学梦窗者，几半天下"[7]。

清季民初偏尊梦窗的词坛宗尚，多得力于王鹏运、朱祖谋、郑文焯、况周颐诸人对梦窗词籍的辑佚、校勘、考订与笺释。王鹏运校刻梦窗词籍，始于光绪二十五年（1899），初与朱祖谋共校。其《梦窗甲乙丙丁稿跋》云："是刻与古微学士再四雠勘，俶落于己亥始春，冬至初断手，约计一岁中无日不致于此。"[8] 书成之后，王半塘又以新校写本寄郑文焯，郑氏为题《水龙吟》词。因梦窗词版本流传复杂，在半塘下世后，朱祖谋仍孜孜以求，前后历二十余年，每得新本，不惮重校。其刻入《彊村丛书》的梦窗词已是三校本，此校本《梦窗词集跋》对自己多年校勘梦窗词集的生涯

---

[1]［宋］沈义父：《乐府指迷》，唐圭璋编《词话丛编》（第1册），北京：中华书局，1986年，第278页。

[2]［宋］张炎：《词源》卷下，唐圭璋编《词话丛编》（第1册），北京：中华书局，1986年，第259页。

[3]［清］张惠言：《词选序》，唐圭璋编《词话丛编》（第2册），北京：中华书局，1986年，第1617页。

[4]［清］周济：《宋四家词选目录序论》，唐圭璋编《词话丛编》（第2册），北京：中华书局，1986年，第1643页。

[5]［清］周济：《介存斋论词杂著》，唐圭璋编《词话丛编》（第2册），北京：中华书局，1986年，第1633页。

[6] 陈廷焯：《白雨斋词话》卷二，唐圭璋编《词话丛编》（第4册），北京：中华书局，1986年，第3802页。

[7] 吴梅：《乐府指迷笺释序》，《吴梅全集·理论卷·中》，石家庄：河北教育出版社，2002年，第982页。

[8]《四印斋所刻词》附《梦窗甲乙丙丁稿》，上海：上海古籍出版社，1989年影印。

有一段总结，且透露出另一版本来源，表示他日当再行勘校：

> 余治之二十余年，一校于己亥（1899），再勘于戊申（1908），深鉴戈氏、杜氏肆为专辄之弊，一守半塘翁五例，不敢妄有窜乱，迷误方来。今遵是编，复审曩刻，都凡订补毛刊二百余事，并调名亦有举正者，旧校疏记，兼为理董，依词散附，取便繙［？上龻下巾］。质之声家，或无訾焉。比见邓正闇《群碧楼藏书目》有张夫人学象手录《吴梦窗词集》一卷。……他日稽谟异同，倘犹有创获于是编之外者，当别为校录云。[1]

清季四大家中的郑文焯对梦窗词籍的校订亦用力甚勤，著有《梦窗词校议》《梦窗词跋》，另有《手批梦窗词》存世[2]。而在王、朱校勘梦窗词的过程中，况周颐也实预其事，赵尊岳《蕙风词史》云："半唐校刊《梦窗词》，先生（蕙风）助成之。"[3]

流风所及，吴梅亦有汇校梦窗词之举。1931 年，吴梅授徒南京中央大学，主讲《词学通论》与《词选》两课，汇校梦窗词正是讲授《词选》课之需。其《日记》1931 年旧历九月十五日有记云：

> 傍晚校《梦窗词》两页。余今授吴词，拟作札记，乃取毛本作主，以王幼霞、杜小舫、朱古微无着庵《彊村丛书》本，汇刻一通，而附以忆（臆）说。今日初着手，此后作为日课焉。[4]

吴梅汇校梦窗词的"臆说"后经王卫民先生整理为《汇校梦窗词札记》。《札记》前有按语称："朱丈古微《读梦小笺》，亦择录入之，偶有臆见，附书于后。"[5] 此所谓《读梦小笺》，即刻入《彊村丛书》的《梦窗词集小笺》。是书凡笺梦窗词九十三阕，大抵探源本事，勾勒行迹，考释地名。其成果大多被吴梅录入《札记》之中。吴梅此举，足见其服膺彊村词

---

［1］《彊村丛书》，上海书店、江苏广陵古籍刻印社据 1922 年归安朱氏刻本影印，第 1062 页。
［2］按，此书藏于原杭州大学图书馆，1996 年台湾文哲研究所据以影印出版。
［3］《词学季刊》第一卷第四号，上海：上海书店，1985 年影印。
［4］吴梅：《吴梅全集·日记卷·上》，石家庄：河北教育出版社，2002 年，第 19 页。
［5］原发表于《文学遗产增刊》（第 14 辑），见吴梅《吴梅全集·理论卷·中》，石家庄：河北教育出版社，2002 年。

学之深。

吴梅不仅效仿清季词人校勘梦窗词籍,其对梦窗词的体认亦与清季四家大略相仿。对梦窗词,前人多指斥其质实密丽,用事下语太晦,而清季四家则独能体悟其间脉络意绪,于梦窗用心颇多发明。如王鹏运以为:"梦窗以空灵奇幻之笔,运沈博绝丽之才。几如韩文、杜诗,无一字无来历。"[1]朱祖谋称:"君特以隽上之才,举博丽之典,审音拈韵,习谙古谐。故其为词也,沈邃缜密,脉络井井,绳幽抉潜,开径自行。学者匪造次所能陈其意趣。"[2]郑文焯亦云:"君特为词,用隽上之才,别构一格,拈韵习取古谐,举典务出奇丽,如唐贤诗家之李贺,文流之孙樵、刘蜕,锤幽凿险,开径自行,学者匪造次所能陈其细趣也。其取字多从长吉诗中得来,故造句奇丽。世士罕寻其源,辄疑太晦,过矣。"[3]四家之中,蕙风论词标举"重、拙、大",其论梦窗词云:

> 宋词有三要:重、拙、大。重者,沉着之谓,在气格,不在字句。于梦窗词庶几见之。即其芬悱铿丽之作,中间隽句艳字,莫不有沉挚之思,灏瀚之气,挟之以流转。令人玩索而不能尽,则其中之所存者厚。沉著者,厚之发见乎外者也。欲学梦窗之致密,先学梦窗之沉着。[4]

吴梅法乳彊村,其论梦窗之语,亦自可见渊源所在。《词学通论》第七章称:"梦窗词,以绵丽为尚,运意深远,用笔幽邃,炼字炼句,迥不犹人。貌观之,雕缋满眼,而实有灵气行乎其间。细心吟绎,觉味美于方回,引人入胜,既不病其晦涩,亦不见其堆垛。""梦窗长处,正在超逸之中,见沉郁之思,乌得转以沉郁为晦耶?"[5]其为蔡嵩云《乐府指迷笺释》所

---

[1] [清]王鹏运:《梦窗甲乙丙丁稿跋》,《四印斋所刻词》,上海:上海古籍出版社,1989年影印,第890页。

[2] 朱祖谋:《梦窗词集跋》,《彊村丛书》,上海书店、江苏广陵古籍刻印社据1922年归安朱氏刻本影印,第1062页。

[3] [清]郑文焯:《郑校梦窗词跋》,龙榆生编选《唐宋名家词选》,上海:上海古籍出版社,1980年重印本,第293页。按,此段文字,《词话丛编》第5册所收《大鹤山人词话》附录《梦窗词跋一》无"其取字多从长吉诗中得来"以下数句。

[4] [清]况周颐:《蕙风词话》卷二,唐圭章编《词话丛编》(第5册),北京:中华书局,1986年,第4447页。

[5] 吴梅:《词学通论》第七章《概论二》,《吴梅全集·理论卷·上》,石家庄:河北教育出版社,2002年,第468、469页。

作序中又谓:"吴词潜气内转,上下映带,有天梯石栈之巧。"[1] 以"幽邃""沉郁""潜气内转"等目梦窗词,显示吴梅实与清季词坛对梦窗的接收路径气韵相通。

三

清季民初词坛偏师梦窗,但其末流往往"未撷精华,先蹈晦涩"[2],"宁晦无浅,宁涩无滑,宁生硬无甜熟,炼字炼句,迥不犹人"[3],难抵清真浑化之境。对此流弊,吴梅《词学通论》绪论即指出:

> 意之曲者词贵直,事之顺者语宜逆,此词家一定之理。千古佳词,要在使人可解。尝有意极精深,词涉隐晦,翻绎数过,而不得其意之所在者,此等词在作者固有深意,然不能日叩玄亭,问此盈篇奇字也。近人喜学梦窗,往往不得其精,而语意反觉晦涩。此病甚多,学者宜留意。[4]

而对如何救弊,晚清诸词老的努力路径大略可称为"以苏辛救吴"。如王鹏运,学者以为其丙申(1899)以后词,渐由稼轩、梦窗上窥清真。龙榆生《清季四大词人》一文称:"要之鹏运于词,欲由碧山、白石、稼轩、梦窗,蕲以上追东坡之清雄,还清真之浑化。"[5]《东坡乐府综论》一文又称:"并世词流,如郑文焯及朱彊村先生,并从王(鹏运)说,于苏词特为推重。"[6] 夏敬观《忍寒词序》亦谓彊村"晚亦颇取东坡以疏其气"[7]。而四家中的况蕙风则摒弃表象,拈出"沉著"一词,勾连梦窗与苏、辛殊流而同源的关系,理清了清季词坛既偏师梦窗,又推重苏、辛的内在理路。

---

[1] 吴梅:《吴梅全集·理论卷·中》,石家庄:河北教育出版社,2002年,第982页。

[2] 吴梅:《乐府指迷笺释序》,《吴梅全集·理论卷·中》,石家庄:河北教育出版社,2002年,第983页。

[3] [清]蒋兆兰:《词说自序》,唐圭璋编《词话丛编》(第5册),北京:中华书局,1986年,第4625页。

[4] 吴梅:《词学通论·绪论》,《吴梅全集·理论卷·上》,石家庄:河北教育出版社,2002年,第403页。

[5] 龙榆生:《龙榆生词学论文集》,上海:上海古籍出版社,1997年,第447页。

[6] 龙榆生:《龙榆生词学论文集》,上海:上海古籍出版社,1997年,第264页。

[7] 龙榆生:《近三百年名家词选》引,上海:上海古典文学出版社,1956年,第184页。

其《蕙风词话》云:"重者,沉着之谓。在气格,不在字句。于梦窗词庶几见之……梦窗与苏、辛二公,实殊流而同源。其所为不同,则梦窗致密其外耳。"[1]

循此家法,吴梅在指出东坡词豪放缜密、两擅其长的同时,欲力图以稼轩"沉郁顿挫"补梦窗艰涩密丽之不足。其《词学通论》批评南宋词人刘过学稼轩是"豪放处又一放不可收",指出"学幼安而不从沉郁二字着力,终无是处"[2],而对如何打通梦窗与稼轩,复又明言"学稼轩,要于豪迈中见精致。学梦窗,要于缜密中求清空"[3],确为卓荦之见。

吴梅并非长于立论而短于创作之辈。观其自作,"敛滂沛于尺素,吐哀乐于寸心"[4],词风跌宕,摇曳多姿。或苍凉悲壮,痛快淋漓,或雄奇缜密,潜气内收。大多与其词论若合符契。仅以其《洞仙歌》(出居庸关,登八达岭)一词为例:

> 万山环守,一线中原走,箬帽冲寒仗尊酒。正长城饮马,大漠盘雕,羌笛里,吹老边庭杨柳。　雄关霄汉倚,俯瞰神京,紫气飞来太行秀。天末隐悲笳,残霸山川,容易到夕阳时候。甚辇路荆榛戍楼空,对眼底旌旗,几回搔首。[5]

据卢前《霜厓先生年谱》,本词作于1917—1922年任教北京大学期间。此数年间,枭雄竞起,军阀乱战,天下岌岌。其民生之多艰、世变之无常,不亚南宋。当此乱世,吴梅绝非仅通雅故、能文章而已。感慨所寄,或绸缪未雨,或叹息厝薪。其内心之沉郁,则又不让稼轩、梦窗。所谓情动于中而形于言,这一时期所作各词,大抵如其弟子唐圭璋先生所言:"怀古伤今,辄多扬善疾邪之思;登山临水,尽是悲壮苍凉之音。"[6] 此阕《洞仙

---

[1] [清]况周颐:《蕙风词话》卷二,唐圭璋编《词话丛编》(第5册),北京:中华书局,1986年,第4447页。

[2] 吴梅:《词学通论》第七章《概论二》,《吴梅全集·理论卷·上》,石家庄:河北教育出版社,2002年,第473页。

[3] 吴梅:《词学通论》第五章《作法》,《吴梅全集·理论卷·上》,石家庄:河北教育出版社,2002年,第430页。

[4] 吴梅:《霜厓词录自序》,《吴梅全集·作品卷》,石家庄:河北教育出版社,2002年,第106页。

[5] 吴梅:《吴梅全集·作品卷》,石家庄:河北教育出版社,2002年,第110页。

[6] 唐圭璋:《吴先生哀词》,原载《黄埔月刊》,引自王卫民编《吴梅和他的世界》,石家庄:河北教育出版社,2002年,第55页。

歌》，忧时伤世，悲情郁勃。在艺术上，又极具吞咽顿挫之美，豪而能收，词笔蕴藉，正其所谓"豪迈中见精致"者。词中意象准确而精深，严迪昌先生以为"藏而不晦，密而不涩"[1]。歇拍"甚辇路荆榛戍楼空，对眼底旌旗，几回搔首"一句，显然又别有寄托，含蓄不尽。当然，全词是否已达清真浑化之境，尚可商议。但此词风格所透露出的信息，表明霜崖词风的形成，在个人性情、世变时序之外，清季民初的词坛宗尚与吴梅词学法乳所在，应是一个不可忽视的主要因素。

要之，吴梅以其亲炙彊村，理论与实践并重，堪称近现代"彊村词派"中坚。倘若看到吴梅曾先后执教南北上庠，讲授词学，组织词社，民国及当代词家与学者如任中敏、卢前、钱南扬、唐圭璋、王季思等多出其门，其在近现代词史上光前裕后的作用，则又自不待言。

---

[1] 严迪昌：《吴瞿安先生的词与词学观》，《词学》（第16辑），上海：华东师范大学出版社，2005年，第311页。

编 后 记

苏州大学文学院古代文学学科有着悠久的学术传统，肇端于120年前东吴大学的文学部，黄人《中国文学史》是为中国文学史研究的先驱，章太炎、唐文治、吴梅等一代大师所奠定的丰厚学术传统，都是尤为宝贵的学术遗产。改革开放之后，以钱仲联先生及严迪昌先生、王永健先生为代表的老一辈学者，在明清文学各方向研究上取得了令国内外学界瞩目的成就，苏州大学文学院已成为国内外公认的明清文学研究重镇。在前辈学者开辟的学术领域，一批批学者不断努力，继续本学科在明清文学研究领域的荣光。在苏州大学120年校庆来临之际，文学院决定出版学术论文集，全面展示学院学科发展的成绩，特列明清文学研究为专辑，以彰显古代文学学科明清文学研究对学院的贡献。罗时进教授、王宁教授主持编纂，我亦有幸参与。此次征集了本学科在职在岗16位教师已发表的学术论文，人各一篇，涉及明清文化与文学研究、明清戏曲小说研究及明清诗文作家作品研究。这些研究成果体现了对本学科学术传统的继承和发扬，也是向前辈学者表达敬意的方式。作为一次学术的集中展示，我们自然也希望得到学术界同仁的批评指正。

在论文集的编纂过程中，作为主编，罗时进教授对编纂工作提出了具体而细致的指导意见；王宁教授共商编务，提出了许多宝贵建议，助推出版。马亚中教授及本学科所有教师对论文集的编纂工作都给予了大力支持和帮助，在此一并说明并表示感谢。在本学科所有成员的精诚合作下，相信本学科一定会创造更为辉煌的明天。

（杨旭辉执笔）